黒き微睡みの囚人

ラヴィ・ティドハー
押野慎吾［訳］

LAVI TIDHAR
SHINGO OSHINO

竹書房文庫

A MAN LIES DREAMING

Japanese translation rights arranged with
Lavie Tidhar c/o Zeno Agency Ltd., London
through Tuttle-Mori Agency, Inc., Tokyo

日本語版出版権独占
竹 書 房

黒き微睡（まどろ）みの囚人

contents

時間と場所を隔てた別の世界で、男が夢を見ていた。

「彼は善悪を超越し、すべてがそれまでとは異なる、人間の価値観が逆転した奇妙な世界に足を踏み入れた」

ヒュー・トレバー＝ローパー（英国秘密諜報部の報告書）

「陳腐な決まり文句にありきたりの言い回し、伝統への固執、表現と行為における一般化された規則。そうしたものには、わたしたちを現実から守るという社会的に認知された機能がある」

ハンナ・アーレント（『悪の凡庸さ』）

主な登場人物

ウルフ……………………………………………私立探偵
イザベラ・ルービンシュタイン……………ウルフの依頼人。ユダヤ人女性
ジュディス・ルービンシュタイン…………イザベラの妹
ジュリウス・ルービンシュタイン…………ユダヤ人のギャング、銀行家。イザベラとジュディスの父
ルドルフ・ヘス…………………………………ウルフの元部下
ヨーゼフ・クラマー……………………………ヘスの手下
ヨーゼフ・ゲッベルス…………………………ウルフの元部下
マグダ・ゲッベルス……………………………ゲッベルスの妻
オズワルド・モズレー…………………………イギリスの政治家
ダイアナ・モズレー……………………………オズワルドの妻
ユニティ・ヴァルキリー・ミットフォード…ダイアナの妹
トーマス・アルダーマン………………………モズレーのアシスタント
レニ・リーフェンシュタール…………………女優
ロバート・ビットカー…………………………レニの出演する映画の撮影クルー
モーハイム………………………………………ロンドン警視庁の警部
キーチ……………………………………………ロンドン警視庁の巡査
エディス・グリセール…………………………娼婦
ドミニク…………………………………………娼婦
イルゼ・コッホ…………………………………秘密クラブのSM嬢
ヴァージル………………………………………アメリカ戦略事務局(OSS)職員
ショーマー………………………………………作家。アウシュヴィッツの囚人
イェンケル………………………………………ショーマーの友人。アウシュヴィッツの囚人

第1章

ウルフの日記より引用、一九三九年十一月一日

その女性は、いかにも知的なユダヤ女という顔つきをしていた[1]。

彼女はわたしの事務所に入ってくると、部屋の入口で立ちどまった。その立ち姿にはためらいなどみじんも感じられない。というか、これまでの人生で一瞬たりともためらったことはないという印象だ。長い黒髪にすらりと伸びた白い両脚、この寒いなかサマードレスを着て、その上に毛皮のコートを羽織っている。手に持っているのはビーズでシマツグミを手刺繍（てししゅう）したハンドバッグ。フランス製の高級品だ。彼女は部屋のなかを眺めまわし、視線を誰も掃除などしたことのない小さな窓から、ニスがはがれ落ちた古い木製の帽子かけ、壁にかかった水彩画、ひとつきりしかない本棚、タイプライターの置かれたデスクへと移していった。もっとも、この部屋にはそれくらいしか見るべきものはない。それからようやく、女がわたしに視線を向けた。

グレーの瞳をした女が言った。「ヘル（英語のミスターにあたる敬称）・ウルフ？　私立探偵の？」

ベルリン訛(なま)りのドイツ語だ。

「ドアにそう書いてある」わたしは彼女の頭から爪先へと視線を移しながら答えた。

色の白い魅力的な女が名乗る。「わたしはイザベラ・ルービンシュタイン」

わたしを見つめる女の目つきが変わった。灰色の海に雲がかかったような目。こちらを思い出そうとしている——要するに疑っている目だ。こういうまなざしには慣れている。

「時間を省いてやろう」わたしは言った。「わたしは何者でもないよ」

彼女がにっこりと微笑(ほほえ)む。「何者でもない人なんていないわ」

「それと、わたしはユダヤ人からの仕事は受けない」

目がいっそう疑わしげになったものの、それでも女は落ち着いている——非常に。イザベラは室内を手で示して言った。「仕事を選ぶほど余裕があるようには見えないけれど」

「どの仕事を受けるかは、わたしが決める」

女がハンドバッグのなかから丸めた十シリング札の束を取り出した。金(かね)を手にしたまま動こうとせず、こちらの様子をうかがっている。

「仕事の内容は？」そう口にした瞬間、わたしの心に女への憎しみが広がった。

体がこわばって動けなくなるほど強い憎しみだ。

「妹を探してほしいの」イザベラが言った。「行方不明なのよ」

事務所には来客用の椅子がふたつある。女はひとつを引き寄せて座り、脚を組んだ。まだ札をもてあそんでいる。指に指輪はひとつもはまっていない。

「近頃じゃ、行方不明なんてめずらしくないさ。もしドイツにいるのなら、わたしにできることは何もない」

「ドイツにはいないわ」イザベラはそれまでとは違う緊張のこもった声で言った。「妹はドイツを離れることになっていたの。説明するわ、ヘル・ウルフ。わたしの家はお金持ちなの。大転落が始まってから財産は差し押さえられたけれど、父には友人が大勢いた——共産党のなかにもね。だから父は、かなりの財産をロンドンに送ることができた。わたしと母は合法的に出国が認められたし、パリにいるおじたちが大陸で家族のビジネスを続けていたから問題はなかったわ。でも、妹だけが取り残されてしまったの。あの子はまだ若いから、大転落が始まる前には共産党のイデオロギーに引かれて青年部に入ったりして、父を激怒させたわ。だけど、わたしはそんなの長続きするはずがないと思っていた」わずかに笑ってこちらを見あげる。「ずっとそんな調子なの。それがジュディスなのよ」

わたしの目には、女の長い指のあいだでもてあそばれている金しか映っていなかった。これまでだって金のない時期はあったし、貧困はわたしを弱くではなく強くした。しかし、それは以前の話だ。いまや人生は大きく変わり、前よりも空腹がこたえるようになっている。

「妹がドイツを脱出する手はずは整っていたのか？」わたしは尋ねた。

「父が手配したわ」彼女が即答した。「密航させられる知人がいたの」

「簡単な仕事じゃない」

「簡単じゃないし、安くもないわ」女はふたたびわずかに微笑み、すぐ真顔に戻った。

「脱出を手配したのはいつだ？」

「ひと月前よ。三週間前には到着する予定になっていたわ。でも、ジュディスは来なかった」

「取引した相手については知っているのか？　信用できると？」

「父の知り合いよ。あの人なりに信用していたと思うわ」

そこまで聞いて、何かがわたしの記憶を呼び起こした。「きみの父親はジュリウス・ルービンシュタインなのか？　あの銀行家か？」

「そうよ」

彼のことなら〈デイリー・メール〉で読んだことがある。大転落が始まる前、ドイツの労働者たちの血を吸ってぶくぶくと太ったユダヤ人のギャングどものひとりだ。こうした連中は沈みゆく船を見捨てるネズミと同様、いつだって生き残る。ドイツを脱出してどこかほかの病んだ場所に腰を落ち着け、態勢を立て直していることだろう。その連中のなかでも、ジュリウス・ルービンシュタインはロスチャイルドとおなじくらい冷酷非情な男だという評判だった。

「怒らせないほうがいい男だ」わたしは言った。

「ええ」

「きみの妹……ジュディスか？　彼女は共産主義者たちにつかまっている恐れもある」

　彼女が首を横に振った。「それならわたしたちの耳に届いているはずよ」

「ロンドンまでは来たと？」

「わからないわ。とにかくあの子を見つける必要があるのよ。絶対に見つけないといけないの、ヘル・ウルフ」

　女の手にあった金がデスクの上に置かれた。相手を見るたびに金が視界に入るが、わたしは手を出さなかった。ユダヤ人は戦争で儲(もう)けて生きていく金(かね)の亡者以外の何者でもない。[2]イザベラが金を置いたのは、ただの駆け引きなのかもしれなかったし、あるいは必死だったからという可能性もあった。「なぜわたしを？」

「妹を連れてくるはずだった連中は、あなたの昔の同志なの」

彼女の瞳には灰色の雲が広がっているばかりで、何も読み取れない。どうやらわたしは、フローライン（ミスのドイツ語）・イザベラ・ルービンシュタインを甘く見ていたようだった。結局のところ、わたしを選んだのにも理由があったのだ。

「わたしはもう、昔の知り合いとは会っていない。過去は過去だ」

「変わったのね！」女は好奇心を隠そうともしなかった。

「きみはわたしのことを知らない。知ったつもりになるな！」

彼女は無頓着に肩をすくめ、ハンドバッグから銀のシガレットケースと金のライターを出した。いかにも器用そうな指でケースを開き、煙草を口にくわえる。わたしも一本すすめられたが、煙草は吸わないと断った。

「わたしは吸ってもいいかしら？」

もちろんよくないし、わたしがそう思っているのは向こうも知っている。それでもイザベラはライターの火をつけた。煙草をくわえた口を手で覆って大きく息を吸いこみ、わたしの事務所の冷えきった空気のなかに煙を吐き出す。窓から隙間風が吹きこんできて、コートを着ているにもかかわらず、わたしの体が震えた。持っているコートはこれ一着だけだ。わたしは札に目をやり、それから彼女の顔に視線を移した。この女が厄介事しかもたらさないのは承知のうえだ。それを向こうも知っている。この一九三九年のロンドンにおいて、行方知れずのユダヤ人探しなどまったく興味はない。かつて持っていた信念と運命は両方とも失われ、おそらくはもうどちらも取り戻せないというのが現実だ。いまのわたしに見えるのは、目の前の金だけだった。ひどく寒いし、凍てつく冬が本番を迎えるのはこれからだ。[3]

ユダヤ人の女が事務所を去ったあとも、ウルフは長いあいだ座ったまま金を眺めていた。室内には吐き気をもよおす煙草のひどいにおいがまだ残っている。彼にとって、煙草のにおいは耐えがたいものだ。窓の外はもう暗くなっていて、寒さが窓のガラスにべっとりとへばりついていた。外からは市場が店じまいを進める音と、娼婦たちが暗闇へ消える音が聞こえてきた。彼の大家でもあるパン屋も一日の商売を終えている。

ウルフは女が置いていった金をじっと見つめた。

椅子を引いて立ちあがり、丸く巻いた札をつかんでポケットに入れる。椅子を戻してテーブルをまわりこみ、事務所内に視線を走らせた。壁にはフランスの村を背景にした教会の塔の絵がかかっている。[4]地面を荒い筆致で表現し、教会の前にはもつれるようにして高く伸びる三本の木を描いた水彩画だ。本棚には著者であるエルンスト・ユンガーのサインが入った、第一次世界大戦の回顧録『火と血』[5]に、J・R・R・

トールキンの『ホビットの冒険』、マディソン・グラントによる人種論の傑作『偉大な人種の消滅』のほか、シラーの詩集やアガサ・クリスティの小説が何冊か並んでいる。

ウルフ自身の唯一の著作はここにはない。彼は立ったまま本棚を眺めた。大転落の前に集めた大量の蔵書のうち、持ち出せたのはごくわずかだ。愛読書を失った心の痛みはたしかに大きかった。しかし、これまでだって多くのものを失ってきたのだ。帽子かけに歩み寄って帽子をかぶる。壁に映る自分の影は、まるで汚いコートのようだった。彼はドアを開け、外へ出た。

寒い十一月の夜、ソーホーのバーウィック・ストリートでは、街灯が舗装された路面を薄暗く照らしていた。いかがわしい本を売る書店が店を開けていて、その外を娼婦たちがうろついている。ウルフがパン屋の軒下に立っていると、大家がいかにも夜中のユダヤ人らしく、どこからともなく姿を現した。

「ヘル・エデルマン」ウルフは声をかけた。

「ミスター・ウルフ」エデルマンが答えた。「会えてよかった」

大家は背の低い太った男で、顔と手が小麦粉みたいに白く、いつもこそこそしている。「何か用でも?」ウルフは尋ねた。

「気を悪くしないでくださいね、ミスター・ウルフ」エデルマンがまだエプロンをつけているかのように両手を服にごしごしとこすりつけた。「家賃の件です」

「家賃がどうかしたのかね、ヘル・エデルマン？」

「払っていただかないと、ミスター・ウルフ」大家が見えない観客に同意を求めるようにうなずいた。「支払いの期日は過ぎているんですから」

無言でウルフがじっと見つめていると、エデルマンは片足ずつ軽く跳ねて言った。

「寒いですね」

ウルフはまだ返事をしなかった。

「その……」しびれを切らした大家が口を開いた。「こんなことを言うのはわたしだっていやですよ、ミスター・ウルフ。本当です。でも、そういうものだからしかたないじゃないですか。それが世の中ってもんでしょう」

エデルマンはいかにもすまなそうな物腰だが、ウルフはだまされなかった。震えあがっているように見える大家の外見の裏に、鉄のごとき強情さが垣間見える。ここで返事をするほど落ちぶれてはいない。黙って相手の目を見つめたまま、ポケットに手を入れて丸めた札を出し、十シリング札を二枚引き抜いた。引き抜いた札を手にしたまま残りの金をポケットに戻す。大家は金の力で催眠術にかかったように落ち着かない様子で唇をなめ、口を開いた。「ミスター・ウルフ」

「これで足りるかね、ヘル・エデルマン?」金を取ろうとせず、差し出されるのをじっと待っている大家に向かって、ウルフは言った。「この世の中には悪が存在する。金が悪なのではない。金を使う方法が悪なんだ。金は道具にすぎないんだよ、ヘル・エデルマン。ただのレバーだ」ウルフは指でしっかりと金を持ち、さらに言葉を続けた。「小さなレバーではつまらない人間しか動かせない。だが、わたしに大きなレバーを持たせてみろ。この世界を動かしてやる」

「そいつは興味深い話ですね、ミスター・ウルフ」エデルマンが金をじっと見つめたまま答えた。「来月の分も先に払ってもらえるんで?」

金を渡してやると、大家がいそいそと受け取った金を隠した。

「領収書をよこしたまえ」ウルフは要求した。

「ドアのあいだから入れておきます」

「忘れないようにな」かぶっている帽子のつばに軽く触れる。「では、ごきげんよう(グーテン・アベンド)、ヘル・エデルマン」

「ごきげんよう、ミスター・ウルフ」

ウルフが歩きだすと、大家が影のように闇にまぎれて消えていった。これまでにも多くの暗い道と数えきれないほどの影が夜の闇に消えていき、二度と現れることはなかった。彼はゲリのことを思った。彼女を思わない日は一日たりともない。

バーウィック・ストリートには娼婦たちが集まっていた。女たちは光のなかで影のように立ち、石のように動かない。ウルフはためらいつつ、娼婦たちのそばを通りすぎた。近づいていくと女たちがにわかに活気づき、騒々しい笑いで彼を迎えた。建物のあいだのせまい路地で、太った娼婦がレンガの壁を背にしてしゃがみこみ、排便している。一瞬、彼の目に女のたるんだ白い体と、足首までおろした下着が映りこんだ。「見るだけならタダよ」近くで何者かが言った。声のしたほうに顔を向けると、どう考えても十六歳以上には見えない少女が笑みをウルフに向けていた。白く化粧をした顔に赤い唇、歯は小さくて歯並びもよくない。「ねえ、ミスター。手早くどう？」少女がウルフにもなじみのある訛りの英語で言った。言葉は陳腐な小説から借りてきたものだろう。

「はじめて見る顔だな」

少女が肩をすくめた。「それがどうだっていうのよ」

「オーストリア人だろう」彼はドイツ語で言った。

「だから、それがどうだっていうの」

路地で冷たい敷石の上に出すものを出した太った娼婦が立てつづけに放屁し、けたたましく笑う。ウルフは顔をそむけた。

「違う仕事を探したほうがいい」彼は少女に告げた。

「大きなお世話よ、ミスター」

街灯の下にはすでに数人の男たちがやってきて、娼婦たちを眺めまわしていた。あと数時間もすれば、取引も活発になってくるはずだ。娼婦がもうひとり、ウルフのほうに近づいてきた。こちらは見知った顔で、ドミニクという名の混血の女だ。「その人のことは放っておきなさい」ドミニクは新人の少女に言った。「ミスター・ウルフはいつもそんな感じなのよ。そうよね、ミスター・ウルフ?」明るい褐色の肌に赤い唇、涼しげな瞳でにっこりとウルフに微笑みかける。

少女がいぶかしげな視線を彼に向けてきた。こうした視線の意味するところはわかっている。相手を見定めようとしているのだ。ウルフがロンドンにやってきた当初、多くの人間が彼の名を知っていた。いまではそんなことを気にする者はほとんどいない。「フローライン・ドミニク」ウルフは礼儀正しく挨拶をした。

「ミスター・ウルフ」ドミニクは返事をし、女に向きなおって言った。「ミスター・ウルフはわたしたちとお付きあいはしないの」からかうような笑みを浮かべて続ける。「見るだけよ」

オーストリア人の少女が肩をすくめた。彼女の瞳にはどこか投げやりな影がかかっている。ウルフは女が何から逃げ、どうやってロンドンに流れ着いたのかを思った。

だいたいの想像はつく。彼自身、そうした旅立ちの傷を負っているからだ。「きみの名は？」

「エディスよ」

帽子のつばに手をやり、ウルフは改めて挨拶をした。「エディス」

「十シリングでさせてあげるわ」女が言った。

「ミスター・ウルフはね……」ドミニクが口をはさんだ。「十シリングの商売女じゃ満足できないの」

ウルフは黙っていた。娼婦を相手に口論しても意味はない。戦争前にいたウィーンのシュピッテルベルク小路でも、娼婦たちをよく見ていたものだ。明るい窓ガラスの向こう側には、若い娘から年増女までさまざまな女たちがいて、それぞれ座っていたり、立っていたり、髪をいじったり、煙草を吸ったりしていた。彼と友人のグストルは、長い時間をかけて一階建ての小さな家々の前を通り、娼婦たちや女を買いに来た男たち、そして、取引が成立するたびに窓の明かりが消えていく様子を眺めていた。暗くなった窓を数えていれば商売の風向きがわかる。[6] そういう場所だった。

太った娼婦――名はゲルタだ――が下着を直しながらせまい路地から出てきた。ウルフに向かって陽気に手を振る。嫌悪感で体が震えそうになるのをこらえる。エディスは彼への関心を失ったようだった。通りの反対側からふたりの男たちが、牛の取引業者が商品を検分するのとおなじ視線を彼女に向けていた。男たちに声をかけられたエディスが暗がりのなかへと消えていく。混血のドミニクが急に身を寄せてきた。

彼女はウルフよりも背が高かった。彼の耳に唇を寄せ、あたたかい息を吐きながら言った。「あなたの望みはわかっているのよ。わたしなら望みどおりにしてあげられるわ」

ドミニクからは強さを感じる。ウルフはドミニクが彼のなかに見出したものを恐れ、同時に欲した。彼女が手をおろし、痛くなるほど強くウルフの下腹部に押しつけた。

「そうよ。わたしにはわかるわ。喜んであなたの思いどおりにしてあげる」

一瞬、ウルフは凍りついた。ドミニクは彼を欲望という罠(わな)にかけようとした。ユダヤ人が〝悪の性向(イエツエル・ホラ)〟と呼ぶ欲望だ。しかし、彼はドミニクよりも、そんな欲望よりも強い。彼女の手をどけて告げた。「もう二度とわたしに触れないでくれるとありがたい」ドミニクが彼の全身に上から下まで視線を走らせてにやりと笑い、そのまま夜の闇へと消えていく。ウルフはふたたび歩きはじめた。

ウルフの日記、一九三九年十一月一日——続き

夜になると、わたしの事務所の外では青果市場が閉まり、まったく異なるものを売る市場が始まる。売春だ。わたしは娼婦を憎悪する！　あの女たちの肉体は、売春のせいで梅毒やそのほかの病気で満ちている。体に症状が現れる病気ばかりではない。愛さえも売り払って心を病むのだ。(7)

エディスという少女に同情はしていない。感じていたのは冷たい怒りだった。かつておなじようなはげしい怒りによって、わたしは弁舌に駆り立てられた。ドイツの女が異国の地であのように体を売っている。それを見るのは、自分の失敗によって祖国が体を売っているのを目の当たりにする気分だった。かつて戦士のように血を流していたドイツが、いまや娼婦のように血を流している。それはゆっくりと訪れる死、愛の死だった。娼婦たちのあいだを通りすぎるとき、見えない何者かの視線を感じた。しかし、夜にはそうした視線を感じることもめずらしくない。人目につかないところで行われた行為が謎になるのではない。目撃者が誰も名乗り出ない行為が謎になるのだ。

イザベラ・ルービンシュタインが何を恐れているのかは承知している。わたしは、ウォーカーズ・コートからルパート・ストリートを抜けてホワイト・ホースに入り、ウインドミル劇場の前を通ってシャフツベリー・アヴェニューに出た。このあたりは劇場街(シアターランド)だ。照明が明るく輝いており、観客たちがスリや素人娼婦とまじりあって歩いている。通りの角にあるアポロ劇場には、電気で明るく光るパトリック・ハミルトン作の『ガス燈』の看板が掲げられていた。見覚えのあるふたり組の警官が娼婦たちをじろじろ見ながら、わたしの横を通りすぎていく。わたしは彼らにうなずきかけ、そのまま歩を進めた。

ジェラード・ストリートには小さなナイトクラブや薄汚れた暗がりが多くある。夜になると、妻同伴で夕食に繰り出す紳士たちや、W・B・イエーツやらエズラ・パウンドやらの詩だとかモダニズム全般だとかの功罪を議論する文芸かぶれの若者が集まってくる通りだ。ディーン・ストリートとの交差点には、物騒な敵意をこめた目つきで通行人たちににらみをきかせる黒シャツの一団が立っていた。建物の壁にはオズワルド・モズレーの選挙ポスターが貼られ、こざっぱりした口髭を生やした彼がいかにも英国人風の端整な顔に皮肉っぽい笑みをたたえてこちらを見つめている。わたしは皮肉をこめて看板に敬礼し、それからホーフガルテンという酒場に入っていった。

その酒場は細い階段のいちばん下、なんの飾りもない灰色の木のドアの奥にある。会員制というわけではないが、似たような考えを持つ人々が集まり、過去について話す場所なので自然と客層は決まってくる。ここの象徴するもの、象徴していないもの、そして象徴できないもの、それらすべてをひっくるめて、この店はわたしの憎悪の対象だった。階段をおりきったところにある重いドアを開け、店内に入っていく。

店のなかは暗く、煙が立ちこめていた。バイエルン産のビールのにおいが、田舎娘の干した厚手のスカートのように空気に重々しくぶらさがっている。笑い声や男たちの酔いに任せた話し声、チェス盤に駒を打つ音が耳に流れこんできた。店内の隅には小さなピアノが置かれているが、弾いている者はいない。時刻はまだ早かったし、いまさらホルスト・ヴェッセルの歌（ナチスの党歌『旗を高く掲げよ』）を演奏する物好きもいなかった。

こちらに視線が向けられ、聞こえてくる会話の調子が変わっていくのがわかった。何年も前のわたしであれば喜んでいただろう。しかし、いまのわたしは顎に力をこめて耐えるばかりだ。コートと帽子を壁にかけ、カウンターに向かう。

「何にしますか？」

「ハーブティーを頼む」わたしは言った。

バーテンダーはがっしりとした獣（けだもの）じみた大男、つまりは立派なアーリア人だった。わたしに顔を向けるとあざけるつもりなのか、あるいは怒りを爆発させるつもりなのか口を開き、たいそうな金歯をむき出しにした。どうやら文字どおり財産を身につけている男らしい。とはいえ、その口から罵倒や怒声が発せられることはなかった。彼はこちらを見ながら表情を変え、出かかった言葉をのみこんで口を閉じた。

「ハーブティーですか?」ふたたび口を開いた男が言った。

「あるならそうしてくれ」

「ありますよ。ありますとも、ヘル――」

「ウルフだ」

男はここは冷えるとばかりに両手をこすりあわせた。「ヘル・ウルフですね。そうでした」

「ヘル・ヘスはまだ来ていないのか?」わたしは尋ねた。

男が背筋をぴんと伸ばして答えた。「まだです」

わたしは片隅の空いたテーブルを指さした。「あそこにいる。ハーブティーができたら持ってきてくれるとありがたい」

男の大きな頭がうなずいた。わたしがかつてともに育ったのとおなじ、オーストリアの農民の子だろう。社会におけるもっとも健全で善良な人々だ。この男は見た目よりも賢いのだろうかと考えつつ、空いたテーブルまで歩いて席についた。

店内が暗いのはありがたい。この店には見知った顔が多すぎるし、すでに世界から忘れられ、わたし自身忘れようとしている過去を思い出させるものが多くありすぎた。コートのポケットに手を入れて丸めた札に触れる。わたしがホーフガルテンを訪れたのは、実に三年ぶりだった。

「われわれの戦いは、この国と世界の魂を守るためのものだ。われわれのように世界を変えようとする者にとって、容易なことなど何もない。当然、苦しい戦いになるだろう。われわれ黒シャツは選ばれた者であり、この国をあたらしい、より高みにある市民社会へと導かなくてはならないのだ。現在、われわれのなかではユダヤ人という癌が大きく育ちつつある。いまこそ革命のとき、炎のなかで清められるべきときだ。あなたも声をあげられるということを忘れてはならない。あなたには票を投じる権利がある。ぜひモズレーに投票を。必ずやこの大きな困難に打ち勝って――」

「そのくそやかましいラジオを消せ」何者かが言った。

こちらが気づくよりも先に、人影がテーブルの上に落ちていた。わたしはいつの間にかうとうとしていたようだ。煙草とパイプの煙が目に染みる。テーブルに置かれたハーブティーもすっかり冷めてしまっていた。

「ヘス」わたしは声をかけた。彼の豊かな巻き毛も、太い眉も黒々としている。笑顔は本心からのものだが、警戒しているようにも見えた。しかたないことだ。

「ウルフ」ヘスが応じる。彼が抱擁してくるような気がしたので、先手を打って立ちあがり、礼儀にかなった握手をした。

「また会えてうれしいよ」彼は言った。

「わたしもだ」わたしは答え、ヘスを見た。逆境にうまく対処しているらしい。ロンドンは彼を歓迎したということだろう。金をかけて整えた髪にはつやがあり、襟に黒シャツのシンボルである稲妻の記章がついた黒いジャケットは、おそらく仕立屋であつらえたものだろう。乗馬靴を履き、腹は大きく突き出ている。大転落のあと、この異国の地で太ったのだ。

「うまくやっているようだな」

ヘスが突き出た腹を叩いて応じた。「なんとかやっているよ」

わたしが向かいの椅子を示して腰をおろすと、ヘスも席についた。「何か頼もうか？」わたしが首を横に振ると、彼は不平をこぼした。「全然ここに顔を出さないな。わたしに会いにも来ない。きみを助けたいのに。少なくとも金くらいは——」

「おまえの金はいらない」

ヘスはため息をついた。「わかっているよ」カウンターに合図を送ると、バーテンダーが小さなブランデーグラスを持ってきて、彼の肘の近くに置いた。グラスをまわして満足そうに液体のにおいをかぎ、おもむろに口に含む。

「うまいか？」

「最高だな」

わたしはヘスの手からグラスを叩き落とした。ブランデーが彼の手にかかり、グラスが床にぶつかって砕け散った。椅子が立てつづけにがたがたと音をたて、三人の男たちが立ちあがるのが見えた。ヘスが弱々しく手を振って指をなめ、悲しげな視線をこちらに向けた。「ナプキンを持ってきてくれ、エミール」ヘスが言い、立った手下に合図をして腰をおろさせた。

「護衛がつくようになったのか？」

「物騒な時代だからな」ヘスが言った。「できるだけの用心をしている」

彼は大柄なバーテンダーが持ってきたシルクのハンカチで丁寧に手をぬぐった。

「ありがとう」礼を告げ、〈R.H.Hess〉と自身の名が刺繍されたハンカチをバーテンダーに返す。

わたしが見据えていると、ヘスは口を開いた。「失礼なことを言うつもりはなかったんだ」

「わかっているとも」

「それで、用件は？」ヘスがきいた。

「情報がほしい」

彼はうなずいた。「きみが私立探偵をしているという話は聞いた」

「そのとおりだ」

ヘスの表情と視線がおだやかになった。「きみは鼓手（ドラマー）（極右勢力の士気を高める者を意味する）と呼ばれていたよ」

「わたしはずっと戦いつづけている。しかし、戦うのは秩序のためだ」冷たくなったハーブティーをひと口飲み、言葉を続ける。「あらゆるものには秩序が必要だからな」

「ああ、もっともだ」ヘスが同意し、ネクタイをゆるめた。「それで、何が知りたい？」

「女を探している。ドイツからロンドンに来るはずだった女だ」

「なるほど。もちろん、密航者だな？」

「そうだ」

「金さえ積めば、書類なしで海を渡れないこともない」ヘスが言った。

「教えろ、ルドルフ」わたしはきいた。「ドイツから来る途中で姿を消す人間はめずらしくないのか？」

「姿を消すというと？」

わたしは冷静な声音で答えた。「その女はユダヤ人だ」

ヘスがわたしの目をのぞきこむ。「ウルフ……」

「何も言うな」

「きみが好きだから言う。わたしにきかないでくれ」

「知る必要があるんだ」

「閉じたままにしておいたほうがいいドアもある」彼は椅子をうしろにずらして立ちあがった。「われわれの友情のためだ」好奇心がにじむ目をこちらに向ける。「それに、ユダヤ人の身に何が起きたかなんて、どうして気にする？」

「気にしてなどいないさ」

「わたしの下で働かないか」ヘスが衝動的に言ってから、わたしの顔を見た。「一緒にという意味だ。金も権力も手に入れられるぞ。わたしだってここじゃそれなりの存在なんだ、ウルフ。影響力だってある」

「ヘス。おまえはヒモで泥棒だ。金で名誉を売りわたした男だよ」

「その呼び方はよせ」

「なら、どう呼んでほしいんだ？」

ヘスが声をあげて笑った。「もしかすると、わたしのほうがきみより成長しただけなのかもしれないな」

「わたしが変わらずにいるあいだ、おまえが堕落しつづけただけだ。わたしは自分の尊厳を安売りするようなまねはしない」

「きみは昔のきみの影でしかない。幽霊だよ」ヘスがもう一度笑った。なんとも悲しく、苦々しい笑い声だ。「大転落できみは死んだ。いまのきみは、かつての姿のまがいものだ」

　わたしも立ちあがった。背はわたしよりもヘスのほうが高い。しかし、この男はいつだってわたしよりもはるかに小物だった。

「頼む。さっきのような質問はもうしないでくれ、友よ（マイン・フロイント）」

　ため息をついたヘスは胸のポケットに手を入れると、カードをテーブルの上に放り投げた。わたしが手に取ったカードは厚い上質紙でつくられていて、イースト・エンドの住所だけが印刷されていた。裏返してみると、長らく見ていないシンボルが描かれていた——鉤十字（かぎじゅうじ）だ。


　夜は人の目が多い。ウルフはホーフガルテンを出た。通りの行きどまりで、さっき見たのとおなじ黒シャツの一団が地面に倒れている男に暴力を振るっていた。男は胎児みたいに身を丸め、さして役に立たないのに両腕で頭を守ろうとしている。黒シャツが頑丈なブーツで男を容赦なく蹴りつけるあいだ、通りの脇に立ったふたり組の警官が無表情に暴行の様子を眺めていた。男の汗と血、そして暴力のにおいがあたりに立ちこめる。ウルフにとってはおなじみの、かつては好んだにおいだ。被害者のかたわらに白い歯が二本落ちている。暴行現場の脇を通りすぎようとして立ちどまると、黒シャツのひとりがシャツの袖で顔の汗をぬぐいながら言った。「何を見てやがる」ウルフが首を横に振って歩きだすと、後方から被害者のかすれた泣き声が聞こえてきた。壁ではオズワルド・モズレーが勝ち誇った笑みを浮かべ、ウルフを見おろしている。彼はそのまま歩きつづけた。

夜の闇のなか、何者かが彼を見つめていた。ウルフは自分のほうに向かってくる影の存在を感じ、いったん足をとめてふたたび歩きだした。見えない監視者の手がかりを得ようと、ゆっくりと商店の窓に近づいて反射を確かめる。誰もいない可能性もあったが、彼の鼻は暗闇のハンターたちのにおいを確実にとらえていた。彼は一九二〇年代に使っていたウルフという名を、このロンドンでふたたび使っている。いつだって狼には親近感を抱いてきたものだ。

カードはコートのポケットに入っている。もう一度ヘスに会って、これまでに何があったのかを思い知らされるのはごめんだ。自分自身が落ちぶれていくあいだ、いかにしてヘスがのし上がっていったのかなど知りたくもない。左の脚に鈍い痛みが広がった。収容所にいたときの骨折が完治しなかったせいで、寒い日には痛むのだ。ウルフはあと三日で五カ月という時点で収容所を脱出し、国を出た。ときおり、全身がはげしく痛むほどドイツへの思いがつのることがある。自分が祖国の地を踏むことは二度とない。それはいやというほど承知していた。

じきに一九四〇年代が始まる。チャリング・クロス・ロード沿いは飾りつけであふれ返り、早くもクリスマスの雰囲気が満ちていた。屋台ではロマの特徴である浅黒い顔をした男が焼いた栗を売っていた。この街には大転落の混乱を逃れて難民たちが大量に流れこんでいる。しかし、いまや国境は閉ざされつつあり、いたるところで緊張が高まりつつあった。〈デイリー・メール〉の夕刊を買い、歩きながら見出しを確かめると、一面には〝ウインザー公がモズレー支持を表明〟という文字が躍っていた。驚くほどのことではない。退位した元国王は、ウルフ自身が政治的な権力を持っていた頃も、彼の政策を支持していたからだ。とはいえ、あの男はアメリカ人の女と結婚するような愚か者だ。愛情は憎悪よりも弱い感情だと確信しているウルフは、元国王を軽蔑せずにはいられなかった。

いた。あれが背後で動いていた人影の正体だろうか？　ウルフは身をかがめ、路地に身をひそめた。どうやらウルフの動きには気づかなかったらしく、黒いスーツを着た特徴のない顔の男はそのまま通りすぎていった。ウルフが路地から出ると、そこはコレッツ・ブックショップのすぐ近くだった。本屋はまだ開いていて、口先だけの革命論者たちが左翼のパンフレットや共産主義のプロパガンダ作品に囲まれて議論をしている。黒いスーツの男は、すでに姿を消していた。ウルフは歩きつづけ、マークス・アンド・コーの前で立ちどまって店頭に飾られている本を眺めた。いずれも人気小説で、本には手垢がついている。ダシール・ハメットの『マルタの鷹』、P・G・ウッドハウスの小説が一列、ウルフが持っているのとは別の版の『ホビットの冒険』、アンソニー・パウエルの『フロム・ア・ビュー・トゥ・ア・デス』などが並んでいた。

しかし、ウルフは英語という言語の弱々しさが好きではない。そこへいくとドイツ語は響きが勇ましく、古くささもためらいもない。彼はふたたび歩きだした。

あと少しでオックスフォード・ストリートに入る。ウルフはぶらぶらと歩きながら、店の窓で後方とそこに映る自分の姿を確認しつづけた。黒髪の額の生え際は後退しはじめている。広い額に力強い顎、少しばかり突き出た耳、そして口髭は生やしていない。口髭などとても我慢できなくなっていた。

あいつだ！

ウルフはすばやく振り返り、歩いてきた方向に勢いよく戻っていった。葬儀屋のような黒いスーツに黒いネクタイを締めた若い男が身をひるがえそうとしたが、もう遅い。ウルフの手が男をとらえ、スーツの襟をつかんでレンガづくりの壁に思いきり押しつけた。見知らぬ男に顔をぐっと近づけ、彼は低い声で言った。「貴様は何者だ？目的は？」

男は抵抗しなかった。「すまないが、何か誤解があるようだ」

大きな声ではなかったものの、その発音は男がアメリカ人であるのを雄弁に物語っている。ウルフは手を離した。その気になればじゅうぶん戦えそうなのに、男は抵抗しなかった。安物のスーツの下には、贅肉（ぜいにく）のない筋肉質な体が隠されている。「なぜわたしのあとをつける？」ウルフが尋ねると、男はばつの悪そうな顔をした。

「大英博物館にはどう行けばいい？」男が質問を返した。「このろくでもない街には混乱させられるよ。どこかで道を間違えたらしいんだ」

「そうだろうとも」ウルフは男をじっと見据えた。「博物館ならやってない」

「そうなのか？」

男の目がきらりと光る。ウルフはふたたび襟をつかんだが、やはり男は抵抗しなかった。その視線にはいくらか皮肉がこもっているように見える。ウルフ自身はこうした目つきはしないし、歓迎もしない。

「仲間はどこだ？」ウルフはきいた。

「なんの話だ？」

ウルフはつばを吐いた。唾液が男の肩の上を飛んでレンガの壁にあたり、ゆっくりと伝い落ちていく。「おまえにも仲間にも、二度目の警告はないぞ」すばやく踵を返して歩きだす。別の何者かがまだあとを追ってくるかどうか確かめもせず、彼は歩きつづけた。

バーウィック・ストリートでは娼婦たちが忙しく働いていた。暗がりのなかにいた監視人は、探偵が事務所を出てから若いドイツ人の娼婦と黒人の娼婦と話をして立ち去るまでを見ていたが、あとを追わずにその場にとどまりつづけた。時間ならある。それもたっぷりと。彼は娼婦たちに目をやった。

監視人は影に包まれていた。幽霊、あるいはH・G・ウェルズの書いた透明人間みたいなものだ。この不可視性こそが彼の力だった。コートの下でナイフに触れると、刀身のなめらかさと鋭さが伝わってきた。なんとすばらしい感覚だろう。娼婦たちを見ていると、水兵がドイツ人だかオーストリア人だかの若い娼婦に声をかけた。両者の違いはぼんやりとしかわからないものの、どうでもいいことだ。水兵が彼女の手を取り、影のなかに消えていく。監視人は金属に触れ、ナイフの感触を確かめた。あのふたりにも、ほかの誰にも彼の姿は見えない。あとは相手を選んで決断し、行動するだけだ。痛いほどに下半身が高ぶっている。しかし、これはいい痛み、期待がもたらす痛みだった。あと少し。急ぐ必要はない。そう思うのはなかなか難しいが、喜びのうちの半分は待つことにある。待っている時間とは、つまり幻想なのだ。いまはまだ何もしない。それでも、ここでナイフを手に女たちを見ていると、頭のなかでこれから女たちにする行為をありありと想像できた。娼婦たちにはこちらが見えない。一方、彼はじっと女たちを見つめていた。

その後、探偵が戻ってきた。どこにでもいそうな小柄な男。だが、外見にだまされてはいけない。監視人が行動を起こすのは、この男のためだった。いまにも触れそうなほど近くを、疲れた足どりの探偵が通りすぎていく。監視人は緊張して息を殺したが、探偵は彼に気づきもしなかった。これまでどおり、誰ひとりとして彼に気づく者はいない。探偵が完全に通りすぎたあと、彼はポケットに手を入れて壁に背中を預け、娼婦たちの観察に戻った。観察しながら下半身の高ぶりをみずから慰めると、下腹部に心地いいあたたかみが広がっていった。何もしない。いまはまだ。

しかし、そのときはすぐそこに近づいている。

時間と空間を隔てた別の世界で、ショーマーは横たわり、夢を見ていた。

第2章

ウルフが戻ったとき、時刻はすでに遅くなっていた。ゆっくりと階段をのぼっていく。事務所とともに借りている隣の小さな部屋のドアを開くと、床にドアの下から差し入れられた封筒が落ちていた。クリーム色の厚手の紙でできた封筒に、黒いインクの美しい手書き文字で彼の名が記されている。拾いあげて見てみると、消印はどこにもなかった。どうやら直接届けられたようだ。筆跡には見覚えがある気がした。封筒を手に持ったまま、部屋を横切って歩く。

私室として借りたこの部屋には簡素な台所があり、ベッドとテーブルが置いてあった。飾りらしきものといえば、本くらいしかない。本は床や窓枠やベッドの上、いたるところにあった。さながら本の海といったところだ。それぞれのページは波のようで、ときに彼は自分が文字におぼれてしまうのではないかと思うこともあった[1]。

封筒をベッドの上に置き、紅茶を淹（い）れる湯を沸かそうとコンロがある台所へと向かう。この部屋には硬貨を入れると稼働するガスの暖房装置も備わっており、ウルフはうまく稼働するよう願いつつ金を入れた。部屋は冷えきっていて、呼吸するたびに白い布のような息が口から立ちのぼった。紅茶を手にベッドへ戻り、できるだけ暖房に近い位置に座って身を縮こまらせる。脚が鈍く痛むなか、紅茶をすすった。酒場の煙草の煙のせいで、まだ目の調子がおかしかった。あのユダヤ人の女から受け取った金は、着たままのコートのポケットに入っている。紅茶のカップを窓枠に置き、ペーパーナイフに腕を伸ばした。封筒のなかに入っていたのは、高級な紙に印刷された招待状だった。招待状には〝サー・オズワルドとレディ・モズレーがあなたのご来場をお待ちしております〟と記されていて、会場の場所はベルグレイヴィアのモズレー宅の住所になっていた。日付は二日後の金曜日だ。彼は着ているコートのくたびれた裾を指でなぞった。あたらしいスーツは用意できないし、持っている服はサイズが合わなくなっている。

招待状を裏返すと、そこには封筒とおなじ黒いインクで美しい文字が書かれていた。ダイアナの字で〝いとしいウルフ、わたしたちがあなたとすばらしいひとときを過ごしてからずいぶんになります。あなたに会えたら、オズワルドはきっと喜ぶわ。もちろんわたしも〟とあり、彼女のサインとその下に抱擁を表すXとキスを表すOがいくつか記されていた。さらに追伸として〝ユニティも来るかもしれません〟と書いてあった。

ウルフは招待状を封筒に戻して紅茶を飲んだ。立ちあがってシンクへと行き、カップを丹念に洗ってそのまま干す。コートをかけてからふたたびベッドに腰をおろし、背筋を伸ばして天井を見あげた。過去がよみがえってきて彼を脅かし、とらえようとしている。オズワルドとダイアナとは三六年の結婚式以来、会っていない。あのときも招待はされたものの、地位も権力も失ったあとで、賓客として招かれたわけではなかった。大転落のあと、すべては変わってしまったのだ。

いまになっての招待にはどのような意味があるのだろう？　オズワルドの目的は？　ウルフはいかなる幻想も抱いていなかった。オズワルドは彼に何かを望んでいる。ふたりは多くの点で似通った存在だ。しかし、強者であるウルフと違い、オズワルドは弱い。いつだってオズワルドは弱者だった。

わずかのあいだ、ユニティに思いを馳せる。仰向けになって窓の外の暗闇を見つめ、夜の声に耳を澄ませているうちに、ウルフは眠りに落ちていった。

ウルフの日記、一九三九年十一月二日

夢のなかで、わたしはヌーヴ＝シャペルの塹壕に戻っていた。ビールの醸造所にならってみながレーベンブロイと呼んでいた塹壕だ。日時はおそらく、一九一

五年五月九日と十日のはげしい戦闘から何日かが過ぎた夜だと思う。その戦闘は名前がつけられるほど重要なものではなかったかもしれないが、死者たちにとってはじゅうぶん意味のある戦いだった。

夢のなかのわたしは塹壕内での点呼のあいだ、中腰の姿勢で立っている。夜の闇の彼方(かなた)では砲撃による炎があがり、敵軍との中間地帯では死にゆく兵たちの悲鳴が聞こえていた。数百にものぼるイギリス軍の戦死者が不毛の地のそこかしこに転がり、死のにおいが立ちこめている。わたしたちが最初に前線へ到着したとき、その土地には果樹園や平原が広がっていて、蜂(はち)の羽音が聞こえていたものだ。しかし、戦闘を経(へ)て土地はすっかり荒れ果てていた。死体となって横たわるイギリス軍の兵士たちが日中の太陽の下で腐っていき、銃弾による傷口に蠅(はえ)が卵を産みつける夜のあいだも、ふくらんだ死体の腐敗はさらに進んだ。甲虫が死体に入りこんで腐肉をむさぼり、悪臭があたたかい春の空気に充満した。即死よりも過酷な目にあったのは、奇跡的に生き残り、ゆっくりと時間をかけて死んでいく兵たちだった。彼らの苦悶(くもん)の声は不浄そのもので、生き残ったわれわれは彼らの名誉のためにも死を願わずにはいられなかった。

夢のなかで、点呼で整列する兵たちの前を第十中隊の指揮官であるツィーグラーが歩き、だらしない、敬意が足りないと見なした兵士に平手打ちを食らわせていった。わたしに近づいてくるにつれてその姿は大きな影に変わっていき、顔も闇に隠れて判別できなくなっていった。月明かりが影の背後にさらなる影をつくり、その影が枝分かれして大きな獣の翼のように見えた。わたしの前で立ちどまった影が酒くさい息を吐き出す。身を乗り出した影の顔が照らし出されると、それはツィーグラーではなくわたしの父のアロイスの顔だった。わたしは丸い顔にうがたれた小さな目とワインの悪臭から逃れようと、あとずさった。父は邪悪な喜びを示す笑みを浮かべ、わたしを殴ろうとこぶしを振りおろした。衝撃ではじき飛ばされたわたしが土嚢に背中をぶつけると、父が吐き捨てるようにわたしの名を連呼しながら蹴りつけてきた。

読書はわたしの日課になっている。目を覚ましたのは早朝で、まだ太陽ものぼっていなかった。シンクで顔を洗うと、夢で父に殴られたところが刺すように痛んだ。カモミールティーを淹れて窓枠に置く。この時間帯はソーホーがもっとも静かになるひとときで、娼婦たちさえも眠りについている。下の階からパンを焼くにおいが漂ってくるなか、わたしはアレン・アンド・アンウィンが何年も前に出版したハロルド・ラスキの『政治学大綱』を手に取った。二時間ほど集中して本を読んでから立ちあがり、帽子とコートを身につけて事務所へと向かった。

午前中は静かに時間が過ぎていき、請求書の支払いをすませ、書類仕事を片づけた。わたしは昔からデスクでの仕事が好きだった。デスクのうしろからなら、人は命令を下すことができる。かつてのわたしは、デスクのうしろから世界を支配できると信じていた。いまではわたしよりも立派なオフィスでデスクのうしろに陣取る者たちが、人々にどう考え、どう行動すべきかを命じている。そんなことを考えているうちに午後になり、電話が鳴り響いた。

「ウルフ探偵事務所」

「イザベラ・ルービンシュタインよ」

「ミス・ルービンシュタイン」

彼女の声はきびきびしていた。「進展はあったかしら?」

イザベラの声を聞き、わたしはロンドンの大きな屋敷にいる彼女の姿を想像した。メイフェアかベルグレイヴィアか、ユダヤ人を受け入れる高級住宅街の屋敷だ。彼女が電話で話しているあいだ、父親の運転手はロールスロイスの洗車をし、父親の庭師はバラの剪定(せんてい)をし、そして父親の料理人はシンクがいくつかある立派な台所でユダヤ料理をつくっている。

「きみがわたしのところに来てから、まだ一日しか経(た)っていない」

「わたしは結果を求めているの、ヘル・ウルフ」

長いこと受話器を握りしめ、力のこめすぎで指先から血の気が抜けていくのを見つめていた。

「もしもし？」

「なんだ、ミス・ルービンシュタイン？」

「経過を聞かせてくれる？」

「昔の……知人のひとりに会って、あるクラブの住所を聞いた。今夜、行ってみるつもりだ」

「どんなクラブなの？」

「若い女性が行くような場所ではない」わたしが答えると、イザベラが息を弾ませて笑った。

「上流社会の若い女性たちが日頃何をしているか知ったら、あなたも驚くでしょうね。その気になったら彼女たちはすごいわよ」

わたしはその言葉を無視した。「ミス・ルービンシュタイン、ほかに用事がないのなら……」

「あるわ」

「どんな？」

「わたしも一緒に行くわ」

「論外だ」大声を出していたと思う。わたしにそうさせる何かがイザベラ・ルービンシュタインにはある。

「クラブはどこにあるの?」イザベラの声には鉄のような意志がこめられていた。「ミス・ルービンシュタイン、きみはわたしに仕事を依頼した。だから仕事をさせてほしい」

「わたしがあなたを雇ったのは、あなたの過去を知っているからよ」イザベラの声から緊張感が伝わってきて、わたしは受話器の向こうにいる彼女の姿を想像した。開いた窓からあたたかい春の風が吹きこみ、ベッドに横たわる彼女の体をなでている(金持ちの季節はいつだって春と決まっている)。彼女の指は電話のコードをもてあそんでいるだろうか? ほっそりとした長い指で受話器を包むように握り、上下させている? 「あなたの名前はわたしたちを怖がらせるために使われていたのよ。知ってる? 母にも、悪いことをしたら大きな悪い狼(ウルフ)がさらいに来ると言われていたわ。夜になるとベッドで思い描いたものよ。家に忍びこんだあなたが階段をのぼって、わたしの部屋のドアをゆっくりと開けるの……」

「それで?」口が乾いていった。

「あなたがわたしのベッドまでやってくるのよ。わたしは気づいているけれど、気づかないふりをする。そうすると、腕を伸ばしたあなたが爪でわたしのむき出しの肩をなぞって、夜着の肩紐を外してゆっくりと脱がしていくの。わたしたちはみな、あなたが大嫌いだったわ。ラジオから流れてくるあなたの声はそこらじゅうにあふれ返っていた。わたしもその声を聞いて眠りについたものよ」

「だからなんだ？」

「いまみたいにね」イザベラはそう言うと、いきなり陽気に笑いだした。「それが今回は、あなたがわたしのために働いている」彼女の声音にはゆがんだ喜びのほかに、粘っこくて甘ったるい響きが含まれていた。

「そうか……」

「わたしの言うとおりにしてくれるのよね、ウルフ？」イザベラが尋ねた。

椅子に座ったまま、わたしは体をもぞもぞと動かした。このわたしに命令するとは、いったい何を考えている！　イザベラへの憎悪と、彼女を罰したいという願望が燃えあがった。そして、その反対に罰せられたいという思いも頭をもたげた。わたしのなかにはずっと以前から、暴力的な何かがある。あるいは、あのユダヤ人――フロイト――が言うところの傷のようなものがあるのかもしれない。

四隅に柱のあるベッドの上にいるイザベラと、屋敷の外でいまいましいバラに水をやっている庭師を思い描く。頭のなかで、彼女がゆっくりとドレスの裾をあげていき、真っ白な脚を指でなぞった。「だめだ」わたしは危うくうなり声をあげそうになって言った。「だめだ」相手が何か言うのを待つ。しかし、受話器の向こうからは荒い呼吸音が聞こえてくるばかりで、それからいきなり電話が切れてしまった。内心で悪態をつき、椅子に座ったままそわそわと体を動かした。これだからユダヤの連中は嫌いなのだ！　やつらは寄生虫みたいなもので、人類のなかでもっとも誠実な人々を食らって生きている(2)。

権力。結局、すべては権力と支配とに帰結する。わたしはゲリのことを考えた。彼女を思わない日は一日としてない。十七歳の彼女は陽気で活発で、それは美しい生き物だった。わたしはゲリのなかに、自分が探しているものを見出していた。すべての女性が意思を持っている。ゲリといると、その意思を支配し、思うがままに変えられる気がした。わたしたちは叔父(おじ)と姪(めい)としてともに暮らし、わたしは彼女をミュンヘンのオペラハウスや映画館に連れていった。彼女を愛していた。それなのに、ゲリはわたしの銃を使ってわたしを裏切ったのだ。

立ちあがると重々しい気分は軽くなっていたものの、気がつけばズボンの前の部分に黒く湿った染みができていた。男はみずからの欲望を許容すべきではなく、大義のために欲望を従属させなくてはならない。しかし、わたしの大義はずっと以前、人々に裏切られたときにずたずたにされ、失われてしまった。いまではエルンスト・テールマンがドイツを統(す)べている。あの太ったいまいましい男がだ。

だからわたしは服を着替え、出かけることにした。

寒く、ときおり顔に突き刺さるような雨が降る天候だったが、ウルフはあえて徒歩を選んだ。帽子を深くかぶって肩を丸め、向かい風のなかを進んでいく。大英博物館の前までやってくると、刀身が湾曲した独特の形を持つククリ刀を身につけたグルカ兵の一団がいた。まったく異質の顔立ちをした兵たちが隊列を組み、すぐそばを通りすぎていく。ウルフは戦場でのグルカ兵をよく覚えていた。彼らはイギリスの王に仕えていたネパール人の兵士で、黒い悪魔と呼ばれていた。ウルフはバイエルン陸軍リスト連隊の伝令兵として戦争に参加し、壕のなかで生活していた。季節があたたかい春から厳しい冬へ移ると、流れこんでくる雨のせいで壕の内部は四六時中じめじめし、水を含んだ泥が顔を覆い、目や口のなかにまで入ってきた。ひどく寒いうえに毛布も体もじっとりと湿っていて、あたたまることもできなかった。壕の壁は崩れ、パンはしけっていて食べられない。そんな状況のなか、前線から抜け出すために自分自身を撃つ兵士や、イギリス軍の戦争捕虜の喉を平然と切り裂く兵士もいた。「そういう気分だった」喉を切った兵士は、叱責(しっせき)されてそう答えた。そしていつもどおり、捕虜の死は心臓発作によるものとして処理された。

一九一四年の冬とクリスマスの休戦のことも覚えている。クリスマスイブ、霜(しも)のような星々が夜空に輝くなか、中間地帯の向こう側でイギリス軍デヴォンシャー連隊の兵たちがキャロルを歌いはじめ、ドイツ軍の兵たちも賛美歌で応じた。予備歩兵部隊十七連隊に所属するひとりの兵士が壕を飛び出し、英語で叫んだ。「撃つな！　おれたちも撃たない！　クリスマスだ。おまえたちもおれたちも、平和を望んでいる」

寒く、晴れ渡ったつぎの日、両軍の兵士たちは中間地帯の真ん中で顔を合わせて握手をした。急いで書いたクリスマスカードを交換し、一緒に踊りさえした。踊ったのだ！　みなが浮かれているなか、ウルフは周囲に対して怒りを燃やしていた。友軍の兵たちに対する、彼らの裏切りに対する憤慨だ。彼は休戦には参加しなかった。そして二十七日になると雨と泥にまみれた生活が戻ってきて、雷が夜空に傷を刻みつけていった。

ウルフはグルカ兵たちとすれ違った。若い兵士だった頃は戦場での彼らに魅了されたものだ。のちに指導者となってからも、彼らのような兵たちが自軍にいればどれほどいいかとずっと思っていた。

しかし、みすぼらしい探偵に落ちぶれたいまとなっては、どうでもいいことだ。

ミュージアム・ストリートを歩いてアレン・アンド・アンウィンのオフィスの前を通り、左に曲がってハイ・ホルボーンに出る。すでにあたりは暗くなりつつあり、通りはさまざまな人でいっぱいになっていた。ロンドンはウルフに、青年時代を過ごした頃のウィーンを思い起こさせる。どちらも罪と腐敗の街、神の存在しない街だ。弁護士が法服姿で歩き、助手が忙しそうにつき従っている。保険の外交員や警官があたりをめぐっているほかに、薄汚れた労働者や市場帰りの主婦、買い物中の貴婦人もいた。ユダヤ教徒たちが律法と金の値上がりについて議論し、煙草をくわえた新聞記者たちがシティ・オブ・ヨークというパブの外でたむろしている。聖職者やスリ、早起きの娼婦もそこかしこにいて、オフィスに戻る前のビジネスマンたちの姿もあちこちに見られた。

ウルフがレザー・レーンに到達したときには、すっかり夜になっていた。料理と道に捨てられたごみのにおいがまじりあい、鼻につく悪臭となってあたりに充満している。ドイツ語が聞こえてくるようになり、難民独特のさまよう視線を放つ人々の姿が目立ってきた。これがかつてウルフのものだった人々――大転落で国を追われたあとでヨーロッパの国々に拒絶され、つぎつぎと抜け道を見つけては海峡を渡ってイギリスにやってきたオーストリア人とドイツ人――だ。彼らには身分証明書もなければ希望もなく、みすぼらしい服を着て貧しい生活をしている。夜にひとり歩きをしている女性はおらず、男たちは何人かの集団をつくって借家の階段にたむろし、煙草を吸いながら自家製のシュナップス（アルコール度数の強い蒸留酒）を飲んでいた。密造酒と大差ない代物だが、彼らにはそれしかない。

この人々こそ、ウルフがどこまで転落したのかを示す証だった。

レザー・レーンと隣りあっている通りがハットン・ガーデンで、そこにはまだユダヤ人たちがいる。シャッターがおりた店のなかには金やダイヤ、銀にサファイアにルビーといった贅沢な宝飾品がある一方で、通りにはごみがあふれ返っていた。建物の正面は汚れていて、外装がはがれてレンガがむき出しになっている。帽子を深くかぶったウルフがゆっくりと歩いていくと、街の闇が彼を歓迎した。ハットン・ガーデンからクラーケンウェル・ロードに入っていくと一転して通りが騒々しくなり、ウルフの故郷の言葉で記された看板が増え、ウィーンやベルリンを彷彿とさせる電飾で飾られたやかましい酒場がいくつも現れた。ブラッドブルスト（ソーセージの一種）とザワークラウトのにおいが露店から漂ってくる。この時間に早くも酔いのまわった男たちが腕を組み、祖国の栄光を高らかに歌いながら歩いていた。ウルフはそうしたすべてから目をそらし、影のなかを進んでいった。クラーケンウェル・ロードを西に向かってレザー・レーンに戻り、ホルスト・ヴェッセルの歌から遠ざかっていった。

ヴェッセルはベルリンの突撃隊少尉で、来客を出迎えようとドアを開け、共産主義者の暗殺者に顔面を撃たれて殺されたときはまだ二十二歳だった。あの愚かな若造を英雄に祭りあげ、彼の詩を党の歌にしたのはゲッベルスの考えだ。当時、ヴェッセルはエルナという名の若い娼婦と同棲していて、おそらくヒモのような存在だった。死んだきっかけは彼女の愛情をめぐっての争いではなく、家賃を払わなかったためらしい。それにしても、あの歌が大流行し、大転落から何年も経ったいまでも歌っている男たちがいるというのは奇妙としか思えなかった。

一九三一年、ミュンヘンにいた頃、ウルフは大転落がやってくるとは想像もしていなかった。当時は異母姉アンゲラの娘であるゲリと一緒に暮していて、きらびやかな蝶のような彼女に夢中になっていた。愛らしく純真な女性が彼の好みで、ミュンヘンで贅沢な暮らしをしていたときも、やさしくてかわいらしく、愚かな娘たちが好きだった。(3)

ゲリはウルフの好みにぴったりな、それ以上の娘だった。若くて無力、そして従順なゲリに対して、彼は神にも似た存在になることができ、彼女を思うままにできた。ゲリは完全にウルフに依存している存在だったのだ。

それでも、ゲリは反抗しようとした。彼女と運転手のエミールとの恋愛を知ったとき、ウルフは激怒した。しかし、それでも彼女を愛していたのだ。ほかのどの女性より、その当時付きあっていたエヴァ——純朴で、スリッパみたいな心地よさを感じさせる女性だった——よりも愛していた。

やがて、あの運命の夜がやってきた。おかしなことに、電話をかけてきたのはヘスだった。ウルフは会議のためにニュルンベルクに出向いていた。ゲリはウルフに反抗する手段として、彼自身の銃を使った。おそらく、それが何よりもウルフを傷つけた。信頼してやまなかった二二口径、アメリカのスミス・アンド・ウェッソンでつくられた製造番号七〇九の拳銃だ。その銃は弾をこめたまま、ベッドサイドのテーブルの真ん中の引き出しにしまってあった。ウルフはほてったゲリの小さな手が銃把にはめこまれた金属を包みこみ、マニキュアを塗った人差し指がためらいがちに引き金にかかるところを想像した。それは究極の裏切りだった。彼女を発見したのは、家政婦のフラウ・ウィンターだった。ゲリは心臓を外して肺を撃ち抜いており、部屋にひとりきり、死ぬまでに何時間もかかったに違いなかった。ウルフは彼女の口から出るかすれた呼吸音や、処理される豚のようななり声、そして泣き声を想像した。

フラウ・ウィンターがヘスに連絡し、ヘスがウルフに電話をかけてきた。ウルフがアパートメントに駆けつけたのは、すでに警察も帰ったあとだった。

ウルフは夜の空気を吸いこんだ。ゲリの自殺のあとは何度も失敗を繰り返し、その内容もだんだんひどいものになっていった。

気がつけば、レンガづくりの壁に据えつけられたドアの前に立っていた。カードの住所はここで間違いないようだ。ウルフは三回、ドアを叩いた。

頭の高さくらいに、最初はあることも気づかなかった金属製のスライド窓が開き、鉄格子が現れた。格子の向こうから、ぎらついた黒い瞳が彼をうかがっている。「何か用か？」

ヘスから受け取ったカードを格子の内側へと差し入れ、ウルフは言った。「ヘル・ウルフだ。ヘル・ヘスに聞いて来た」

スライド窓が閉じ、その直後に音もなくドアが開いた。ドアの奥からピアノの音と、笑い声や話し声が聞こえてくる。ドアのすぐ近くにいる男にはかすかに見覚えがあったが、はっきりとは思い出せなかった。髪を短く刈った男はボクサー犬みたいな丸い顔をしていて、左の頬には傷があった。「前にどこかで会ったことが？」ウルフは尋ねた。

男が首を横に振り、笑顔を見せずに答える。「いいや。でも、おれはあなたを見たことがある」

ウルフは肩をすくめた。

続けて男が言った。「おれはクラマー。ヨーゼフ・クラマー」

「ヘスのために働いているのか？」

男が笑った。「彼のためじゃない。だが、ヘル・ヘスもこのクラブの出資者のひとりです。どうぞ、こちらへ」

「ありがとう」

ウルフが廊下に足を踏み入れると、クラマーがうしろ手にドアを閉めた。分厚いオークのドアにはしっかりと油がさしてあるらしく、まるで音はしなかった。

「ついてきてください」

耳を澄ますと、くぐもった話し声とかすかな音楽が聞こえてきた。廊下には分厚いカーペットが敷かれていた。

「おれは三一年に党に参加しました」クラマーが言った。「親衛隊に入ったのは三二年です」

「そいつはよかった」

そっけない返答に気分を害していたとしても、クラマーは態度には表さなかった。

「こちらへどうぞ」ウルフの前に立ち、大きな待合室に入っていく。ウルフはドアの近くで立ちどまった。タキシードを着た男がグランドピアノの前に座り、ベートーヴェンの曲を演奏している。ピアノのまわりには、座り心地のよさそうなソファや長椅子がいくつも置かれ、ネクタイをゆるめた男たちがグラスを手にくつろいでいた。壁のひとつには茶色のバーカウンターがあり、その向こう側でバーテンダーがグラスを磨いていた。「何かお飲みになりますか？」クラマーが尋ねた。

「酒は飲まない」ウルフは答えた。

室内には上質な葉巻のにおいが立ちこめている。男たちのなかには、ウルフの見知った顔もいくつかあった。そのうちの何人かは死んだとばかり思っていた者たちだ。

彼らは、丈の短すぎるスパンコールのドレスを着た女たちをはべらせていた。

ここの女たちは、ソーホーの路上で働く娼婦たちよりやや格上なのだろう。申し訳程度に体を覆った衣装の女たちは、いかにも恥知らずに見える。ウルフは、彼女たちの人種がさまざまなのに気がついた。スラヴ系やアーリア系の顔立ちもいれば、ドミニクを思い出させる黒人もいる。女たちはウルフに視線を返してきたが、例外なくうつろな目をしていた。この目は以前にも見たことがある。レース前に薬を打たれた競走馬とおなじ目だ。男たちも待合室に入ってきたウルフのほうを見ていた。彼は相手が顔をそむけるまで、無表情を保った。

「さあ、ヘル……ウルフ」クラマーが手で室内を示した。「どれでも好きな女を選んでください。店からのサービスです」

「この女を探している」ウルフは胸ポケットから写真を出した。イザベラが去り際に置いていった妹の写真だ。彼もまだじっくりと見ていなかったので、クラマーと一緒に写真をのぞきこんだ。細面の内気そうな少女で、顔は少年のようにも見える。

「ユダヤ人ですか?」クラマーがきいた。

「ここにユダヤ人はいるのか?」

クラマーのあばた面にゆっくりと笑みが浮かんだ。「はい」つくり笑いをしたまま答えた。「ここはただの待合室ですから」何かを察したようにうなずき、言葉を続ける。「どうぞ、ついてきてください」

ウルフはクラマーのあとに続き、娼婦たちと男たちに背を向けた。上の階にはベッドと鏡を備えてレースで飾り、香水のにおいを立ちのぼらせた部屋がいくつもあるに違いない。男たちのコートをかける衣装だんすや、彼らが不潔な行為を終えたあとに使う洗面台も完備されている。そうした部屋に連れていかれるものと思っていたウルフの予想はあっさりと裏切られた。ふたつ目のドアのなかに足を踏み入れ、クラマーがドアを閉めて鍵をかける。ふたりの前には、先ほどの快適な待合室とはまるで対照的な廊下が続いていた。天井からは裸電球がぶらさがり、壁も床も冷たい石がむき出しになっていて、その石には何かをこすったような傷がたくさんついている。かすかに聞こえてくるのは、泣き声と短い悲鳴だった。クラマーが短い石の階段をおり、ウルフも床におり立った。指がむずむずとし、銃があればという考えがウルフの頭をかすめた。しかし残念なことに、いまの彼は銃など持っていない。

地下の温度は低く、かぎ慣れたにおいが強く漂っていた。血と精液と糞がまじりあった強烈なにおい。脱出するまで閉じこめられていた収容所とおなじ、拘束と絶望、そして恐怖のにおいだ。

ふたりが立っている広い廊下の両側には、牢につながる金属のドアが並んでいた。壁には黒い革製の鞭がビリヤードのキューのように固定されている。「こっちです」

クラマーはそう言うと、鞭を手に取ってひと振りした。銃声にも似た音が廊下に響きわたる。それぞれのドアには金属製のスライド窓がつけられており、ウルフはクラマーが開けた窓から牢のなかをのぞきこんだ。十五歳以上には見えない少女が一糸まとわぬ姿で、片目しか残っていないぼろぼろのテディベアを抱いてマットレスに横たわっている。足首には枷がはめられ、鎖で壁につながれていた。牢には男物の帽子をかけるフックと、隅に設置された便器以外には何もなかった。少女は眠っているようだ。

「お気に召しませんか？」失望しているのかもしれないが、クラマーの表情は変わらない。

ウルフは大きく深呼吸をした。隣の牢には、おなじマットレスにしなやかな体つきをした女たちがふたり、仰向けに横たわっていた。

「双子ですよ」クラマーがどこか誇らしげに言った。「大事な在庫です。元帥からはいつも地下牢をいっぱいにしておくよう指示されています」

「元帥？」ウルフは尋ねた。

「ゲーリング元帥ですよ」

事情の一部が明らかになり、ウルフはうなずいた。「あの太ったのろまは、いつだって自分をたいそうな肩書で飾りたがる」

クラマーが肩をすくめた。ウルフがつぎの牢をのぞきこむと、年配の男が小人の女性にのしかかり、青白い尻を震わせて腰を上下させていた。首を横に振ると、クラマーがスライド窓を閉じ、余計なことを口にした。「ここは先客ありでしたね」

「みなユダヤ人か？」

「なんですか？」

「ここにいるのはみなユダヤ人かときいた」

「もちろんそうです」

「ゲーリングが女たちをドイツから送りこんでいるんだな？」

「元帥ですか？　そうです。近頃は密航も金になりますからね」クラマーが答えた。

「ここの女たちもか？」

「ユダヤ人ですよ」クラマーが肩をすくめ、そのひと言ですべての説明がつくとばかりに答えた。「やつらがいなくなったところで、誰が気にするんです？」

「この女だ」ウルフはふたたび写真を掲げた。「どこにいる？」

「見たことありませんね」クラマーが傷ついた様子で答えた。「おれはてっきり――」

「てっきり、なんだ？」

「あなたの趣味はもっと……つまり、あなたがヘル・ヘスに聞いて来たと言ったとき……ヘル・ウルフ、おれはその――」

ウルフはクラマーの手から鞭をもぎ取った。なじみ深い怒りの感情がこみあげてくる。「何を考えていた?」鞭をひと振りすると、クラマーの左の頰に直撃した。赤い痕が浮かびあがり、彼の口から悲鳴があがった。「汚い動物どもと体を重ねるだと?アーリア人ともあろう者が、ユダヤ人の肉体とつながりを持ったというのか?いったい、どんな変態行為だ?」ウルフが叫ぶと口からつばが飛び、長い糸状になって唇にぶらさがった。さらにクラマーを鞭打つと、牢のなかからおそらく薬漬けにされているだろう女たちの泣き声が聞こえはじめた。性交中だった男もドアを叩きだし、なんの騒ぎだとわめき散らしている。邪魔を排除して、さっさと行為に戻りたいのだろう。

「ヘル・ウルフ、よせ!」クラマーが中腰の姿勢でウルフの手首を強くつかんだ。粗暴な田舎者の顔をぐっとウルフに近づける。「頼むからやめてください」

ふたりは動きをとめてにらみあった。クラマーがウルフの背後に視線を移し、目を見開いた。口を開け、唇を動かして言葉を発しようとする。「頼む。やめて――」

振り返る時間もなかった。冷たくてとがったものがウルフの首に刺さり、手が反射的に開いて鞭が床に落ちた。首のしびれがたちまち全身に広がる。視界がぼやけ、クラマーの顔が音もなく破裂して骨と肉が飛び散る光景を最後に、目の前が真っ暗になった。

時間と空間を隔てた別の世界で、ショーマーは横たわり、夢を見ていた。ありがたい浅い眠りのなかでなら、自分の下で横になっている男たちの声など聞こえず、ひとりきりでいるふりもできる。体を押しつけあい、ひとりが姿勢を変えようとすればみながそうしなくてはならない状況も無視できた。眠っているショーマーは、隣のイェンケルが糞をもらし、液状の便が彼らの寝台から下で眠る者たちの上にしたたり落ちているのにも気づいていない。眠ってさえいれば凍てつく寒さのなかではなく、快適なあたたかい空間にいるふりもできたし、アウシュヴィッツではなく、南太平洋のどこかの楽園の砂浜にいるのだというふりもできた。腹はいっぱいで、笑えばまだきちんとそろっている歯が白く輝くと思いこむこともできる。

ショーマーは、この地に向かう列車のなかでぼんやりとした夢を見るようになった。その夢は到着後の囚人の選別で家族と切り離されたときも続いていた。かつて小説家だった彼の精神がつくり出した、暗くぼんやりとしたその世界のなかには、探偵と嘆き悲しむ女がいた。体を動かして何事かつぶやき、本能的にイェンケルから離れようとする。縞柄(しまがら)の囚人服のなかでノミが動いているのがわかったが、何も感じないふりをしつづけた。日を追うごとにそうするのが容易になっている。

その代わり、かつてイディッシュ語の〝シュンド〟――大衆文学の一種で、率直に言えば〝がらくた〟という意味もある――の作者だったショーマーは、暗い街と悪しき行い、そして闇にひそむ監視人の夢を見た。収容所ではいつだって誰かに見られているからだ。

バーウィック・ストリートでは、エディスが自分の体を見つめる監視人の存在を感じていた。彼の視線は胸でしばらくとどまり、それから腿の付け根へと移っていった。彼女は家族と一緒にスイスを目指してブレゲンツから逃げ出したときから、欲望がこもっているかどうかに関係なく、男たちの視線を気にしなくなっていた。はじめての相手は、一家を助ける代償として彼女の体を要求してきた国境管理の役人だった。行為を終えた男がベルトを締める姿をよく覚えている。どういうわけか、男の顔ではなく、鷲をかたどったベルトのバックルだけが記憶に焼きついていた。一家は月のない夜、ランタンもランプも灯していない漁船に乗って海峡を渡り、イギリスへの密航に成功した。沈没しなかったのは奇跡としか言いようがない。到着までに、自分の体を金の代わりに使うことにも慣れてしまった。漁船の漁師たちが順番に彼女の体を慰みものにするあいだ、母と妹は船首のほうで身を寄せあっていた。母はそのことについて何も言わなかった。言葉を見つけられなかったのかもしれないし、あるいは何も言うことがなかったのかもしれない。生き抜くために必要なたくさんの行為のうちのひとつだった。それだけの話だ。

　こちらを見ているその男は、自分が見えない存在だと思っているに違いない。しかし、エディスはその存在を感じていた。彼はふた晩続けてここにいる。ほかの女たちには見えていなくとも、彼女には見えていた。そこにいるのも、彼女を見ているのもわかっている。

　最初、エディスは彼が人見知りで、声をかける勇気をかき集めるために見つめているのだと思っていた。みずからの本性をさらして欲望を実現するため、酒や暗闇の力を借りなくてはならない男たちはたくさんいる。でもしばらくして、エディスは彼がそうした男たちとは違うことに気がついた。理由はわからないけれど、その男の存在は彼女を不安にさせた。まるで影から出てくる気がないみたいに、あまりにも快適に暗闇のなかにおさまっている。この手の人間をフランス人の女たちは〝のぞき魔（ヴォイエール）〟と呼んでいた。娼婦たちはときにこうした男たちと出会うことがある。片手をポケットに入れ、彼女たちを見ながら自慰行為にふける哀れな者たちだ。しかし、その男は彼らとは違う何かをしている。エディスは、彼が何か別の方法で欲望をたぎらせているのだと確信していた。

　その夜は忙しく、エディスはまずグリニッジ港に停泊した海軍の船からおりてきた水兵の相手をした。そのつぎは、国王やラジオに出ているＢＢＣのアナウンサーのような、切り出したガラスみたいに切れのいい英語を話すいかにも真面目そうな紳士、そして最後は若いユダヤ人だった。そのユダヤ人は真っ黒な服を着た巻き毛のイェシーヴァ（ユダヤ人の学校）の学生で、職場とトイレを兼ねた路地の壁にエディスを押しつけ、一心不乱に腰を振っていた。それも終わり、彼女がまだ板につかない仕草で煙草を吸い、小刻みに足を動かして寒さと戦っていると、その男が近寄ってきた。

エディスは通りを横切ってくる彼を見た。時刻はもう遅く、ほかの娼婦たちは仕事をしているか、あるいは早めに切りあげてしまっているせいで、まわりには誰もいない。彼女は男に微笑みかけた。母もいつも笑顔でいるようにと言っていた。

これといった特徴は何ひとつない男だ。着ているスーツはやや体に合っておらず、お仕着せのようにも見える。歯並びはきれいで、返してくる微笑みはひどく魅力的だった。「わたしとしたいの？」彼女は尋ねた。

男は片手をポケットに入れたまま、落ち着かない様子を見せていた。でも、同時に高ぶっているようでもある。「どこに行く？」彼は言った。

「十シリング」エディスが告げると、男があわただしくうなずいた。「場所はあそこ」路地には誰もおらず、でぶのバーサが夜の散歩のときにもよおしたのか、壁際にあたらしい糞が落ちていた。とはいえ、そんなものは妨げにならない。

「お金が先よ」

男がポケットから手を出すと、エディスの胸に奇妙なほどの安心感が広がった。彼の手には札が一枚握られている。男から札を受け取り、ブラジャーにはさみこむ。男の乾いたあたたかい手を取り、彼女は言った。「行きましょう」

男はおとなしくエディスの言葉に従い、彼女のうしろについて暗い路地へと向かった。

3

ウルフの日記、一九三九年十一月三日

わたしは痛みで目を覚ました。横になっているわけでもないのに、身動きひとつできなかった。手を動かそうとしてもびくともしない。周囲は暗かったが、自分がまだクラブにいるのはすぐにわかった。恐怖と糞の入りまじったにおいはあいかわらずだったし、スーツの前身頃に骨と脳のかけらが大量に付着していたからだ。きれいにしてもらうには、かなりの金がいるに違いない。視界はゆらいで目の焦点も合わない。考えているうちに、あたたかい部屋のなかにマッチの火が灯った。人影がマッチの火を大きなろうそくに移し、それからつぎつぎとろうそくに火を灯していった。視界が明るくなると、わたしを立たせている鎖が見えた。両腕と両脚を広げた状態で壁につながれている。人影がこちらに顔を向けた。女、それもさして魅力的とは言えない女だった。田舎くさい大きな顔に、失望続きの人生を過ごしてきたかのごとく短気そうな表情が浮かんでいる。黒いレザースーツを着て、腕にいまはもう存在しない親衛隊の記章が入った腕章をつけていた。

腿まである長いブーツを履き、黒い革手袋をつけた手に乗馬用の鞭を握っている。

「ごめんなさいね、ヘル・ウルフ」女が言った。「動きづらいでしょう」

「たしかに動きづらい格好をさせられているようだ、フローライン……」

「コッホよ。イルゼ・コッホ」女はにやにやと笑いながら、少しだけ膝を折って挨拶をした。言葉にはドレスデンの訛りがあった。

「クラマーはどうした？」わたしはきいた。

「ヨーゼフ？」女が肩をすくめる。「いいかげんな仕事しかできない男だからね。首になって当然だわ」

「わたしをどうするつもりだ？」

一瞬、女の醜い顔に冷酷な笑みが浮かび、わたしは混乱に陥った。イルゼ・コッホが鞭の試し打ちをし、暑くせまい部屋にぴしゃりという音を響かせる。逃げ道を探して視線を室内に走らせたものの、目に入ってくるのはそこかしこにある拷問(ごうもん)道具ばかりだった。

女がわたしの視線を目で追った。「そうよ……」醜い顔に異形の蝶を思わせる笑みが浮かぶ。女は手首をしならせて鞭を繰り出し、わたしの顔の数センチ横の壁を打った。すぐそばまで来て立ちどまった女の体温と、大きくてやわらかな胸の感触が伝わってくる。手袋をはめた手が伸びてきてわたしのシャツを力まかせに開くと、ちぎれたボタンが飛び散った。女はわたしと頬を重ねあわせ、酒くさい息を吐き出した。「あなたの望みが何か、わたしにはお見通しよ」鞭を握っていないほうの手をおろしていき、わたしの局部を握って力をこめる。「興奮しているのね、ヘル・ウルフ」

「放せ、汚らわしい商売女め！」

女がわたしの頬を平手で打ち、部屋じゅうにその音を響かせた。頬がたちまち熱くなっていく。わたしは目を細くして口を開き、唇をなめて血を味わった。女がまたしても手をおろして局部を握り、今度はリズミカルに動かしはじめた。

「あなたがいやなら、やめてもいいのよ。そう言えばいいだけ」女の顔に浮かんだ薄笑いを見て、隠している自分の性癖を見抜かれていると悟った。彼女はわたしの視界の外に腕を伸ばし、手にしたゴムの球体をわたしに見せた。球体には鋲を打った革製のストラップがついている。ストラップをわたしの頭にまわし、球体で口をふさぐ前に尋ねた。「どうするの？」

「やめないでくれ」わたしは小さな声で答えた。

イルゼがわたしの口に球体を押しこみ、レバーを引いた。つぎの瞬間、わたしの体が壁から引き離され、彼女の前で宙づりになった。ズボンを強引に足首までおろされ、わたしは蝶の標本よろしく無防備に体をさらすよりほかなかった。彼女がわたしの体を回転させて壁のほうを向かせる。背中に女の気配を感じて呼吸が荒くなり、わたしは少年のように身をこわばらせた。女が手袋をはめた手でむき出しの尻に触れ、もう一方の手で尻たぶを片方ずつなぞり、それから強烈な平手打ちをした。叩かれたわたしは、無様に声をあげるしかない。彼女の手がわたしの尻をやさしくなでた。「あなたを喜ばせてあげるわ、わたしのヘル・ウルフ」イルゼがささやいた。背中にかかる彼女の重みが感じられる。やわらかな唇がわたしの耳に触れ、指が深々とわたしのなかに入ってきた。彼女のもう一方の手がわたしの高ぶりを握ってこすりあげ、徐々にそのリズムを速めていく。続けて二本目の指が入ってきた。わたしはイルゼとすべての女たちへの憎しみを燃やし、ゲリと彼女に教えたことを思い出しながら、喜びに身を震わせた。

早朝、ウルフがレザー・レーンに戻ると、市場はすっかり準備が整い、野菜や果物、色とりどりの布地や服が並んでいた。彼はみじめな表情を浮かべて肩を縮こまらせ、帽子を深くかぶってコートを体に巻きつけるように押さえた。昔はエミールという運転手や命令を実行する男たちがいて、戻るべき快適なアパートメントや自分の書庫まであった。それにゲリのあとには、明るくて気立てがよく、金色の髪とやわらかな白い肌をしたエヴァがいた。

それがいまは早朝の霧のなか、ユダヤ人に借りた冷たい部屋に自分の脚でのろのろと歩いて帰っていかなくてはならない。

「店のおごりよ」イルゼ・コッホは、クラブを去る前に金を払おうとしたウルフに言った。

「ヘスの差し金か？」彼は、クラマーにしたのとおなじ質問をイルゼにもした。首を横に振った彼女に対し、ウルフは改めてきいた。「では誰が？」

イルゼがまたしても首を横に振り、有無を言わさぬ様子で告げた。「もうここには来ないほうがいいわ、ヘル・ウルフ」

しかし、クラマーが軽率な男だったおかげで、わかったこともある。あの男は元帥と言っていた。食欲過剰で冷酷なでぶのゲーリングのことは覚えている。一九二〇年代、社会に適合できないくずたちの集まりを効率的な準軍事組織に変え、親衛隊をつくりあげた男だ。勲章で飾られた空軍のパイロットで、第一次世界大戦のときにはエースだった。ウルフはパイロットを信用していない。風向きしだいで針路を簡単に変えるからだ。最後に聞いたところでは、ゲーリングは大転落を生き延び、それどころかまたしても変節して栄達を手にしたらしい。いまでは、同志ゲーリングとしてかつて嫌っていた共産主義者たちのために働き、人身売買も行っている。空の英雄がただのヒモになったというわけだ。

あのユダヤ人の女、ジュディス・ルービンシュタインも彼のネットワークでドイツから送られた可能性がある。彼女の父親なら、娘を共産主義者の手から取り戻し、比較的安全なロンドンへと移すために大金を払うだろう。しかし、それならどうして彼女は消えた？　あの牢にいた女たちは使い捨ての存在で、探している者などいない。それに比べてルービンシュタインの娘は価値のある荷物だ。父親を上まわる金を積む者でもいない限り……。

ウルフは眉をひそめて歩きながら考えこんだ。可能性を計算し、調査の方向を考慮する。そのせいで、ようやくバーウィック・ストリートにたどり着いたときも、呼びとめられるまであたりに警官が大勢いるのに気がつかなかった。警官たちはまるでピクニックに来たみたいに、ソーセージと湯気の立ちのぼる紅茶のコップを手に、ウォーカーズ・コートにたむろしていた。

「ここは通れませんよ」警官が言った。

「何があった？」

「捜査中です」唇の端に茶色のソースをつけた警官がウルフの乱れた服装に気づき、ソーセージを口に持っていく手をとめた。「シャツに血がついていますね？」

ほかの警官たちの視線が自分のほうに向いたのに気づき、ウルフはあとずさった。

「誤解だよ。わたしはこのあたりに住んでいる者だ」

「一緒に来てもらってもいいですか?」太った警官がきいた。手からいつの間にかソーセージと紅茶が消え、代わりに警棒が握られている。周囲を見まわすとすっかり警官に囲まれていて、ウルフはがっくりと肩を落とした。

「だから誤解だ」

「もちろん」警官が答えた。「そうだろうとも」

ふたり目の警官に体をつかまれたものの、ウルフは抵抗しなかった。最初の警官が彼に手錠をはめ、大きな声で言った。「警部! こちらへ」

くたびれたスーツを着た警部がやってきた。太い口髭を蓄えた男の短い髪は薄くなりかけ、肩にはふけが散らばっている。男はウルフをひと目見て頭を左右に振った。彼の茶色の目はおだやかで、人が人に対して行う悪事をすべて見てきたかのような悲しみが宿っている。「ここではだめだな。署に連れていけ」警部が指示した。

「おい、聞いたか?」太った警官がウルフに言った。「おまえを逮捕する」

「地獄に落ちろ」ウルフが答えると、警官がにやりと笑った。彼はウルフを車に連れていき、そのまま警察署へと向かった。

時間と空間を隔てた別の世界で、ショーマーはもう眠ってはいなかった。

看守たちがいつもどおり愛想よく、ゴム製の警棒を使って囚人たちを点呼のために整列させた。イェンケルが動こうとしなかったので警備兵たちがどなり声をあげ、ショーマーともうひとりの囚人がしかたなしに無抵抗の彼の体を車両から運び出し、雪の上に放置した。雪上に横たわるイェンケルは太っていて幸せそうで、目を閉じて枝のように細い両腕を放り出した姿は、まるで雪だるまみたいに見えた。囚人たちは縞柄の囚人服に木靴といういでたちで冷たい地面の上に立ち、親衛隊の士官が生きている者と死んだ者の数を数えるためにやってくるまで、看守たちの憂さ晴らしの対象となった。そのつらいひとときが終わるとゾンダーコマンド（囚人で構成された労務部隊）たちがイェンケルを連れていき、ショーマーは墓掘りの作業を命じられた。「今日はいい天気だな」イェンケルに声をかける。彼はいつの間にか隣にいて、落ち着いた様子で微笑んでいた。

「空気はきれいだし、肉体労働も新鮮だ」イェンケルが答え、両手をこすりあわせた。

「気に入らないわけがないよな、ショーマー？」

ショーマーはせわしなくうなずいて同意した。「医者の指示どおりというわけさ」ほかの囚人たちと一緒にシャベルを受け取り、固い地面に穴を掘っていく。一方でイェンケルは両手を背後で組み、余裕たっぷりにあたりを歩きまわっていた。

「人間とはなんだ！」イェンケルが横柄に言った。「つくろわれた服みたいにあっという間に擦り切れて捨てられるのなら、人間とはいったいなんだ？」

尋ねたものの、イェンケルは答えを期待しているわけではない。「人間とはなんだ？」考えるふりをし、さらに続ける。「英雄とはなんだ、ショーマー？　目的を失い、知り合いや愛する者たちがすべていなくなっても生きることか？　ただ生き延びることか？　繊細なショールを形づくる細い糸のように、わたしたちは引っ張られ、引きちぎられ、ばらばらにほどかれてきたんだ」

ショーマーの頭上に、太陽が遠くで輝く広大な空が広がっていた。まぶしい陽光に顔を向けて目を閉じる。

「元気を出せ！」イェンケルが叱咤し、またしても両手をこすりあわせた。ショーマーの目には、彼の姿がいきなり透明になったかのように映った。友人の体の向こうに黒い煙を吐き出す煙突が透けて見える。黒いすすに灰、それから黒い雪が舞っているのもだ。

「灰でないのだとしたら」イェンケルが続けた。「人間とはなんだ？　ラビ・アキヴァは言った――」

しかし、ショーマーはラビ・アキヴァ――彼の魂よ、どうぞ安らかに――が何を言ったのか、聞くことができなかった。親衛隊の兵士たちの余興のため、作業監督者に尻を蹴りあげられ、顔から地面に倒れこんだからだ。そこから彼は、作家としての精神がつくり出すぼんやりとした世界に戻っていった。たとえペンと紙がなくとも、その精神はあらたなシュンドを、娯楽とわずかばかりの解明をもたらす俗な物語を紡ぎ出す。ラビ・アキヴァだって――。

そのとき、看守が叫んだ。「さっさと作業を続けろ。このろくでなしのユダヤ人が！」ショーマーは作業に戻り、すべての死者たち、すでに死んだ者たちとこれから死ぬ者たちのために穴を掘りつづけた。

ウルフの日記、一九三九年十一月三日――続き

警官たちはわたしをチャリング・クロスの警察署へと連行した。わたしは血で汚れた服を取りあげられて毛織のズボンとシャツをあてがわれ、鍵のかかった牢に入れられた。

頭はずきずきと痛み、口のなかにはゴムの味が残っている。わたしはベッドに仰向けになり、天井を見つめた。投獄されたことは以前にもある。一九二〇年代、バイエルンでの話だ。あのときはヘスも一緒だった。グストルを別にすれば、あの男はわたしにとって、ただひとり友人に近い存在だったと言っていい。

愚かな警官たちは、監獄に閉じこめればわたしが恐れをなすとでも思っている

のだろうか？　わたしにとっては、子ども時代こそが監獄そのものだったというのに。その頃いちばん幸せだった日は、一九〇三年の一月三日だ。わたしの父はガストハウス・ウィージンガーのバーを訪れ、最後のワインを飲んだ。わたし自身はその場にいたわけではなく、あとになって父の顔が真っ赤になり、呼吸が弱くなっていくところを想像した。父は見苦しく喉を鳴らしただろうか？　何が起きたか理解できず、両手を喉に持っていっただろうか？　これが最後のひと息で、もう二度と呼吸をすることはないという自覚はあったのだろうか？

　父の最後のひと息が、わたしにとっては自由への鍵となった。監獄ごときが恐れの対象になるはずもない。わたしはその日から、母を子どもとしてではなく、いっぱしの男として抱きしめてきたのだ。母が泣いたとき、わたしはかつて酔った父が帰ってきてベルトやブーツで暴力を振るうときに母がそうしてくれたときのように、幼い子どもでは守れない華奢(きゃしゃ)な体を抱いた。家庭を守り、愛情をもって献身的に子どもたちの世話をしてくれたのは母だ。わたしは父に敬意を払ってはいたものの、愛していたのは母だった。[1]

　そんな父にもいいところがひとつだけあった。本に対する愛情だ。

　しかし、このときは哀れな母のことも、かつて入れられた牢のことも考えたくはなかった。いったいなぜ警察に拘置されているのか、その疑問がわたしを不安にさせていた。まるで身に覚えがなかったからだ。

わたしは眠っていたに違いない。気がつくと牢のドアが開いていて、先ほどとおなじ太った警官がいやな笑みを浮かべて立っていた。警官がわたしに告げた。

「モーハイム警部がお待ちだ」

返事はせず、わたしはただ警官についていった。酔っ払いの叫ぶ声や警官たちの足音で騒々しい廊下を通り、小さな部屋に入っていく。大きなデスクが置かれた室内で、バーウィック・ストリートでわたしに近づいてきた警部が待っていた。彼は折り目正しく椅子を示して言った。「どうぞ、座って」

彼はどこからともなく海泡石製のパイプを取り出すと、いやなにおいを放つ煙草の葉を熱心に詰めはじめた。こうしたものを使う人々にとっては儀式みたいなものだ。しばらくして準備が整うと、彼はマッチをこすり、パイプに火をつけた。

「座れ！」

太った警官が強引にわたしを椅子につかせる。背筋を伸ばして座ったわたしを見て、彼はきいた。「紅茶か？　コーヒーか？」

「どちらも飲まない」

「そいつは結構だ」

警部が合図すると、太った警官が部屋を出てドアを閉めた。ふたりきりになり、わたしは言った。「モーハイムか。ユダヤ人の名前では？」

「その名前のユダヤ人もいる。わたしはそうだ。気に入らないか？」

「気に入らないことならたくさんある」わたしがそう答えると、警部が声をあげて笑った。

「答えろ。ゆうべはどこにいた？　自宅にはいなかったな」

「それが何かの罪になるのか？」

「まだならない」警部が答え、パイプの煙を吐き出した。においが部屋じゅうに広がっていく。「あなたはここではよそ者だ、ミスター・ウルフ」

「わたしは亡命を認められている」

「ドイツからのな」

「そうだ」

「ドイツ人の亡命は一時的に認められているだけだ」わたしが答えずにいると、彼はうなずいて言葉を続けた。「大転落のあと、共産主義者の施設にいたな」

「強制収容所にいた」

警部がにやりと笑ってきいた。「脱走したのか？」

「最終的にはな」

「あなたは運がいい、ミスター・ウルフ」

「いったい何が起きているんだ？」

「ものごとには順序があるんだよ、ミスター・ウルフ。ゆうべはどこにいた？」

「わたしは探偵だ。客から依頼を受けた仕事で外出していた。仕事の性質上、簡単には話せない。きみにもわかるはずだ」

「あなたのような人間が探偵とは、興味深いな」

「規律を重んじる精神と正義感が求められる仕事だ」

警部がパイプの柄をかんだまま口の端から煙を吐き、煙の輪を宙に漂わせた。なかなか難しそうな芸当だと思ったが、褒めたりはしなかった。

「昔のお仲間は成功しているらしいのに、あなたは違う」

「わたしが誰か、知っているようだな」

「昔、誰だったかなら知っているよ」

警部の言葉が胸に刺さったものの、あえて無視を決めこむ。「いったいこれはなんなんだ？」

「ゆうべのアリバイはあるのかときいているんだよ、ミスター・ウルフ」

「わたしにアリバイが必要なのか？」

彼はため息をつき、椅子の背に身を預けた。「なぜ女を殺した？」

「なんだと？」こみあげるいらだちで、いまにも大声をあげそうになった。

「いったいどういう意味だ？　わたしは無実だぞ！　即時釈放を要求する！」

「昔、口髭を生やしていたな」警部が唐突に話題を変えた。「おかしな小さい口髭だ。あなたの姿をニュース映画でずいぶん見たものだよ。だが、それももうだいぶ前の話だ。違うか？」

「なぜ好みの髭の形を議論する必要があるのかわからないな」

彼は肩をすくめた。「口髭を生やした経験がある者として、興味があっただけだよ」

警察のやり口はわかっている。警部は、わたしが前に尋問されたことがないとでも思っているのだろうか？　自分は情報を明かさず、時間をかけてわたしに吐かせようという魂胆だ。

「弁護士と会わせてほしい」わたしは言った。

パイプの火が消え、警部はせわしなくパイプを手でもてあそんだ。「弁護士がいるのか？」

「いない」

「われわれが手配できるよ。ミスター・ウルフ、あなたはまだ告発されていないと言ったら、自白する気になってくれるかね？」

「何を自白するというんだ？」

「もちろん、殺人だよ」

わたしは話すのをやめ、警部をじっと見据えた。わたしの態度を見てそうしようと思ったのか、彼はパイプをデスクの上に置き、引き出しから封筒を取り出してゆっくりと開いた。写真を何枚か抜き出し、わたしの前に丁寧に並べていく。

わたしは写真を見つめた。

暗闇のなかにいる監視人は、本当に見えない存在だ。前の晩とは違い、いまの彼は落ち着きはらっていた。昨晩は欲望のあまり夢中になり、危うく逆上してしまうところだった。あの女にはわからなかったし、誰にもわからないだろう。欲望とはいっても、あれは劣情とは違う。性的なものではなかった。彼は怪物ではない。

あれは観念的なものだ。

女が彼の手を取り、暗闇にいざなったときの信頼といったらどうだ！　監視人は硬い椅子に座った体をもぞもぞと動かし、唇をなめて集中した。やるべき仕事も通さなくてはならない書類もたくさんある。しかし、彼にわずかなりとも意識を向ける者は誰もいなかった。これまでもそうだ。彼の職場であるオフィスは、外とおなじく灰色だった。何か過ちを犯しただろうか？　これまで慎重に計画を練りあげ、長い時間をかけて考え抜いてきた。それが唐突に実現したのだ。それは、そうあるべきだと言われているとおり、とても自然に感じられた。彼には女を傷つけるつもりなどなかった。むしろ、彼女を解放してやりたいと思っていただけだ。

ウルフの日記、一九三九年十一月三日――続き

わたしは写真を見つめた。並べられた写真は白黒で、昨夜話をしたオーストリア人の少女、エディスが地面に横たわっているのが写っている。それぞれ違う角度から撮られたなかには、白く見えるエディスの金髪のすぐそば、レンガの壁際に人間の糞が写りこんでいる一枚もあった。彼女は仰向けにされ、両腕が胴の上で交差するように寝かされている。血が髪にこびりつき、シャツは引き裂かれて乳房が完全に露出しており、胸には鉤十字が刻まれていた。顔には殴られた跡があり、まぶたは開いたままで、中空を見つめる目のまわりにはあざができている。頭の横に写っているのは、小さな玩具(おもちゃ)の人形だった。わたしは身を乗り出し、一枚の写真を手に取って顔に近づけた。

小さなぜんまい仕掛けの人形が写っている。ブリキのドラマーだ。

「誰がこんなことを？」

モーハイムは冷静にわたしを観察していた。「この女を知っているのか？」

「バーウィック・ストリートに住んでいるんだ。娼婦を目にすることなく生活するのは難しい」

「知っているんだな」

「ゆうべ少し話した。誘われたんだ。わたしは娼婦が好きじゃない」

「だから殺したのか？」

「わたしは殺していない！」

「胸のしるしに見覚えは？」

「鉤十字だ」

「いったいどうして、殺す前の女の胸に鉤十字なんぞを刻む？」警部がわたしの顔を見てきいた。「そうだ。生きているあいだにやられたんだよ。おそらく意識はなかっただろうがね」

「犯人がつかまって死刑になるのを願うよ」わたしは言った。

「だが、もう犯人が見つかっているのだとしたら？」

わたしは座ったまま姿勢を正した。いまでは鉤十字を見る機会も少ない。ドイツでは共産党の新政権によって禁止された。イギリスでは時代遅れなものとされ、円のなかに稲妻をあしらったモズレーの記章に取って代わられている。モズレーはずっとゲーリングのまねをしようとしてきた。鉤十字を象徴にしようと最初に考えたのは、そのゲーリングだ。

〝あなたは昔、ドラマーと呼ばれていた……〟

いまのはモーハイムか？　それとも幻聴だろうか？

頭を上げてユダヤ人と目を合わせ、わたしは言った。「わたしは殺してなどいない」

「あなたのコートは血だらけだったぞ」

「あれは彼女の血ではない」

「それでは、誰の血なんだ？」

「わたしは、はめられたんだ」

モーハイムが声をあげて笑った。「はめられただと？　どうしてだ？　いまのあなたはもう役に立たない一物みたいなものだ。何者でもない。わたしはあなたが嫌いだよ、ウルフ。ゴキブリみたいな顔をしている。かつての自分を、自分の存在をふたたび主張するために、女を殺したのか？」

「わたしは殺していない！」

「ならゆうべはどこにいた？」警部がそう言うとドアが開き、紅茶とビスケットをのせたトレーを持った警官が入ってきて、トレーをモーハイムの前に置いた。

「ありがとう、キーチ巡査」モーハイムが小さな銀のトングで角砂糖をつかみ、紅茶のなかに落とした。「巡査、残ってくれ」

「はい」

このあと起こる出来事はわたしにも想像できた。もっとも、想像できたからといって痛みが軽くなるわけではない。

警部がふたつ目の角砂糖をつまみ、紅茶の上まで持っていって手をとめた。背後でキーチが動いている気配がする。モーハイムは悲しげな目でわたしを見て言った。「自白したほうが、長い目で見ればあなたに有利だぞ」

「くたばれ、ユダヤ野郎」

「こちらも長い目で見るほかないようだな」モーハイムが紅茶に角砂糖を落とした瞬間、キーチの肉厚の手で側頭部を殴られ、わたしは床に倒れこんだ。キーチがわたしに近づいてくる。加虐趣味を丸出しにした笑みとこぶし、そしてブーツが何をするつもりなのかを雄弁に語っていた。わたしは体を丸めて可能な限り縮こまり、両腕で頭を守ろうとした。ブーツがわたしの脇腹と側頭部、両脚を蹴りつけ、大きな手が頬を叩き、こぶしが胴に浴びせられる。そのあいだ、モーハイムはデスクのうしろに座ったまま、紅茶をかきまわして優雅にすすり、悲しそうな目でわたしを見ていた。

「そこまでだ」しばらくして警部が告げ、キーチがわたしを片手で立たせた。

「まあもっとも、本当のところはまだわからないが、わたしはあなたがやったとは思っていない。警官がわんさといる犯行現場に戻ってくるなんて、ばかのすることだ。あなたはそれほどばかじゃない」

「今日聞いたなかでは、いちばんの言葉だ」

「あなたは卑しいネズミ野郎だよ。靴にこびりついた糞だ。反ユダヤの暴力主義者で、共産主義者の強制収容所で腐っていたほうがましなヒルさ。あなたは殺人者で異常者だとわたしは思っている」

「ずいぶんやさしいな」わたしは太った警官の靴めがけて血を吐き出したが、残念ながら外してしまった。

「あなたはそういう人間だよ、ウルフ」モーハイムが言った。「だが、わたしはエディス・グリセールを殺した犯人があなただとは思わない。わたし自身はあなたを一生監獄に入れておいたってかまわないが、あなたが犯人でないとすると、真犯人が街のなかをうろついていることになる。つぎの犠牲者が出るかもしれないし、わたしの良心がそれを許さない」

「ご立派な考えだ」わたしは応じた。「ユダヤ人にしてはな」

キーチがうなり、わたしの側頭部を強くひっぱたいた。怒りの涙をこらえているわたしを、モーハイムが悲しげな茶色の瞳で見つめている。

「最後にもう一度だけきく」彼は言った。「ゆうべはどこにいた?」

わたしは、キーチの巨大な手につかまれたままぐったりとしていた。モーハイム警部の落ち着きのない茶色の目を見つめ、顔を伏せて目をそらす。

そして、わたしは警部の質問に答えた。

第4章

夢のなかで、彼はニュルンベルクの広場の高い演壇に立っていた。すばらしい一日で、上空には明るい青空が広がり、彼の前、下のほうには数千の人々が集まっていた。男に女、そして子どもたち、みなが口をわずかに開き、崇拝(すうはい)の念がこもった瞳で見あげている。彼が話しはじめると、あたかも天国から天使が話しかけたかのように群衆の騒ぎがぴたりとやんだ。黄色や赤の風船を持った小さな男の子たち、よそいきのドレスを着た女たち、懸命に働いて教会に通い、税金をおさめる善良なドイツの男たち、ソーセージや綿菓子やビールを売っている人々、名誉の守り手のような制服姿の突撃隊員たち、全員が彼に注目していた。彼は熱意と緊迫感をもって言葉を発し、こぶしを宙に振りあげて台を叩き、つばを飛ばして叫んだ。最初は人々の心をゆっくりと動かし、それから調子を上げ、さらに上げ、全員が熱狂するまで上げていく。なかには感動に打ち震えている人々もいた。女たちがドレスのなかで下着を濡らしているところを想像する――彼は声だけで女性を絶頂に導けると、まことしやかにささやかれていた。男たちがこぶしを上げて彼についていく決意を固め、少年少女は大きく目を見開いて歴史がつくられる瞬間を見つめている。女たちが気を失い、男たちが熱狂し、一体となって進み、戦い、彼の命令を実行し、実現する準備が整うまでさらに興奮を煽(あお)っていった。それこそが彼の約束する未来、栄光ある未来だからだ。

群衆を高みにのぼりつめさせたら、今度はやさしく落ち着かせる。眠りから覚めた人々が再構築された世界にいる自分たちを見て戸惑い、圧倒されてまばたきを繰り返すまでだ。人々は彼をドラマーと呼んだ。そして、ドイツのすべてが彼の言葉で動くと言われていた。


時間と空間を隔てた別世界で、ショーマーはまばたきをしながら起きあがった。元気を取り戻し、あらたな気分で九人と分けあっている寝台から起き出して、寝台を定められた状態に整える。こっそり入手した紙をパッド代わりに仕込んである木靴に足を入れると、傷がこすれて膿(うみ)がにじみ出た。ほかの囚人たちと一緒に足を引きずって歩き、列に並んで点呼を待った。彼の隣にはイェンケルが立ち、パイプをくゆらせている。

親衛隊の士官がやってきて生存者と死者の確認を始めるまで、囚人たちは寒いなかで二時間ほど待たされた。ショーマーがいる班は、またしても昨日とおなじ凍りついた地面の一画に向かい、墓穴を掘りつづけることになった。作業は単調そのもので、一向に終わらなかった。彼がようやくトイレに行くことを認められると、トイレの付添人で時間を計る係でもあるミシェクが一緒についてきた。屋外にあるトイレは仕切りでユダヤ人用と、犯罪者や政治犯、戦争捕虜などがいる非ユダヤ人用に分けられている。ショーマーがユダヤ人用のほうに入っていくと、ろくでなしのロシア系ユダヤ人のミシェクが時間を計りはじめた。

「わたしの最新の批評を読んだかい？」ショーマーは共用トイレのイェンケルの隣に座り、ベルリンの新聞を広げている彼に冗談を言った。

イェンケルが大きな屁をし、声をあげて笑った。「あんなに重たい食べ物はやめなくてはいけないな」そう言って胃のあたりをさすった。「スープか！　スープとパンひと切れの食事ほど健康にいいものはないぞ。いつでも元気でいられる」

胃が鳴ったが、ショーマーは無視した。収容時の食事は水っぽいスープがひとすくいとパンひと切れ、そしてマーガリンの配給が義務づけられている。パンは通貨替わりなので、パンがあれば収容所内で商売もできるが、むろん先を見越した取引はできない。ここには将来というものがないからだ。

「昔、フロイトに間違えられたことがあるんだ」ショーマーはイェンケルに言った。

「聞かせろ」

ショーマーは肩をすくめた。「文学者のパーティーでの話だよ。誰が主役かは忘れた」

「覚えているけど、成功が妬(ねた)ましいというわけだな？」

声をあげて笑い、ショーマーは話を進めた。「トイレに行って、若い男の隣で用を足したんだよ。ヘデル（宗教教育をするユダヤ人の小学校）を出てそんなに時間も経っていないその若い詩人が、こっちを見て顔を真っ赤にして、ヘル・フロイトですかと声をかけてきたんだ。もちろん、わたしはすぐに名乗って訂正した。彼がわたしを知っていたと思うかい？」

「まさか、知らなかったのか？」

「イェシーヴァの子どもたちがシュンドを読まないとでも？」

イェンケルが笑った。「こっそり読んでいるところが目に浮かぶな」

「わたしが何者かを教えてやったら、若者はあわてて謝ったよ。手に小便がついていなかったら、サインでも頼んできたかもしれない。わたしは彼にちゃんと狙いを定めろと忠告して、手を洗ってそのままパーティーに戻った。その三十分後、偶然フロイトに遭遇したんだ。わたしは礼儀正しく言った。〝こんにちは。さっきあなたと間違えられましたよ。まったく、失礼な話じゃないですか！〟」

「本当にそんなことを言ったのか？」

「言ったとも」

「それで、フロイトはなんと？」

「彼はこう答えた。〝その若者は、ひと言でわたしたちふたりを侮辱してみせたわけだ!〟」

イェンケルが笑った。ロシア系のミシェクがひょっこりと頭をのぞかせ、訛りのきついイディッシュ語でショーマーに早くしないとカポ(囚人を監視する囚人たち)にふたりとも罰せられるぞと脅した。

「わたしがフロイトと間違われたことがあるという話はしたことがあったかな?」ショーマーはミシェクにもきいてみた。

しかし、ミシェクは困ったように首を横に振って答えた。「フロイト? そいつはいったい誰だ?」

「冗談を理解できない人間もいるということだ」ショーマーはイェンケルに言った。しかし、イェンケルはもうそこにはおらず、ほかの囚人たちもショーマーの頭がおかしくなったと思っているかのように、顔をそむけていた。まさか、誰もフロイトを知らないのだろうか?

立ちあがり、汚い水で手を洗うかどうか思案する。結局は洗うことにして持ち物を腿のあいだにしっかりとはさみ、両手を重ねてこすりあわせ、最低限の汚れを落とした。それから、ミシェクと一緒に収容所を横切るようにして歩き、墓穴掘りの現場に戻った。「結局のところ、われわれはなんのために穴を掘っているんだ?」イェンケルにふたたび声をかける。「カブでも植えるのか?」イェンケルが声をあげて笑い、ショーマーは気分もあらたに作業へ戻った。そのあいだ、彼の精神は違う監獄にいる囚人を呼び起こしていた。ショーマーとは違い、腕に番号を彫った青い入れ墨のない囚人だ。

ウルフは深い眠りから目を覚ました。眠っているあいだ、ブーツを履いた足で追ってくるユダヤ人の集団から必死で逃げる夢を見た。ユリウス・シュトライヒャーの〈シュテルマー〉の風刺画に出てくるような、黄色い星をつけているとがった鼻の醜いユダヤ人たちが叫び声をあげて追ってくる夢だ。彼は逃げるのだが、どれだけ懸命に走っても、ユダヤ人たちはゾンビのごとく容赦なく追ってくる。アメリカ映画で飛行を示すのに地図上に点線を描くように、彼らはヨーロッパの地図の上を追いかけてきた。身を起こしてベッドに座っていると、勢いよくドアが開けられた。

太った警官、キーチが立っていた。その顔は笑っていない。「立て。警部が待っている」

「ようやくか」ウルフは立ちあがった。外は暗さが増しつつある。もう一度廊下に出て、警部のオフィスへと向かった。

モーハイムはデスクのうしろに座っていた。「座れ、ウルフ」

「立ったままでいい」

「キーチ？」

太った警官がにやりと笑う。

ウルフは腰をおろして尋ねた。「見つけたか？」

「何をだ？」

「クラブだよ。地下の死体もだ」

警部が両目を揉んだ。モーハイムは疲れて不機嫌になっているようだ。「部下と一緒にレザー・レーンのあなたが言った住所まで行ってきた」

「通りは汚い外人であふれ返っていたよ」キーチが口をはさんだ。

「黙れ」モーハイムがたしなめた。

「ドイツの難民どもと、そのほかにも得体の知れない連中でいっぱいだ」

「聞こえなかったのか、キーチ？」

「すみません、警部」

「それで？」ウルフは警部に言った——というより詰め寄った。「わたしが真実を語っていたと、おまえにもわかったはずだ！」

「何もなかった」

「なんだと？」

モーハイムが肩をすくめた。「建物は空っぽだったよ。家具を急いで移動させたような跡が床に残っていた。あなたが言ったとおり、地下へつながるドアもあった。しかし、地下室のドアはすべて開けっ放しで、なかは空っぽだった。もちろん人もいなかったよ」

「どこかへ移したんだ……」

「あそこにいたのは何者だ、ミスター・ウルフ？」

「知らない」

「嘘（うそ）だな」モーハイムはかすかな笑みを浮かべた。なんとも苦々しげな笑顔だ。「まあ、いまとなってはどうでもいい。地下室の床には傷や染みが残されていた。何かがあった可能性はある。しかし実際のところ、何が起きたというんだ？」

「言ったはずだ。女がクラマーという男を撃ったんだ。たぶん……わたしを地下へ連れていったのが原因だろう」

「ヨーゼフ・クラマーという男はたしかに、外国人滞在者のリストに載っていた」モーハイムが言った。「職業は市場の荷物運搬となっている。現在の所在は不明だ」

「死体なんてなかった」キーチがにやりと笑った。「死体がなければ犯罪もない。犯罪がなければ何もなかったのと一緒だよな、探偵さん」

「しかし、それは——」ようやくウルフにも状況が理解できてきた。連中は急いであの場所を引き払ったのだ。白人の奴隷たちも家具も、まだ冷えきっていない死体も全部よそに移した。彼はかすかな誇りを感じずにはいられなかった。まったく、ドイツ人はいつだって手際がいい。

ただし、この状況はつまり、ウルフ自身の無実が証明されないことを意味していた。彼はモーハイムを見てきいた。「わたしは起訴されるのか？」

太った警官が警部のほうを見て、それから目をそらした。モーハイムは混乱しているのか、体をゆらしている。しばらくのあいだ、室内に沈黙が流れた。

「いいや」

「されないのか？」

「ミスター・ウルフ」モーハイムが言った。「あなたは自由だ」

「自由だと？」

「このくそ野郎をさっさと連れていけ」モーハイムは命じた。

「わかりました、警部」キーチが答え、ウルフの体をつかんで立たせた。

「手を離せ。この豚野郎」

キーチの醜い顔が歯をむいた状態で固まった。「またやられたいのか？」

「放っておけ、キーチ」

「しかし、警部！」

「われわれはあなたを見張っているぞ、ウルフ」

「勝手にしろ」ウルフはうしろを振り返って微笑み、顔にできたあざに触れた。怒り狂う大きな犬にかまれた肉塊の気分だ。太った警官に身を寄せてささやく。「この礼はするぞ。必ずだ」

キーチがにんまりとして答えた。「そいつはいい。ぜひそうしてくれ」

「連れていけと言っているんだ！」モーハイムが大声で告げた。

「はい、警部！」

キーチはウルフをドアから廊下へと押し出し、そこが病室であるかのようにそっとドアを閉じた。

「ずいぶんと気が短い上司だな」ウルフは言った。

「悲しんでいるのさ」

「何をだ？」

「おまえが自由の身になることをだ」

「わたしはあの女を殺していない。おまえだってわかっているはずだ」

「おまえは何か悪事を働いているよ、ウルフ。おまえみたいな人間はいつもそうだ」

「おまえは何者だ。ユダヤびいきか？」

「違うとも、おれは善悪の区別を知っているただの人間だよ」

「本当に自分が正しい仕事をしていると思っているのか？」

「嫌味はそこまでだ、探偵さん。服を着替えろ」ふたりが牢に戻ると、ドアは開いたままだった。ウルフの血がついた服が、きちんとたたまれてベッドに置かれている。

「向こうを向いてもらえるかな。わたしは恥ずかしがり屋なんだ」

「いいからさっさと着替えろよ、ウルフ。おまえに迎えが来ている。あまり待たせておくわけにもいかないんだ」

ウルフは言われたとおりにした。与えられた服を丁寧にたたみ、自分のスーツとコートを着て帽子をかぶる。

服も当然、調べられているはずだ。調べたあとで、洗って返そうという配慮をする者がいなかったのが残念でならない。

最後にウルフは靴を履いた。イギリス製のなかなか履き心地のいい靴だ。

ドアを開けたキーチのあとに続いて牢を出る。ある部屋から別の部屋に移るだけとはいえ、この移動はすなわち、とらわれの身から自由への移行を意味していた。ウルフは唐突に空気がほしくなり、身が震えるほど深々と息を吸いこんだ。どういうわけか、空気の味が違っているように感じられる。さっきまでよりもずっと甘く、ずっと澄んだ味だ。

受付のデスクの向こう側では、退屈しきった警官が〈ブラック・マスク〉を読んでいる。そのアメリカのざら紙(パルプ)雑誌はウルフ自身のお気に入りでもあり、けばけばしい表紙には血だまりに横たわる女性と、そのかたわらに立つナイフを持った暗殺者が描かれていた。ウルフは、デスクの向こうのベンチで辛抱強く待っている人たちに視線を走らせた。並んで座っているのは娼婦や酔っ払いや泥棒たち、彼がいま生きている世界の住人たちだった。

見覚えのない男がひとり立ちあがった。彼は黒いレザーで身を固め、黒いブーツを履いて黒い手袋をはめ、黒い帽子をかぶっている。きびきびとウルフのもとにやってくると、プロイセンの軍人がするように両足の踵(かかと)を打ち鳴らした。

「ヘル・ウルフですか？」

「そうだ(ヤー)」

「運転手を務めさせていただきます」

「わたしの運転手をか？」

「はい」

「だが、運転手を呼んだ覚えはないぞ」

男は笑みを浮かべかけたが、結局は表情を崩さなかった。「行きましょう。お疲れのはずです。わたしはあなたを自宅までお送りするよう、仰(おお)せつかっております。そこで身を清めてお着替えを。招待状はお持ちですか？」

「招待状？」

「今晩のパーティーの招待状です」運転手はなかばとがめる口調で言った。

「モズレーの集まりか？」

「サー・オズワルドがあなたさまにお会いするのを楽しみにされております」運転手が答える。「レディ・モズレーもです。必ずやすばらしい夜になりますよ」

「オズワルドが手をまわしてわたしを釈放させたのか？」

「それに関しては、答える立場にございません」

ウルフは冷静な表情を保ちつづけた。他人に助けてもらったときはそれが鉄則だ。

「行こう」

「かしこまりました」

ウルフは運転手のあとに続き、夜のなかへと足を踏み入れた。


ウルフの日記、一九三九年十一月三日——続き

わたしは激怒していたが、表情には出さないようにした。運転手がアパートメントまでの短い距離を車で走り、わたしを自宅まで送り届けた。建物の外では、娼婦たちがいつもどおり商売にいそしんでいた。ひとつやふたつの殺人事件では、彼女たちは休まないというわけだ。

わたしは娼婦たちを憎悪する！

若い頃、ウィーンで見た娼婦たちをよく覚えている。ある晩、オペラのあとでグストルと一緒に娼婦たちの吹きだまりを歩いたときのことだ。ああ、わたしがどれだけオペラを愛していたか！

さらに不運は重なり、マリアヒルファー通りとノイバウ小路の交差点の角を歩いていたわたしたちは、年上の男に声をかけられた(1)。きちんとした身なりでいかにも金持ちといった風情の男は愛想よく話しかけてきて、わたしたち自身について質問してきた。当時、わたしは建築の勉強をしていて、グストルは音楽を学んでいた。いまでも、ときどき彼に会いたくなる。わたしたちが学生だと知ると、男はディナーに誘った。

男はわたしたちをホテル・クンマーに連れていき、その頃ひどく貧乏だったわたしとグストルに向かって好きなものを注文していいと言った。正直に告白すると、当時のわたしは甘いものが大好きで、男の金で菓子をたらふく食べた。彼はビジネスでウィーンに来ていたオーストリアのフェクラブルックの製造業者で、ディナーの途中、わたしたちに対して自分は女性には無関心だと言った。女はみんな金目当てだから関係を持ちたくないという。彼とグストルは音楽の話で盛りあがっていた。食事が終わりに近づき、グストルがあからさまに満ち足りた表情を浮かべていたとき、男がこっそりとわたしに名刺を渡した。ディナーが終わり、わたしたちは礼を言って男と別れた。子どもみたいにうっとりしたグストルは、男にすっかり魅了されたらしかった。「彼が気に入ったのかい？」歩きながら、わたしはきいた。

「とてもね」グストルが答えた。「教養があるし、芸術の好みもはっきりしている」

「それだけか？」

「ほかに何があるというんだ？」

わたしは男に渡された名刺を彼に見せ、おだやかに言った。「あの男は同性愛者（ホモセクシュアル）だよ」

哀れなグストル！　彼はその言葉すら知らなかったので、わたしがある程度細かいところまで説明しなくてはならなかった。説明を聞く彼の目は恐怖に見開かれていた。裸の男どうしが汗だくになって不自然な性交を行い、抱きあって筋肉をこわばらせる。たくましい体がこすれあい、指や舌で尻や乳首を愛撫（あいぶ）し、はげしく突きあうのだ。そして、わたしは……。

胸が悪くなる話だ。名刺はその日のうちに燃やしてしまった。

もしこの手にゆだねられるのであれば、わたしはすべての同性愛者を共産主義者やユダヤ人と一緒に特別な収容所に入れるだろう。

しかし、わたしがかつて思い描いた世界は実現しない。目指した未来はすでに奪われてしまったのだ。

全身のあざが黒くなりはじめていて、わたしは動くたびに顔をしかめながら体を洗った。一着しかないスーツを慎重に身につける。

そういえば、グストルは重度の自慰中毒だった。ベッドのなかや風呂のなか、ピアノのうしろ、ときには講義の席でも彼の手はポケットに入れられていた。彼はわたしが拒絶した方法で、みずからを解放していたのだ[2]。やさしくて純粋な彼が共産主義社会でどう生きていくのか、わたしは懸念せずにいられなかった。

ドイツはわたしにとって、すでに失われた存在だ。ネクタイを締めて帽子をかぶる。顔に触れると、目のあたりが腫(は)れあがっていた。わたしは怒っていた。キーチにではない。あの男は考えなしのごろつきにすぎず、その手の輩(やから)のことなら理解していた。ユダヤ人のモーハイムにでもない。ユダヤ人は悪魔の化身であり、すべての悪の象徴はユダヤ人という形を装う[3]。あの男はその本質どおりにふるまっただけだ。そうではなく、わたしはモズレーに恩を着せられたことに怒っていた。誰かに借りをつくるのは断固、拒絶する。相手が愚かな者とあればなおさらだ。

わたしは最後に鏡を見た。老いて壊れてしまった男がわたしを見返している。深く息を吸い、憎しみがこみあげて自分を駆り立てるのを感じた。そう簡単に壊されてたまるものか。片方の腕をあげて指をぴんと伸ばし、昔の敬礼のポーズを取る。肩をいからせて階段をおり、待っている車に近づいた。

黒いロールスロイスはロンドンの通りを快調に進み、ベルグレイヴィアへと向かった。

ウルフは後部座席で懸命に考え、事態を把握しようとした。これまでは、娼婦の殺害について、じゅうぶんに考えていなかったからだ。襲撃の場所、体に刻みつけられた鉤十字、そして、最後の侮辱であるいまいましいぜんまい仕掛けの玩具。

小さなブリキのドラマー。

よくもこんなまねを！

この車の窓の向こう側、暗い街のどこかに、自分とそうかけ離れた存在ではない男がいる。認めたくはないが、それは事実だ。そして、ウルフは自分自身について、ほとんど勘違いをしない人間だった。自分が何者かを知っているし、つねにみずからに正直でありつづけてきた。

たしかに憎しみを覚えたことはある。だが、それは運命という偉大な力によってかきたてられた憎しみだった。ウルフは生きてきた境遇によって一個の武器に成長した。ただし、無差別に人を殺す武器ではない。目的のために使われる武器だ。

それならば、犯人の目的はいったいどこにある？

気がつけば、ウルフの口がひとりでに言葉を発していた。情報のやりとりをしていたのだ。もっとも、相手は警察ではない。

自分自身だ。

車はセント・ジェームズ・パークのなかを走っている。ウルフは窓に頭をつけ、通りすぎていく黒々とした木々を見た。依頼からまだ日が浅いとはいえ、ここまで行方知れずのユダヤ女の一件に進展はほとんどない。昔の同志たちが女を確保しているのだろうか？　そのなかの誰が、あのクラブを牛耳っているのだろう？　どうやら、もう少しルドルフ・ヘスと話をしなくてはならないようだ。あの女、イルゼと地下室についてては考えまい。彼は顔をしかめ、座席で体をもぞもぞと動かした。頭に浮かぶ考えも夜の闇のように暗い。

車は順調に進み、ウルフにとってはありがたいことに、運転手はほとんど話しかけてこなかった。やがて運転手がウインカーを点灯させ、エベリー・ストリートに車をとめた。土地も金もない難民としてこの寒い異国の地にやってきたすぐあとに、ウルフはこの場所に来たことがあった。当時、サー・オズワルドとレディ・モズレーは建物内のフロアひとつを所有していた。近づいてくるふたりの様子を見るに、いまでは建物すべてを所有しているに違いない。

　建物の外では松明が灯されている。ウルフは車の窓を開けた。あたたかく、独特なにおいのする空気が入ってくる。まるで見えない子午線を越え、まったく違う国、空間と時間を隔てた熱帯の地にいるかのような空気だ。松明の炎が道路をはさんだ近くの建物の窓に反射して光っている。その光のなかに黒シャツの兵隊たちが儀仗兵さながらに直立不動で立っていた。広い入口の両側にある古代ギリシャ様式を模した柱には、イギリス・ファシスト連合の象徴である稲妻をあしらった旗が風にはためいている。運転手がエンジンを停止させると、建物からもれてくる音楽や笑い声、グラスを合わせる音や会話の切れ端がウルフの耳にまで届いた。モズレー家のパーティーはもうずいぶん前に始まっていたようだ。

　運転手が車をまわりこんで後部座席のドアを開けた。ウルフは車をおり、ネクタイをまっすぐにして髪をなでつけた。

「ありがとう」

「恐縮です」

ウルフはうなずき、胸のポケットから招待状を出して建物の入口に向かった。

「何かご用でしょうか？」

声をかけてきたのは、品のある顔をした若者たちのひとりだった。若者たちは連合の奇抜な制服を身につけている。ウエストの位置が高い黒のズボンをはき、ぴったりとして胸元が大きく開いた黒のチュニックを合わせている。服をいっそう際立たせているのは、銀の四角いバックルがついた幅広の黒いベルトだ。まるでアメリカのパルプ雑誌に登場する宇宙船の乗組員のようだ。彼らの多くは、指導者のまねをして細い口髭を生やしていた。餌をたっぷり与えられた攻撃的な牡牛にも似ている。チュニックの左胸には、連合の象徴であるとがった稲妻の記章がつけられていた。

「招待状だ」

「拝見します」

若者がカードを確認し、道を空けた。ウルフは礼儀を示して彼にうなずきかけ、建物のなかに入っていった。

屋内には嗅覚を刺激するさまざまな香水のにおいが入り乱れていた。葉巻や女性向けの細巻き煙草、弁護士などが好むパイプ煙草の煙も充満し、ウルフは涙目になった。

「ウルフ！」叫びに近い声が響きわたった。ウルフが振り返ると、いかにも魅力的なパリ風のドレスを着たレディ・モズレーが大きな階段をおりてくるところだった。手首と首を宝石で飾った彼女は、彼のところまでやってきて体を抱いた。

「ダイアナ」ウルフは言った。

「会えてうれしいわ！」ダイアナ・モズレーが答える。

「お招きに感謝するよ」

「当然のことをしただけよ！　ああウルフ――いまもウルフでいいのかしら？」

「ああ、それでいい」

「ウルフ、なんてロマンチックなのかしら」

「そうだな」

「本当に久しぶりね！」

ウルフは言葉を返さず、うなずいた。

一九三四年に招かれた夜、彼は国を追われた王子のような歓迎を受けた――つまり、重んじられ、同情され、そして尊敬されさえもした。しかし、それはあくまでも権力を失い、時流に取り残された者の扱いだった。強制収容所で負った傷のせいで足を引きずりながら、物乞い（ものごい）のように登場したわけだ。人々は何が起きたか、これからどうなるかをしきりに話していたが、その頃には、すでにドイツが失われてしまったことは、誰の目にも明らかだった。

ウルフはその場を立ち去った。施し（ほどこし）を受ける気はさらさらなかったからだ。それ以降はこの建物を訪れていない。当時、モズレーはイギリスの政界では小者で、嘲笑の対象と言ってもいい存在だった。それが続く数年のあいだ、海峡にかかる共産主義の影が伸びるにつれて彼の権力は増し、地位も上がってその存在は大きくなっていった。そして、二度とウルフが招かれることもなかった。それが問題だ。ここはしっかり考えておく必要がある。

なぜいまになって招待状が届いたのだろう？

「かわいそうに！」ダイアナが言葉を続けた。そつなくしゃべりつづけることに関しては、イギリス社交界の女たちはしっかりと教えこまれている。ただし、ウルフは彼女をそうした女たちとおなじとあなどるほどまぬけではなかった。ミットフォード姉妹に愚か者はいない。もっとも、姉妹のひとりであるジェシカは熱心な共産主義者であるが。ダイアナが彼の頰に軽く触れた。「この顔はいったいどうしたの？」

「転んだのさ」

「警察にやられたの？　ひどいわ。じきにオズワルドが権力の座につくから、そのときが来たらこんなことは絶対に起こさせないわよ」

ウルフは、彼女が仮定ではなく断定で話しているのに気づいた。

「ただの誤解だよ」とはいえ彼も怒っている。あと少しで表面に現れてしまいそうなほど。「ユダヤ人の警部がいて――」

「ユダヤ人ですって？　なんて恐ろしい話なの！」

「たいしたことじゃないさ」

ダイアナが彼の腕をつかんで言った。「オズワルドが死ぬほどあなたに会いたがっているのよ。でも、もう少しくらいなら、待たせても平気だと思うわ。一緒に来て。何か飲みましょう」

彼女はウルフを天井の高い大きな窓のある部屋に連れていった。うろついている招待客のなかには、彼も知っている政治家や映画スターの顔もある。こうした集まりでは必ず見かけるごみどもだ。壁の端から端にかけて、ビュッフェ形式の食事が並んでいた。あらゆる調理法を駆使した肉料理の数々を見て、彼は自分がいかに空腹かを思い出した。ダイアナ・モズレー、旧姓ミットフォードが細長いグラスをウルフに手渡す。「新鮮なオレンジとイチゴよ」彼女は笑顔でささやいた。「今日のために送らせたの。あなたのための料理も準備したのよ。さあ来て。お腹が空いているでしょう？」

テーブルのひとつには、インド風のカレーやイタリアのラザニア、イギリスのシェパード・パイなど菜食主義者向けの料理が並んでいた。ダイアナが皿を一枚取り、料理をたっぷりと盛りつけた。「さあどうぞ」

ウルフは皿を受け取って飲み物をテーブルに置き、フォークを手にしてカレーを上品に味見した。

ダイアナが彼の様子を妻のようにうかがっている。「食べて！」

ウルフは食べはじめた。さまざまな料理がひと皿のなかでまじりあっている。あまりにも空腹だったので、味はよくわからなかった。水泳選手のように、すぐれたアーリア人で、映画でターザンを演じたジョニー・ワイズミュラーのように、息継ぎをしながら料理をかきこんでいく。

食べ終わった皿をテーブルに置くと、何秒もしないうちに給仕が片づけた。ウルフはグラスを手にしてひと口飲み、ダイアナに言った。「元気そうだな」

「気分がいいの」ダイアナが答え、声をあげて笑った。彼の腕に触れて言葉を続ける。

「あなたに会えて本当にうれしいのよ、ウルフ。あなたの存在はわたしたち夫婦にとって、いつだって最高の励みになってきたわ。オズワルドもあなたをとても高く評価してる」

「彼はここに？」

「近くにいるわ。あなたに会ったら喜ぶわよ」

「わたしもだ」ウルフは礼儀正しく世辞を言った。

「よかった！」ダイアナは手を叩いた。「でも、先にわたしと少し歩きましょう、ウルフ！　こうしてふたりでいられる機会なんて、滅多にないもの」

「ずいぶん親切だな」

気がつけば、ウルフはダイアナに連れまわされていた。腕に置かれた彼女の手は驚くほど力強い。思えば、ダイアナはいつだって度を超えるほど彼に好意を寄せていた。妹もそうだ。いまやウルフは一夜限りの彼女の賞品だった。宝石とおなじく、彼を見せびらかすつもりなのだろう。しかし、金とは異なり、ウルフの価値はここ何年かで上昇したわけではない。

「これはレディ・モズレー。すてきなパーティーですね」男が話しかけてきた。

「ありがとう！　ウルフ、ミスター・フレミングよ。株の仲買人をしているの」

紹介された男は二枚目で、物腰は軍人のそれだった。「イアンと呼んでください」

彼はウルフとがっちり握手をかわした。

「ミスター・フレミングは、わたしたちからこの建物のフロアを買うはずだったのよ！」ダイアナが言った。「でも、結局はわたしたちが建物全体を買うことになって、改築もしたの」

「みなにとって利益になる判断でした」フレミングがにっこりと微笑み、ウルフを見た。おなじみの表情が顔に広がっていく。「あなたは誰かに似ていますね」

ウルフは頭を左右に振った。「よく言われるんだ」

「あなたはドイツ人ですね！」

「オーストリア人だよ。正確にはね」

「わたしはオーストリアのキッツビュールに留学していました」

「留学を？」ウルフは質問しているつもりはなかった。

「たしかに見覚えがあるんですが」

「信じてくれていい。わたしは何者でもないよ」「喧嘩でもしたのですか？」

フレミングがウルフの顔をのぞきこんだ。

「もうじゅうぶんよ、ミスター・フレミング！」ダイアナがすまなそうな表情でウルフを見た。「この人はジャーナリストなの。モスクワにいたこともあるのよ。たしか一九三三年……」彼女は言いよどんだ。

「大転落の年だよ」

ウルフは、フレミングの顔から笑みが消えたのを見た。目にさっと冷たさが帯びる。この目のことも、何度も見てよく知っていた。

気づいたのだ。

「失礼します」フレミングがあわてて体を反転させ、半分開いた窓の近くにいる男たちの一団のほうに移動した。

「なんて無礼なの！」ダイアナが言った。「ごめんなさいね、ウルフ」

「彼は連合の支持者ではないらしいな。違うかい？」

ダイアナが肩をすくめる。「今夜は個人的なパーティーだから。政治的なものとは違うのよ」

「あそこにいるのは〈デイリー・メール〉のロザミア子爵じゃないか。話しているのは作家の——ウィリアムソンか？」

「ええ、ヘンリー・ウィリアムソン、すばらしい作家よ。とてもすばらしいわ。『クロニクル・オブ・エンシェント・サンライト』は読んだ？　そう、まだ……まあ、とにかく、もちろんイエスよ。あのふたりはどちらも連合の支持者だわ」ダイアナがウルフを見て答えた。「それが聞きたかったのでしょう？」

「ただの好奇心だよ」

「知っているかしら」ダイアナがいたずらっぽくささやいた。「ミスター・フレミングとオニール男爵の奥方が寝ているという噂があるのよ。奥方のほうはロザミア子爵の跡取りとも関係しているけれど、ミスター・フレミングはそれを知らないんですって」

「忙しい奥方だ」

「まったくだわ！」ダイアナは声をあげて笑った。「かわいそうなフレミング。でも、彼はまだ若いから」

そのとき、灰色の目立たないスーツを着た若者が現れ、ウルフは救われた。明らかに招待客ではなく、雇われている者のようだ。男——といってもまだ若者だ——がダイアナに何かを耳打ちした。

「わかったわ。ありがとう、アルダーマン」ダイアナは礼を言い、ウルフのほうに向きなおって申し訳なさそうな顔をした。「オズワルドが上の書斎で待っているわ。あなたに会いたいそうよ。いいかしら？」

「むろんだ」

「アルダーマンが案内するから、一緒に行ってちょうだい。あなたに会えて本当によかったわ、ウルフ」

「わたしもだよ、レディ・モズレー」

「ダイアナよ。お願いだからそう呼んで！」

ウルフは彼女の手を取り、そっと口づけをした。「ダイアナ」

「ああ、ウルフ！」彼女は扇で自分をあおぎ、声をあげて笑った。

その場を離れたウルフは、無口なアルダーマンのあとについていった。

陽気な人々のあいだを通って上の階へ向かう。スーツを着た男たちもドレス姿の女性たちも、みな贅沢で開放的で明るく笑って酒を飲み、煙草をふかしながら話をしていた。その人々がさっと左右に分かれ、ウルフの前に道をつくった。モーセと彼に従う人々の前で紅海が割れる場面のようだ。

「少しいいでしょうか？」若者が尋ねた。

「ああ、なんだ？」ウルフはいらだちを覚えつつ答えた。

「ぼくはあなたをとても尊敬しているんです」

「そうか」ウルフを尊敬しない者などいないだろう。「それで？」

若者がスーツの胸ポケットに手を入れ、長方形の何かを出した。「ぜひこれにサインを――」

しかし、ウルフは聞いていなかった。「モズレー？」不機嫌な声で、宙に向かって問いかける。「モズレー、ここにいるのか？　このろくでなしめ」

「こちらです」若者が明らかに悔いている様子で言った。何をウルフに見せようとしていたにせよ、すでにそれはしまわれていた。じきにふたりはいちばん上の階に到達した。オズワルド・モズレーの書斎は、かつて屋根裏部屋だったところにあるらしい。アルダーマンがノックしてしばらく待ち、それからオークのドアを開いた。ドアの奥は小さくていかにも居心地がよさそうな部屋になっていた。室内には本棚がいくつかあり、アンティークのデスクとブロンズのランプが置かれている。あたたかくて明るい部屋だ。デスクのうしろにはオズワルド・モズレーが座っていて、書類に目を通していた。

「ミスター・ウルフがいらっしゃいました」

モズレーが頭をあげた。容貌のすぐれた男は、豊かな黒髪をうしろになでつけ、細い口髭を蓄えており、映画の悪役のように見えなくもない。自分でデザインした連合の制服ではなく、サヴィル・ロウのスーツを着ている。ウルフに向けた笑顔は本心からのもので、まばゆいばかりに輝いていた。

「サー・オズワルド」ウルフは言った。

「ウルフ!」モズレーが立ちあがって両腕を伸ばした。「外してくれるかな、アルダーマン」

「はい」

ドアが小さな音とともに閉まってふたりきりになると、モズレーがウルフに近づいてきた。ウルフはどうにか冷静さを保ち、モズレーに抱擁されるのを我慢した。大転落の前にはこのようなくだけた態度で彼を出迎えた者はいなかった。

「会えてうれしいよ」

「わたしもだ」モズレーが体を離し、安堵(あんど)したウルフは周囲を見まわした。「ずいぶんと出世したようだな」

モズレーが肩をすくめる。「努力のたまものだよ。しかし、まだやるべき仕事はたくさんある。ほかの誰でもない、きみならわかるだろう――」

「首相に立候補するらしいな」ウルフはモズレーの顔をじっと見て、最後に会ってから年を取った証を見つけようとした。しかし、それも奇妙な話だ。ここ数カ月でモズレーの顔はすっかり見慣れてしまった。何しろどこへ行っても、掲示板や街の壁に貼られたポスターから見おろしている顔だ。はじめは真剣に受けとめる者など誰もいなかったイギリス・ファシスト連合だが、いまでは黒シャツとやたらと人目を引くモズレーの肖像を、暗い街のいたるところで見かけるようになった。

「ああ」モズレーがてのひらを上に向けて肩をすくめた。「そうだ」

「本気でドイツと戦争をするつもりなのか？」

それは多くの人々が問う疑問だった。モズレーはマルクス主義への反対を公約に掲げている。戦争は避けられないというのが、彼の持論だった。

モズレーが答えた。「戦争をせずにすませられると思うかい？」

「ドイツとの戦争は、すなわちロシアとの戦争だ」ウルフは言った。「スターリンとやつの持つすべての力と戦うことになる」

「マルクス主義は打倒しなくてはならないんだ」モズレーが応じた。「有毒なユダヤ人のイデオロギーだからね」[4]

ウルフは頭痛の予感を覚え、鼻梁(びりょう)を揉んだ。まさかモズレーが、この道化がこれほどの力を持つところを見ることになろうとは！　心に理性を超えた怒りが湧きあがる。この男ときたら、発する言葉さえも他人の使い古しではないか。

「しゃべりつづけてしまって申し訳ない」モズレーが続けた。「どうか座ってくれ。

何か持ってこさせようか？」

「ありがとう。だが結構だ。奥さんによくしてもらったからな」

「ダイアナは忠実な女性だよ」モズレーが椅子に座りなおして言った。彼の分別のない行動についてはウルフも耳にしたことがある。モズレーは最初の妻であるシンシアと結婚していたとき、彼女の妹のアレクサンドラと姉妹の義理の母親の両方と関係を持っていた。ウルフはときおり、この男のどこにファシストになる時間があったのかといぶからずにはいられなかった。しかし、考えてみればムッソリーニもまた、戦争による大虐殺のあとで世界人口の復活をひとりで成し遂げんばかりの勢いで女を追いかけていた。

どうであれ、ウルフは自分とは異なり、モズレーやムッソリーニが男としてだらしないと断じている。ところが大衆ときたら、それでも彼らは心根がいいと信じているようだった。

「それで？」ウルフは口を開き、椅子の背に体を預けた。両手を腿のあいだで組んでいるモズレーを見つめる。

「そうだな」モズレーが言った。

ふたりはデスクをはさんで互いを観察した。

ようやく、モズレーがため息をついて言った。「例の若い娼婦はついてなかったな」

「わたしには関係ない」ウルフは答えた。

「もちろんだ。それはわかっている。それでも……」

「それでも？」

「評判にかかわるんだ、ウルフ。わたしは政治生命を賭けた戦いをしている。ほんのわずかな醜聞も許すわけにはいかないいんだよ。特にいまはね」

「具体的に何が言いたいんだ？」

モズレーが両手を上げた。「きみがこの事件に関係しているとは思っていないよ。この……殺人にもそのほかのいかなることにもね。しかし、出てきた証拠があからさますぎる。特に鉤十字だ。ブリキのドラマーについては、何を暗示しているかを理解する者は、いまとなっては少ないだろう」

その事実は、ウルフの転落を如実に示していた。

「そうだな」

「わたしはこの殺人と結びつけられるわけにはいかない」

「わたしを自宅に招いたのは、きみのほうだぞ」

「招いたのはダイアナだよ」

「なるほど」

「運転手にはわたしのところへきみを直接連れてくるよう指示したんだ。どうやら誤解があったらしい」

ウルフは運転手のミュンヘン訛りと軍人あがりらしい態度を思い返した。あれは忠実な男だ。ただ、忠誠心がモズレーのほうに向いていないのだろう。

「何が望みだ？」

モズレーがだらりと両手をおろした。いきなり彼の顔に疲労がにじみ、年齢よりも老けて見えた。「きみを雇いたい」

「わたしを雇う？」ウルフは予想外の申し出に意表を突かれた。「何をしろというんだ？　身をくらませばいいのか？」

「違う、そうじゃない」モズレーが肩をすくめた。「まず謝るよ。殺人犯は必ずつかまるさ。これまでのところ、わたしの力を使って事件の詳細が新聞にもれないようにしているんだ。困った問題だが、こいつは警察の事件だ。ユダヤ人のモーハイムについては、いずれわたしがどうにかするつもりだ。警察にユダヤ人など不要だからね。しかし、いまは重要な時期だから、わたしがあからさまに介入するのはまずいんだ。いまは手が出せない」

「つまり、何もしないというわけだ」

モズレーの瞳に痛みが浮かぶ。それから彼は微笑んだ。「きみはいつだって誰よりも抜け目がなかった」

いつだってこの男よりもすぐれていたというだけの話だとウルフは思ったが、口には出さなかった。

「警察署から出してくれたことに感謝するよ」ウルフは代わりに言った。

「わたしにできることをしただけだ」

「何か厄介事があるんじゃないのか」ウルフは探偵の声音、よき相談相手の声で言った。「わたしに話してくれ」

「何者かがわたしを殺そうとしているんだ」

「ほう？」

「三日前の夜、車を運転してダービーの集会へ向かっていたら、暗殺者に銃で撃たれた」モズレーが言った。「幸いわたしは無事だったが、暗殺者は逃げおおせた。事件は新聞には伏せてある」

「震えあがったのでは？」

「動揺したのはたしかだ」

ウルフは内心で思った。〝気取った臆病者め。どうせ小便でももらしたに違いない〟

「勇敢だったな」

「わたしは偉大な目的のために生きている」モズレーが答える。

〝そうだろうとも。この愚か者〟

「ん？　何か言ったか？」

「いや、何も」

「それから二週間前、ケンジントンで開かれた夜会から帰ろうとしたときも命を狙われた。部下が車の下に怪しい小包がテープで貼りつけられているのを発見したんだ。調べたところ爆弾だった。爆発しなかったのは、運がよかったからにすぎない」

「つまり、きみの命を狙う仕組まれた一連の動きだと？」

「わたしは怖いんだ、ウルフ。敵の試みがつぎは成功するのではと考えると恐ろしくなる。わたしの身を思って恐れているわけじゃない。わたしという指導者を失う世界を残して死ぬのが怖いんだよ」

この時点で、ウルフは喜んでモズレーを殺したいという心境に達した。しかし、どうにか自分自身の感情を制御した。いつもそうしてきたように。

「相手に心当たりは？」彼はおだやかな声で言った。

「誰だと思う？」

「ユダヤ人か？」

「ほかに誰がいる？　やつらは自分たちをパレスチナ解放戦線、ＰＬＯと自称している」

「パレスチナ？」口のなかに不快な味が広がる言葉だ。

「やつらはあの土地を狙っているのさ。自分たちのものにするつもりだ。議会に割譲を要求している。考えてみたまえ！　つぎに気づいたらインド人たちが独立を要求してくるぞ。そのつぎは――」モズレーは力なく手を振った。「第三世界の黒人たちだ。想像できるか、ウルフ？」

「それがユダヤ人をヨーロッパから移すひとつの方法であることは間違いない」ウルフは答えた。こうした計画ならば以前にも、ヒムラーやゲーリングによって試みられた。ユリウス・シュトライヒャーでさえ思いついた方法だ。「それだって重要な目的だろう？」

「イギリスはこれまで国内に多くのユダヤ人を抱えたことがなかった。われわれにとってはそれこそが問題だったんだ」モズレーが答えた。「最近まではね。大転落と移民の大量流入があって、ようやくこの国はわたしの思想のもとに結束した」

「だが、国民は移民すべてを責めている。ユダヤ人だけじゃない」

イギリスでは外国人として、ウルフは敵意にさらされる経験を重ねてきた。しかし、モズレーにそれを話すつもりはない。彼にも守るべき誇りがある。

「ユダヤ人がその裏にいるんだ。やつらはあらゆる出来事の裏で暗躍している。それに、共産主義だってユダヤ人がめぐらせた策略だろう？　でも、それを言ってもなんの結論も得られないよ、ウルフ。重要なのは、ここ数年でユダヤ人の組織化が進んだことだ。東の共産主義者の同胞たちが台頭してきたことに勇気を得たのは間違いない。いくつかの秘密軍事組織がパレスチナへの不法移民にもかかわっている。付け加えておくべきなのは、これがイギリスの法律に違反していることだ。やつらは船や偽造書類を買いあさっている！　そして、パレスチナは法が通用しない、未開の無法地帯なんだ。われわれにはあそこを適切に管理するために割ける資源もない」

ウルフは心のなかでため息をついた。モズレーがベッドの下にある陰謀を見つけたのは疑う余地もない。ただし、それは愛人の夫が帰宅したのに驚いてみずからベッドの下に隠れたのでなければの話だ。

「連中からの接触はあったんだろう？」

モズレーが苦々しげに笑った。「この数年でわたしがどれだけの脅迫を受けてきたか、わかるかい？　みな、わたしの命を狙っているんだ、ウルフ！」

「権力の必要経費みたいなものだよ」ウルフは冷静に告げた。

感情を落ち着かせ、モズレーが気乗りのしない笑みを浮かべた。「きみの言うとおりだ。わたしは敵の恐怖を煽る戦術に影響されている。だが、向きあっている危険は本物だよ、ウルフ。きみにわたしのために働いてもらいたい」

握りしめたウルフのこぶしのなかで、短い爪が肉に食いこんだ。これ以上はないほどの憎しみがこみあげてくる。

「敵の正体を暴いてほしい。金はいくらかかってもかまわない」

「きみのM15（イギリスの諜報機関）はどうなっているんだ？」

「動いているよ」モズレーが声を落として答えた。「だが正直に言うと、諜報機関はわたしの言葉を真剣に受けとめていないと感じるときがある」

ウルフはめずらしく笑いをこらえた。「そうなのか」

「頼む、ウルフ！　わたしが全幅の信頼を寄せられるのは、きみしかいないんだ」

何も答えずにいると、モズレーが力をこめて引き出しを開け、小切手帳を取り出した。小切手を一枚切り取り、数字を書きこんでウルフに手渡す。ウルフは受け取った小切手に目をやった。

「どうだ？」

問われたときも、ウルフはまだ小切手を見つめていた。丁寧にその紙をたたみ、ポケットにしまう。

彼は唇を一文字に引き結んだままうなずいた。

世の中には拒絶できない申し出もある。

第5章

ヘル・ウルフ

彼女は気に入ってもらえたかな？　とてもすてきな女性だった。ふたりで路地へと入ったときに握った彼女の手はあたたかかった。母と一緒に野菜と豆を買いにスピタルフィールズへ行ったのを思い出したよ。母はわたしがまだ幼い時分に神に召されたんだ。あなたとわたしには多くの共通点がある。あなたの母もまた、すでに他界した。だが、われわれは兵士だ。戦いつづけなくてはならない。母は高熱を出してベッドに横たわり、しっとりとしてあたたかい手でわたしの手を握り、勇敢になれと言った。医者が来なかったので、母がなぜ死んだのかはわからない。勇敢になれ。彼があなたを必要としている。そう言われたんだ。わたしは母が父のことを言っているのだと思っていたけれど、いまなら母の言葉の真意がわかる。母はわたしがいつかあなたと出会うのを知っていたんだ。わたしはあの娼婦を路地へと連れていき、ナイフを出した。彼女は泣こうとしたが、わたしはその口をふさいで体を寄せ、壁に押しつけた。そして、耳に唇を近づけて言ったんだ。黙れ売女、黙らないと殺すってね。ナイフを首に押しつけたときの彼女の震えようといったら最高だった！　彼女の首はとても白くて、心臓の鼓動が伝わってきた。マッチの火みたいに、手をかざして守ってやりたくなるほどのはかなさだったよ。それから、わたしは彼女にキスをした。

　とてもロマンチックだった。わたしたちの頭上に広がった空や星々、松のにおいまでもはっきりと覚えている。どういうわけか、松のにおいがしたんだ。あと、刈りたての芝と彼女の安物の香水のにおいもね。彼女の唇の味や、触れあった体のあたたかさも覚えているよ。わたしは空を見ながら、その向こう、太陽や空気を越えた向こう側には何があるのかを考えていた。そこには別の世界があるのかな？　ここと似ていて、でも違う。恋人たちが見知らぬ街の路地で逢引をするような世界が？

　わたしはナイフを女に突き立てた。ぐったりとした彼女の体をやさしく抱いて目をのぞきこむと、苦しみが癒えてようやく平穏が訪れたのがわかったよ。わたしの母に平穏が訪れたようにね。彼女を地面に寝かせると、体から血がどくどくとあふれてきた。血を味わってみたいという欲望がこみあげ、わたしは彼女の髪をなでた。金色の髪をした彼女はとても美しかった。体の正面が血で濡れていた。わたしはその場に膝をつき、牧師みたいに祈りを捧げて彼女に祝福を与えた。目に浮かばないかい？　それから手にしたナイフで、彼女にしるしを刻んだ。しっかりと刻みこまなくてはならないと思うと、興奮しすぎて手が震えたよ。それから彼女をあるべき形に整えた。わたしが彼女をふたたび美しい姿に戻したのさ。浄化された彼女はもはや娼婦ではなく、花嫁みたいだった。わたしは彼女の両腕を腹の上に置き、コートのポケットから小さなドラマーを取り出した。本当はぜんまいを巻くつもりだったんだ。ドラマーが路地を歩き、彼女のそばを通るのを見たかったからね。でも、声が聞こえてきて急に怖くなったので、彼女の頭のかたわらに置いてきた。最後にもう一度だけ彼女に触れて立ちあがったときには、体が震えていたよ。体についた血を隠すためにレインコートを着て、声が近くなってきたからその場をあとにした。誰にも見られずにね。

ウルフは考えた。問題はバルフォアなのだろう。イギリス政府内にいたアーサー・ジェームズ・バルフォアとユダヤ人を支持する連中だ。あのもうろく爺はずいぶん前に死んだものの、駆け足で結ばれた約束は残っている。世界でもっとも偉大な帝国の外務大臣が交わした約束とあればそう簡単に消滅したりしないのが当然だ。

　その約束が結ばれた当時、ウルフはまだバイエルン陸軍のリスト連隊第一中隊に所属する若い兵士だった。しかし、バルフォア卿が交わした約束についての知らせが前線に届いたときの怒りは、いまでも覚えている。当然ながら、あの頃はユダヤ人もドイツとオーストリアの社会の一部だった。ユダヤ人の士官もイギリスとの戦争に参加したし、同様にイギリスで暮らすユダヤ人も皇帝（カイザー）との戦いに加わっていた。

しかし、ユダヤ人たちは当時からすでに〝解放〟のための扇動を行っていたのだ。民族主義が建国への渇望という狡猾（こうかつ）な形を取り、ユダヤの人々の心をつかんでいた。ユダヤ人たちはみずからの運動をシオニズムと名づけ、オーストリア＝ハンガリー帝国出身のユダヤ人ジャーナリスト、テオドール・ヘルツルの思想によって運動に拍車をかけていった。

一九一七年、バルフォア卿はロスチャイルド男爵に手紙を送り、イギリスがパレスチナ（当時はまだオスマン帝国領で、じきにイギリス軍の手に落ちた）におけるユダヤ人国家の設立を支援すると明言した。このような愚策を本気で実行しようとする者などいないとウルフは思っていたが、ユダヤ人たちは突き進み、民族主義的な野望を抱いて徐々に好戦的になっていったのだった。

それにしても常軌を逸した話だと、ウルフは思う。いくら試みても、モズレーに対する脅迫を真剣に受けとめることはできなかった。大転落はものごとを大きく変化させた。台頭している共産主義はユダヤ人の病であり、オーストリア＝ドイツ同盟はユダヤ人の天国となった。ユダヤの思想家や科学者たちはこの世の春を謳歌（おうか）している。

フロイトはウィーンにある自身のジグムント・フロイト協会を積極的に拡大し、支部をベルリンやモスクワにまでつくった。道化のアルベルト・アインシュタインはいまやベルリンにあるマックス・プランク研究所の所長だ。ぼさぼさ頭とにやついた顔というアインシュタインの有名な人物像はほとんど毎日のように、新聞やニュース映画を通じてウルフに視線を送っていた。戦争が始まることになれば、彼の偶像は恐るべき新兵器の開発という脅迫手段として共産主義者に利用されるに違いない。

マルクス、フロイト、そしてアインシュタイン。ウルフは、この三人が世界じゅうのユダヤ民族という悪の三極に位置すると見なしていた。

もし、ウルフが権力の座をつかんでいれば——。

しかし、当然ながらすぐに現実に立ち返った。ウルフは権力の座にはなく、何者でもない。安物の灰色のスーツに身を包んだ灰色の男で、モズレーのパーティーに招かれたのも、向こうが彼を雇いたいと考えたからにすぎない。それも〝手伝い〟として。

〝くそったれ!〟

モズレーの書斎をあとにし、大きな茶封筒を手に階段をおりはじめる。モズレーが言うには、封筒のなかにはパレスチナのテロリストから受け取った脅迫状などすべての文書が入っているそうだ。ウルフは、都合がつきしだい封筒を燃やしてしまうつもりでいた。匿名で送られてきた脅迫状など役に立つはずもない。

「やつらには影響力がある」モズレーはウルフに言った。「ユダヤ人だよ。やつらは狡猾に、そして資金を隠してイギリスの一般社会に紛れこんでいるんだ。ロスチャイルド家はもう何十年もパレスチナに移住するユダヤ人に資金援助をしている。やつらを甘く見てはいけないぞ、ウルフ」

モズレーの言葉には暗に〝前にしくじったときみたいにな〟という意味が含まれていた。

階段をおりきったウルフの頭のなかにあるのは、早くこの場を去りたいという一念だけだった。殴られ、疲れきっているうえに、もう若くはないのだ。ポケットのなかにはモズレーの小切手が入っている。その小切手こそ、ウルフがかつて何者だったのか、そして二度とその何者かには戻れないことを示す証だった。

何も見えていなかったウルフは、やわらかくて高価な香水のにおいのするものにぶつかった。その直後に歓喜の嬌声(きようせい)が響き、続けて聞き覚えのある女性の声がした。

「ウルフィ！」

顔を上げると、ユニティ・ミットフォードの魅惑的な瞳がそこにあった。

「ヴァルキリー？」ウルフが彼女を呼ぶときはいつもミドルネームだ。

「わたしがわからないの？」彼女が笑いながら答える。

ウルフは顔をしかめた。彼女から離れられず、目がひとりでに愛らしい顔の造作や赤い唇、いたずらっぽい瞳を探っている。まったく変わっていない。繊細な香水の芳香が彼の鼻をくすぐった。「きみはまるで年を取らないんだな」

「いつもやさしいのね」ヴァルキリーが笑った。「姉さんはわたしが来るって言っていなかった？　あなたをさんざん探しまわったのよ」

ウルフは彼女の手を握った。「また会えてうれしいよ、ヴァルキリー」

「こちらこそ。すごく、すごくうれしいわ」ヴァルキリーがさりげなく腕を彼の腕に絡ませた。空いているほうの手にはシャンパンを持っている。「ああ、ウルフ！」愛らしいつぶらな瞳でじっと見あげる。どこか悲しげなその目には見覚えがあった。かつて飼っていたジャーマンシェパードのブロンダの目だ。犬を置き去りにしなくてはならなかったのは、ウルフにとって何よりつらいことだった。「ウルフ、わたしたちはいったい何を間違えたのかしら？」

「きみが美しすぎたんだよ。それに、わたしは文無しだった。とはいえ、猫だって王様を見るくらいは許されているからね（「どれほど身分が卑しい者にもそれなりの権利はある」という意味の諺）」

「でも、あなたは猫が嫌いじゃない！」

彼は答えず、ただにやりとした。狼（ウルフ）の笑いだ。

「来て」ヴァルキリーが言った。「少し外の空気を吸いに出ましょう」

「もう帰らないと」

「いいえ、まだよ」彼女が先に歩きだし、ウルフもそのあとに続いた。ふたりは階段をおり、建物の裏にある庭に出た。美しい夜だ。裕福な者に冷たい冬は決して訪れない。貧しい者にだけ訪れる。

音楽が聞こえる。グレン・ミラー楽団が奏でる音楽に合わせ、庭でもカップルが踊っていた。背の高い松明が地面に据えられ、まるで蛇が脱皮するみたいに、ゆれる炎が影をつくり出している。ヴァルキリーが彼の手を取った。「まだわたしのことを思い出す？」

「いつも」

「嘘ばっかり」

「偉大な嘘には必ず真実が隠されている」

「あいかわらず皮肉屋ね」ヴァルキリーはため息をつき、彼に身を寄せた。「覚えている？」

ウルフは覚えていると答えた。

世の中にはあらゆる種類の真実があり、そのほとんどは心地よく感じられないものだ。

一九三三年、ニュルンベルクの党大会が終わる頃の話だ。

ウルフは敗北に憤慨していたが、まだ打ちのめされたわけではなかった。

それは非公式な戦争だった。二〇年代から三〇年代はじめのドイツ、特にベルリンではげしい戦いが繰り広げられ、褐色シャツ隊と共産主義者、突撃隊とドイツ共産党（KPD）が支配権をめぐって争った。あの哀れな愚か者のホルスト・ヴェッセルも、その戦いの最中に共産主義の暗殺者によって顔面を撃たれたのだ。両陣営の容赦ない戦いぶりに人々は内戦を予想した。当時のドイツはまさに火薬庫で、ウルフはマッチだった。そして選挙が行われ、共産主義者ども、すなわちＫＰＤが権力の座について人々を、とりわけウルフを驚かせた。

一九三三年の段階では、ウルフはまだ勝てると思っていた。共産主義者たちは降って湧いた権力者の地位を固めている途中だった。最後の、決死のひと押しを試みるときだった。

そして国会議事堂が炎に包まれた。

それからウルフは党大会のためにニュルンベルクに入った。勝利ではなく敗北とともにではあったが、いずれにしても大会は行われた。ヴァルキリーと姉のダイアナが会いに来たのはその時期だ。彼はヴァルキリーに夢中になった。彼女は十九歳で、ある意味ではゲリを思い起こさせた。

当時、ウルフはエヴァとも関係を続けていた。彼女は愛らしく純朴な女性で、年齢は二十一歳とヴァルキリーよりもふたつ上だったとはいえ、ずっと子どもっぽい性格だった。はじめて会ったのは、彼女がモデル兼助手として働いていた写真家のスタジオだ。

　大転落のあとエヴァの身に何が起こったのか、ウルフはしばしば考えた。収容所で死んだのだろうか？　あるいは、政治には関心のなかったあの純朴な娘はどうにか生き延びたのだろうか？　若い二枚目の共産党員でも見つけて結婚し、子どもを産んだのだろうか？　その気になれば彼女を探し出せる気はしていたものの、結局ウルフは何もしなかった。

　ウルフの人生がまさに終わろうとしていたとき、ヴァルキリーが現れた。彼女はとても愛らしい女性で、彼を強く慕っており、子犬のような目はブロンダにそっくりだった。ウルフは彼女を舞踏会や集会に連れていくようになり、一方のエヴァは、彼が買い与えたアパートメントに残されることが多くなった。ウルフと腕を組むヴァルキリーはとても絵になった。

　ニュルンベルクの党大会が終わろうとしていた。風にはためく旗と、眼下に居並ぶ眠そうな曇った瞳で彼を見あげる人々のことをよく覚えている。みずからの体のほてりと汗、毛織のスーツが肌にこすれる感触までもが記憶に残っていた。戦いから戻った宿なしの兵士たちのにおい、腐敗と酒のにおいはそのまま、敗北のにおいだった。

「覚えている？」

二カ月後、ＫＰＤのならず者たちがやってきて、ウルフを逮捕した。組織は解体されて大規模な一斉検挙が行われ、彼は収容所に送られた。なかには脱出に成功した者も何人かおり、臆病者のヘスは個人所有の飛行機でヨーロッパ上空を飛び、イギリスに入った。ゲーリングは共産主義者と行動をともにした。ユリウス・シュトライヒャーはニュルンベルクで銃撃戦の末に死亡した。ウルフでさえも、彼の死を悼む気にはなれなかった。あの男は仕事の手際こそよかったが、酒乱で厄介者の強姦魔だった。シュトライヒャーの新聞〈シュテルマー〉は廃刊となった。

そして、国家社会主義は死んだ。

「覚えているさ」ウルフは歯を食いしばって答えた。ふたりのまわりでは、亡霊みたいなカップルたちが松明の明かりの下で踊っていた。

ヴァルキリーが体を寄せてくる。彼女の体温は約束された幸福のようで、香水の香りはまるで招待状だった。彼女の唇がウルフの耳のすぐそばまで近づいた。「わたしたちがふたりきりになったときのことも覚えているかしら？　あなたが望むなら、またおなじこともできるのよ」

ウルフは喪失と後悔を感じながら、彼女の体をそっと遠ざけた。頭をよぎるイルゼ・コッホと名乗った化け物じみた女と、いまは無人となったレザー・レーンのクラブの地下室で受けた拷問のことを考えまいとする。

「わたしはもう昔のわたしではない」

「ああ、ウルフ」ヴァルキリーの声には深い悲しみがこめられていて、ウルフは気分が悪くなった。「人間は変わったりしない。あなたはまだあなたのままよ！　先見の明ある指導者だわ。勘違いした哀れなオズワルドなんて、足元にも及ばない存在なの」

「きみは若い」ウルフは言った。「わたしは違う。誰の身にも老いはやってくるものなんだ。夜中の泥棒みたいにな」

「あなたにこんなことをしたユダヤ人たちが憎いわ！」[3]

「きみはいつだって彼らを憎んでいたな、ヴァルキリー」

「わたしをそう呼ぶ人は、あなた以外にいないわ」

ニュルンベルクでの一夜は記憶に焼きついている。彼とミットフォード姉妹のふたりが……いや、だめだ。それについて考えてはいけない。

「ダイアナもわたしとおなじで、いまもあなたを崇拝しているわ」ヴァルキリーが言った。

ウルフはにっこりと微笑んだ。「きみとおなじことができる女性など、どこにもいないよ」

「わたしと一緒に行きましょう。わたしの家に来て」

ヴァルキリーの声にむき出しの欲望がにじんでいる。ウルフは首を横に振った。過去というものには人を追いかけてくる習性がある。「もう行かないと。たぶんオズワルドは、わたしに使用人の通用口から出ていってほしいと思っているだろうな」

「あの男はただの道化よ」

「彼はきみの義理の兄だよ」

ヴァルキリーが肩をすくめた。「彼のベッドをあたためるのは、ダイアナに任せておけばいいわ」

「つぎの首相になるかもしれない男だぞ」

「それが気になっているの？　権力がそんなに重要？」

「権力はこの世のすべてだよ」ウルフは答えた。

「あなたが権力を失ったから、わたしの愛が冷めるとでも思っているの？」

〝愛〟醜い言葉だ。

おそらく自分が過ちを犯したのに気づいたのだろう、ヴァルキリーは身を引いた。

「ごめんなさい。そんなつもりじゃ――」

「そんなつもりじゃなかった？」ウルフは冷酷に尋ねた。

「お願いよ、ウルフ」彼に近づかずにはいられないかのように、消された炎に吸い寄せられる蛾（が）のごとく、ヴァルキリーがウルフの耳にささやいた。「あなたが望むとおりにするから」

ウルフは、今度は乱暴に彼女の体を押しのけた。「売女め」

「あなたが許してくれるなら、喜んであなただけの売女になるわ！」

いまや周囲の視線がふたりに注がれている。「声を落とせ」ウルフは冷たくよそよそしい声で言った。

彼女はいまにも泣きそうな顔になっていた。ウルフはその顔を見て、帽子のつばに手をやった。「さようなら（アウフ・ヴィダルゼイエン）、ヴァルキリー」

「ウルフ、待って！」

しかし、ウルフはすでに歩きはじめていた。殺気立った彼の心情を察したかのように、前にいるイギリス人たちが道を空けた。

ヴァルキリーはあとを追わず、ひとりでその場にとどまりつづけた。彼女を見つめていた周囲の人々が顔をそむけ、互いに小声で話しはじめる。「ウルフのばか！　あなたたちもよ。やかましい野次馬ども！」彼女は、用心して目を合わせようとしない招待客たちの集団を指さして叫んだ。

「行こう。お嬢さん」声をかけたのは株の仲買人のフレミングだった。

「イアン、ひどいことになってしまったわ」ヴァルキリーはフレミングの肩に頭をもたせかけると、みじめな声で言った。

ウルフの日記、一九三九年十一月三日——続き

愚かなヴァルキリーが最悪の一日に最悪の終わりをもたらしてくれた。だが、わたしにはまだこの一日が終わったとは思えない。主導権を主張しようとする女は嫌いだ。ミットフォードの女たちはあまりにも予想しがたく、あまりにも独立心が旺盛(おうせい)すぎる。わたしは犬を好きになるように、自分の女たちを好きになる。犬は、創造主に出会ったカトリック教徒のように従順で忠実だ。

わたしはよきカトリック教徒にはなれなかった。父は聖職者を憎んでいたし、わたしは父と聖職者の両方を憎んでいた。一方で、母は熱心な信者だった。その影響で子どもの頃、教会に行って膝をついて待ち、牧師の姿をした神に肉と血を口に入れられたのを覚えている。母は愛情豊かな人で、神とわたし、そして父にさえも愛を捧げた。子どもの頃の記憶といえばもうひとつ、夜中に両親の寝室から聞こえてきた音を覚えている。父のうなり声と母の泣き声だ。おそらく、夜ごと繰り広げられる暴力の音によって、わたしの父への憎悪が始まったのだろう。

わたしがいくら愛しても、女たちはつねにわたしを裏切りつづけた。その最初で最悪の例は、言うまでもなくゲリだ。わたしから逃げ、わたしの銃を自由への鍵として使うなど、よくもやってくれたものだ！　そして、それは最初にすぎなかった。

エヴァとは、ミュンヘンのヘル・ホフマンのスタジオへ行ったときに出会った。以前、頻繁に通っていた場所だ。はじめて見たとき、彼女はスタジオ内のはしごをのぼっていた。かわいらしい足首と、ドレスの裾が持ちあがる様子にわたしは心を奪われた。認めよう。心を奪われたのだ。十七歳の彼女はアーリア人女性の見本のようで、健康的に光り輝いていた。瞳は澄んでいて、いまだ汚れを知らない無垢（むく）そのものだった。ホフマンのもとを訪れるたび、わたしはエヴァの手を取って礼節にかなった口づけをし、愛すべきホフマンの美女と呼んで彼女の頬を赤らめさせた。彼女はわたしのことを、当時使っていた偽名のとおり、ヘル・ウルフと認識していた。投獄歴のある政治家だというのは知っていたに違いない。彼女の言葉は素朴で、策略とは無縁だった。のちにわたしが休日にベルヒテスガーデンの別荘へ連れていくようになると、彼女は清浄な空気のなか、生まれたままの姿で日光浴をしたものだ。まるで堕落する前のイヴのようだった。ふたりで池に行き、ボートをこいだりもした。彼女はわたしに喜びをもたらす純朴な女だった。

ミュンヘンでは、オペラや行きつけのレストラン、オステリア・バヴァリアへも連れていったし、贈り物もよくした——最初に贈ったのは、黄色いランの花だ。エヴァにとっても、男からもらうはじめての花だった。わたしはあの娼婦にあらゆるものを与えた！　それなのに、彼女もまたわたしから逃げようとした。

ある日、わたしはエヴァの日記を見つけ、捨てたりせずに有罪の証としてそのままにしておいた。彼女は愚かな少女そのものだったのだ！　はじめに書いてあることといえば、わたしがスタジオから遠ざけているという不満と、小さな家がほしいという願望くらいのものだった。しかし、陽気だった日記の内容は、日が経つにつれて悩みが綴られることが多くなった。たとえば、わたしが彼女と会う約束をしていたある日曜日のことだ。彼女はオステリアに電話をし、連絡を待っているというわたし宛の伝言をワーリンに残した。わたしはフェルダフィングにいて、ホフマンにコーヒーとディナーへ招かれたので、エヴァとの約束を後日にしてもらった。それなのにあの愚かな女は、わたしを夜通し待っていたという。ホフマン夫妻からその夜に行われたヴェネチアン・ナイトのチケットを与えられていたにもかかわらず、行きもしなかったのだ。

エヴァの日記の内容は、日を追うにつれてますます混乱していった。あのあばずれはこともあろうに〝これほどみじめに感じたことはない〟と書いていた。本当のみじめさなど知りもしないくせに！　戦場の最前線にいたのはわたしだ。彼女は、睡眠薬をもっと買うとわたしを脅すようになっていった。

〝あの人は、ある目的のためだけにわたしを必要としている〟ともエヴァは書いていた。

その後、わたしはエヴァをフォー・シーズンズでのディナーに招き、ディナーの最後に金を入れた封筒を渡した。

数日後、愚かな売女のフラウ・ホフマンがエヴァに、わたしがヴァルキリーという代わりの女性を見つけたと吹きこんだ。

そして五月二十八日、エヴァは三十五錠の睡眠薬を飲んで自殺を試み、失敗した。

ばかな女だ！　自殺を成功させることすらできないとは。

すべてはわたしの関心を買おうとする、哀れで浅薄な計略だったのだ。最終的にその試みは成功したのだろう。わたしにはたしかに昔から、ふくよかな女に弱いところがある。

時間と空間を隔てた別の世界で、ショーマーは横たわって夢を見つつ、忘れようと苦闘していた。

記憶のなかでは逃げ場はない。

覚えているのはかすかな、切れ端のような光景だ。ろうそくの明かりで輝くアヴロムの黒い巻き毛や、彼がおかしな顔をしてみせたときのビナの笑い声、動物にそっくりなビナのいびき、ふたりが赤ん坊だった頃のにおい。眠りもせずに朝から晩までタイプライターの前に座り、ユダヤ人ギャングたちと激情を秘めた清純な乙女たちの物語や、血みどろの殺人事件、反ユダヤの陰謀、幻想にすぎない正義を追い求めて寒い路地を歩く探偵たちの物語などをひねり出していた日々。雪のせいで普段はやかましい商人たちが沈黙するなか、大声で泣く赤ん坊たちに食事をとらせるファニヤ。炎が躍る暖炉に、あたたかいタイプライターのキー。家じゅうがミルクと赤ん坊のにおいで満たされ、触れるものすべてから、着ているものからもおなじにおいがした。ショーマーにとって、人生でもっとも幸福だった日々だ。しかし、人間がそうしたことに気づくのは、煙のように消え去ったあとだけだ。

そんな記憶は原稿のように燃やしてしまいたい。焼かれて消えていくのをしっかり見届ければ、家族の幻を見たり、姿を思い出したりすることもなく、においも永遠になくなってくれる。ショーマーは、なんの心の準備もしていないときに現れるファニヤに腹を立てていた。この世からいなくなったときみたいに、いきなり心から消えてほしいと願わずにはいられない。彼と家族は一緒にいたと思ったら、つぎの瞬間、見知らぬ男の乗馬鞭によって引き裂かれた。そしてファニヤたちは焼却炉へ、ショーマーは強制労働へと向かう、別々の道を歩かされた。何が起きているのか、ショーマーにもファニヤたちにもわからなかった。ファニヤはアヴロムとビナの手を握り、離れていくショーマーを見ながら笑顔をつくろうとしていた。「すぐにまた会える。衛生のためにシャワーを浴びさせるだけだ」兵士のひとりが感情の欠けた声で告げた。続けて歯のない老人が口をむにゃむにゃさせながら、悲しみに満ちた声で言った。「アウシュヴィッツ、アウシュヴィッツ、ここはいったいなんなんだ？」

ショーマーが憤っているのは、ファニヤたちが彼を置き去りにしたからではない。彼女たちが戻ってくるからだ。すでに存在しない世界から戻ってきて、そんな権利はないというのに、いまの彼の邪魔をする。アウシュヴィッツ、アウシュヴィッツ、ここはアウシュヴィッツ、それだけだ。

〝覚えているか？〟という言葉がここで発せられることはない。それは禁句であり、現在に対する罪と言っていい。ここには過去も未来もなく、現在とアウシュヴィッツしかない。ポーランドの地にある浮島だ。死者は黒い灰となって上空にのぼっていき、焼却炉には昼も夜も火が入れられ、昼夜を問わず荷でいっぱいの列車が到着しつづける。ショーマーの精神はまだ人間だった頃とおなじように、自分のなかに引きこもった。彼はかつてハイントやそのほかの出版社のためにシュンドを書く作家だった。デスクに座り、両手で嘘を紡ぎ出して金を稼ぎ、生計を立ててきたのだ。

ショーマーはいくばくかの成功をおさめた作家で、彼の作品はイェシーヴァの子どもたちにこっそりとまわし読みされていた。イデオロギー的な熱情を抱えた若いシオニストたちも、頑固にそうした作品を否定する人々への反抗心から読んでいた。自身の教区からショーマーの本を没収したラビたちも、商店でタマネギひと袋と一緒に小銭を出して本を買う女たちも、こうした作品を文学の売春行為と呼んで非難していた知識人たちも、裕福な商人や農民、靴の修理人や時計職人、大工や技術者もだ。ショーマーという筆名には、守護者や監視者という意味もあり、シュンドを書く人間にはふさわしくないという理由でその名は広く知れわたった。

希望のないショーマーの人生は、書いた本とおなじく火をつけられ、灰となってばらばらにされた。すでに存在しないも同然だ。しかし、誰の人生であっても最終的には消えてしまうものだ。死ねば夢も思想も、愛も憎しみも含めてその者の人格は消滅する。ネアンデルタール人からクロマニヨン人へ、そしてユダヤ人の時代となってもそれは変わらない。

しかし、ショーマーはまだ生きていた。

ファニヤとはパレスチナの先駆者たちに関する映画の上映会で出会った。彼女は白い服を、ショーマーは一張羅のスーツを着ていた。文学的な価値などない探偵や女性たちの物語を書きはじめた頃のことで、顔には薄い口髭を生やしていた（ただし、結婚式の前にファニヤに剃らされた）。その映画では、彼とおなじくらいの年頃の男女が石だらけの地を耕し、テントで眠ってオレンジを摘んでいた。彼の目には、先駆者たちが聖書に出てくる遠いパレスチナの地で再生した農民たちと重なって映り、そのような人生を望む人々がいるなど理解できなかった。もっとも、理解できなかったのは、ファニヤに目を奪われて半分ほどしか見ていなかったからかもしれない。彼女はスクリーンに映る何よりも現実的で、彼の物語から飛び出てきた女性のように見えた。

もちろん、ショーマーはあとになってその認識が過ちだと気づかされた。ファニヤは物語の登場人物みたいな書き割りとは違って、彼には見えない（いまとなっては、永遠に見ることは叶わない）内面の世界を持っていた。理屈に合わない好き嫌いの傾向があり、彼には理解できない気分のゆれもあった。はためにはさっぱりわからない理由で喜んでいることもあれば、彼にはどうしてやることもできないほど悲しんでいることもある。それでも、ファニヤは彼を愛し、ショーマーも彼女を愛していて、しばらくは幸福に暮らしていた。ゲットーで暮らしていたときもふたりは互いを幸せにできたし、ここへ向かう列車のなかでさえ、彼は妻と子どもたちに物語を聞かせていた。

物語につぐ物語。ショーマーは物語に死ぬほどのめりこんでいた。結局のところ、彼にはそれしかなかったのだ。

ウルフの日記、一九三九年十一月三日――続き

わたしは最悪の気分でモズレーのパーティーをあとにした。建物の外では無口な運転手が出迎えてくれたものの、送るという彼の申し出を――おそらくは愚かにも――断り、古傷のせいで不自由な脚をわずかに引きずりながら歩いてその場を去った。暗く、静かな夜だったが、わたしはだまされなかった。人間の生気がもっとも高まるのは夜だからだ。光を知るためには、闇を理解しなくてはならない。誰かに見られているのを感じながら、ベルグレイヴィアを歩いていった。ときおり振り返っても誰もいなかったにもかかわらず、見られているという感覚は消えなかった。

そんなふうにして――つまり、人目を忍びつつ、わたしは東に向かって街を歩いていった。心はネズミのように忙しく乱れていた。

たちが悪く汚れた生き物、それがネズミだ。〈シュテルマー〉で見せたユリウ

ス・シュトライヒャーの才能は、最初に掲載させた目に訴える風刺画で発揮された。彼は、飽くことなくドイツ人の純潔に劣情をもよおす、鼻が長くネズミのような風貌のユダヤ人の絵を描かせた。〈シュテルマー〉は社会の最下層にいる多数派に向けたもので、身の毛もよだつ性犯罪と殺人の数々をすべてユダヤ人のせいにする記事を得意としていた。シュトライヒャー自身もネズミのようにたちが悪く汚れていたが、きわめて手際はよかった。あの男の新聞はポルノ以外の何物でもなく、イギリスの〈デイリー・メール〉がかわいく思えるほどだ。何年も経ったいまになってなぜあの男を思い出したのか、自分でもわからない。恐ろしいことに、過去がわたしに追いつこうとしているようだった。

わたしの思考は死んだ女の胸に刻まれたしるしへと戻っていき、それから忘れられた鉤十字と、いまやドイツを支配している赤い星へとめぐっていった。疲れていたし、靴ずれも痛んだ。そんななかで考えに没頭し、注意力が散漫になっていたのだと思う。わたしは危険の兆候を見逃した。

ソーホーへ入るウォーカーズ・コートは静かすぎるほど静かだった。娼婦たちの姿もない。殺人現場を示すものはすっかりなくなっていたが、結局のところ、娼婦がひとり死んだにすぎず、警察は別の問題で忙しいということなのかもしれない。静まり返った通りに自分の足音だけが響くなか、帽子を取って湿った髪を整え、ふたたび頭に戻した。わたしは鍵を取り出してドアを開け、建物のなかへと入った。なかは暗かったものの、この階段には慣れている。何度も行き来したおかげで、自分自身よりも、この階段のほうがよほど知り尽くしているのではないかと思うほどだ。事務所のドアは鍵が閉まっていなかった。どうせ盗まれるものもないので、施錠しないことも多い。しかし、今日に限っては、たしかに鍵をかけた記憶があった。それなのに、わたしは疲れていて動きも鈍く、警戒もしていなかった。

事務所に入って明かりをつけると、室内が荒らされているのが見えた。デスクはひっくり返され、死体みたいに脚が宙に放り出されていた。引き出しは開けられて、中身がばらまかれている。絵画は壁から引きはがされ、ちぎれたネックレスから外れた真珠さながらに、本も床に散乱していた。何者かが床に糞をし、エルンスト・ユンゲルの『火と血』のページで尻を拭いた跡がある。来客用のふたつの椅子が粉々に砕かれていた一方で、誰かが部屋の破壊を座って見物していたかのように、わたしの椅子だけがまっすぐ置かれていた。電話は壁からもぎ取られ、タイプライターは酔っ払いのごとく床に転がっている。

帽子かけがどうなったかは、見るまでもなかった。

背後の足音に気づいたときには、もはや手遅れだった。隣の部屋、つまりわたしの部屋で、帰宅を待ちかまえていたに違いない。急いで振り返ったものの、目に入ったのは黒い影だけで、直後に顎が砕けんばかりの衝撃に襲われた。倒れこんだわたしの全身に、熱くはげしい痛みが広がった。這って逃げようとするわたしを、相手は少しのあいだ放置していた。顔が床に触れると、強烈な小便のにおいが鼻についた。わたしのものに小便をかけたこの連中を、できるものなら殺してやりたい。

男の声が言った。「そろそろいいだろう。こいつを立たせろ」

わたしは男たちから遠ざかろうとしたが、すぐにつかまった。ふたりの大男に両側から体をつかまれ、人形のように軽々と持ちあげられた。だらしなく大男のあいだでぶらさがるわたしに、もうひとりの男の声が告げた。「わたしの娘に近づくな。このくそったれの反ユダヤ主義者め」

男は黒い毛織のコートを着て、黒い中折れ帽をかぶり、靴は隅々まで磨きあげられていた。手は大きくて指にまで毛が生え、シンプルな銀の結婚指輪がはめられている。わたしよりも年齢は上で、体重もあり、髭は剃っていない。娘が心配で何も手につかないといった様子ではないので、身だしなみに気を配らないだけなのだろう。

「いったい誰に断って入ってきた？」わたしは息もたえだえに言った。

「言葉に気をつけることだ。モイシェ？」

左にいる大男にブラックジャック（棍棒の一種）で膝を打たれ、わたしは痛みで死にそうになった。

「はい、ミスター・ルービンシュタイン」

「お行儀よくしてもらうぞ、ミスター・ウルフ」

「なんだ？」わたしは言った。「イディッシュ語はさっぱりでな」

男がため息をついた。「モイシェ……」

「はい、ミスター・ルービンシュタイン」

今度は痛みに対する覚悟ができていると思ったが、それは間違いだった。耳がちぎれそうなほどの強さで、モイシェがわたしを殴りつけた。こぶしにはわたしの血がべっとりとつき、彼は心底いやそうな顔で、それをわたしのコートでぬぐった。

「おまえはジュリウス・ルービンシュタインだな」わたしは言った。「銀行家だ」唇が傷つき、舌もうまくまわらないせいで、言葉を発するのは難しかった。

「もう一度言うぞ、探偵。わたしの娘に近づくな」

「どっちの……娘だ？」

「ドヴェレ？」

「はい、ミスター・ルービンシュタイン」右の大男が片手でわたしの体を引きあげ、壁に叩きつけた。本の上に倒れこんだわたしの頬がやつらの残した糞の上に落ち、目がひりひりと痛んだ。

「この……汚れた獣ども」わたしはうなるように言った。

「立たせろ」

「しかし、糞まみれですが」

「立たせろと言ったんだ！」

「はい、ミスター・ルービンシュタイン」

ふたりの大男が顔をしかめてわたしを立たせ、椅子に座らせた。わたしは顔についた汚物をぬぐおうとしたものの、こすったところで広がっただけだった。

ルービンシュタインが、イェシーヴァの子どもたちに律法を教える教師のように、両手を背後で組んでわたしの目の前を歩いた。

「娘はわがままでな」彼は歩きながらこちらに顔を向け、色素の薄い目でわたしの顔をじっと観察した。「娘というのは簡単じゃない。おまえは結婚したことがなかったたな、ウルフ？」

「ない」

「賢い選択だ。子どもは？」

彼は長く、苦しげなため息をついた。「娘というのはな、笑顔で父親の心を叩きのめす。息子なら自分の義務をわかっているだろうし、わたしも理解できる。だが、残念ながら神はわたしに息子を授けてはくれなかった」

わたしは何も言わなかった。これ以上、ルービンシュタインを刺激しても意味はない。

「彼女からどんな依頼を受けた？」彼は言った。

「誰のことだ？」

「わたしの娘だ」

「イザベラか」

「気安く名を呼ぶな。このくず野郎。おまえにその資格はない」

「おまえのもうひとりの娘が行方不明だと言っていた。その娘の捜索が依頼だ」

「ジュディスのか？」

「ほかにも娘がいるのか？」

「モイシェ、やれ！」

「はい、ミスター・ルービンシュタイン」

モイシェが今度はわたしの頭を壁に打ちつけた。たぶん、わたしは少しばかり気を失っていた。ふたたび目を開けたとき、開いたドアを背景にモイシェがまだ立っていた。まばたきを繰り返すわたしの口のなかで、血の味が広がった。

「余計な口をきくな」ルービンシュタインが言った。答えるのも余計な口に入りそうだったので、わたしは返事をしなかった。

「彼女は理由を言ったか？」

「彼女は……」わたしは唇をなめた。口を動かしたものの、どうにも言葉が出てこない。

「ドヴェレ、何か飲ませてやれ」

「はい、ミスター・ルービンシュタイン」

ドヴェレが携帯用の酒瓶（ヒップフラスク）を出してふたを開け、わたしの唇に押しつけた。力ずくで上を向かされ、瓶の中身を飲まされる。アルコールがマックス・シュメリングのアッパーカットのように、わたしを直撃した。[4]

「くそったれ！」ようやく話せるようになったとき、悪態がまず口をついて出た。

「いい酒だぞ」ドヴェレが言った。

「酒は飲まない」

「飲んだじゃないか」

「地獄に落ちろ」

ルービンシュタインがにやりと笑った。「ここが地獄だ。おまえのな。わたしのではない」

「娘はどこにいる？」わたしはきいた。

「どちらのだ？」

「わたしが探すよう頼まれたほうだ」

「おまえには関係ないことだ。そもそも、イザベラはおまえと接触すべきじゃなかったんだ。もう二度と会わせるつもりはない。おまえも近づかないほうが賢明だぞ」

何もかもが理屈に合わない話だ。しかも、その時点でわたしは鏡がないと自分の顔がどうなっているかもわからない状況だった。「金を払ってドイツから脱出させたのか？」

「それもおまえには関係ない」

ルービンシュタインは歩きまわるのをやめようとせず、わたしの問いにも答えつづけていた。一般的に考えれば、わたしが見ているのはとても不安そうな男の姿だ。

そして、不安をつのらせた人間というのは、たいてい怒っているものだ。

「どこにいるかわからないんだな」わたしは言った。

「よく聞けよ、ウルフ。いま使っているのがその名前でも違う名前でもなんでもいい。わたしがおまえを知らないとでも思っているのか？　おまえは何者でもない。無以下の存在、わたしの靴が踏みつけた糞みたいなものだ」

「ゲーリング」わたしはその名をルービンシュタインにぶつけてみた。

彼は足をとめ、その場で固まった。その反応でじゅうぶんだ。

「娘をドイツから出すため、あの男に金を払った。そうだな？」わたしは言った。

「だが、彼女は途中で姿を消し、おまえは混乱している」

一瞬、ルービンシュタインが殺気をはらんだ表情を見せ、すぐに押し隠して肩をすくめた。「つまり、おまえは昔の同志たちとまだつながっているということか。そいつらがおまえを気にかけていると思うのか？　ナチスという組織についてひとつだけ言えるのはな、ウルフ。くだらん懐古主義者を山ほど生み出したということだけだ」

「ユダヤ人についてひとつだけ言えるのは……」わたしは応じた。「ないな。何も思いつかない」

意外なことに、ルービンシュタインが笑った。「昔はずいぶんとあったじゃないか」

「わたしを解放すれば、娘を見つけるのを手伝える」

「おまえがか？」彼は荒れた部屋と壊れた家具、そしてわたしの顔を身振りで示した。「おまえは自分の身を守ることすらできないじゃないか。この役立たずが」

一瞬、わたしの頭がすっきりした。たぶんアルコールのせいだ。「やったのは元ナチスではないと思っているんだな？　一緒に仕事をしているから、そうではないと思っているわけだ」

ルービンシュタインがまたしても身をこわばらせた。今度は、わたしも自分が薄氷の上に立っているのを感じた。この男はつねに主導権を握ってきた。だから、こんなふうに思いどおりにならない状況は我慢できないはずだ。いまは感情を抑えこんでいるにすぎない。圧力のかけ方を間違えればたちどころに爆発し、話を聞くどころではなくなってしまう。「ユダヤ人がどうして――」

「ナチスと一緒に仕事をしているのか、だと？」ルービンシュタインが答えた。「ナチスは卑怯で日和見主義だ。沈む船から逃げ出して肥え太ったネズミどもだよ」

ウイスキーのせいか、とにかく眠くてあたたかかった。「ゲーリングにはいくら払った？」

「同志ゲーリングは、いままでは立派な共産主義者だ」

あのでぶのゲーリングが空軍のエースだったというのは信じられない話だ。あの男は、大戦中に敵の飛行機を二十二機撃墜したといつも自慢していた。それに、第一級鉄十字賞まで受け取っている。もっとも、勲章ならおなじものをわたしももらっている。

「わたしの娘に近づくな」ルービンシュタインがもう一度告げた。ただし、今度の声はどこか自信なさげだ。

「言うとおりにする」わたしは議論を戦わせるには疲れすぎていたし、この男がこれまでに語った以上のことを知っているとは思えなかった。娘がどこにいるのか、彼女の身に何が起きたのかわからず、激情に駆られているのだろう。彼女はアルプスの裂け目に落ちて死体になっているかもしれないし、エジプトかインドあたりで大勢の奴隷にまじり、金持ち相手の慰みものになっているかもしれない。口で何を言おうと、ルービンシュタインが本心ではゲーリングの無実を信じていないのをわたしは知っていた。犬と眠ればノミをもらう（「朱に交われば赤くなる」と同意の諺）。母が昔、言っていたとおりだ。

もっとも、わたしは犬が大好きなのだが。

「いまなんと言った？」ルービンシュタインが尋ねた。

「犬がどうとか言っていましたが」答えたのは、ドヴェレだった。

「ふん」

ルービンシュタインが歩きまわるのをやめ、身を乗り出してこちらに顔を寄せた。高価なコロンのにおいがする。彼は短剣のように鋭く言った。「わたしの言ったことをよく覚えておけよ」

わたしはうなずいた。あるいは、がっくりとうなだれたと言ったほうがいいかもしれない。「わかった……」

「そうだろうとも」ルービンシュタインが浮かべた笑みを見て、いきなりわたしの意識が覚醒した。これまで見た誰よりも、冷酷で残忍な表情だったからだ。

「押さえていろ、ふたりとも」

「はい、ミスター・ルービンシュタイン」

「やるぞ」

「何をだ？」わたしは尋ねたが、完全に無視された。逃れようと体を動かしたものの、もはやじゅうぶんな力は残っていない。

「ズボンをおろせ」

「なんだと？　よせ！」

わたしは抵抗した。混乱したせいか、もう残っていないと思っていた力が湧いてきた。それでも大男たちによって乱暴にズボンと下着を足首までおろされ、気がつけば局部を露出した状態でその場に寝かされていた。

「寒いか、ウルフ?」ルービンシュタインが言うと、手下たちが笑った。「起こせ、起こせ! さっさとすませるんだ!」

大男たちはわたしの体を引き起こし、倒れた椅子を置きなおして座らせた。

「ドヴェレ、おまえはこいつが動かないよう押さえていろ。モイシェ、脚を広げてやれ」

「この獣ども! くそったれのユダヤ人どもが!」

「黙れ」

「はい、ミスター・ルービンシュタイン」命じられたのはわたしだったにもかかわらず、モイシェが返事をした。彼はわたしの左の靴と靴下を脱がせて丸めると、強引に口へと押しこんだ。歯が汗に濡れた安物の綿をかみ、窒息しそうなほど息苦しい。ドヴェレがわたしの体を、モイシェが両脚を押さえた。

「暴れるな」ルービンシュタインが哀れんでいるかのような声で言った。「脚を椅子に縛りつけろ」

「縛るものがありません」

「糞が。いいから動かないよう押さえていろ。わかったな?」

モイシェのこぶしで顔面を殴られ、わたしの両脚から力が抜けた。

「気絶させるなよ!」

彼らはわたしを望みどおりの体勢にするのに成功した。すっかり抵抗する力を奪われたうえ、相手は強すぎた。両脚を広げられてあらわになったわたしの局部を、ルービンシュタインがのぞきこんだ。彼は身をかがめると、科学者が虫を観察するかのように見つめ、失望した様子で言った。「もっとでかいのをぶらさげているると思ったのに。昔、ミュンヘンでおまえを見た」手を床につきそうなほどにぶらつかせ、茶化す仕草をする。「あのときの立ち居ふるまいからして、てっきり象みたいなのをぶらさげているのかと思ったよ」

手下たちが声をあげて笑った。

わたしは話すこともできず、恐怖に圧倒されて過呼吸状態になっていた。息がほとんどできない。ルービンシュタインは急がず、その瞬間を味わっていた。窓の外で朝日がのぼりはじめている気がしたが、たしかなことはわからない。われわれがたてる音のほかは、すべてが静まり返っている。

静寂のなか、たたまれたナイフを開く音が響いた。

時と場所を隔てた別の世界で、ショーマーは横たわり、夢を見ていた。いま寝返りを打っている寝台は、スロヴェニア出身の赤毛の男と、かつて太っていたがいまは痩せ細り、余った皮が風になびきそうなトランシルヴァニア出身の男と分けあっている。

周囲ではうなり声やいびき、寝言をつぶやく声があがっていた。

ショーマーは女たちの夢を見ている。クリームみたいに白くて豊かな胸とチョコレート菓子みたいな乳首をあらわにしたオーストリアの娘たちが放埓な瞳で微笑み、身を寄せてくる。女たちは下品な言葉をつぶやき、快感を約束する体に触れ、感じ、体験するよう誘惑してきた。続けておなじ夢に、清楚な服の下にしなやかな体とみだらな欲望を隠した、小柄で浅黒いユダヤ娘たちも登場した。

ロマの娘たちが松明の明かりのなかで動きまわり、肌に汗を光らせている。熊が背中を木の幹に預けて寂しく座り、木の皮をかじっていた。女たちは踊り、手にしたシンバルを打ち鳴らしている。ドレスの裾が持ちあがり、女たちの足首や、ときには腿まで見えた。ヴェネチアの主婦たちは、夫や子どもたちの出払った家で牛乳の配達人を待ち、ドアのかたわらで夜着だけを身につけて、薄い生地越しにみずからの体に触れていた。イギリスの上流階級の娘たちと淑女たちは、凝ったつくりのドレスをゆっくりと脱ぎ、その下にある裸体をあらわにした。本来はユダヤ人の出入りが禁じられている収容所内の売春宿で、囚人たちの相手をする女たちも夢に出てきた。夢のなかでは女たちが毎晩ほかの囚人たちを待ち、さかりのついた獣のようにまじわっていた。

そして、唐突にファニヤが夢に現れた。妻の小さな顔といたずらっぽく光る黒い瞳、オーブンから立ちのぼる焼きたてのパンのにおい、キッドゥーシュワインの甘い味、窓枠で光っているろうそくがつぎつぎと眼前に浮かんでくる。父親がちぎって塩をつけたパンをもらおうと、アヴロムとビナが彼を見あげていた。それほど昔ではない金曜日のディナーの光景だ。ショーマーは寝返りを打ち、夢を振り払おうとした。家族の顔を見たくないし、話す声も笑い声も聞きたくない。子どものにおいや愛情を思い出すのはいやだったし、それよりも何よりも、このアウシュヴィッツに到着して家族と引き裂かれ、二度と会えなくなったことを思い出すのは恐ろしかった。

ショーマーの周囲でも男たちが寝返りを打ち、眠りながら泣き、愛する者たちの夢を見つづけていた。やがてその夢は彼らの口のなかで灰と化し、食事の夢に取って代わられた。二度と味わえない料理の夢を見た数百人の男たちが、眠りながら空っぽの口をもぐもぐと動かす音が終わりなく続いた。

そして、ショーマーは目を覚ました。膀胱(ぼうこう)が破裂寸前になっていたので、人のあいだをどうにか抜けて寝台から慎重におり、暗闇のなかをバケツのあるところまで歩いた。すでに小便でいっぱいの大きな鉄製のバケツの前で、囚人服をおろす。手で局部をつかみ、不思議に思いながらそれをじっと見つめた。自分の体の一部なのにまったく見慣れないとても奇妙なものに思える。放尿しはじめると、すぐに小便がバケツの縁からあふれてきた。どうやら、今夜の賭けには敗れたらしい。バケツを外に運び出して空(から)にする面倒な役割がまわってきたということなのに、心のどこかにその屈辱を歓迎している部分があった。しばらくのあいだ、立ち尽くして収容所の音に耳を澄ませていると、さまざまな悪夢が寝言という形で聞こえてきた。彼はあきらめて悲しげに局部を振り、囚人服のなかにしまった。バケツを持ちあげ、細心の注意を払って冷えきった外へと持っていったが、それでも小便がこぼれて脚とズボンの裾を濡らした。しかし、少なくともこれでファニヤと子どもたち、そして幽霊であふれる夜について考えることはないだろう。

「しっかり押さえていろ。ちくしょうが！」

ウルフは椅子に座ったまま両目を見開いた。額に脈打つ血管を浮きあがらせて抗い、口からは獣じみた奇妙な声をしぼり出す。

ルービンシュタインがナイフを手に、ウルフの両脚のあいだに膝をついていた。ウルフの局部がむなしくぶらさがり、胃が憎悪と恐怖で締めつけられた。ドヴェレが冷静に彼を眺めている一方、モイシェは不快なのか同情しているのか、とにかく顔をそむけていた。ウルフは叫んだ。口に靴下を詰めこまれているので、叫び声はくぐもっているものの、じゅうぶんに恐怖が伝わるものだった。ルービンシュタインがやさしいと言ってもいい手つきでウルフの局部を握り、包皮を陰茎の先端に余らせて修道士のマントのような状態にし、それから指でつまんで引っ張った。ふたりの大男に体を押さえこまれたまま、ウルフは恐怖に身を震わせた。

「汚いな」ルービンシュタインは冷静な声で言うと強く包皮を引っ張り、おなじくらいこともなげに、それこそ前から何度も練習していたかのように、ナイフを局部に近づけて包皮を丁寧に切り離した。

ウルフは悲鳴をあげた。

膝をついたルービンシュタインが指でつまんだ皮膚の切れ端を眺め、息をついた。

「おめでとう（マーゼル・トーフ）」ドヴェレが言った。「男の子だ」

しばらくのあいだ、ルービンシュタインはその場を動かず、困惑したような表情を浮かべていた。ウルフの包皮を、科学者が証拠を見る目で見つめている。しかし、いったいなんの証拠なのか、本人もわかっていないようだ。ゆっくりと視線を上げ、今度はすっかり縮こまったウルフの局部をじっと見る。やがて、ばかにしきった仕草で包皮を床に投げると、彼はようやく立ちあがった。「さて、これで誰がユダヤ人だか、わからなくなったたな」

ルービンシュタインが頭を動かして合図を送ると、手下のふたりがウルフの体を放してあとずさった。見逃しそうなわずかな動きでもう一度合図を送ると、ドヴェレが逆手でウルフの顔を殴りつけ、モイシェが椅子の脚を蹴った。椅子が倒れ、ウルフは床に放り出された。ズボンをおろされた状態で仰向けに倒れると、たったいま割礼を施された局部が悲しげにゆれた。

　ルービンシュタインが二歩前に出て、ウルフのすぐ近くに立った。シナイ山の高みから人々を見おろしたモーセのように、ウルフを見おろす。「娘に近づくな」改めて命じるとバックルに手をかけてベルトを外し、ズボンの前をはだけた。黒くて不吉な局部が、ウルフの顔の上にあらわになる。ルービンシュタインのそれは、猿を思わせた。

「よせ、やめろ」ウルフはくぐもった声で言った。ルービンシュタインがうなり声をあげると、彼の局部から熱い小便がほとばしり、ウルフを直撃した。髪と顔面、口に詰めこまれた靴下がたちどころに濡れ、危うく窒息しそうになる。彼がうなって逃げようとするあいだ、言葉を発する者は誰もいなかった。静かな部屋にただ放尿の音だけが響く。いつまでも続きそうな気がして、ウルフは目を閉じた。近くに立っているのは父親で、これは子どもの頃に毎晩行われた儀式を繰り返しているだけではないのか。一瞬、そんな疑問が頭をかすめた。

　ルービンシュタインがふたたびうなり声をあげると、ようやく小便がやんだ。彼はベルトを締めなおしてかがみこみ、ウルフの口からそっと靴下を取り除いた。「いい夢をな、坊や」ささやいた直後、立ちあがってウルフの脇腹を強烈に蹴りあげる。ウルフのくぐもっていない純粋な悲鳴が、室内に響きわたった。

「行くぞ、おまえたち」

男たちはほんのわずかの時間で、影のように事務所を去っていった。まるではじめからいなかったようだ。ウルフは長いあいだ、床に横たわりつづけた。事務所のなかで聞こえる音といえば、彼のむせび泣く声だけだった。

第6章

ウルフの日記、一九三九年十一月四日

……。

ウルフの日記、一九三九年十一月五日

……。

ウルフの日記、一九三九年十一月六日

……。

ヘル・ウルフ

夢のなかで、わたしは家の二階にいた。その大きな古い家のなかには幽霊がいると、子どもの頃は信じていたものだ。母によると、幽霊とは死んだあともこの世を去ろうとしない意地悪な年寄りたちだそうだ。父は、大戦に参加したけれど幽霊など見たことはないが、人の死ならたくさん目にしたと言っていた。わたしは父とおなじ意見だ。幽霊など信じていない。

夢のなかで、わたしは家の二階にいて、床板がきしむ音を聞いていた。何せ古い家なので、まるで生きているみたいに呼吸をするし、うなり声もあげるし、放屁だってする。でも、その音の正体はパイプのなかを通る水だったり、屋根裏のネズミだったりする。天候によって床板が膨張したり収縮したりする音もある。ただそれだけの話だ。

夢のなかで、わたしは家のなかに大きな黒いものがいるのを感じていた。それは両親とおなじように部屋から部屋へと静かに移動するので、わたしは自分の部屋に隠れた。ついにそいつはわたしの部屋のドアに近づいてきた。この家にいるのはわたしだけだ。必死で自分に言い聞かせる。父さん、父さん、何度も繰り返し呼んだけれど、父も家のなかにはいない。わたしが生まれたとき、父は赤ん坊の顔を感じようと、硬くなった指でわたしの顔をなぞった。神は大戦時に、ガス攻撃を受けた父の両目を取りあげてしまったのだ。おまえの顔を見せてくれ。おまえの顔を見せてくれ。わたしがいやだと叫ぶと、ドアの外にいるそいつはしゅうしゅうという呼吸音を響かせた。わたしは自分の部屋の隅で丸くなり、両手で頭を抱えた。床はあいかわらずきしみつづけている。

誰もわたしが見えないはずなのに、そいつはわたしを見つけた。夢のなかで、わたしはポケットを探ったけれど、唯一の友人であるナイフはどこにもなかった。恐怖のあまり丸くなっていることすらできなくなり、わたしは苦しみの元凶の正体を見ようと、思いきってドアを開けた。でも、そこには誰もいない。家のなかは静まり返っていた。そう、誰ひとりとしていなかった。

火曜日に電話が鳴り、今度はウルフも受話器を取った。受話器の向こうから、冷静で落ち着いた声が聞こえてくる。「それで？」

「ミス・ルービンシュタイン」

「進展はあった？」

「きみの父親に会った」

そのひと言で、イザベラは言いよどんだ。「そうなの？」

「乱暴な男だ」

彼女の声音がやわらかくなり、心配と焦りがにじむ。「父に怪我(けが)をさせられたの？

何をされたか話してちょうだい」

ウルフは答えなかった。

「そこにいて。すぐに行くわ」

「それはいい考えとは言えない」

いきなり電話が切れた。ウルフは受話器をしばらく見つめてから本体に戻し、それから事務所の片づけを始めた。すべてを忘れなくてはならない。襲撃のあと、どうにか立ちあがって隣の部屋までふらふらと歩いていった。室内は事務所と比べるとまだ見られる状態だったものの、小さなベッドの上には人間の糞が落ちていた。日曜日には大家であるパン屋のエデルマンがやってきてノックしたが、さんざん罵倒すると退散した。

土曜日は電話が二度あり、日曜日は三度あった。そして火曜日の今日は、ウルフが受話器を取るまでに、ほぼ三十分間隔で電話が鳴りつづけていた。

電話のあと、ウルフは体を引きずるようにしてバスルームへ向かった。このバスルームは、マーサという名の年老いた娼婦と共同で使っている。いまではトラファルガー広場のハトにやる餌を売って生計を立てているマーサだが、前に一度、餌には毒が入っていると彼に告白したことがあった。彼女なりの取るに足りない方法で、マーサは大量虐殺者になったのだ。有名になりたいわけでも、自分の行いを知ってほしいわけでもない。首都の訪問者たちに餌を売りつけ、あとは静かな達成感とともにハトが死ぬのを眺めているだけだ。「いつか――」彼女はウルフに言った。「ハトはロンドンからいなくなるわ。そして、この世界からもいなくなる。それでやっと人間は自由になれるのよ」マーサがハトの何を嫌っているのか、彼にはわからなかった。もっとも、彼女はおなじ怒りと嫌悪を川の南側の住人たちや移民たち、水兵たち、蛾、そしてウルフにも向けているように見えた。とにかくその話を聞いてから、彼はマーサを避けていた。

ウルフは鏡でやつれた自分の顔を見た。あざのいくつかは消えかかっているものの、気色の悪い黒と緑色になっているものもあった。空腹と疲労によって震える手で髭を剃り、洗面台の表面にこびりついた灰色と黒の髭を洗い流した。

石鹸を使って体を洗う。最初はぬるかった水が、じきに冷たくなった。身を震わせながら体を拭き、ぎこちなく服を着る。まだ全身が痛み、局部も焼けるようだったが、歯を食いしばりながらどうにか体を動かしつづけた。部屋に戻ってコートと帽子を身につけ、ウルフは外に出た。

ウルフの日記、一九三九年十一月七日

わたしはさして遠くないジェラード・ストリートまで歩いていき、階段をおりてホーフガルテンに入った。前とおなじ暗い雰囲気に、おなじ粗野なバーテンダーがいた。たしか、ヘスはエミールと呼んでいたはずだ。

「ヘル・ウルフ」

エミールを無視し、隅のテーブルに座っているヘスに近づく。ヘスがこちらに気づいて立ちあがった。わたしがなんのためらいもなく顎を殴りつけると、驚いた表情を浮かべたまま、顔から血を流しながら壁に背中をぶつけた。護衛の者たちが立ちあがり、こちらへと向かってくる。照明が彼らの銃に反射するのが見えた。

「待て」ヘスは頭を左右に振って咳をした。「わたしがきみなら、こんなことはもう二度としないぞ」

「わたしをはめたな」

「なんのことだ?」ヘスは顔に疲労の色をにじませ、ふたたび椅子に座った。

「頼むから座ってくれないか、ウルフ」

「おまえがわたしを向かわせたクラブの所有者は誰だ?」

「そんなことが大事なのか?」ヘスが肩をすくめた。

「誰が人身売買を仕切っている？」

「なぜそんなことを気にする？」驚いたことに、ヘスは怒っているようだ。わたしを弱々しい目で見ながら、言葉を続ける。「きみには関係ない。きみだって望んでかかわりを断ってきたじゃないか。わたしたちを導くことだってできたのに」

「犯罪者の集団をか？」わたしは大笑した。

「大義のためだよ。ドイツのためだ」

「ドイツならもうない。そしておまえは大ばか野郎だよ、ヘス。嘘をつくな。このわたしにはな」

ヘスの声に痛みが感じられた。「ウルフ……」

「おまえは自分自身とドイツ人をおとしめているだけだ」わたしは言った。

「ウルフ！　いいかげんにしてくれ！」ヘスがてのひらでテーブルを叩いた。

彼の向かいに腰をおろす。「もう嘘はつくな」わたしは尋ねた。「人身売買のネットワークのこちら側を仕切っているのは誰だ？」

「わたしは警告したじゃないか。それを無視したのはきみだ」

「おまえの警告ならちゃんと聞いていた」わたしは名前のないクラブと、顔面が吹き飛んだクラマー、そして鞭を持ったイルゼを思い起こした。「名前を教えろ」

「すぐここを出たほうがいい」

背後で人が動く気配がする。だが、わたしは座ったまま正面を見据えた。「おまえは金のために自分を売ったんだ。なあ、ルドルフ……」

「われわれはもう、きみの部下じゃない！」

のぞきこんだヘスの瞳には、はげしい欲望しか映っていない。いったい誰をこれほど恐れているのだろう？

「どこを根城にしている？　名前を言え！」

ヘスはため息をついた。「ペチコート・レーンに行ってみるといい。バルビーという男を探せ」

わたしはうなずいた。またしても背後で人の動く気配がする。ヘスが苦しげな表情でわたしを見つめた。「ここには二度と来るな、ウルフ。きみは自分とわたしを危険にさらしている」

「あのユダヤ人」わたしは憎しみをこめて言った。「ルービンシュタインだ。おまえはあいつらと一緒に仕事をしているな」

「もうわたしの手には負えないよ、ウルフ。話せることはすべて教えた」

「やつは娘をドイツから連れ出すために、いくら払ったんだ？」

「ウルフ！」ヘスがおびえたように手で顔をこすった。「その件はわたしがどうこうできるヤマじゃない。われわれなど全員、消し飛ばしてしまうほどの大ごとなんだ。無関係なヤマに首を突っこむのはよせ」

「関係あるんだ、ヘス。わたし自身と深い関係がある」自分を御すのが難しいほど、焼けつくような局部の痛みははげしい。「やつの娘にいったい何があった？女はどうしたんだ？」

「なんの話かさっぱりわからんな」ヘスが答えた。「さあ、行くんだ。もう会うこともないだろう」

ヘスが頭で合図を送ると、でかぶつのバーテンダー、エミールがわたしの背後に立った。わたしは譲歩して警告――あるいは、予感と言ってもいいかもしれない――を受け入れることにし、うなずいて立ちあがった。

「ひとりで出ていく」無表情でこちらを見つめるエミールの醜い顔に向かって、わたしは言った。

「助かります、ヘル・ウルフ」エミールが応じた。

ウルフは後頭部への一撃か、脇腹へのひと刺しをなかば予測し、肩に力をこめつづけた。しかし、結局は何も起きずにホーフガルテンの外に出ることができた。ヘスはいつだって追従する側の人間であり、リーダーではなかった。

では、彼はいったい誰をかばっているのだろう？　もしかするとヘスはウルフを嘲笑いながら自分の思う方向へ導こうとしており、それで揉み手をし、抵抗してみせていたのかもしれない。あの男について唯一信じられるのは、信用できないということだ。ナチスあがりを相手に油断してはならない。

ウルフは、ヘスの警告やユダヤ人ギャングのジュリウス・ルービンシュタインから受けた暴行にもかかわらず、イザベラの依頼から手を引くつもりはなかった。〝人に傷を与えた者は、それと同一の傷を負わされねばならない。骨折には骨折を、目には目を、歯には歯をもって、人に与えた傷を償わねばならない〟ユダヤの聖書にもそう書いてあったはずだ。

殺気立った考えをめぐらせながら、イースト・エンドに向かうバスに乗りこむ。バスの側面には〝スワン・ヴェスタス、喫煙者のマッチ〟という誇らしげな広告が描かれていた。ウルフが座ったのはうしろのほう、窓と老婆（ろうば）にはさまれた席だ。老婆はひどくにおう何か――腐った魚か、もっと傷んだ何か――の入ったかごを抱え、ずっとぶつぶつ言っている。「この国に入りこんで仕事も家も奪うんだ。外国人なんていまいましいだけさ。あいつらときたら道で用を足したりして、まったく汚いったらありゃしない。男どもは女を捨て値で売り飛ばすし、女は女で汚らわしい娼婦ばっかり。おまけにがきどもだって盗人（ぬすっと）さね。おかげでこの国の女はちっとも安心できやしない。

もう安全なところなんて、ありゃしないんだ」ウルフに奪われるのを恐れているかのように、彼女はかごを抱えこんだ。「卑しいろくでなしがこんなにたくさん入ってくるなんて、わたしの婆さまの時代には考えられなかったよ。昔はちゃんとした法と秩序ってやつがあって、外国人なんて入れなかったのに。わたしがもっと偉かったら、みんなガス室に送ってやるところだ。強制収容所にでもぶちこんで、ガスで殺すか海に沈めてやるさ」

「ユダヤ人をか？」ウルフは自分の立場にもかかわらず、興味をそそられて尋ねた。

「ドイツ人だよ」老婆はそう言うと、歯のない口で残忍に笑った。

「ろくでもないばばあだ」

「ばばあだって！　よくもそんなことを！」老婆がウルフに顔を向け、すぐに目をそらして叫んだ。「ばばあとはなんだ！　おまえたちを見ていると、気分が悪くなるよ！　モズレーの言うとおりだ。すぐに証明されるから待っていればいいさ。この国に押しかけてきて仕事を奪うだけじゃ飽き足らず、そこらじゅうに小便をまき散らしやがって。このくず！　くずども！」彼女はそこまで言うと、おなじ内容をはじめから繰り返しはじめた。ウルフは老婆を無視しようと窓の外を眺め、口で呼吸をした。

これがモズレーのしていることなのだろうか？　ウルフは不安を覚えた。モズレーは正しい。イギリスではユダヤ人だけを簡単には責められない。だからといって、本当にヨーロッパの難民をひとまとめにして、イギリス人の憎悪の対象とするつもりなのだろうか？　ドイツの大転落によって流れこんだ難民のなかにはユダヤ人もいるが、誠実で尊敬すべき善良なドイツ人の男女も大勢いるのに！

バスがリヴァプール・ストリート駅の前で停車し、ウルフはやっとの思いでバスからおりた。新鮮な空気に胸を洗われる気がする。細かい雨が顔にあたってあざを冷やした。ユダヤのくそ野郎に割礼された局部が焼けるように痛みさえしなければ、心地いいとさえ感じられたかもしれない。ベーグルの店と人の背丈よりも高い漬物桶の前を歩き、遊んでいる子どもたちや集まって話しているイェシーヴァの少年たち、ポーランド語とイディッシュ語で客を呼ぶ魚屋、靴職人や服を売る商人、盗品業者や泥棒の前を通りすぎていく。こうしたロンドンのユダヤ人たちのなかにまじっているのが、ウルフのような非ユダヤ人たちだった。ドイツとオーストリアという、明るく輝いていた夢が破れて逃げてきた新参者の難民だ。彼は混雑する細い通りを抜け、帽子を目深にかぶりなおした。

ウルフが最初に多くのユダヤ人たちと出会ったのは、ウィーンに住んでいた頃だった。はじめの数週間は大都市での生活に浮かれ、その存在に気づきもしなかった。結局のところ、若い彼にとって当時のウィーンは世界の中心で、ユダヤ人たちはそこで暮らす少数派にすぎなかった。政治家や芸術家、扇動家や建築家、オペラ愛好家や自分とは違う貧しい学生たち、さまざまな人々に囲まれ、ユダヤ人のことなどほとんど気にもとめなかったのだ。ある日、通りを歩いていた彼は、ハシド（ユダヤ教の一派）の黒装束に身を包んだ男を見かけて、これがユダヤ人だろうかという単純な関心を抱いた。[1]

そして、ウィーンでの生活が長くなるにつれ、ユダヤ人を目にする機会も増えていった。ドイツ人社会に埋めこまれた異物のように、振り向いた先には必ずユダヤ人がいた。やがて、ウルフのユダヤ人に対する印象は変わり、においをかぐだけで胸が悪くなる汚い存在だと思うようになった。

ユダヤ人たちはどこにでもいるばかりではなく、あらゆるものごとを裏で操っている。自分が美術アカデミーに入れないのもユダヤ人のせいだ。ウルフはそう信じて疑わなかった。そんな彼がユダヤ人を憎むのは不思議な話だろうか？

彼は、すべての背後にある巨大な陰謀を認識しはじめていた。まだ若者だったその当時から、この陰謀と戦うのが自分の運命だという自覚があったように思う。そして、最後にはその戦いに敗れた。大転落は、ウルフの努力をすべて徒労に終わらせた。もし彼が成功していたら、ドイツを手にして軍と国民を理想どおりの姿にできたら、そのときユダヤ人たちはどうなっていただろう？

しかしウルフは、仮定の話にはずっと前に見切りをつけていた。そしていま、かつてウィーンのユダヤ人居住区を歩いたのとおなじように、異国の大都市でユダヤ人たちのなかを歩けている。視線を返してくる顔の敵意に満ちた表情も当時と変わらない。彼は魚屋の前で立ちどまってきいた。「バルビーという名の男を探している」

男が眉をひそめて首を横に振り、ウルフは先へ進んだ。ペチコート・レーンの一方の端には、ユダヤ商人が営む衣料品店が集中していた。通りを進むにつれてその数は減り、野菜や果物、魚や陶器、出来の悪い玩具に、荷車からこぼれ落ちてここに流れ着いたとしか思えないような雑多な商品など、衣料品以外を売る店も徐々に増えた。

「バルビー、バルビーという男はどこにいる?」

ウルフの問いに対し、ユダヤ人たちは頭を左右に振り、口をとがらせ、悪態をついて答えた。その名は知られているようだったが、話をするのをはばかる事情があるらしい。あと少しでホワイトチャペル・ロードに入るというところまで来ると、市場はさらに乱雑になり、売られているのも古く、いかがわしい商品が増えていった。そのなかにあった金時計に心を奪われ、彼は足をとめてしばらく見入った。

「パレスチナにユダヤ国家を!」危ない目をした男が髪を振り乱して叫んだ。浅黒く日焼けした瘦身(そうしん)の男は、あたかも聖職者がキリストの血と肉を信者に与えるように、手にしたパンフレットを通行人に配っていた。「パレスチナにユダヤ国家を! 同胞たちよ! これを読んでくれ!」

断る間も与えずに、男はウルフの手に汚い小冊子を押しつけて去った。「バルフォア宣言を尊重せよ！　ユダヤ人に祖国を！」

冷たい目で男のうしろ姿を追いながら、ウルフは考えこんだ。小冊子を見ると、表紙には、オレンジの木々に囲まれたいかにも健康そうな男女が描かれていた。カーキ色の作業着姿の男たちと白いドレスを身につけた女たちが手をつなぎ、幸せそうな子どもたちを中心に輪をつくっている。背景には青い海と遠方の山々が広がっていた。明るい色で塗装された電車のようなものが遠くのほうで走っていて、遠方に連なる山のはるか上空には、作者が想像で描いたひどい出来の飛行船が浮かんでいた。表紙の題名は『古く新しい国』とあり、作者はテオドール・ヘルツルとなっている。

ウルフは小冊子をくしゃくしゃに丸め、地面に投げ捨てた。

「あんたはユダヤ人か？」

声のしたほうを振り返る。ウルフが見入っていた金時計は、きれいとは言えない布の上に、出所の知れないほかの雑多な商品と一緒に置かれていた。時計のほかには指輪やブレスレット、ネックレスなどが並んでいる。ペーパーナイフも何本かあり、それぞれの柄に金や銀、真珠の装飾が施されていた。声をかけてきた男は、おそらく盗んだと思われる商品の向こう側にいて、地面にあぐらをかいて座っていた。敵対的でも友好的でもない、完全な無表情でただウルフを見つめている。

「わたしがユダヤ人なんかに見えるのか？」

「さあね。知るもんか」男はドイツ語で答え、地面につばを吐いた。「おれはユダヤ人でもなんでも気にしないさ。どのみちこのあたりじゃ掃いて捨てるほどいる」

　ウルフはうなずいた。

「まあ、持ちつ持たれつってやつだよ」男が続けた。「おれはドルトムントから来たんだ。共産主義者どもとやりあってしまったからな。逃げるしかなかった」

「政治亡命か？」

「まさか。人様のものをいろいろと持っていたときにつかまったんだよ。あんたは？」

　ウルフはわずかに肩をすくめた。「想像はつくだろう？」

　男がうなずいた。「誰にとっても厳しい時代だよな。時計、買うのかい？」

「人を探している。バルビーという男だ」

「ああ、サンタクロースか」

「なんだって？」

　少しだけおびえた様子を見せつつも、男はにやりとした。「ここじゃ英語でそう呼ばれている。ユダヤの連中には嫌われている男さ」

　ウルフの頭がすべてを理解した。「男の名前はクラウスなんだな？」

「そう（ヤー）、クラウスだ。あっちに行けば会えるはずだ」男は、市場がホワイトチャペル・ロードとぶつかるあたりを指さした。「いろいろやってるらしいぞ。意味はわかるよな？」

ウルフが硬貨を投げると、男は無言で受け取ってすぐにしまった。「気取った外見の悪魔だよ。あっちの自転車屋にいるはずだ。行けばすぐにわかる」

「ありがとう」

「幸運を。それから――」男は顎をしゃくり、通りの脇を示した。「あとをつけられているのは気づいていたかい？」

ウルフはそちらを見ずにきき返した。「何人だ？」

「ふたり」

ウルフはうなづいた。「黒シャツの連中か？」

「そうだ。あんたのお友だちなのか？」

肩をすくめて答える。「違うやつはいないだろうさ」その答えに納得していない様子を見せつつも、男が笑みを返してきた。ウルフは歩きだし、その場を離れた。

たしかに自転車屋はそこにあった。窓は汚れ、置いてある商品の自転車は少なくとも二十年は放置されているように見える。色あせたポスターには、自転車に乗った黒人の少年がライオンに追いかけられている絵が描かれ、〝ライレー　完全鉄製の自転車〟という宣伝文句が書いてあった。ドアを押し開いて店に入ると、店内は暗くほこりだらけで、アニスの実のにおいがした。カウンターにはラジオが置かれ、ラジオ・ルクセンブルクの『ホーリックス・ティータイム・アワー』という番組が流れている。ドアが閉じると同時に、ラジオから流れてくる音がブラウン・アンド・ポールソンの粉末カスタードの宣伝に切り替わった。

「競馬中継を待っているんだよ」薄暗いなか、ふたりの男がカウンターに寄りかかって立っていた。背の高い男と低い男のふたり組は、どちらも耳に鉛筆をはさんでいる。ウルフが歩み寄ると、ふたりは顔を上げて困惑と好奇心が入りまじった表情を浮かべた。「おまえさんも賭けるのか?」背の高い男が尋ねた。

ウルフは答えた。「わたしにな」

背の高い男がおざなりに笑うと、低い男が顔をしかめて言った。「どいつもこいつも道化だな」

「警官かもしれないぞ」背の高い男が注意した。

背の低い男が頭をぼりぼりとかいた。「おまえさん、警官なのか?」

「違う」ウルフは答えた。

「違うと思ったよ。そうは見えない」

「それじゃこいつ、何をしに来たんだ?」背の高い男が低い男に尋ねた。

「そうだな。何をしに来た?」背の低い男がウルフに尋ねる。

「ここは賭場なのか？」ウルフはきき返した。

「ここは賭場なのかだってよ」背の高い男が低い男に向かって不服そうに言った。

「なあ、おまえもここが賭場に見えるか？」

「店を間違えただけかもしれないぞ」背の低い男が答え、ウルフに視線を向けた。

「店を間違えたんじゃないのか？」

「わたしはいつだって間違った場所にいる」ウルフは言った。

「ずいぶんと生意気なやつだな」背の高い男が口をはさむ。

「ドイツ人だろうよ」

「オーストリア人だ」ウルフはこわばった口調で言った。

　背の高い男が小さく手を振る。「どっちもおなじだ」ラジオでは、女の声がライフブイ・ソープの利点を主張していた。〝ただすばらしい石鹼というだけではありません。すばらしい習慣です！〟

「おれには悪い習慣しかないな」背の低い男が言った。「で？　おまえは何をしに来たんだ？」

「バルビーという男に会いに来た。クラウス・バルビーだ」

「ああ、あいつか」

「サンタクロースだろ？」

「知っているのか？」

「知っているとも。ただ、向こうはおまえさんを知っているのか？」

カウンターの向こう側で人影が動いた。背の低い男がぞっとするようなナイフを出して襲いかかってきたとき、ウルフはすっかり身構えていた。男の手をつかんでねじりあげ、どす黒い快感とともに指の骨を砕く。男が悲鳴をあげ、ナイフが音をたてて床に落ちた。

続けて男の股間に膝蹴りを食らわせ、倒れたところをなおも蹴りつけた。すっかり気分がよくなった。「やはりどいつもこいつも道化だな。おい、行くぞ」悲しげにふたりを見ていた背の高い男が言い、膝をついて小さな声で泣いている友人の体を引っ張った。ウルフは背の低い男を入口まで引きずっていくのに手を貸し、ドアのかたわらに立ってふたりを見据えた。背の高い男がポケットから札を一枚出した。「ボグスカルに十ポンド賭けておいてくれ。頼んだぞ[2]」

ウルフが札を受け取ると、背の高い男と身をかがめて足を引きずった男は歩み去った。ペチコート・レーンとホワイトチャペル・ロードがぶつかる角に、見覚えのある気がする黒いスーツ姿の男が立っている。男は手を上げて笑みを浮かべ、明らかにウルフに向かって挨拶をした。やけに歯の白い男だ。アメリカ人みたいな歯だ。ウルフは店内に戻ってドアを閉めた。

「おまえがバルビーか?」

その男はハンサムで、アーリア人らしい鋭い顔立ちと冷然としてどこか官能的な口元をしていた。腕まくりをしてカウンターに寄りかかっている。「あんたは疫病神だ」

「わたしが何者か知っているのか?」

「知っているよ」

なかなかに洒脱な男であることは認めざるを得ない。ウルフは言った。「おまえはいろいろなものを調達できると聞いている」

「たとえば、どんなものを?」

「女だ」ウルフが言うと、バルビーが肩をすくめた。

「もちろん。どんな女でもお安い御用さ」

「若い女だぞ」

バルビーがウルフを見た。あまりまばたきをしない、澄んだ目だった。「あんたがそういう趣味だとは思わなかったな」

「どういう趣味だと思っていた?」

肩をすくめ、バルビーが言葉を返した。「おれが何を知っていると?」

「自転車をたくさん売る方法はどうだ?」

バルビーはにやりと笑った。「まあな。驚くぞ」

「博打を仕切っているのは誰だ？」

「ある男さ」

「名前はあるのか？」

「もちろんだ。誰にだって名前くらいある」

「わたしの知っている名か？」

「もし知っていたら、尋ねる必要はない。そうじゃないか？」

どうにも気に入らない態度だ。「なら、わたしに何を教えられる？」

「そっちしだいだよ。金はあるのか？」

ウルフは巻いた札を出した。「小切手は受け取らないんだろうな」

バルビーがふたたびにやりと笑った。「そいつは間違ってない」

「ユダヤ人の女を探している」

「ユダヤ人か。この世界にはあのいまいましい連中が多すぎる」

「それで、ユダヤ人の女は？」

「もちろん。女でも男でも……あんたの好きなほうを用意できる」

「何週間か前にドイツを脱出した女だ。家族が金を払ったが、行方がわからなくなった」

「金ならどの家族も払っている」バルビーが肩をすくめる。「ユダヤ人が行方不明になったところで、誰が気にする？」

「わたしが気にしている」

「その女とやりたいのかい？　ユダヤ人の女なら、毎日違うのを用意できるぞ」

「探しているのはこの女だ」ウルフはイザベラからもらった写真を出し、カウンターの上に置いた。「知っているか？」

バルビーは写真には目もくれず、ウルフに顔を向けたまま答えた。「さあ、知らないな」

「写真を見てないな」

「必要なものならすべて見ているさ」

「写真を見るんだ」ウルフは命じたが、バルビーは視線を動かそうとしなかった。

「見ろと言っている」

バルビーの顔が下を向いた瞬間、ウルフは頭をつかんでカウンターに叩きつけた。骨が砕ける音がした。もう一度叩きつけ、顔が血と鼻水にまみれ、写真の少女が血で判別できなくなるまで何度も何度も繰り返した。ウルフがようやく手を離すと、バルビーの体がずるずると床に崩れ落ちた。ウルフはカウンターの出入口の上向きに開く板を持ちあげて向こう側に移り、倒れていた椅子を起こして腰をおろした。

「おまえもくだらない追従者でしかない」ウルフは言ったが、バルビーにはまるで聞こえていないようだった。彼の服を探ると、鍵束と小さな黒い手帳が出てきた。手帳は手書きの表でいっぱいで、小さいほうから順に数字が並んでおり、それぞれの隣には総計らしき数字が記されている。「おまえが女たちを手配していたんだな。レザー・レーンにあったようなクラブと、少女や少年といった特別な要求をしてくる個人が顧客というわけか。それでも、おまえはしょせん仲介人にすぎない。小物だよ」立ちあがってバルビーの脇腹を力いっぱい蹴りあげる。骨が折れる音が、ウルフの心を充足感に近い何かで満たしていく。バルビーは声も出さなかった。このままだと血を喉に詰まらせるかもしれないが、すぐにではないだろう。ウルフは頭にも蹴りを入れてから、店の奥へ向かった。そこには金庫があり、奪った鍵のひとつで開けることができた。なかにあった分厚い茶色の封筒をコートのポケットに入れ、元どおりに閉じて鍵をかける。鍵のかかったドアもあり、束の鍵を片っ端から試してドアを開けると、地下におりる階段が現れた。既視感を覚えつつ、電灯のスイッチを入れて階段をおりはじめた。

今度の地下には牢もマットレスもなく、このあいだのクラブの奴隷に与えられていたような贅沢はいっさい許していなかった。あそこでは顧客の都合が優先されていたが、ここにはただ檻（おり）があるだけだ。

　昔は倉庫として使われていたのかもしれない。ドアには鍵がかかっているものの、鉄格子がはまっていて、なかを見られるようになっていた。そこには六十人から百人くらいの女たちがいた。みな下着姿でせまい空間に詰めこまれていて、洗っていない体と尿と糞のにおいが外まで漂ってくる。女たちは牛みたいな生気のない目でウルフを見あげた。薄暗い照明の下、女たちの体に青い数字の入れ墨があるのが見えた。おそらくバルビーの手帳の数字に対応した番号なのだろう。

「おい」ウルフが声をかけると、女たちの何人かが反応した。「ジュディス・ルービンシュタインを探している。このなかにいるか？」

　線の細い黒髪の女が寝床から立ちあがった。「わたしがジュディスよ」傷ついた動物のように用心深く近づいてくる。ウルフは目を細くして女を見た。こんなに簡単にいくものだろうか？　写真のジュディスと目の前の女を頭のなかで比較する。写真の女は健康そうで、幸せそうだった。それにひきかえ、目の前の女はただの番号にすぎない。結論を出すことはできなかった。

「もっと近くへ。顔をよく見せてくれ」

　女がきょろきょろと周囲を見まわした。口を開いたいまになって、自分がどこにいるのかわからなくなってしまったようだ。

　金髪の女も立ちあがった。「わたしがジュディスよ」

「ジュディスはわたしよ」年老いた女も言った。

「わたしをここから連れ出して、あなたのジュディスになるから！」

「わたしのほうがずっと気持ちよくしてあげられるわ。お尻だって好きにさせてあげる！」

ある女が大声でイディッシュ語の悪態をつき、別の女がおそるおそるなだめようとした。ウルフが鉄格子を叩くと、瞬時に女たちは静まり返った。

「おまえ」最初に口を開いた女を指さす。「こっちへ来い」

「わたしは何もしていません」

「来るんだ」

女は震えていた。「許してください。ひどい目にあわせないで」

「さっさと来い！」

ほかの女たちが彼女をうしろから押した。「行きなさいよ。でないと彼が戻ってくるわ」彼というのはバルビーだろう。上の商売が暇なとき、あの男が何をして時間を潰していたのか、ウルフには容易に想像できた。

「乱暴はしない。話を聞きたいだけだ」

背中を押されてふらつきながら前へ出た女が、鉄格子に顔を押しつけた。汚れた髪は乱れきり、顔は真っ青でやつれている。片方の目には黒いあざをつくっていた。

「ジュディス・ルービンシュタインを知っているか？」ウルフはきいた。

「ここにはいないわ。本当よ」

「どこにいるか心当たりは？」

女が声を小さくして答えた。「わたしの父はお金持ちなの。わたしをここから出してくれたら、いくらでも払ってくれるわ。お願いだから出してください」

「おまえの父親の名は？」

名前を聞いたウルフは肩をすくめた。ユダヤ人についてはどうにも関心が湧かない。

「ジュディスについて、知っていることを話せ」

「ベルリンでおなじ学校に通っていたの」

「大転落の前だな？」

「前と、最中も」女が肩をすくめた。「ジュディスの父親もわたしの父も、国を出たがっていたの。でも、わたしの父は家族を脱出させることができなかった。共産党に財産を取られて、貧乏になってしまったから」

少なくとも、彼女は正直に話しているようだ。「ジュディスは？」ウルフは尋ねた。

「あの子は国を出ようとしなかったわ。革命家になりたかったみたい」女が声をあげて笑った。この部屋では笑い声も醜く響くらしい。「大ばかよ」

「だが、友だちなんだろう？」

「もちろんよ。それに、ジュディスはお金だって持っていたわ。父親が偉い人にコネを持っていて、あの子を守っていたの。大転落のあと、わたしは共産党に入ったわ。みんな、そうしないといけなかったから。一度党の青年部でウンター・デン・リンデンに派遣されたときのことは忘れられないわ。元ナチスの褐色シャツ隊が高級ホテルだった建物を不法占拠していた、それこそ地獄みたいな場所よ。大転落のあと、隊員たちは生き残るために殺人や強盗を繰り返していたわ。なかにはおなじ学校に通っていた男の子もいた」女は悲痛な驚きがにじむ声で続けた。「その夜、元隊員たちがひとりを監視に残して全員眠ったあと、ジュディスが偵察に出たの。あの子、コウモリみたいに監視の隊員に近づいていったわ。その隊員は何が起きたかも気づかなかったはずよ。ジュディスに喉をかき切られたところも見ていなかったと思う。それから、わたしたちは建物に忍びこんで、寝ている隊員たちを皆殺しにしたわ。二十人か三十人くらいはいた彼らの頭や胸を撃ったの。目を覚まして逃げようとした人もなかにはいたけれど、銃弾の速さに勝てるはずもないでしょう？」鉄格子越しに女の瞳が見つめてくる。ウルフは彼女の目を見たくなかった。「ジュディスだけは本気だった。わたしたちは流されるままだったけれど、あの子は自分の意思で行動していたわ。わたしは誰も殺したくなかったのに」

ウルフは時間が差し迫っているのを承知していた。しかし、地下室はあまりにも静かで、女たち全員が沈黙して話に聞き入っている。誰もが似たような経験をしているのかもしれない。「ジュディスはどうなった？」

「恋をしたわ」女がふたたび笑った。今度の笑い声はけたたましく、まるで自制がきかないようだった。ウルフが鉄格子を叩くと、彼女は笑うのをやめて話を続けた。「ユダヤ人の男の人を好きになったの」

「シオニストか？」

「たぶん違うわ。それが理解できないところなの。その人は国民啓蒙省で働く熱心な同志だったのに」

「何があったんだ？」

女が肩をすくめた。「彼が撃たれたの。みな褐色シャツの連中がやったと言っていたけど、そのときには、もう何人も残っていなかったはずなのよ。ジュディスは処刑だって信じていたわ。省か党の誰かがやったって。共産主義者でさえユダヤ人を憎んでいるって、それはもう怒っていたわ。あの子がパレスチナのことを話すようになったのはそれからよ。あんなところに行きたがる人なんているはずがないのにね。あそこにはラクダと砂漠しかないって聞いていたわ。わたしはパレスチナになんて行きたくなかった。アメリカに行って、映画スターになりたかった」

女たちは全員、黙ったままだった。ウルフが待っていると、女は言葉を続けた。

「ジュディスは、国外へ連れ出してくれる密航業者にお金を払うよう、父親に頼んだの。わたしはその話を聞いて、一緒に連れていってと頼みこんだわ。彼女の父親には奉仕活動じゃないって断られたけど、ジュディスは連れていってくれた。密航業者が元褐色シャツ隊だっていうのは、有名な話よ。人を殺す目的が政治からお金に変わっただけで、ナチスの組織はまだ残っている。わたしは国境で密航業者の男にひざまずかされ、あそこを口に突っこまれたわ。ジュディスは隣の部屋で寝ていたから、そんなことはたぶん知らないと思う。おまえは借金があるから働いて返さなくてはならないって、その男は言っていたわ。国境を越えると、わたしたちは密航業者に身分証明書を取りあげられて、密閉したトラックに詰めこまれたの。息をするにも空気がなくて、死ぬかと思ったわ。そんな状態で何時間も走ったあと、つぎは船に乗せられた。結局、とまったのは、船をおりたときの一回きりだったわ。たしかじゃないけれど、海のにおいがしたのは覚えてるから、たぶんあのときにはイギリスに着いていたと思う。そのときに男がわたしたちを一列に並ばせて、ひとりずつリストと突きあわせていったの。何人かはそのままそこでおろされて、残りはもう一度トラックに乗せられたわ。ジュディスはおろされた組で、わたしはトラックの組。そこからまた長いあいだトラックにゆられて、ここまで来たの」

「彼女がどこへ向かったのかは？」

「父親のところだと思うわ」

「それがどうやら違うらしい」

「じゃあ、わたしにはわからないわ」

ウルフは女を見つめた。どうにもよくわからない。もしジュディスの密航費が支払われていて、現に運ばれたのだとするなら、いったいどこへ行ったというのだ？　また、もし彼女がもともと行方不明になる予定であったならば、なぜここにいない？

「話は以上だな」

「わたしの名前を知りたくない？　名前よ！」女が泣きそうな顔をした。「これがわたしの番号よ」彼女が腕を上げると、手首に番号の入れ墨が見えた。「あの人たちに、彼につけられたの。わたしの名前を知りたくない？」

「いや」ウルフは言った。「だが、このいまいましい鍵を置いていく」

鉄格子のあいだから鍵束を投げ入れ、踵を返す。背後ではまだ沈黙が続いていた。階段をのぼって立ちどまり、女たちをとらえていた張本人を見おろした。男がうめき声をあげながら、這って逃げようとしている。ウルフは微笑んだ。女たちがどうなろうと知ったことではない。だが、階段をのぼってきた女たちがクラウス・バルビーと顔を合わせるというのは、なかなか面白そうだ。もっとも、この男に残されているのは顔らしきものと言ったほうがよさそうだが。

「せいぜい楽しむことだ」バルビーに声をかけ、板を持ちあげてカウンターを出る。ウルフはゆっくりと板を戻してから店を出て、近所に聞こえないようそっとドアを閉じた。

ウルフの日記、一九三九年十一月七日――続き

外に出たときは気温も下がっていて、太陽はすでに沈んでいた。バルビーはただの愛玩犬、取るに足りない男だった。あの状態で放置したのは、姿の見えない雇い主へのメッセージを残すためで、そうすればそいつの注意を引けると考えたからにほかならない。この人身売買ネットワークの裏には、冷酷で恐ろしく計算高い何者かが隠れている。その何者かには、ほんの少しばかり感心せずにはいられない。わたしは効率的であることを尊ぶからだ。昔の同志たちのうち、いったい誰がこんなことをできるのだろうか。

わたしはホワイトチャペル・ロードに戻った。歩いているうちに、ふたたび何者かにつけられている気配を感じる。立ちどまってみると、ふたつの人影が遠くのほうで動いた気がした。ただし、街灯の明かりは心もとなく、確信を持つまで

にはいたらない。いいかげん影にはうんざりしていた。必要なのは怒りと憎しみだけだ。決意を固めて暗闇に顔を向ける。相手が近づいてくるよう願いつつ、両腕を高く上げて叫んだ。「わたしはここだ。自分がタフだと思うなら、姿を見せてみろ！」

暗闇は沈黙したままで、両腕をおろして歩きだしたとたん、わたしの気迫は萎えた。やつらは近くにいてこちらを見ている。しかし、それだけの話だ。なら好きなようにさせておけばいい。

行き先を定めずに歩いていると、バルビーの金庫から盗んでコートのポケットに入れた茶色の封筒がやけに重く感じられた。ロンドン・ウォールまでたどり着き、古代ローマの建築物に感嘆しながら、しばらくその場にとどまった。もし絵を続けていたら、その瞬間を描くためにイーゼルと絵筆がほしくなっていたかもしれない。死にゆく光が古代の石に暗がりを投げかけるなか、それまで歩んできた自分の人生と、尊敬するギリシャやローマの皇帝たちに思いを馳せた。ときおり、自分が生まれる時代を間違ったのではないかと思うときがある。征服すべき世界のないアレキサンダー大王。それがわたしなのだ。

すっかり感傷的な気分になっていた。建築物のせいだ[3]。背後のなめらかなエンジン音に気づいたときには、すでに遅かった。振り返ると、ヘッドライトを消したメルセデスベンツ――ドイツのエンジン工学技術の結晶だ――がすぐそこまで来ていた。

車のうしろに黒い人影が見えた。わたしをつけていた黒服のふたりだ。

男たちはわたしの前に立った。ひとりはチャリング・クロス・ロードで会った自称アメリカ人旅行者だった。

「ミスター・ウルフ」

「わたしはきみを知っているのか?」

アメリカ人が照れたように微笑み、あの白い歯を見せた。「この前、偶然会った」

「そうだった」わたしは言った。「あのときは、わたしに見られたかどうかを確かめたかったのか? それともたんにしくじっただけか?」

「しくじったのさ。それからはちゃんと決まりごとを守るよう、厳しくしつけている」

最初のアメリカ人よりも重々しい、年上だと感じさせる声が答えた。わたしが声のしたほうに顔を向けると、開いている後部座席の窓に細い光が差しこみ、一瞬だけ声の主を照らした。きちんと整えた白と銀がまじる黒い顎髭を生やし、子どものそれに似た、奇妙に無垢できれいな目をしている。鼻は大きなかぎ鼻で、片方の目の下から始まる涙の跡のような傷が髭のなかへと消えていた。

「おまえは何者だ？」わたしはきいた。

「ヴァージルと呼んでくれればいい」

「詩人とおなじ名前か？」

「そう思いたいならご自由に」

「思いたくないな」

「ミスター・ウルフ、あなたに危害を加えるつもりはない」

「なら、どうしてあとをつける？」

「ドイツの情勢に大きな関心を抱いているからさ、ミスター・ウルフ。送らせてくれないか？」

「歩きたい気分なんだ」

ふたりの男が前に出たのを見て、わたしは両足に力をこめた。「おまえは誰のために働いている？」

ヴァージルが答える。「アメリカ合衆国大統領のためさ」

わたしは声をあげて笑った。「アメリカは人種の掃きだめだ。あんなところで生きていけるのは、犬とユダヤ人くらいのものだろうよ」

黒服のひとりがわたしに近づこうとするのを、もうひとりが腕をつかんで制した。「動くな、ピット」

わたしは車に乗ったヴァージルという男に視線を戻した。「わたしはスパイには鼻がきく。おまえたちスパイは、ネズミとおなじ悪臭がするからな」よく響く低い声で、ヴァージルは笑った。相手を簡単に殺せると確信した人間がする笑いだ。「車に乗れよ、ウルフ」座席をずれると、彼の顔が見えなくなった。「ピット、ミスター・ウルフのためにドアを開けてさしあげろ」

「了解しました」

ピットと呼ばれた男が召使のようにドアを開けた。彼の目には敵意がはっきりと浮かんでいる。わたしは彼の肩にそっと手を置いた。もう片方の手で睾丸を握り、思いきり力をこめた。「今度会うときは、タマ以外の心配もしておいたほうがいいぞ」

もうひとりの黒服が同僚を助けようともせず、大笑いした。手を離してやると、ピットが股間を押さえて地面にうずくまった。涙を流しながらもまったく声をあげない彼を見て、あるいはこの男を誤解していたかもしれないと、わたしは思った。

車に乗り、もうひとりの黒服がドアを閉めるまで待つ。開いた窓から男に向かって微笑みかけた。「そこにいるガールフレンドを介抱してやってくれ」

「行くぞ」わたしの隣に座るヴァージルが言った。前の席に座る運転手は黒い帽子をかぶっていて、まるで影のようだ。彼がアクセルを踏むと、夜盗のように車がなめらかに動きだす。ヴァージルは大きな男で、両脚を広げて座っていた。路地の過酷な環境で育ち、争いでほとんど負けたことがない年老いた雄猫を思わせる。

「ミスター・ウルフ」

「ヴァージル」

ヴァージルがにやりと笑った。車は南に向かっていて、川のにおいがした。ロンドン・ウォールが後方へと遠ざかっていき、前方には風切羽を切られたカラスのいるロンドン塔が見えた。あのカラスたちは、大戦で負傷した帰還兵たちを連想させる。

「いまのオーストリアとドイツの状況に関するあなたの意見が聞きたいね」ヴァージルが言った。

わたしは窓の外を見ながら、礼儀正しく問い返した。「なぜアメリカがオーストリアとドイツに関心を持つ?」

「あなたはいつも質問には質問で返すのか?」またしてもヴァージルが笑った。「ユダヤ人みたいな答え方だ」

「わたしを侮辱しているのか？」

「話をしようとしているだけだよ」

「わたしの質問に答えていない」

　ヴァージルがため息をついた。「ミスター・ウルフ、アメリカ政府はドイツと周辺諸国での共産主義の台頭を強く憂慮している。ドイツ政府は独立の体を装っているが、決断がモスクワで下されているのは、あなたもわたしもよく知っているところだ」

「そうだな」

「その件に関するあなたの見解は？」

「戦争になる」わたしがそう言うと、ヴァージルが沈黙した。つまり、関心を引いたということだ。「ロシアはヨーロッパと、より広い範囲の地図を劇的に書き換えるつもりだろう。ロシア近隣の諸国はすでに脅威にさらされている。共産主義の目的は、世界を支配することだけだ。世界的な革命だよ。ドイツの選挙で勝利したくらいでは満足しない。一度手にした権力は絶対に手放さないのが共産主義だ」

「世界大戦か」ヴァージルが言った。

「そうだ」

「それについてはアメリカ政府も懸念している」

「きみが言うならそうなのだろう」

「ドイツの共産主義者に反撃するとしたら、どんな手がある?」

ヴァージルの粗野な顔を見やると、彼は両手を腿の上で組みあわせていた。やけに大きな手だった。「本当のところは、誰のために働いている?」わたしはおだやかな声で尋ねた。

ヴァージルはくすくすと笑うばかりで、正直に答えなかった。「いまの情勢を心配している、国民の団体だよ」

「情報機関か? シギント(主に通信傍受による諜報活動)か? 軍の情報部か? それとも財務省?」

彼はまたしても笑い、それから答えた。「あなたの情報源は古いな。二度目の対ドイツ戦への懸念から、組織改編の動きが必要になったんだ。わたしは戦略事務局(CIAの前身)、OSSに所属している。われわれの主な関心事は旧ドイツ共和国だ。ヨーロッパで二度目の戦争となれば、そのすべてが崩壊してしまう。かといって、世界的なボルシェビズムの台頭を認めるわけにもいかない! 絶対にだ!」巨大なこぶしをてのひらに叩きつける。「ミスター・ウルフ」顔をこちらに向け、わたしの目をじっと見つめた。「われわれのために働いてみる気はないか？」

車は川に沿って走っている。ロンドン塔が後方に消えつつあり、わたしはどこに向かっているのか気になりはじめた。川沿いを西へ向かっているが、西のどこが目的地なのだろう？　港か？

「これは誘拐なのか？」

「ミスター・ウルフ、勘弁してくれ！　われわれは共産主義者じゃない」

「では、どこへ向かっているんだ？」

「あなたに見せたいものがある」ヴァージルが言った。「もちろん、いつ帰ってもらってもかまわない。言ってくれればすぐに解放する」

「それなら、いま車をとめてくれ」

「バーニー、とめてくれ」

車が減速し、停車した。タワー・ブリッジを過ぎたどこかの暗く静かな場所だ。

「バーニー、ミスター・ウルフのためにドアを開けてやってくれ」

あいかわらず表情の見えない影でしかない運転手が車をおり、車体をまわりこんでドアを開けた。冷たい空気が車内に流れこみ、遠くでカモメが鳴く声が聞こえる。

「どうする、ミスター・ウルフ？」

静かな通りに目をやってから顔を戻し、ヴァージルのほうを見る。彼は鬼(オーガ)を思わせる大きく四角い歯をむいて笑った。

わたしは小さくうなずいた。

「車を出してくれ、バーニー」ヴァージルが指示した。「時間を無駄にしてはもったいない」

運転手がわたしのために開けたドアを静かに閉め、運転席に戻って車を発進させた。

「きみたちのために働くというのは、つまりアメリカ合衆国のために働くということだな？」

「このいまいましい世界でもっとも偉大な国のためにだよ」ヴァージルが悦に入った表情で答えた。


時間と空間を隔てた別の世界で、ショーマーは雪のなかに裸で立ち、血の流れる脚をつかんでいた。こんなことになったのはミシェクのせいだ。薄汚いロシア系ユダヤ人で、トイレの担当者のミシェクは、収容所で幅をきかせているサロニカ（ギリシャの都市）系の冷酷非情なギャングたちにコネがある。いかれたギャングたちはもう三年も収容所で生き延び、彼らの青い入れ墨の番号は、あとからやってきた囚人たちをばかにしているのかと思えるほど若く、名誉の証みたいなものになっていた。しかし、こんな状況に陥ったのは、パンやスプーンや金歯を扱う闇の商売をするギャングたちのせいではない。ミシェクのせい、あるいはショーマー自身のせいだ。固い地面を掘っている途中でふらつき、ミシェクがスコップを振りおろすところへ倒れこんでしまい、脚にぞっとするような裂け目ができて血が吹き出したのだ。それから看守たちが大声で命令し、作業は中断した。ほかの囚人たちは喜んでいることだろう。ショーマーが生き延びようとこの場で死のうと、いくばくかの休憩をもたらしたことに変わりはなかったからだ。

ショーマーは怪我をした脚をつかみ、悪態が口をついて出ないよう唇をかんだ。いつも隣にいるイェンケルは徐々に姿が薄れていき、まるではじめからいなかったかのように消えてしまった。看守が傷の深さを確かめるのを待つ。骨格標本みたいに痩せ細り、皮膚がたるんで目が落ちくぼみ、髪が抜けて歯茎もすり減り、ノミを体じゅうに飼っているうえ、脚まで傷めた囚人を生かしておく価値があるのか、それともすぐに処分してしまったほうが安上がりで簡単かを決めるわけだ。

「診療所に行け」ようやく看守が言った。

なんと簡潔な言葉だろう！　その簡潔な言葉のおかげで、ショーマーは少なくともあと一日、生きられることになった。そしていま裸で雪上に立っている。囚人服は診療所に持ちこめないためで、かろうじて足だけはサイズの合わない木靴を履いていた。最後の瞬間まで、この木靴を履いていることになるのだろう。囚人の列がゆっくりと動きだし、ひとり、またひとりとドアのなかへ消えていった。震えながら傷を押さえていたショーマーだったが、気分だけは意気揚々としていた。診療所に行けるのだ！ひそかにささやかれる話では、天国のようなところらしい。休息が約束されたその場所はこのうえなく快適で、雲に横たわる心地がするそうだ。いつの間にか隣にいたイェンケル――どうしてこの友人が消えたなどと疑ってしまったのだろう――が言った。「この程度の傷で怪我だって？　これくらいなら、子どもの頃にいくらだってこさえたものさ」列の囚人たちが重そうな足どりで進むなか、イェンケルは弾むように歩いている。やがて雪が降りはじめ、細い腕で痩せた自分の体を抱き、身を震わせているショーマーに向かって、イェンケルが冗談を言った。

「昔、ポーランドで、とあるユダヤ人集落の人々がキリスト教徒の少女が殺されているのを発見した。殺人だぞ、ショーマー！　人々は恐れおののいた。どうしたらい？　ユダヤ人以外のポーランド人たちはどう考える？　きっと復讐しに来るに違いない。もうおしまいだ。虐殺されてみな殺しにされる！」

ショーマーは足を引きずって歩きながらうなずいた。目は四角い光、診療所という名の天国へと通じる門を見つめたままだ。

「ユダヤ人たちは」イェンケルが続けた。「集落のシナゴーグでいつもどおりの集会を開いた。ただし、集まった人々は手を揉み、歯を食いしばって〝どうする？　どうする？〟と思い悩むばかりだった。そこへドアを勢いよく開き、シナゴーグの長が現れたんだ。〝すばらしい知らせがある〟彼は大声で告げた。たちまち話し声がやみ、すべての視線が彼に集中した。そして彼は言った。〝殺された少女だが、彼女はユダヤ人だ！〟となり」

ショーマーは気もそぞろに笑った。さらに足を引きずって進み、ようやく診療所の小屋のなかへと入った。木靴を脱ぎ、生まれたままの姿で――もっとも、生まれたときと比べれば、ずっと痩せ細っている――立つ。小屋のなかでも囚人たちの列は続いていた。医者に診てもらうための列だが、こちらのほうがずっとあたたかく、看守もポーランド人がひとりいるだけだ。そのせいか、彼の意識はまたしてもさまよいはじめ、パルプやシュンドの昔ながらの陳腐な題材である、汚らわしい殺人へと引き寄せられていった。

第7章

監視人は暗闇のなかから、ただ見つめていた。数日ぶりに探偵が外出したが、あとは追わないことにした。探偵はいなくなったりしないからだ。女たちを見ているうちに、まとっているはずの不可視の力が薄れている気がしてきた。たぶん、女たちがこれまでより神経質になり、不安定にもなって視線を暗闇に走らせ、怪しい男を探そうとしているせいだ。それでも彼の姿はまだ見えてはいないし、これからも絶対に見えることはない。監視人は混血の女、ドミニクに目をつけた。冷たい空気にさらされた褐色の長い脚に挑むような微笑み、快楽を約束する瞳、引き締まった筋肉質の腕……ほかの女たちよりもずっと支配的に見える。彼女に近づく客もまた、ほかの男たちとは違い、ずっと裕福そうだ。客と姿を消すとき、彼女が必ず持っていく小さなバッグがある。一度口が開いていたところをのぞくと、なかには巻いた鞭と黒くて長い物体が入っていた。何を意味するものかはよくわからなかったものの、物体のほうは男性器を模した張型、つまりディルドと呼ばれるものだろう。ほかにもいろいろと入っていた気がしたが、彼女がバッグの口を閉じて客の車に乗ってしまったので、確認はできなかった。その夜はバッグの中身が気になって眠れず、やっと眠りについたときには、いかにも娼婦らしい香水のにおいがする女に体を震わせて絶頂を迎えるまで鞭で打たれつづける夢を見た。

監視人は毎朝、仕事に出かける前に父親の朝食をつくっている。首に布をかけて食べさせるあいだ、父が語る戦争の話を聞くのが日課だ。父は日に何時間もラジオを聞き、モズレーを軟弱な愚か者と罵る一方で、大戦で戦ったドイツ兵の勇敢さを褒めたたえた。片づけが終わるとBBCを聞く父親を残して家を出て、安らぎの場である職場へ行って書類仕事に精を出す。娼婦たちに近づいて夢を見ながら計画を立てられるのは、仕事が終わったあと、父親の夕食をつくって体を洗ってやるために家に帰るまでのあいだだけだ。ポケットに忍ばせているナイフは、一日じゅうずっと彼にささやきつづけ、呪いや約束の言葉を投げかけてくる。監視人は、自分には守らなければならない約束があることをじゅうぶんに承知していた。

「国家社会主義は――」ヴァージルが言った。「歴史的に見れば道端の糞みたいなものだ」

ウルフは尋ねた。「なんだと?」ドイツの技術を用い、ドイツでつくられた車がイギリスの貧相な道路をなめらかに進んでいく。進行方向の右側にはテムズ川があり、遠くの海に向かって流れていた。

ヴァージルが声をあげて笑う。「悪く取らないでくれ。偉大な嘘だよ、まったく。偉大な嘘だ。〝ドイツよ、すべてのものの上にあれ！〟だったな、ウルフ？　世界を手に入れると国民に約束し、都合の悪いことはすべてユダヤ人のせいにする。まるで天気のせいにするみたいにな。一九二〇年代、わたしは海軍の情報連絡員としてベルリンにいたんだ」彼は腹をぽんぽんと叩いた。「当時はもっと痩せていたがね。それよりベルリンだ！　あの街は娼婦でいっぱいだった。クラブにジャズに女たち——女たちはあそこが地球上でいちばん汚れた街だと言っていたよ。あながち間違いとは言えないな。わたしも最初に人を殺したのはウンター・デン・リンデンだったし、一日置きに違う女を抱いたものさ。若者にはいい街だった」

「おまえに若い頃があったとは思えないな」ウルフが言うと、ヴァージルがまたしても笑った。いかにも軽薄で、娼婦ほどの誠実さもない笑いだ。「ＯＳＳか」口のなかで発音を味わうかのように言ってみる。アメリカ人がドイツにふたたび干渉してくるかと思うと、嫌悪感がこみあげた。先の大戦を終わらせたのも、一九一七年のアメリカ参戦だ。

そして、ウルフは視力を失い、敵前逃亡者や発狂した兵たちが入れられる精神病院に送られたのだった。

「共産主義の脅威は封じこめなくてはならない」ヴァージルは言った。「また戦争ということになると、アメリカだって簡単には参戦に踏みきれないさ。だが、これ以上のロシアの膨張は許容できないし、するつもりもない」

「それで、わたしに何をしろというんだ？」

ヴァージルが体をウルフのほうに向けた。彼は目を輝かせ、おだやかな口調で語っている。車はライムハウスの埠頭に入っていくところだ。明かりといえば、隠れ家のような小さなパブや埠頭の施設に灯っているくらいで、中国人たちが人目を忍びつつ通りを歩いていた。「ドイツに戻ってもらう」甘ったるい声がゆっくり告げた。「そして、ふたたび指導者となるんだ」

「指導者？」

「ドイツの指導者だよ。国家社会主義の復活というわけだ！」

「そんなのはどうかしている」ウルフは言った。

「組織の残滓はまだドイツにある。国民は忠誠心を取り戻すさ。そこまでいかなかったとしても、少なくとも現実的にはなるだろう。これまでも、ナチズムは冷酷で現実的な人々を惹きつけてきたからな。聞くんだ、ウルフ。よく聞け！」ヴァージルが肉厚の手でウルフの腿をつかんで力をこめたので、ウルフは顔をしかめた。アメリカの手によってつけられた跡というのは、なかなか消えないものだ。「あなたならできる。ドイツへの帰還はわれわれがお膳立てする。すでにわれわれのために働く人員は配置してあるんだ。準備が整ったらあなたはドイツに戻り、本来手にしていたはずのものを取り返す！」

「反乱を起こすわけか」

「支援を受けての政権交代だよ」

「おまえらにそんなことができるのか？」

「もちろんできるとも！」ヴァージルが残忍な笑みを浮かべて言いなおした。「少なくともやってみることはできる」

「その汚い手を離せ、アメリカ人」

腿をつかむ手にさらに力をこめたあと、ヴァージルはようやくその手を離した。車が暗い角を曲がり、大きな倉庫が並ぶ通りに入っていった。「車をとめてくれ、バーニー」

「はい」

「行こう、ウルフ」ヴァージルが運転手を待たずにみずからドアを開け、太った無様な体をどうにか車からおろした。ウルフは座ったまま、何を見るでもなく前方に目をやった。

本当の話だろうか？

本当のはずはない。そんな想像をすること自体、かつて経験したこともないほどの最悪の苦しみに飛びこんでいくようなものだ。

敗北という苦しみに。

不可能なことを申し出るのは、もはや贈り物ではなく恐ろしい呪いに等しい。それに、ウルフはヴァージルを、すべてのアメリカ人を信用していなかった。

誰も信用しない。それこそウルフがここまで生き延びられた理由だ。


ウルフはほんのわずかのあいだ、パーゼヴァルクの精神病院とそこでの出来事を思い返した。

前線から列車で何百キロも離れたポーランドの国境近くにあるその小さな病院に入ったとき、彼は失明していた——視力を失っていたのだ！　子どもの頃は暗闇が嫌いだった。暗闇のなかでは、酒くさい鬼（オーガ）のにおいがし、オーガのベルトが空を切る音がするからだ。少年だったウルフはときに声を押し殺して泣き、ときに子どもがみなするようにベッドを濡らした。そんなときに慰め、抱きしめてくれるのは母だった。母のやわらかい体に抱かれて息をし、洗いたての洗濯物とアプフェルシュトゥルーデル（ドイツの菓子）のにおいを吸いこむと、すべて大丈夫と思えるようになったものだ。

やがてそんな母親も他界し、ウルフは完全な暗闇のなか、恐怖と戦いながら列車に乗る羽目になった。受けた攻撃や迫撃砲の弾が空気を切り裂く音、毒ガスの記憶にも悩まされた。特に毒ガスだ！　急げという声がして、マスクを着用しようとストラップと格闘したものの間に合わず、蜂蜜みたいに濃密な緑色の光が視界に広がった。味方の兵たちがばたばたと倒れていき、彼は叫び声をあげた。「目が！　目が！」泥のなかを転げまわっても目は見えるようにならず、焼けつく痛みだけが続いた。味方がやってきて運び出されたときも痛みはおさまらず、何も見えないままひたすら泣き叫ぶしかなかった。世界は真っ暗になり、一生そのなかで生きていかなくてはならないのだと思っていた。

ウルフはユダヤ人の医者、カール・クローネと出会う以前は感情を出さない男だった。

ときどき、自分の人生がふたつの時期に分かれていると感じることがある。目が見えなくなる前と、そのあとだ。見えなくなる以前は子どもであり、芸術家であり、兵士だった。そして見えなくなったあと、ひとりの男になったのだ。

パーゼヴァルクの病院に入ったウルフは、医者が何を言っているのかも、看護婦たちに何をささやいているのかも、鉛筆でクリップボードを叩く音も理解できなかった。しかし〝ヒステリー症状〟〝パーゼヴァルク〟〝ドクター・フォースター〟といったいくつかの言葉は聞き取れた。

それから、戦いつづけることだけが望みだったウルフに対して、傷病のために戦列から離すという命令が下った。それにしても、医者が理由に挙げる〝ヒステリー症状〟とはどういう意味なのだろう？

前線から離れる列車は速度が遅く、車輪のきしる音や兵士たちのつぶやき声を聞きながら長々と何時間も乗っていなくてはならなかった。ほしくもないのに渡された濃い味の紅茶が震える手からこぼれていく。ウルフは困惑しつつあちこちに顔を向けてみたものの、窓の位置もまったくわからなかった。

ゆっくり進む列車のなかで、ウルフは死んで生まれ変わり、ふたたび死んだ。これで本当に終わりなのだろうか？　たんなる戦争の犠牲者のひとり、傷痍軍人のひとりとなってしまうのか？　目が見えなければ太陽が出ているかどうかも、火や血の色さえもわからず、筆を握って絵を描くこともできない。そんな状態で何になれるというのだろう？　ウィーンかベルリンで物乞いになり、缶の小銭をじゃらつかせて哀れな元軍人にお恵みをと懇願するのか？

ウルフは列車の窓に手をあて、外の寒さを感じ取った。目が見えないというのに、不幸な将来だけは、はっきりと見えている。

未来に通じる道は壊れてしまった。そう思ったとたん、心に狂暴な感情がこみあげ、ウルフは自殺を決意した。銃口をくわえ、考える間もなく引き金を引けばいい。それで戦争によって与えられることはなかった、すみやかな死がもたらされる。もはやウルフではなくなり、みながいずれなるのとおなじただの塵(ちり)となる。それはそれで、悪いことでも間違ったことでもない気がした。

あれこれ考えているうちに眠ってしまったらしい。目を覚ましたときは周囲もまだ静かだった。やがてブレーキがかかって列車が減速し、外から兵士たちの背嚢を集める音や互いに呼びあう声が聞こえてきた。列車のドアが開閉する音やブーツが雪のなかを歩く足音がそのあとに続く。ウルフ伍長は自分を奮い立たせ、寒さと未知の世界に向かって足を踏み出した。

何が待っているのかはわからない。しかし、彼の前にある未来はまだ……。


「ミスター・ウルフ」ヴァージルの声がした。

ウルフは気を取りなおし、つばを飛ばしそうになりながら英語で答えた。「ああ、聞いている」舌がうまく動かなかったので唇をなめると、酸っぱい味がした。車からおり、舌の動きを試すつもりで尋ねる。「ここに何が?」

「来てくれ、ミスター・ウルフ」ヴァージルが重々しく答えてうなずくと、まるで彼の命令に従うかのように、埠頭が明るい電灯に照らし出された。まぶしい光に目がくらみ、ウルフはまばたきをして涙を押しとどめた。ふたたび目を開けると埠頭の様子が一変していて、思わずあとずさった。

川に大きな軍艦が浮かんでいる。灰色の船体は濡れて光り、中央防郭(シタデル)と高くそびえる展望塔が見えた。展望塔には不吉な目を思わせる射撃用の穴がいくつも開いている。目立たないながらもじゅうぶんな火力が装備された、工学技術の驚異を詰めこんだ船だ。沿岸の小さな町程度ならたちまち沈黙させられることは、ひと目見ただけで想像がつく。ウルフはすぐにこの船が気に入った。

「この船は？」圧倒されつつも尋ねてみる。

「上陸作戦用の高速輸送駆逐艦だ」ヴァージルが誇らしげに答えた。カール・マイのウェスタン小説に登場するカウボーイが質のいい牛を自慢している場面にそっくりだ。

「高速輸送？」ウルフはきいた。

「そうだ、ミスター・ウルフ。アメリカで生まれ育った船だよ。名前はヴァルキリーだ」

ウルフはその名に反応してすばやく顔を向けたが、ヴァージルは気づいていないようだった。「〝死者を選ぶ者(ワルキューレの別名)〟か……」

「そうだ、ミスター・ウルフ。古典には詳しいようだな」ヴァージルが命令をどなると、倉庫のドアがいっせいに開いて男たちが駆けだしてきた。服装こそ一般人のものだが、全員が軍人なのは間違いない。つまり、アメリカ兵が民間人を装っているということだ。開いたドアの奥は、倉庫というよりも巨大な格納庫になっている。飛行機が数機に弾丸の箱と武器があり、カモフラージュのためのネットがかけられていた。さしずめ小さな戦争をするための兵器庫といったところだろうか。

ウルフは思わずきいた。「イギリス政府は、おまえたちがここにいるのを知っているのか？」

ヴァージルがひらひらと手を振って答える。「公式にはいないことになっているよ、ミスター・ウルフ」

「非公式には？」

肩をすくめ、ヴァージルが答えた。「誰だって〝赤の脅威（共産主義の拡大に対する懸念）〟が取り除かれるのを見たいと思っている」

つい先ほどまでは打ち捨てられたかのように見えていた埠頭を改めて見まわし、川に浮く軍艦を見つめる。「断ったら？」ウルフは小さな声で気の進まない質問をした。

ヴァージルは彼の反応を面白がっているようだ。「断るのかい？　われわれの手で、あなたはふたたび偉大な存在になれるんだぞ、ミスター・ウルフ。部下もつけるし、武器だって使えるようになる。アメリカ合衆国の全面的な支援が受けられる機会を、そう簡単には断れないはずだ」

枝分かれしていく未来のさまざまな可能性がウルフの頭のなかでうず巻いた。たちまち口のなかが干上がり、彼はゆっくりとうなずいた。「たしかにそのとおりだ」

「よかった！」ヴァージルにもう結論が出たと言わんばかりに背中を叩かれ、ウルフは危うく転びそうになった。「来てくれ。われわれの小さな基地を案内しよう」確信を持って歩きだしたヴァージルの体の横で、大きな手がぶらついている。どこから見ても巨大な猿にしか見えないにもかかわらず、彼は自信をみなぎらせ、踏みしめる地面があたかも自分のものであるかのように歩を進めた。ウルフは恐れと驚嘆がないまぜになった複雑な心境で、ヴァージルのあとをついていった。まるで夢遊病者のように、ヴァージルに続いて非現実的なまでに明るい照明の下を歩いていく。手を顔の前に持っていったときには、皮膚が光を発して空中にぼんやりとした白い帯をつくっているように見えた。最初の倉庫では、民間人の格好をした軍人らしい物腰の男たちが、緊張感を漂わせつつ無線機の前に座っている。壁にはヨーロッパの地図が貼ってあり、色つきのピンが何本も刺さっていた。隅には無印の木箱が積まれ、別の隅にはカモフラージュ用のネットがかけられていた。小型のゴムボートがひっくり返された状態で置かれ、技師がエンジンを両膝のあいだに置いた体勢で整備に熱中している。さらに木箱が積まれた場所があり、開いているひとつをのぞきこんでみると、なかにはオイルで磨かれた銃が詰まっていた。ふたつ目の倉庫に移動すると、セスナの軽飛行機が二機あり、オーバーオールを着た男たちが木箱に座ってトランプに興じていた。そのつぎにはようやく、威厳のある姿で川に停泊し、静かに力を誇示している駆逐艦ヴァルキリーを拝むことができた。信仰する寺を訪れる崇拝者のように船に乗りこむ男たちは、アリみたいに小さく見える。そのあとで見てまわったいくつかの倉庫は、いずれも弾薬や銃、缶入りの食料やパラシュート、迫撃砲や手榴弾、短刀や拳銃でいっぱいだった。爆薬もふんだんに保管されていて、さしずめ死をもたらす驚きが詰まったアラジンの洞窟といったところだ。ウルフは防波堤の前の空いた空間でぐるぐるとまわり、太陽を見あげる花嫁のごとく、あたかも踊っているかのように体を回転させた。

「すべてあなたのものだ、ミスター・ウルフ。あなたの国、あなたの祖国が解放されてひとつになり、ふたたびいきいきと輝くために使うといい」

ウルフは夢心地で尋ねた。「もし断ったら？」

「あなたは絶対に断らないよ、ミスター・ウルフ。断る理由がどこにある？」ヴァージルが父親然としてくすくす笑う。そういえば、この男にはもう何年も前に死んだあのオーガ、つまり父親を思い出させる何かがあるのかもしれない。「あなたには断れない提案だ」

まだ夢心地でいるウルフに向かって、ヴァージルが言った。「だが、一度じっくりと考えてみるといい。バーニーがどこへなりとも送っていくよ」

診療所でなかば眠りながら、ショーマーはユダヤ人たちが噂話をしているのを聞いていた。

「あいつのあそこは使いものにならないらしいぞ」

笑い声が響く。

おなじ声がさらに言った。「その……普通のやり方ではな」

「どういう意味だよ」

「つまり……」男が声を小さくして続けた。「鞭で叩かれるのが好きらしい」

驚いて息をのむ音がした。「鞭だって？」

「叩くんだよ。子どもみたいに」

「へえ！」

「タマがひとつしかないという話も聞いたな」

「ひとつ！　そんなの想像もできないぜ！」

ショーマーは目を覚ました。周囲の雰囲気はいまのところ陽気なようだ。診療所では作業がなく、することが何もない。道具もなく、あるものといえばそれこそ言葉くらいだ。

そして、ショーマーもまた〝彼〟について考えてみた。彼が侮辱され、口をふさがれ、支配され、虐待されるところを想像する。

「なんでも若いシクサ（ユダヤ人以外の女性）が大好きなんだそうだ。金髪で胸が大きい、理想的なアーリア女ってやつだ」

「おれならお断りだな」

笑い声が響く。

「そういえば、映画監督とも寝ていると聞いたぞ」

「誰だ？　まさかフリッツ・ラングか？」

またしても笑い声。

「違うよ。レニ・リーフェンシュタールだ」

「あの女か？　たしかにずいぶん仲がいいとは聞いたな」

「あの女なら、おれのソーセージの相手もしてもらいたいもんだ」

「ソーセージってのはなんだ？　おまえの爪楊枝のことか？」

「うるせえ！」

「誰かが『青い光』とかいう映画を観て、かなりいい女だったと言っていたぞ」

「ナチスの女だぞ！」

「だから、だめだっていうのか？　どのみち、みんなナチスだぞ」

会話が途切れ、ショーマーは寝返りを打ってまばたきをした。〝彼〟のことを考える。彼は収容所の囚人たちのことを考えたりするのだろうか？　囚人たちが何を感じ、何を失い、どのように死んでいくかを想像したりはしないのか？　腕に刻まれた番号以上の何かを知っているのだろうか？　そして、ショーマーは終わりなく番号が記された長大な資料を思い描いた。世界にも匹敵するほど長大な資料だ。

「まだほかにも聞いた話があるんだ」

「どんな話だ？」

「これはさすがにまずいな」

「何がだ？」

「やっぱりこの話は……」

「いいから話せよ！」

「あの男はな、小便をかけられるのが好きなんだそうだ！」

「うえっ！」

「おまえ、どうかしているぞ。そんな人間がいるものか」

「まるで獣だな。野生の獣だ」

「小便ならここにバケツいっぱいあるぞ！」

また笑い声が響いた。

それから囚人たちはそれぞれの心のなかに閉じこもり、沈黙が訪れた。ショーマーが落ち着かない様子で寝返りを繰り返していると、下から声が聞こえてきた。「おまえはどう思う、〝ルフトメンシュ〟？」

ショーマーはあと少しで微笑むところだった。ルフトメンシュはここでの彼のあだ名で、夢を見る者、頭を雲に突っこんでいる者という意味だ。

「わたしがどう思うかって？」しばらく考え、ショーマーは答えた。「わたしがどう思うかはどうでもいいと思うね」

「ばか！」

「戦争が終わったら、ペンはドイツ製しか買わないぞ」誰かが切り出し、理由をきかれるのを待って黙りこんだ。

「どうしてだ？」

「インク（インクには入れ墨の意味もある）が落ちないんだ！」

囚人たちがいっせいにうめき、それから沈黙した。

「あの男に千回の死を」誰かが小声で言った。

ウルフの日記、一九三九年三月七日——続き

それはすばらしい夢だった。「バーニーがどこへなりとも送っていくよ」ヴァージルはそう言った。車が若い女性のようにしなやかに進んでいく。夜の街

はいつにも増して輝いて見えた。照明がくっきりと光るなか、空気までもがあたたかく、魅惑的に感じられる。年老いて実現不可能な夢に恋をするというのは、これ以上ないほどつらいものだ。

「どちらへ向かいますか？」

「いいから走ってくれ」

埠頭が背後に消えていき、わたしの夢もかすんでいった。空気も冷たくなり、眠りから覚醒していくのとおなじ感覚にとらわれた。

夢。しょせんは夢だったのだ。

そして、わたしは偉大さに、あるいはかつての自分に呪われていた。嘘を売りつけられれば、気づくものだ。バラで包んだところで、糞は糞のにおいがする。ヴァージルと名乗る男が、傭兵なりの方法で誠実なのは疑う余地もない。わたしもほんの一瞬だけ、あの男が投げつけた約束や巨大な軍艦、飛行機や銃、大勢の軍人たちに目がくらむのを自分自身に許した。そしてつぎの一瞬、アメリカンドリームに魅了された。

しかし、すぐに現実に立ち戻った。

船が一隻、貧弱な飛行機が二機、そして銃を持ったいくばくかの男たち。

ヴァージルは、あの程度の戦力でドイツを奪うと本気で提案していたのだろうか？　心が砕かれそうなほど悲しくなければ、笑ってしまう話だ。かつて、わたしはドイツのすべてを手にしていた。数えきれないほどの人々がつき従い、軍も味方につけていた。それを思えば、悲しみしか湧いてこない。ヴァージルが申し出たのは、せいぜいハンブルクの郊外まで進むのがやっとで、欲張ればみな殺しにされて豚の餌になる程度の戦力だ。それどころか、あのアメリカのカウボーイたちでは、グリュックシュタットまでもたどり着けまい。

「ばかが！」わたしは感情をぶちまけた。「くそったれ！」

「どうかしましたか？」

「黙って運転しろ！」

無言でこちらの言葉に従ったところを見ると、運転手はわたしの機嫌を損ねないよう命じられていたのだろう。

そして、最初からの疑問がまたしても浮上してきた。ヴァージルに何度か尋ねたものの、答えが得られなかった疑問だ。

もし、向こうの提案を断ったらどうなる？

ヴァージルの望みはドイツの政権交代だ。あの男はナチズムの残存勢力を糾合し、レジスタンスとするための象徴を必要としている。

だが、わたしにはわかる。共産主義者たちはナチスの残ったメンバーを根こそぎ刑務所や強制収容所に放りこみ、あらゆる反対勢力に対して苛烈な抑圧を加えている。国家社会主義はすでに滅び去り、その実践者たちは死ぬか散り散りとなってしまったのだ。わたしの古い同志たちで脱出できた者はいまや宿なしの移民となっているか、つまらない小物のギャングに成りさがっている。

アメリカ人は、不可能に挑んでみようとするほど、頭がおかしくなってしまったのかもしれない。とはいえ、小規模の傭兵以上の戦力を送りこんで無駄にするほど狂ってはいないということだ。しかも公式な承認抜きにことを進め、あとから自分たちの関与を否定する余地を残している。

わたしが断ったとしたら、いったい誰が？

明確な根拠があるわけではないが、この疑問に対する答えが重要だという確信がある。言葉で説明できなくても、重要であることに変わりはない。

誰にわたしの代わりが務まるというのだ？

ゲーリングはいまや共産主義のよき同志だ。だらしなく太ってはいるものの、頭はいい。利益になるなら自分の母親だって売る男だし、まばたきひとつせずにヤンキーどもを裏切るだろう。ただし、共産主義者に転じたゲーリングがあたらしいドイツで繁栄をむさぼっているのは確実で、アメリカの取引相手としては考えにくい。

つまり、ゲーリングは違う。

ヘスはどうだ？　しかし、ヘスはロンドンにいて、移民のコミュニティに満足しており、信念を失っている。わたしの下の二番手になれる器ではあるものの、いつだって軟弱でもろかったうえ、すっかり腐敗しきった男だ。

ヘスも違う。

では誰だ？　ゲッベルスか？　それともヒムラーだろうか？

ふたりとも所在不明だ。

シュトライヒャーは？　死んだ。

ボルマンは？　かつてのヘスの腹心で、過小評価するわけにもいかない存在だ。裏であれこれと画策するのが好きな男だった。

しかし、最後に目撃されたのは、共産党の強制収容所だ。

アルフレート・ローゼンベルクは？　わたしの信奉者で、自分よりすぐれた者と劣る者を見極める目を持っていた。彼の語る宇宙氷説（ナチスが指示した宇宙論）は魅力的で見識に富んでいた[1]。

だが、銃殺隊に殺された。

アルベルト・シュペーアは？　才能ある建築家だが、最後に聞いた限りでは南米に逃げたらしい。

ラインハルト・ハイドリヒはどうだろう？　楽器の演奏が上手でフェンシングの腕前もオリンピック級、そして何より筋金入りの反ユダヤ主義者なうえ冷酷無比でもある。選択肢としては申し分ないはずだ。大転落のあと、どうなったのかはわからないが、生き延びている予感はある。そういう男だ。

しかも彼ら——どう呼ぶべきなのだろう。容疑者？——はみな、等しく白人奴隷の人身売買ネットワークの黒幕である可能性もある。ヘスを操り、ジュディス・ルービンシュタインが失踪した件でも背後で糸を引いているかもしれない男だ。昔の同志や協力者たちのうちの誰かが……。

かつて、わたしの命令を絶対のものとして従っていた者たちのなかに、その男はいる。

「チャリング・クロス駅ですが」

「わたしはきみに何か尋ねたか？」

「いいえ」

「では黙って運転だけしていろ、バーニー」

「はい」

「チャリング・クロス・ロードに入ってくれ」

「はい」

させた。

「わかりました」

わたしはアメリカ人の運転手に命じ、マークス・アンド・コーの前で車をとめさせた。

「では、おやすみなさい」

「車の手入れをしっかりすることだ。こいつはビュイックやフォードとは違う。ドイツの技術の結晶だからな」

「車がお好きなんですか?」

「すぐれた技術には敬意を払っている」

「では、一度ぜひアメリカを訪れるべきですよ。きっとアメリカの車が気に入ります」

バーニーと話しているだけで、自分が年寄りだという気になった。

「きみはどこの出だ?」

「ロサンゼルスです。いいところですよ。太陽と海は世界一です」

「映画の街でもあったな?」

「はい?」

「レニ・リーフェンシュタールを知っているかね?」

「誰です?」

「すばらしい女優で、わたしの友人だ」

「すみません。アメリカではあまりドイツ映画を上映していないもので」

「そうか。そうだろうな」

「おやすみなさい」

「運転には気をつけろよ」

夜空の雲が晴れていくなか、バーニーの車が遠ざかっていくのを見送っていると、雲の合間から月の光が降りそそぎ、ほんの少しのあいだ世界が銀色に包まれた。わたしはマークス・アンド・コーの店内に入った。ユダヤ人が所有している割には、すばらしい書店だ。なかを眺めてまわって三十分ほど楽しい時を過ごし、奥にあるバーゲン品のコーナーで、テア・フォン・ハルボウの『メトロポリス』を見つけた。小さなサイズの英語版で、表紙には機械じみた女性が描かれている。背景となっている都市の建物がユダヤ風であることが、芸術家としても、人間としても我慢ならなかった。

〝ヨーロッパにセンセーションを巻き起こした一冊〟と表紙には書かれている。

裏表紙には〝今世紀を代表するロマンス作品〟とあった。

「まぬけ顔の娼婦が」わたしは声に出して言った。「才能のかけらもない三文文士のくせに」手にした本の表紙に描かれたドイツの未来がこちらを見つめている気がした。機械的に仕事をこなすだけの労働者たちとユダヤ人の主人たち、そんな未来だ。どうにも虫の居所が悪く、フォン・ハルボウが英語版の権利を売っていくら手にしたのかが気になってしかたない。わたしは英語版の出版社であるハースト・アンド・ブラケットから三百五十ポンドの支払いを受けたが[2]、そのときは強制収容所に入れられていた。またエージェントと話をしなくてはなるまい。イギリスに渡る前から『わが闘争』の続編に取りかかっているものの、創造力がうまく発揮されるのを拒絶しているらしく、書いては休みを繰り返している。しかし、出版社と接触し、少なくとも印税に関する要求だけはしておかなくてはならない。

わたしは本を棚に戻し、つぎに『マックスとモーリッツ』を手に取った。なんというすばらしい挿絵だろう！　韻の踏み方も美しい。パン屋からプレッツェルを盗もうとした主人公たちがパン生地のなかに落ちた絵を見て、思わず笑ってしまう。生地のなかを転げまわる絵は最高だ！　その後パン屋が戻ってきて、生地を窯(かま)で焼いてしまうのだ。わたしは笑いすぎて、脇腹が痛くなった。

「あの、どうかしましたか？　大丈夫ですか？」

声をかけられても、わたしは笑いをこらえられなかった。体じゅうが痛むのに、どうしても笑いがとまらない。笑いを抑えようとしたものの、本を手にしたままそこに立ち、ひたすら笑うしかなかった。店員の手を借りて外に出て、ドアが閉じてベルがちりんと鳴ってようやく、わたしは笑いやむことができた。

時間と空間を隔てた別の世界で、ショーマーは横たわって夢を見ていた。腹は空いていないし寒くもない。それに、診療所は空間にも余裕があり、比較的静かでもあった。することはなく、ほかの病人や死にかけた囚人たちと一緒に、横になって眠ろうと試みるだけだ。静かななかで考えてはいけない。これまでのことも、何を失ったのかも、何も考えないようにしなくてはならなかった。

バーウィック・ストリートにたどり着くまでに、ウルフのヒステリーじみた笑いはすっかりおさまり、代わりに冷たく燃えさかる怒りが胸にうず巻いていた。深くもなく、浅くもないところにずっとあるその怒りは、彼をやる気にさせ、駆り立ててきた。怒りと憎悪は、偉大で原始的なドラムの音みたいなものだ。大昔のゲルマン民族の集団も戦いに赴く前に打ち鳴らしていただろうし、ウルフもつねにこの音に合わせて突き進んできた。

ユダヤ人のパン屋の前に、誰も乗っていない白のクロスリー・スポーツ・サルーンがとまっている。パン屋の脇にあるドアの鍵を開けて階段をのぼっていくと、事務所のドアが開いているのが見えた。

再度の襲撃を恐れる心理が働いたのだろう。ウルフは慎重に歩を進めた。

女が事務所の真ん中に立ち、唇をかんで破壊の跡を眺めまわしていた。体にぴったりとしたドレスを着て、スリットから長くて白い脚がのぞいている。

「父がやったの？」

「出ていけ」

「父ならこれくらいやるでしょうね」

「出ていけと言っている！」

「手下のふたりも一緒ね」イザベラはウルフの言葉を気にもとめない。「あのふたりは父を喜ばせるのが得意なの。父はずっと息子をほしがっていたのよ」彼に顔を向け、問いかけるような微笑みを浮かべる。「ジュディスが生まれたあと、男の子はあきらめたみたい。その代わり、ジュディスを男の子扱いして育てたの。その結果、あの子は男の子なら当然することをしたわ。父親のもとから去っていったのよ」

「ここから――」

「出ていけでしょう？　わかっているわ」間を置いてため息をつく。「ちょうど、いい装飾家がいるのよ。あなたもきっと気に入ると思う。シドニーっていうの。彼は天才よ」ウルフに歩み寄った女の身長は、彼よりも少し高い。彼女が手の甲で頬に触れると、ウルフはびくりと身を引いた。「ひどい顔」

「ひどい顔？　ひどい顔だと？」ウルフは顔をゆがませ、はじめて怒りをあらわにした。怒りと憎悪はこれまで、内側にこみあげるもので、過去に彼が怒ったとき、狂気と殺人に駆り立てられるのは部下たちだった。イザベラの父親の手下であるユダヤのろくでなしたちとさして変わらぬ部下たちに命令すれば、彼らは質問ひとつ発さずに命令に従い、言われたとおりに殴り、拷問し、そして殺した。「ひどい顔？」女の体を荒々しく壁に押しつける。彼女はあくまでも優雅に壁にぶつかり、問いかけるような微笑みを浮かべたまま、彼をじっと見つめた。ウルフがベルトのバックルに手をかけて引き抜くと、イザベラ・ルービンシュタインがまたしても唇をかんだ。ベルトが床に落ちる音がする。彼はズボンのボタンを急いで外し、そのまま割礼された分身をつかみ出した。なかば高ぶっている分身がひどく痛む。「ひどい顔だと？」分身をつかんだまま、ウルフは彼女に身を寄せた。

「父がやったの？」おびえているのだとしても、イザベラはそれを表には出さなかった。

「この売女が！」ウルフは口からつばを飛ばしながら、彼女の顔に向かって叫んだ。彼の分身はいまや、屈辱と痛みの原因であるユダヤ女に押しつけられている。

イザベラがウルフの頬を叩いた。

平手打ちの音が事務所に響く。一瞬、ウルフは何が起きたのか理解できなかった。頬に刺すような痛みが走る。この女に思いきり頬を打たれたのだ。その平手打ちには重要な何かがこめられていた。「聞きなさい、この虫けら」彼女がウルフの高ぶりを握り、悲鳴をあげそうになるほど力をこめた。ルービンシュタインという名の人物に局部をつかまれるのは、この一週間で二度目だ(3)。

イザベラはあと少しで触れそうになるほど近くまで顔を寄せた。「あなたが何者か、どんな人間かをわたしが知らないとでも思っているの?」下腹部を握る手に力がこめられ、あまりの痛みにウルフの口から情けない声がもれた。「あなたが何を望んでいるか、わたしにはわかるのよ」

「放せ、この売女——」

またしてもイザベラの手がウルフの頬を打った。彼女がウルフのものを放し、両手で思いきり胸を突き飛ばす。彼はよろよろとあとずさった。自分の身に何が起きているのかも、なぜ自分がこんなにも弱気になっているのかも、さっぱりわからない。それなのに、いまや下半身の高ぶりは最高潮に達し、癒えていない傷が焼けるように痛んだ。

イザベラがウルフに歩み寄り、膝をついて落ちているベルトを拾い、すぐに立ちあがった。「昔、あなたをよく見ていたわ。子どもの頃、ニュース映画でね。あなたにとってはほんの数年前でしょうけど、わたしにしてみれば大昔の話よ。わたしたちがどれだけあなたを憎んでいたか！　あなたを憎み、恐れていたのよ」彼女の空いたほうの手が、自分の意思を持っているかのようにおりてきた。みずからの平らな腹部をゆっくりとなでまわし、そこからさらに下に向かって両脚の付け根へと移っていく。もはや何をしているのかは明白だ。みずからに触れ、指を腿の付け根に差し入れて秘部をまさぐっている。口からもれる女の小さなあえぎ声が、氷の結晶のように冷たい空気のなかを漂った。「あなたは怪物よ。いいえ、怪物だったと言うべきね。いまのあなたは何者でもない」イザベラはささやいた。

「そうだ」ウルフが答えると、イザベラが手にしたベルトを振りおろした。ベルトが空気を切り裂いて彼の胸を打ち、バックルが皮膚に傷を刻みこんだ。「そうだ。そうだとも」

何かに憑かれたような表情で、イザベラがウルフの高ぶりを見つめた。瞳が熱っぽく輝いている。「横になりなさい」

「いったい何を――」

彼女がふたたびベルトでウルフを打った。「横になるのよ！　仰向けに」

ウルフはあとずさり、横たわった。視線は天井に向き、頭はアーリア人の優位性を記した本を枕代わりにしている。局部は張りつめ、気をつけの姿勢を取る親衛隊員のごとく直立していた。立ったまま、胸を呼吸で上下させながらウルフを見つめていたイザベラが彼に見られているのを確かめつつ、ゆっくりとドレスをたくしあげていった。

「昔、映画館の席に座ってあなたを見ていたわ」イザベラが夢見心地で言うあいだも、ウルフの目はゆっくりと上がっていくドレスに釘づけになっていた。「演説しながら、こぶしを宙に振りあげていたわね。チャーリー・チャップリンみたいな小さな口髭が面白かった」彼女は笑った。腿があらわになり、黒い三角形の茂みが濡れているのがわかった。「わたしたちはみな、本当にあなたが大嫌いだったのよ」

イザベラは腰まで上げたドレスを押さえながらウルフに近寄り、彼を見おろした。「わたしは男を知っているわ」上を見つめる彼に向かっておだやかな声で言うと、熱く濡れそぼった秘部を見せつけるように、顔をまたいで立った。

彼女がゆっくりと身をかがめていき、ウルフの顔があとわずかで秘部に触れるというところまで腰をおろした。女のにおいが伝わってくる。目の前で、彼女のもっとも秘められた部分がすべてあらわになっていた。ゲリともおなじことをした。続けて、イザベラが彼の顔の上で腰を前後に振りはじめ、秘部をこすりつけてきた。彼の鼻や唇、反抗する舌にみずからを押しつけ、やがてさらに腰を落として完全に口を覆う。

においと熱で窒息しそうだ。身をよじって逃れようとしても、高ぶった欲望の証を握られて身動きが取れない。痛みが全身を駆けめぐったが、それは同時に快感でもあった。彼女の手が荒々しくでもやさしくでもなく、彼の高ぶりを包みこんでいる。「ドイツよ、すべてのものの上にあれ！」イザベラがドイツ語でつぶやき、腰を前後に動かしつづけた。「ドイツよ、すべてのものの上にあれ！」

それからすぐ、イザベラが彼の顔をまたいだまま身を震わせ、ひときわ高い声をあげた。口を彼女の絶頂の産物でいっぱいにしたウルフは、ろくに息もできなかった。彼女の体から力が抜け、彼の顔面を押しつぶしそうになる。手は飛行機の操縦桿を握るように、まだ彼の高ぶりを握ったままだった。

じきにウルフの顔にかかっていた圧力がなくなった。しかし、イザベラはまだ身をかがめて腰を落としたままだ。目の前で彼女の秘部がひくひくと震え、続けて尿がほとばしった。いったんとまり、すぐあとにより勢いよくほとばしる。尿が彼の顔にかかり、髪やシャツを濡らした。イザベラ自身の白い腿の内側にも、わずかながらに流れている。ウルフはびくびくと身を震わせながら絶頂に達し、精液を自分の腹に飛び散らせた。痛みで悲鳴をあげそうになるのを、唇をかんでこらえた。あまりに強くかんだので唇が切れ、血が流れ落ちていく。イザベラが最後の一滴を彼の口に落とし、立ちあがってドレスをおろした。しばらく横たわっていたウルフも起きあがってズボンをはき、シャツを整えて彼女に目をやった。彼に横顔を向けて窓のかたわらに立ったイザベラが、金のライターで煙草に火をつける。宙に煙を吐き出し、夢見心地な視線をウルフに向けて言った。「ここの悪趣味な壁紙は、どうにかしないとだめね」

第8章

ウルフの日記、一九三九年十一月八日

いまいましい女は朝までに出ていき、わたしはできる範囲で事務所をきれいにした。ゆうべの眠りはとぎれとぎれで、自分がユダヤ人で収容所らしきところに収監されている悪夢を見ては目を覚ました。夢のなかでは脚を怪我していて、膿のにじんだ傷口がひどく痛んだのも覚えている。夢のなかのわたしは作家だったが、読者はみな死に絶えていた。

現実でもあざが痛み、小さな狼(ウルフ)の具合もあいかわらずだった。階下のパン屋がたてる音と窯から立ちのぼるにおいのせいで目覚めたのは早く、起き抜けの口のなかは灰の味がした。体を拭いて着替えをすませ、近所のカフェで朝食をとって事務所に戻った。掃除をしても尿のにおいと自分自身の興奮の名残が空気中に漂っていて、わたしはすべてのユダヤ人に対して呪いの言葉を吐いた。自分が描いた絵もだいなしにされ、わたしの心は不合理に痛んだ。あの絵は断ち切られた過去とつながるもののひとつだったのだ。

事務所がようやく見苦しくない状態になり、わたしはデスクのうしろに腰を落ち着けた。ペチコート・レーンのバルビーの店から奪ってきた分厚い茶色の封筒を出し、いまは解体された親衛隊の象徴である二本の稲妻が刻印されたペーパーナイフで封を切った。入っていた紙をすべて取り出し、広げてデスクの上に並べていく。

興味深い資料だった。

身元に関する大量の書類だ。ジュディスの同級生だったという地下室の女は、ドイツを出てすぐに書類を取りあげられたと言っていたので、おそらくそうしたものだろう。身元を保証するあらゆる書類——ドイツの身分証、さまざまな国のパスポートやビザ、パレスチナやアメリカ行きのチケットなど、大勢の分がそろっている。まさに命の紙といったところだ。ほとんどは女のものだったが、すべてというわけではない。気がつけば、わたしはモシェ・ウルフソンという男のパスポートに目を奪われていた。

ユダヤ人のウルフソンはわたしとおなじ五十歳で、ウィーン生まれの毛皮職人だった。写真ではユダヤ教ハシド派の黒装束を着ており、わたしよりも年上に見える。

おそらく、名前が似ていたせいで、その考えを思いついたのだろう。もう絵は描いていないとはいえ、芸術家としての技術はまだ健在だ。わたしは写真屋とコヴェント・ガーデン近くの美術品店へと出かけることにした。その帰りに、興味深い出来事があった。セヴン・ダイアルズの交差点を過ぎたところで、あの太った警官、キーチと再会したのだ。彼はただぶらぶらと歩いていて、こちらを見つけると目を輝かせ、サーカスの猿がする曲芸よろしく警棒をぐるぐるとまわしながら近寄ってきた。「やあ、ミスター・ウルフ！」わたしは突き出された警棒をかわし、自制心を吹き飛ばしてしまいそうな怒りを抑えこんだ。

「巡査」突き放す口調で応じる。

「最近は娼婦と遊んでいないのか？」

「ゆうべおまえのお袋さんの上からおりてからは、遊んでいないな」

キーチの太った顔面から笑みが消えた。「おれがおまえなら、歩くときはじゅうぶんに注意する」

「最後に聞いた話では、ここは自由の国だったはずだが」

「それも変わるさ。おまえの彼氏のモズレーが力を手に入れればな」

「それが怖いのか、巡査？」

キーチの顔に笑みが戻る。「くそったれの移民どもめ」彼は荒っぽく警棒でわたしを突いた。「どいつもこいつも、もともといたところに帰るべきなんだ」

「おまえの上司のモーハイムはどうなる?」

「モーハイムはイギリス人さ」

「モズレーがそう思ってくれるかな」

「おまえは何が気に入らないんだ、ウルフ?」一瞬、真剣な表情をつくったキーチが尋ねた。「ユダヤ人のことだ。なぜユダヤ人を憎む?」

わたしが返事をせずに太った顔を見据えていると、キーチが声をあげて笑った。

「行けよ。悪さはするんじゃないぞ。しないですむものならな」そして、無言で歩きだしたわたしに向かってさらに言った。「おれたちはおまえを見ているぞ、ウルフ」

なんとか冷静を装ったものの、キーチとの遭遇はわたしの不安をあおりたてた。あれは偶然だったのだろうか? ロンドン警視庁はわたしを監視し、尾行していたというのか? この仕事は、追跡されることなく進めなくてはならない。午後の外出では、誰の関心も引かずにすんだ。わたしは写真屋に行ってできあがった自分の写真を数枚受け取り、美術品店でカッターとインク、糊(のり)と何種類かのゴム印を買った。完璧に準備を整え、哀れっぽい顔で見つめてくるヘル・モシェ・ウルフソンの写真が貼られたパスポートが待つ事務所へと戻った。彼がどこにいるのか、生きているかどうかが気になったが、おそらくすでに死んでいるのだろう。

アルプスのどこかで死体となって捨てられるためにドイツを脱出したようなものだ。もちろん、持ち物は奪われている。こうした密航システムの効率のよさには感心するばかりだ。その背後にいるのはいったい誰なのか、無駄と知りつつ考えずにはいられない。わたしの知っている人物だという確信はある。間違ってはいないはずだ。

それから、わたしはカッターとゴム印、それからインクを使った作業に取りかかり、デスクでなかなかに楽しいひとときを過ごした。ウルフソンのパスポートから慎重に写真をはがし、火をつけて灰になるのを見届けてから作業に戻る。パスポートは大転落の何年か前に使われており、フランスとスイス、そしてベルギーに行ったことが記録されていた。さらに興味深いことに、あたらしい本物のパレスチナのビザが含まれている。ほんの数カ月前に、イギリス高等弁務官事務所によって承認されたものらしい。とてもめずらしいビザだ。これを得るため誰に、いくら払ったのだろう。つぎに、自分の写真に古く見える加工を施した。写真が乾くのを待つあいだにほかの死んだか奴隷となったユダヤ人たちの書類を封筒に戻し、引き出しにしまった。ほかの書類にはもう用はない。

自分の顔写真をウルフソンの書類に貼りつけたあと、ゴム印を加工して公的なスタンプを偽造する作業に取りかかった。この手の作業をするのは久しぶりで、完全に没頭することができた。ようやく完成したときには達成感さえ覚えたほどだ。長いあいだ、あたらしい自分のパスポートを見つめ、それからモシェ・ウルフソンという名を試しに発音してみた。「モシェ・ウルフソンか。きみに会えてうれしいよ」

かしこまった無表情な写真のわたしがわたしを見返している。それはたしかにユダヤ人の顔だった。

ウルフの日記、一九三九年十一月九日

探偵が同時に二件の依頼を受けるのであれば、その二件のあいだになんらかの関連性がなくてはならない。それは誰もが知っている真実だ。探偵業をするうえでのルールを問われれば、わたしは単純にそう答える。

言ってみれば、ウルフの掟(おきて)だ。

実際にそんな質問を受けたこともないくせにと、わたしに同意しない人もいるだろう。でぶでまぬけのギル・チェスタートン(1)はかつて、犯罪者は芸術家であり、探偵は批評家にすぎないと言った。あの男はカトリックの気取り屋で、食べるの

にも意見を述べるのにもためらったことがない。そしてほかのすべてとおなじく、この件についても彼は間違っていた。混沌（こんとん）に秩序をもたらすのが芸術家の目的であり、その意味において探偵としてのわたしは間違いなく芸術家だ。犯罪者が損ない、探偵が修復する。もし自分の見解を問われたならば、わたしはこの両者が興味深い読み物の題材になると強調するだろう。実際、いま取りかかっている最初にして唯一の著作の続編――題名はまだ思い浮かばない――では、少なくとも一章を割いて探偵の手法と犯罪に対する認識を述べるつもりだ。きっと人類が犯罪者の精神を理解するうえで、重要な貢献をする著作になるに違いない。

ただし、いまのところなかなか筆が進まず、出版社も決まっていない。

これまでの調査の結果、わたしはふたつの依頼――ジュディス・ルービンシュタインの捜索と、モズレーを狙うパレスチナの暗殺者の正体解明――をひとつにまとめてとらえることにした。もちろん、すべての犯罪の根源はユダヤ人だ。だからこそ、つぎに意識を向ける方向もそちらになるのが自然の流れだった。わたしは、ユダヤ人の狙いを理解する必要がある。

ユダヤ人はいつだって、何かを狙っているのだから。

ユダヤ人領土機構（ITO）の本部は、ストランドを外れてフリート・ストリートに向かう脇道へ入ったところにあるオフィスビルの地下にある。本部という割には薄暗く、忙しそうにも見えない。わけありの店子があわてて借りて、借りたときよりもよりも急いで出ていくのにうってつけの物件だ。まさに、わたしが探している場所だった。

今日は木曜日、わたしは仕事にかかった。

エリック・グッドマンは、かつて羽振りがよかった詐欺師みたいな外見をしていた。三十代なかばで黒髪は後退しつつあり、大きな眼鏡のせいで大きく見える青い瞳はいつもうるんでいる。シャツの襟がはだけ、爪はかみ癖のせいで短い。どうにも気に入らない目つきをした男だった。ここの者たちは、誰も、何も信用しない種類の人間だ。もちろん、わたしを信じるはずもない。グッドマンの背後にはナポレオンと同世代かと思うほどの老婆がいて、タイプライターにかがみこんで散漫にキーを叩いていた。

「モシェ・ウルフソンだ」わたしは名乗った。「よろしく」

「面白いね」ＩＴＯの男が言った。「ユダヤ人には見えない」

「面白い話が聞きたいのか？　ジョークをひとつ披露するよ。あるとき、ひとりの男がユダヤ人の知り合いのところへ来て言った。〝やあ、きみたちユダヤ人は金の扱いが得意なんだろう？　どうすればユダヤ人みたいに賢くなれるか教えてくれ〟ユダヤ人は答えた。〝そんなの簡単さ。市場に行って、ぼくのいとこがやっている魚屋を探すんだ。見つけたらニシンの酢漬けを買うといい。そいつを食べれば、たちまち賢くなるよ〟男は喜んでその場から去った。つぎの日、男はおなじユダヤ人のところにやってきて、怒りをぶちまけた。〝だましたな！　言われたとおり、きみのいとこのニシンを買ったんだ。ところがけさ市場に来たら、別の店でおなじ魚が三分の一の値段で売っていたぞ！〟ユダヤ人はうれしそうに答えた。〝そら！　もう昨日よりも賢くなっているじゃないか〟」

わたしは得意げにグッドマンを見たが、向こうは渋い顔でこちらを見返し、皮肉を言った。「コメディアンとしては普通だな。すぐにハックニー・エンパイア劇場を大入りにできるだろうよ」

「どうすればハックニー・エンパイア劇場に行ける？」

「バスに乗ればいい」

劇場への行き方を教わる前に、あわててグッドマンをさえぎる。「違うよ。そこは〝努力〟と言うところだ」

グッドマンが無意識に身を震わせた。「ミスター・ウルフソン、ここへはなんの用件で？」

わたしは相手の醜い顔をのぞきこみ、どう答えたらいいかを考えた。「パレスチナでの同胞たちの活動に興味があるんだ」考えた末、わたしは笑顔をつくって切り出した。愛想笑いのつもりだが、相手にそう見えるかどうかは自信がない。「そういうことなら、来る場所が間違っているよ、ミスター・ウルフソン」

「どういうことだ？」

グッドマンは、警察で会ったあのいまいましいモーハイムとおなじ、ユダヤ系のイギリス人だ。ここを祖国だと思ってあぐらをかいている。しかし、少し前にストランドを通ったとき、行進している黒シャツの連中に老婦人たちが花を投げ、子どもたちがユニオンジャックの旗を持って走りまわっているところを目撃した。チャリング・クロス駅では、ユダヤ教ハシド派の黒装束の男が壁に寄りかかり、若い男たちに顔や体を順番に殴られていた。暴行は男の白い髭が血で赤く染まるまで続き、厚手のフェルト帽がまるで施しを懇願しているかのようにかたわらの地面に落ちていた。行進を監視するために出張ってきた警官もいたが、ただ見ているばかりで割って入ろうとはしなかった。この国で暮らすユダヤ人たちにとって、状況はいい方向へは向かっていない。もっとも、状況がユダヤ人にとっていい方向に向くことなど、かつてあったためしはないが。

「ミスター・ウルフソン、ユダヤ人領土主義機構は、一九〇三年に作家のイズレイル・ザングウィルとジャーナリストのルシアン・ウルフが設立したんだ」

作家とジャーナリストときた。ユダヤ人め！　言葉だけは達者な連中だ。

「イギリス領東アフリカにユダヤ人を定住させるという、当時の植民地相だったジョゼフ・チェンバレンの提案があったあと――」

要はユダヤ人を可能な限り文明から遠ざけておくということだ。賢明な提案だと思ったが、口には出さなかった。「その提案は現実的な問題から実現困難だったのでは？」わたしは礼儀正しく尋ねた。

「シオニスト会議はイギリス領東アフリカに遠征隊を送りこみ――」(2)

「ウガンダではなく？」

グッドマンが顔をゆがませて答える。「その名は、庶民が勝手に呼んでいるものだ」

「なるほど」わたしが好きにふるまえる状況なら、この理屈っぽい男の顔面をガラスに打ちつけているところだ。

「でも残念ながら、遠征隊が持ち帰った報告は好ましいものではなかった」

「暑すぎたか？」

「暑さや敵対的な部族……ほかにもいろいろだよ」グッドマンがひらひらと手を振った。「われわれは乗り越えられる課題だと思っていたが、会議は投票の結果、提案を却下した」

「それは……近視眼的だったな」

グッドマンははじめて感情をあらわにした。「そう！　そのとおりなんだ！　そこでＩＴＯが――」

この組織がなぜユダヤ人（Jewish）の頭文字〝Ｊ〟を取ったＪＴＯではなく、ＩＴＯと名乗っているのか、わたしにはよくわからない。

「設立され、パレスチナ以外にユダヤ人が定住できる土地を探しつづけているんだ。必ずしも聖書の地に戻る必要はないとわれわれは思っている。ユダヤ人の国をつくるという問題に現実的な解決策を見出し――」

「少し落ち着いてくれ」わたしはたまらずグッドマンを制した。「わかったから」

彼がため息をついて話を再開した。「とにかく、一九一七年のバルフォア宣言はむしろ建国の動きを減速させた。少なくともしばらくのあいだはね。あなたも気づいているだろうが、イギリス国内にもヨーロッパのほかの国々と同様、反ユダヤ感情がある。それが具体的な建国の動きを妨げてしまっているんだよ。そんな状況がもう何年も続いている」

「要するにきみたちは、ほかの可能性を探っているんだな？　パレスチナ以外の？」

「そうだ。ウガンダもまだそのひとつだよ――」グッドマンはこちらをにらんで言いなおした。「イギリス領東アフリカだった」

「もちろん」わたしはにっこりと微笑んでやった。まったく、とんだまぬけもいたものだ。「ほかにはどこが？」

「たとえばアルゼンチンとか、エジプトのエル・アリーシュとかだね。ほかにもアルバニアやイギリス領ギアナなど、たくさんある」

「だが、パレスチナの可能性が大きいのもたしかだ」

「まあそうだね――すまない、あなたの名前を忘れてしまったみたいだ」

「ウルフソンだ」地面に横たわるグッドマンが硬い靴で蹴られている光景が脳裏に浮かんだが、わたしは慰めてやった。「気にするな。訪ねてきた人全員の名前を覚えるなんて、どだい無理な相談だよ！」

「わかってくれるかい。そうなんだよ。ここはこれでも忙しいんだ！」

この事務所は、わたしが訪れた三つ目の事務所だった。最初のふたつはパレスチナ・ユダヤ人移住協会（厳格すぎる組織で、パレスチナに向かうユダヤ人のビザや仕事の斡旋をしている）とイギリス・シオニスト会議（資金集めのパーティーを開くのに大半の時間を費やしているように見えた）だ。ＩＴＯはそれらとは異質の組織らしい。わたしは、大きすぎる眼鏡をかけたやかましい男が気に入った。エリック・グッドマンの服装やこずるい目つきも、事務所の覇気のない空気も、元気のない老婆もみな気に入った。わたしの嘘を見分ける目は、愛人も顔負けのものだ。そして、ここではいままさに、誰かさんが嘘をついているというあからさまな信号を発している。

「ほかに何も用がないのなら……」

「そういえば最近、結構な額の金が手に入ったんだ。パレスチナの大義はわたしにとって重要だ。ユダヤ人全員にとって重要なように……」

「そうなのか？」金をにおわせたとたんにグッドマンの態度が親しみを増し、満面の笑みが浮かんだ。まるで大好きな魚のにおいをかぐ猫だ。わたしは猫が、猫とユダヤ人が大嫌いだ。そもそも〝エリック〟という名はユダヤ人にまったくふさわしくない。アングロサクソン風の名を使うのはユダヤ人の典型的な手段で、油断した人々をだまそうとする試みだ。それに、この男が性的倒錯者か何か、とにかく変態なのは間違いない。

「寄付を考えているのなら……」

「もう少し考えたい」

グッドマンが声を小さくして言った。「パレスチナも論外というわけじゃないんだ。それどころか……」言葉を切って頭を左右に振り、笑みを浮かべる。「少し調子に乗りすぎだな」

「かまわない。続けてくれ」

彼の視線が疑わしげなものに戻った。「まさか、警官じゃないだろうね？」

「わたしが警官に見えるのか？」

「わからない。でも、あなたには何かある気がするよ、ミスター・ウルフソン。何か釈然としないんだ」グッドマンがつぶやき、眼鏡を外した。わたしが青い目をじっと見据えると、彼もまばたきひとつせずに見返してきた。

「こんな失礼な扱いに耐える義理はない！」わたしは大声をあげた。「寄付も忘れろ！」

グッドマンはこちらをとめようとしなかったし、こちらも彼がそうするとは思っていなかった。事務所を出てドアを閉め、ストランドを進んで角を曲がるまで、一度も振り返らずに歩いた。一瞬たりとも、彼が追ってくるなどとは考えもしなかった。わたしが去ったかどうかという確認もしていないに違いない。

わたしはミスター・エリック・グッドマンをすっかり気に入ってしまった。わたしの目的にとって都合のいい人間だからだ。実に気に入った。

その日のロンドンは、ユダヤ人のウルフソンにとって驚くほど居心地が悪かった。最近モズレーと接触し、彼の主張に直接触れたウルフには理解できる話だ。それまではこれから行われる選挙にじゅうぶんな関心を払っていなかっただけで、その気になってみるとモズレー陣営の選挙用の宣伝はいたるところで目につく。古い壁に貼られたポスターから彼の貴族らしい顔がこちらを見おろし、彼の手下である黒シャツの連中が学校をさぼった学生のように通行人たちをにらみつけている。

〝もうたくさんだ！〟モズレー陣営の看板の標語が叫んでいた。〝戦え、戦え、立ちあがってまた戦え！〟〝開放政策をやめさせよ！〟〝難民の大量流入に反対を！〟〝イギリス優先政策のイギリス連合(BU)（モズレーの政党。イギリス・ファシスト連合から一九三七年に改名）に一票を〟〝モズレーを首相に〟といった調子の標語があふれている。

ウルフが叩く相手はユダヤ人だった。モズレーの場合、それはいまや共産国家となったドイツからのヨーロッパ難民でなくてはならず、そのなかにはウルフも含まれる。

まったくもって不愉快な認識だ。

熱いハーブティーを入れた魔法瓶にチーズとトマトのサンドイッチ、それからレインコートと中折れ帽を用意し、受付が終わりに近づく二時間後にふたたびストランドの脇道へと向かった。ウルフは人目を避けて建物の入口近くの隔絶した空間に立ち、ハーブティーを飲んでサンドイッチを食べながら、ＩＴＯのドアを見張った。

夕方の五時半になると、大きなハムを思わせる生気のない老婆が出てきてバス停へと向かった。あたりはすでに暗くなっており、断続的に降る雨のせいで、舗装された道路には黒い染みが点々とできている。

六時半きっかりにＩＴＯの事務所のドアが開き、コートを着たエリック・グッドマンが出てきてドアの鍵をかけた。彼はきょろきょろと左右に視線を走らせたが、路地にはストランドから迷いこんだ劇場へ向かう通行人が何人かいるだけで、ほかには誰もいない。魔法瓶にはまだハーブティーが半分ほど残っていたものの、ウルフの膀胱も限界まではいかなくとも、用を足す必要がありそうだった。脚の古傷も痛む。しかし、グッドマンが右に向かって歩きだしたので、彼は尾行を開始し、コヴェント・ガーデンを通過するグッドマンのあとを、足を引きずるようにして追いかけた。

王立オペラハウスの前を通ってドライデン・ストリートまで来ると、グッドマンが小さなカフェに入った。反動的で金のない芸術家が集まりそうな、要するにいかがわしい店だ。ウルフは少し時間を置き、帽子をかぶりなおしてからなかに入った。店内は混んでいて騒がしく、若くやかましい常連客が大勢いた。グッドマンは隅の席に、ドアに背を向けて座っている。ひとりではないようだ。ウルフは小さなトイレに入り、割礼された局部を恐怖とともに見つめながら用を足した。トイレを出てフルーツジュースを頼み、グッドマンたちからふたつ離れたテーブルにつく。耳をそばだててみたものの、向こうは小声で話しているのでよく聞こえない。会話の相手はグッドマンとおなじ年頃の男だ。ただし、目や口、そしてふるまい自体にどこか張りつめたものがあった。彼は壁を背に座っている。背中を無防備にさらさないタイプの人間なのだろう。

ウルフが耳を澄ませていると、会話は徐々に熱を帯びていった。

「ヨーロッパの状況は——弟が言うには——」

「くそったれのファシストどもめ！」

「平和的手段による革命だよ。イギリス国民は賢明だ。モズレーみたいないかさま野郎に屈するようなことは——」

「あんなやつが王立劇場で『ハムレット』の代役——」

「そうだ、好きなのか？　いい芸術家だよ。すばらしい——」

「宣戦布告は時間の問題だ。アメリカが——」

「個人的にはフランスの責任だと思う——」

「本当に最高のケーキを——」

「ローゼンクランツを演じる——まあ、仕事は仕事だよ。みながどう言っているか——」

「あの外見が気に入らないと言っているんだよ、ビットカー」

「聞くんだ、グッドマン！　きみは——」

ウルフは神経を耳に集中させ、会話を少しでも聞き取ろうと試みた。

「探偵か警官のような気がしたんだ、ビットカー」

「きみも『ガス燈』を見るべきだ――」

「革命は――」

「ウルフソン？　だが、その男の書類は本物だったんだろう？」

「間違いなく本物だった」

「また来たら、わたしに知らせるんだ。わかったか？」

「出版社？　スタンレー・アンウィンと――」

「計画の邪魔はさせられない。グッドマン、わかっているな？」

ウルフは背を丸め、もうひとりの男を見た。グッドマンがビットカーと呼ぶその男が椅子から勢いよく立ちあがり、カフェを出ていく。大きな男だ。ウルフも席を立ち、彼のあとを追いはじめた。

ビットカーがロング・エーカーをずんずんと進んでいく。背後を気にしているらしく、二度ばかり窓の反射を利用してうしろを確認した。しかし、ウルフの顔は取り立てて特徴があるわけでもなく、ビットカーも特に彼に気づいた様子はない。やがて男がバスに乗り、ウルフもあとに続いた。バスはホルボーンからニューゲートへと走り、セント・ポール大聖堂の前を通過していく。ビットカーがその直後におりたので、ウルフもあとを追っておりた。ふたたび雨が降りはじめ、どこからともなくジュディ・ガーランドの『虹の彼方に』が聞こえてくる。この曲が出てくる『オズの魔法使い』という映画なら劇場で見た。オズという魔法の国に迷いこんだのがウルフであれば、空飛ぶ猿どもで軍隊をつくって魔女たちを強制収容所に放りこみ、エメラルドの都を壊滅させて魔法使いを処刑するだろう。罪状は共産主義への協力者であること、ユダヤ人か同性愛者、知的障害者のいずれか、あるいはそのすべてであるということにすればいい。そんな感想しか抱かなかった。

しかし、劇中に出てきたこの曲は気に入っている。

この時間のロンドンは夜が支配している。ウルフは暗闇のなか、ビットカーの尾行を続けた。通りは宿なしと犯罪者のものとなり、警官の存在感は薄い。イングランド銀行の外では抗議集会が行われていて、スカーフで顔を隠した参加者らが黒シャツの制服を着せた藁人形(わらにんぎょう)に火をつけ、燃やしている。やがて警官隊が到着すると、参加者たちは火炎瓶や石を投げつけ、警官たちが悪態をつきながら警棒で反撃した。ビットカーはなおも歩きつづけ、ウルフはとらえにくいそのうしろ姿を追った。

その夜はウルフを不安にさせた。気味の悪い人影がせまい通りをさまよい、寒いなかを素足や包帯を巻いただけの足でよろよろ歩いている。なかには腕や脚のない者たちや、拷問を受けた傷や酸をかけられた跡が残る者たち、金品や命を奪うのに便利な武器を手にした者たちもいた。全員が物乞いや社会の最下層にいる人々、行き場のない道に迷った人々で、例外なく絶望している。獣じみた頑強さで生にしがみつく難民たちや、必要とされず望まれもしない人々だ。ウルフは彼らに恐れおののき、同時に彼らを鏡としてむき出しの醜いおのれの姿を見た。

しかし、ビットカーはおなじ通りをやすやすと進み、そのあとを追うウルフも怪我を負う事態にはならなかった。じきにふたりはスレッドニードル・ストリートまでたどり着き、ビットカーは階段をおりて地下にあるアパートメントのドアに向かった。左右を確認し、またしてもウルフに気づかずドアを三回叩く。すぐにドアが開いて光がもれ出し、花柄のドレスを着た平凡な顔の女が姿を見せた。ビットカーがなかに入ってドアを閉める。暗闇にひとり取り残されたウルフは階段にしゃがみこみ、レースのカーテン越しになかをのぞきこんだ。

監視人も暗闇のなかから視線を送っていた。ただし、今晩はもはや高ぶる感情を抑えていられない。探偵については不在だという以外はわからず、いまは娼婦たちを見ている。少し前にドアの安っぽい鍵を開けて階段をのぼり、事務所に侵入してウルフのデスクに座ってみた。とても気分がよかったし、正しいことをしている実感があった。

ウルフの事務所で監視人は考えた。あの探偵はものすごく頑固だ。大転落のあと、みずからの一部を失ってしまい、取り戻せずにいるからだろう。かつて偉大だった男、人々を率いた指導者だった男が、いまではガスに目を潰された退役軍人や物乞い、あるいは夢遊病者みたいになってしまい、足を引きずって歩いている。痛ましい話だ。彼は探偵の肩をつかみ、思いきりゆすって叫びたかった。〝起きろ！　目を覚ませ！この愚かな年寄りめ。われわれにはあなたが必要なんだ！〟そう檄を飛ばしたい。だが、もちろんそこで口に出したりはしなかった。そもそも探偵は不在だし、これまでのところ、彼の声に耳を傾ける気配もない。でも必ず、絶対に探偵の関心を自分に向けてみせる。運命を無視することなど、誰にもできやしないのだ。

今夜、あと少しで行動を起こす。監視人はみずからの欲望が高まっていくのをはっきり感じていた。これ以上は我慢できない。いますぐにでも……身震いとともに椅子から立ちあがり、部屋のなかをゆっくり歩きまわった。何にも触れず、ただ……感じる。あの探偵がかつていた空間も、このような感じだったのだろうか？　昔の執務室には部下がつねに出入りし、硬い床をブーツが歩く足音が響いていただろう。旗がなびくシルクのような音もしていたはずだ。権力の芳香と味が満ち、触れた者を例外なく変えてしまう力があったに違いない。その場所でも、このような感じがしていたのだろうか？

監視人はうしろ髪を引かれる思いでゆっくりと事務所をあとにし、ウルフの私室の鍵を開けた。ドアを開けてすぐに目を閉じ、しばらく立ったままで待つ。目を開けた直後の一瞬だけ、ベルリンの邸宅にあったウルフのかつての寝室に立っている気がした。鉤十字の旗が風になびき、屋外で運転手が公用車を磨いている邸宅だ。ベッドに横たわる金髪の美女を想像すると……彼女が目を開けて眠たそうな笑みを浮かべた。女の瞳には、徐々に薄まっていく夢の名残が映っている。金色の髪は太陽とおなじ色で、肌は雪のように白く、だが熱くほてっていた。立っているだけですっかり欲情した監視人はどうにか体を動かし、ウルフの本や服、トイレや貧相な所有物に視線を走らせていった。かみそりに石鹸、みすぼらしい毛布、そして本また本、とにかく本はいたるところにあった。シンクに立ってウルフが歯を磨くところや髭を剃る姿、手を洗う様子を想像する。つぎに鏡をのぞきこんだものの、見つめ返してくるのは凡庸な自分の顔だけで、魔法の呪文はとうとう打ち破られてしまった。部屋を出てドアの鍵を閉め、バーウィック・ストリートへ戻る。監視人にはやるべき仕事があった。それも大仕事だ。

ウルフの日記、一九三九年十一月九日――続き

そこはなんの変哲もない地下のアパートメントで、家具はまばらだった。部屋の中央には並んで置かれたふたつのテーブルと、背の部分が高いヴィクトリア朝様式の椅子がある。花柄のクロスがかけられたテーブルと立派な椅子の高さは、見るからに合っていない気がした。椅子には五人の男たちが座っていて、そこへ平凡な顔つきのユダヤ女が姿を現し、さらにビットカーが続いた。

こうした道化たちの集まりを目にしたのは、収容所にいたとき以来だ。人種的に劣等なユダヤ人がそうであるように、彼らもまた浅黒く毛深くて、狡猾だ。男たちは白い肌着姿で不作法に座り、毛深い腕をテーブルの上にのせている。ひとりを除いてみな喫煙者で、灰皿はイギリス人が言うところの吸殻（ファッグス）でいっぱいになっていた。わたしは、屋外で冷たくてきれいな空気に包まれていることを心底ありがたいと思った。どうせなかの獣どもは換気など考えもしない。室内はオーブンみたいになっているに違いなかった。五人のうち、釣りあげられた魚のような顔をした男は痩せていて頬髭も生やしておらず、ひとりだけ手首まで隠れる袖のついた大きめのシャツを着ていた。その男は誰かに似ている気がしたが、誰だかは思い出せなかった。

盛んに話をしていた男たちは、ビットカーが入ってくると黙りこみ、全員が立ちあがって彼と握手をし、何人かは親しげに背中を叩いた。

何度かビットカーという名前が聞こえてきたものの、会話は小声で行われていたので、内容までは聞き取れなかった。女はいったん姿を消し、紅茶をのせた大きなトレーを持って戻ってきた。この段階で、わたしは彼らがパレスチナのテロリスト集団であることを確信した。だが、モズレーの暗殺を試みたのが彼らなのかはわからない。もっと話を聞こうと窓に近づいた瞬間、上から何か黒いものが落ちてきたのが見えた――いや、感じたと言ったほうがいいかもしれない。黒い影がミャアと鳴き、驚いたわたしは頭をガラスにぶつけてしまった。

室内の話し声がぴたりとやみ、つぎの瞬間には電気が消えた。猫を払いのけ、威嚇してくるところを蹴りつける。テロリストのアジトのなかを駆ける足音とドアが開く音が聞こえてきたが、わたしは野蛮な満足感を覚えた。

わたしは逃げた。

男たちの動きは、まさにプロフェッショナルだった。わたしを追ってくるあいだも、叫んだり悪態をついたりしない。ただ暴力的な決意を固めて、静かに、そして迅速に駆けていた。肺が焼け、脚の古傷がずきずきと痛むなか、わたしは追手をまこうとし、細い路地を命がけで逃げた。裏切り者の脚が痛み、呼吸も吐いてしまうのではないかと思うほど苦しかった。途中で目にした標識でオールド・

ジュリーまで来たのがわかり、ふと追手をまくのに成功したような気がした。
ところが、あのいまいましい猫に足をすくわれた。

猫はどこからともなく現れ、動物の復讐心の権化のようにわたしの脚のあいだを駆け抜けると、ぞっとするような鳴き声をあげた。わたしはつまずいて派手に転び、地面に両手をついた。皮膚が裂け、膝に割れんばかりの衝撃を感じ、痛みが全身を突き抜けていった。意思とは無関係に、わたしの口から悲鳴が飛び出した。

男たちがすぐにやってきた。やつらの洗っていない体と血への渇望のにおいを感じながら蹴られつづけるあいだ、わたしは丸くなって頭と急所を守った。

相手は何か質問を叫びつづけているような気がした。ビットカーがやめるよう指示していたが、すでに統率を失った男たちは聞く耳を持たなかった。わたしは危うく母と聖職者の言葉を思い出して祈るところだった。まさかこのような死を迎えるとは！　じきにイギリスを追われることになるユダヤ人の手によって、オールド・ジュリーの片隅で不名誉に殺される。それは耐えがたいことだった。

笛の音が夜の闇とわたしの痛みを切り裂き、奇跡的に暴行がぴたりとやんだ。足音が聞こえ、懐中電灯が発する光の筋が宙を乱舞するのが見えた。「ユダヤ人だ！　ユダヤ人がいるぞ！」男の叫ぶ声が聞こえてきた。

目を開けると、若い黒シャツの一団がパレスチナのテロリストたちを標的に走ってくるのが見えた。

「ファシストの豚野郎ども！」誰かが叫ぶ。ユダヤ人にも加勢が現れたようだ。ナイフがぎらりと光る。最初は誰が持っているのか判別できなかったが、すぐにわかった。ゆれる懐中電灯の光が若者のすべすべした横顔を照らし、わたしは笑いそうになった。照らし出されたのは男ではなく、女の顔だったのだ！

「やあ、ジュディス」わたしは小声で言った。

それから、ユダヤ人と黒シャツのふたつの集団が互いに襲いかかり、文字どおりの修羅場が始まった。肉を殴る音とうめき声が聞こえ、ユダヤ人が黒シャツの頭にレンガを振り落とし、相手の頭蓋にめりこませるのが見えた。黒シャツがユダヤ人の首を絞め、親指を喉に食いこませているところも。猫がわたしのすぐそばに四本脚で立ち、まぬけな獣の面構えでこちらをばかにするように見ていた。わたしは痛む体で這って逃げようとし、じきに乱闘から少し離れたところまでたどり着いた。彼らは暗闇で乱闘中のため、猫以外は誰もこちらを見ていなかった。

わたしはゆっくり身を起こし、立ちあがってその恐ろしい場所から遠ざかった。バスに乗って二階の席に座ると、腫れあがった唇から血の味がした。

「あなたみたいなハンサムな坊やがひとりきりなの？」

太った娼婦が監視人に流し目を送りつつ尋ねた。白すぎる肌に安物の化粧品を塗りたくった顔が笑うと、顎の肉がゆれた。女の歯は小さく不ぞろいで、彼に向かって突き出された舌はやけに赤い。「ゲルタとやりたいの？」彼女は言った。「ゲルタおばさんにかわいいあそこをしゃぶってほしいんでしょう？」

女の胸は巨大だった。下から手をあてがい、監視人に向かってゆすってみせる。白い肌が海の波のように小刻みにゆれる。ほかの娼婦たちは忙しいらしい。通りは静まり返っていた。彼の準備は整っていた。手はきらめくナイフの柄を握りしめている。

「いらっしゃい」ゲルタは監視人の手をつかみ、強引に巨大な胸の谷間へ持っていった。「おばさんにキスしてちょうだい！」

娼婦の力は予想外に強い。無理やりキスをしてきた女が離れ、監視人はようやく呼吸を再開できた。彼女は空いた手で彼の下半身をまさぐり、ふたたび流し目を送ってきた。「行きましょう」

ゲルタは、監視人が仕事をした路地には向かわなかった。娼婦たちは商売をする場所を変えていた。ゲルタは監視人を別の場所へと導いていく。いかがわしい書店と花屋、アクセサリーの店とイタリア人の移民が営むカフェの前を通りすぎる。すでに店はすべて商売を終えていた。誰にも見えないごみ箱の裏へと入り、彼女は監視人を壁に押しつけた。彼の心臓の鼓動がはげしくなる。ゲルタがスカートをたくしあげ、ピンク色の腿と黒い茂みをあらわにした。「よせ、何をしている。これではだめだ」監視人は言おうとした。抗おうとするが、女の片方の腕が窒息しそうなほど強く首にまとわりついてうまく動けない。空いたほうの手でズボンを脱がされ、何が起きているのかもわからないうちに、高ぶった分身が彼女のなかにいざなわれていた。彼をのみこんだ女の尻に力がこもる。

もはや、女は彼の存在を忘れているかのようだった。目を半分閉じて口を開き、獣じみた奇妙な声をあげながら何度も腰をこすりつけてくる。監視人にとって、はじめての経験だ。気味の悪い年老いた化け物とひとつになっていると思うと、いまにも吐きそうになった。ゲルタが笑いながら彼を絶頂に導いて身を離すまで、心の支えとなっていたのはナイフの存在だった。女が暗闇のなかでだらりと萎えた局部を見おろし、嘲笑した。

監視人はすばやくズボンを上げた。ゲルタはそのあいだ彼を見ていたが、ナイフに気づいて表情を変えた。

「あんた、いったい何をするつもり――」言いかけたゲルタに向かって、監視人はナイフを突き出した。しかし、彼女がとっさに腕を上げ、狙いを外したナイフはその腕をかすめるにとどまった。「何すんのさ、このばか！」おびえるというよりも怒っている声で、女が叫んだ。

「薄汚い売女め！」監視人はふたたびナイフを繰り出した。ふたりの距離は近く、まだ先ほどの行為が続いているかのようだ。ゲルタが彼をつかんで引き寄せると、その拍子にナイフが彼女の右胸に刺さった。ゲルタは驚愕とも衝撃ともつかない表情で彼を見つめ、さらに引き寄せた。血が監視人のシャツを汚す。

「死ね！」彼は懇願する思いで叫んだ。

だがその懇願は届かず、ゲルタは膝で監視人の睾丸を蹴りあげた。

監視人はナイフを握ったままその場にくずおれた。ナイフが何かを吸うような気分の悪くなる音をたてながらゲルタの胸から抜ける。彼女は両手で傷を押さえ、あえぎ声をあげた。それほど血は出ていないようだ。

「この虫けら！」ゲルタが叫んだ。

かつてこれほどの苦しみを感じたことはない。監視人は体が焼けるような感覚に襲われ、女から身を離した。ゲルタが悪夢に出てくる恐ろしい怪物みたいに監視人のほうへと近づいてきた。「このばか……」

つぎの瞬間、監視人は駆け寄ってくる足音に気づいた。何者かが外国訛りの英語で尋ねた。「何をしているんだ？」

「何をしている？」ウルフは繰り返した。争う物音を耳にしたときには、あと少しで事務所のある建物のドアに到着するところだった。余計な面倒にかかわりたくない。そんなまねをするのは愚か者だけだ。

ごみ箱の陰からのぞくと、太った娼婦のゲルタが男と争っていた。彼女のことは娼婦だというのを知っている程度だし、男のほうは見覚えがない。やがて男が踵を返して逃げ去った。ウルフは追いかけなかった。ゲルタのもとに駆け寄る。近づいていくと、彼女の顔に安心したような表情を浮かんだ。「ウルフィ。よかった、あなたなのね？」

「何があったんだ、ゲルタ？　おい、ゲルタ？」

ゲルタのドレスは引きおろされ、白い胸があらわになっている。右胸にはナイフで刺された傷があり、そこから妙な泡が出ていた。

「医者に電話してくる」ウルフは警戒しながら言った。こんな事件にかかわるのはごめんだ。しかし、娼婦の表情は彼の言葉を拒絶していた。

「危ない人には……見えなかったの」ゲルタが荒い呼吸の合間に言う。「おとなしいやつほど……危険なのにね」彼女は流し目を送ろうとしたようだ。だが、打ちのめされ、痛みに苦しむ老けた女にしか見えなかった。

大声で助けを呼ぶ。「誰か！　誰かいないか！」ウルフは疲れきり、走るのもつらかった。歩くのさえも。ほかの娼婦や警官が姿を見せるまで叫びつづけた。人が来るまで、彼はゲルタの横に座っていた。ふたりとも血にまみれ、ごみ箱に背中を預けていた。ふと思い出して偽造したユダヤ人の身元を証明する書類を壁の石と石の隙間に押しこんで隠した直後、彼は到着した警官に逮捕された。

監視人は混乱し、息もできなかった。口のなかで胃液の味がする。警察の笛が夜の闇に響きわたった。ソーホー・スクウェアで前もって隠しておいたバッグを回収し、急いで血で汚れた服を着替えた。冷たい空気が肌に突き刺さる。脱いだ服をバッグにしまい、今度はゆっくりと歩いていった。オックスフォード・ストリートで自宅に向かうバスに乗りこむ。

いったいなぜこんなことに？　どうしてこんな失敗をしてしまったのだろう？　彼の任務は尊いものだ。失敗など許されない。家に戻ると、父親が火の入っていない暖炉のかたわらの安楽椅子で眠っていた。ラジオの電源は入ったままで、ショパンのピアノ練習曲が流れている。彼が父の薄くなった白髪をなでると、目を覚ましはしなかったが、もぞもぞと体を動かした。監視人は自分の部屋に行き、ふたたび服を脱いだ。ウイルスに感染したかのように局部がずきずきと痛む。裸のままバスルームに入り、ぬるい水で震える体を洗った。体についた娼婦のにおいと、分身にまとわりついた汚らわしい体液を繰り返しぬぐう。しかし、いくら拭いても悪臭は消せなかった。風呂に入って膝を抱えて座り、汚れた水のなかで体をゆらす。血のせいで、水はうっすらとピンク色になっていた。

あの娼婦に……犯されたのだ。

胃液の味が口のなかに残っている。二度と失敗は許されない。今回は油断したが、もう絶対に過ちは犯すまい。過ってなるものか！　監視人は風呂から出て身を震わせ、体にタオルを巻きつけて歯を磨きはじめた。そのまま歯茎が切れてつばが赤くなるまで歯を磨きつづける。磨き終えて冷たいベッドに横たわると、まだあの病気持ちの年増娼婦のにおいが残っているのが感じられた。すべてがおかしな方向に行ってしまった。本当に何かに感染していたらどうする？　娼婦とはたちの悪い生き物で、毛じらみや淋病のほかにも何を持っているかわからない。彼は安心を得ようとする子どもがするように、下腹部を握った。ベッド脇のテーブルの引き出しに入れてあるナイフが彼にささやきかけ、汚い言葉で罵ってくる。ナイフはさっき手入れをし、娼婦の汚れた血を落として光り輝くまで何度も何度も磨いた。子どもの頃、いじめられて殴られたあとにはベッドにもぐりこみ、身を隠して下腹部を握りしめたものだ。子ども時代とは、なぜ残酷なものなのか？　そう考えている最中にふと近所に住んでいたミスター・ウッドフォードのことを思い出した。近隣の女たちにやけに人気があり、父親とも仲がよくて子どもたちにもやさしい陽気な男だった。一度、監視人は殴られたあとで彼の家に連れていかれたことがある。キャンデーをくれたあと、彼は下半身をあらわにし、気味の悪いそれを触るように頼んだ。言われたとおりにすると、やけにあたたかいそれは形を変え、ミスター・ウッドフォードが変な声を発したのと同時に白くいかがわしい液体を放ち、監視人の手を汚した。それからもミスター・ウッドフォードはたくさんの菓子をくれた。菓子と一緒に愛情も。

長いあいだ、監視人は自分を責めつづけた。それは彼とミスター・ウッドフォード、ふたりの秘密だった。秘密は守るべきものであって、決して口外してはならない。まして、ミスター・ウッドフォードは大戦を戦った英雄だ。目を閉じると暗闇のなかで近づいてくる足音が聞こえてくる。悪臭を放つ娼婦の熱い吐息は、奇妙なまでにミスター・ウッドフォードのものに似通っていた気がした。

監視人は眠れなかった。引き出しからナイフを出し、指先を刃に走らせて血をしぼり出す。心が安らぎ、ものごとを支配できるという自信がこみあげてきた。たっぷり考えたあと、彼はたくさんの古傷がある脇腹にナイフの刃をあてがい、ゆっくりと動かした。血がシーツに染みこんでいく。ようやく監視人は眠ることができた。

時間と空間を隔てた別の世界で、ショーマーは目を覚ました。診療所には作業もなく、過去と失ったものについて考える以外にすることはない。外では収容所の容赦ない日常が続いていて、線路の終点にはユダヤ人を乗せた列車がつぎつぎに到着していた。アウシュヴィッツ＝ビルケナウ強制収容所は継続中の戦争にとって重要な施設で、ヨーロッパじゅうから毎日、黄色の星のバッジをつけたあらたな囚人たちが送られてくる。男も女も子どもたちも、到着後に迅速かつ効率的な処理を行うため、みな拘束されていた。ポーランド、チェコ、スロヴァキア、ギリシャ、イタリア、ハンガリーのユダヤ人たちだ。そして、収容所の焼却場からは、昼夜を問わず黒い煙が立ちのぼっている。たくさんのユダヤ人を焼いた黒い煙だ。これほど多くのユダヤ人がまだ世界に残っていると、いったい誰に想像できただろう?

最近になって到着した囚人たちのなかに、囚人番号一七四五一七がいた。イタリア系でレーヴィという名前だ。「この犯罪をどう表現したらいいだろう?」彼は勢いよく手を振りながら、落ち着きを保った声で言った。ショーマーとおなじく、彼もまた脚を負傷している。「わたしたちに対して行われているのは、表やリストで管理してガスを使う、いわば科学による大量虐殺だ。それに、メンゲルの研究所ではわたしたちを動物のように切り刻んでいる。ならばこの残虐行為を表現できるのも科学だけ、可能な限り正確で客観的な言葉だけだろう。この記録は将来の世代のため、忘却の彼方に葬られないためにも絶対に残さなくてはならない。だからこそ、作家はできるだけ明瞭で正確な言葉、飾りのない言葉を使うべきだ」

彼はショーマーに語っていたのではなく、この収容所の古株であるポーランド系ユダヤ人と話していた。みなとおなじように痩せ細った、おだやかで悲しげな目をした黒い巻き毛の男だ。誰かに名をきかれるたび、彼はこう答える。「わたしに名前はない。名前はやつらに奪われてしまったんだ。いまのわたしはカ・ツェトニック一三五六三三だよ。それ以上でも以下でもない」カ・ツェトニックとは〝囚人〟という意味だ。

そのカ・ツェトニックが、レーヴィに反論した。「それは違う。いまわたしたちがいるのは、きみの知らない世界、誰も知らない世界なんだ。ここでは世界は死んでいて、すべてはアウシュヴィッツ以前といまとで分断されている。ここには現在しかなく、死後の世界について考えるのは幻想にふけるのと等しい。そこできみの最初の問いだが、この虐殺を表現するなら、泣き叫んでつばを吐き、紙の上に言葉を血の雨のように降らせるべきだ。冷静に無関心に徹するのではなく、炎と痛みを抱えて書くことだよ。シュンドの言葉、パルプに出てくる糞や小便や嘔吐物のような言葉、ファンタジーに見られるはげしくてあからさまな感情の言葉を使ってね。いいかい、レーヴィ、ここは地球とは別の星なんだ。アウシュヴィッツ星だよ」

カ・ツェトニックはさらに続けた。

「われわれには名前もなければ、親も子もいない[3]。地球の人々とは服の着方だって違う。ここで生まれたわけでもなければ、ここで子孫を残すわけでもない。地球の自然とは異なる法則で息をしている。地球の法則はわれわれの生死とは無関係だし、われわれの名前は番号だ」

その言葉を聞いたショーマーは、唐突に世界を理解した。ここにいる自分は、敵意に満ちた別世界におり立った宇宙飛行士なのだ。その証拠にあらゆるものごとが自分を殺そうとしているではないか？　「重要なのは死と性だ」カ・ツェトニックが悲しみに満ちた声で言った。「死と性だよ」それから、彼とレーヴィの議論が始まった。「だが、それでは通俗的だ。ポルノとおなじになってしまう」レーヴィが言った。ふたりはその後も議論を続けたが、ほかの囚人が文学の話はいいかげんにしろとどなってからは、一転して黙りこんでしまった。

「またずいぶん面白いことに首を突っこんだな」イェンケルが両脚を上の寝台からぶらつかせ、パイプをくゆらせながら陽気に言った。そして、ショーマーの意識は他者の視線を避け、まるで秘密のドアを開けさえすればそこに飛んで自由になれるかのように、安全な天国へと——危険な路地や胸の大きな女性、そして脚の不自由な探偵が登場する別の世界へと——向かった。

第9章

ウルフの日記、一九三九年十一月十日

「これはこれは、探偵さん。また来たな」太った警官、キーチが言った。

「黙れ、豚野郎」わたしは虫の居所が悪く、ここ数日はずっとその状態が続いている。「今度はいったいどうしてわたしを拘束しているんだ？　最後に確認した限りでは、おまえの母親と寝るのは犯罪でもなんでもないぞ」

キーチの顔が曇った。「まったく、おまえは面白い年寄りだよ。そうだろう、ウルフ？」

「何か用なのか、キーチ？　わたしは眠いんだ」

警察はまたしても、わたしをチャリング・クロスの警察署の牢に入れた。今回はむしろ歓迎したい心境だった。医者に診てもらったところたいした怪我でもなかったし、スープとパンを与えられ、朝まで邪魔されずに眠ることもできた。体じゅうが痛むものの、この先も生きてはいける。殴られるのはもう慣れた。それもまた仕事の一部なのだ。

「あの娼婦はどうなった？」わたしは尋ねた。

「命に別状はない」

「話はできるのか？」

「おまえの話を裏づけてくれるのかと言いたいんだろう？」キーチが短く醜い笑い声をあげた。「彼女はあまり覚えていないようだ」

「どういう意味だ？」

「ゲルタが覚えているのは、男に襲われたことと、最後に見たのがおまえだったということだけだ。なぜやった、探偵さん？　娼婦に恨みでもあるのか？」

「わたしはやっていない！」

でぶの豚野郎がわたしに向かって身を乗り出した。

「わたしではないと言っているんだ、キーチ！」

「怖いのか、ウルフ？　当然だ」

「そんなばかな話があるか。わたしはあの女を助けようとしたんだぞ。信じてもらわなくては困る！」

「おまえを信じる理由がない。ここは教会じゃないからな。法律がすべてだ」

「証拠がどこにある？」

キーチがたるんだ顎をゆらして頭を横に振った。「今度は簡単に逃げられないぞ」そう言い残し、彼は牢から出て鍵を閉めた。

ウルフの日記、一九三九年十一月十一日

「われわれとの時間は楽しんでいただけているかな？」

「わたしを起訴するのか？　それとも釈放するのか？」

「おまえを逃がしたりしないぞ、このドイツ野郎」

わたしはため息をついた。「おまえは危ない橋を渡っているぞ、キーチ」

「それで脅しているつもりか？」

キーチは自分を見ているわたしを笑ったが、目は笑っていなかった。「警部が待っている」

「地獄へ落ちろと伝えてくれ」

「行儀よくしておけよ、ウルフ。襲われた年増の娼婦よりもひどい面をしているぞ。おまえさんには友人が必要だ」

「わたしの友人になりたいのか、キーチ？　テムズ川で一緒に釣りでもするか？」

「体の具合はどうだ？」キーチに心配されているというだけで、わたしは不安になった。

「悪くなる一方だ」

「ではついてこい。警部を待たせるわけにはいかないからな」

伸びをしながらキーチのあとに続く。わたしは牢が気に入りはじめていた。じゅうぶんな時間入っていられたら、本の執筆も進むかもしれない。またしても廊下を進み、モーハイムの小さなオフィスに入る。最後に会ったときから動いていないかのように、彼はデスクのうしろに座っていた。「ミスター・ウルフ、座れ」

わたしは椅子に腰をおろした。そうしない理由もない。

部屋にはわたしたちのほかにもうひとりいた。わたしは礼儀正しくうなずいた。

「ミスター・フライスラーを知っているかね？」

「こんにちは、ローラント」

フライスラーは長く陰気な顔をした、弁護士らしい物腰の男だ[1]。額から頭頂部にかけて禿（は）げあがり、そこをはさみこむように黒髪が生えている。反ユダヤ主義者で党の初期メンバーでもあり、わたしともベルリンで何度か会っているはずだ。この男が大転落のあと生きてドイツを脱出していたとは知らなかった。正直に言うと、彼については考えたことすらない。昔、やむなく法を犯した突撃隊のメンバーの弁護を担当していたのを覚えている程度だ。なぜ彼がここに来たのか、わたしには想像もつかなかった。

「ヘル・ウルフ」

「ここで何をしているんだ、ローラント？」

「お望みであれば、あなたの弁護士を務めさせていただきます」

「そうか」わたしはモーハイムを見た。彼は怒りをこらえている。フライスラーがここにいるのが気に入らないのだ。「誰がおまえをここにつかわしたのか、聞かせてくれるか？」

「依頼人は匿名を希望しています」弁護士が答えた。

「そうだろうな」

フライスラーがうなずく。「またお会いできてうれしく思います」

「わたしもだと言いたいところだが、おまえに用はない。フライスラー、帰ってくれ」

「しかしそれでは！」

モーハイムがため息をついた。「ミスター・ウルフ、あなたは自分がなぜここにいるのか、わかっていないのか？」

「犯してもいない罪を不当にかぶせられている」

「そうだろうとも。だが、あなたが多くの犯罪を行ってきて、罪に問われていないものがたくさんあるのは間違いない。そいつがなかったことになると思っているのか？」

「異議ありです」フライスラーが口をはさんだ。

モーハイムが弁護士におだやかな視線を向けた。「何に？」

「彼はいかなる罪も犯してはいない」

「こっちだってとがめているわけじゃないさ。いまはまだな」

「その話と娼婦の事件は関係があるのか？」わたしは言った。「おまえの部下のキーチに伝えたはずだ。わたしはその事件にかかわっていない」

「また血だらけになっていたのはどう説明する？」

「髭を剃っていて切ったんだ」

警部の顔が笑みに近い表情に変わった。「ゲルタは助かる。しばらく商売はできないだろうがな。勇敢な女性だよ。元気もいい」

「それはよかった」わたしは本心から言った。

「あなたはふたつの事件にきわめて近い関係者だ。どう説明する？」モーハイムが尋ねる。

「異議あり」またしてもフライスラーが口をはさんだが、わたしたちは無視した。

「二件とも現場がわたしの事務所のすぐ近くだったというだけの話だ」わたしは答えた。「だからといってわたしを責めるのは……」

「そうだな……」モーハイムがさえぎった。「だが、偶然にしては出来すぎだ。そうは思わないか、ミスター・ウルフ？」

「何者かがわたしを陥れようとしているんだ」

「そうだろうとも。あなたには敵が多いからな」

それについては反論できない。たしかにこのところのわたしは、積極的に友人をつくってきたわけではなかった。たいていの場合、天才とは孤独なものだ。

「あなたに見せたいものがある（アイド・ライク・トゥ・ショウ・ユー・サムシング）」モーハイムが続けた。

「それより、ドアに案内してもらいたい（ユー・クウッド・ショウ・ミー・ザ・ドア）」

「頭の回転は速いな、ミスター・ウルフ」モーハイムが不愉快そうな顔をする。

「ミスター・フライスラー？」

「はい？」

「あなたはまだここに残るのか？」

「わたしは彼の――」

言葉にされない何かが漂う。どうにも気に入らない雰囲気だ。そして、弁護士が折れた。「彼は釈放されるのですね？」

「わたしたちにそれ以外の選択肢があると思うかね？」

「いいでしょう。では、ミスター・ウルフ」フライスラーがふたたびわたしにうなずきかけ、いそいそと出ていった。黒い鳥が飛び立っていくようだ。いったい何が彼をおびえさせたのだろう？

「わたしを釈放するだと？」

「見せたいものがある」

「時間がかかるのか？」

「ほかに予定でも？」

「誰があの弁護士を雇ったんだ？」

モーハイムが立ちあがった。「行こう。ついてきてくれ」

もう一度、わたしが牢に戻ると、前回とおなじように自分の服が置いてあった。モーハイムのあとから警察署を出ると、外は暗く、太陽は灰色の雲に隠れてしまっていた。警部の車はくたびれたトロージャン・ツアラーで、少なくとも製造から十年は経っていそうだ。「ずいぶん雑に扱っているようだな」わたしが我慢しきれずに言うと、モーハイムはすまなそうに肩をすくめた。

「乗ってくれ」彼が身振りで車を示し、わたしは助手席に乗りこんだ。

ひどい運転だった。そのうえ、車はサスペンションがないのかと思うほどはげしくゆれた。とらわれていたふた晩のあいだにこわばったあざがひどく痛み、道行きは苦痛でしかなかったが、わたしは黙って耐えていた。「どこへ行くんだ？」

車は西に向かっている。外の光景が変わっていき、建物はより大きく、車はより上等になり、通りもきれいになっていった。ハイド・パークまで来ると、モーハイムが車をとめた。そのときのわたしは、これ以上車に乗らなくてすむのがだうれしかった。

モーハイムが黙ったまま、わたしを公園の入口へ連れていった。彼は何かを考えこんでいるようだ。

「アヒルに餌でもやるのか？」わたしは尋ねた。

いきなりわたしのほうを向いたモーハイムの目には、本物の苦悶が浮かんでいた。「なぜあなたはそれほどまでにユダヤ人を憎む？　ユダヤ人があなたに何をしたというんだ、ミスター・ウルフ？」

決まり悪さに何も答えずにいると、モーハイムが踵を返して歩きだしたので、わたしもそのあとに続いた。

わたしたちはケンジントン宮殿を左に、丘のように盛りあがった地面を前方に見ながら、歩きやすい芝の上を進んだ。犬の散歩をしている人々もいて、わたしはプリンツとマクルのことを思い出した。

「どこへ向かっているんだ？」わたしはふたたび尋ねた。地面が盛りあがった頂上まで来ると、前方に池があるのが見えた。警察の車が一台とまっていて、制服姿の警官たちが何人かぶらついている。何を見せられるのか、わたしは心の準備を整えた。

「また死んだ娼婦か？」

「ある意味そうだ」

モーハイムは急がずにわたしをいざなった。池に近づくと、水から引きあげられた死体が寝かされていた。死体は男のもので、うつぶせに横たわって顔を泥に突っこんでいる。なかなかに立派な白鳥が近くで羽づくろいをし、つがいの片割れを呼んでいた。

死体のすぐそばまで近寄ると、モーハイムがうなずいて合図を送り、ブーツを履いた警官が死体を仰向けにした。だが、死体がひっくり返るよりも先に、わたしはその正体に気がついた。血の気が完全に失せたルドルフ・ヘスの顔をじっと見つめる。頭部は変な方向を向いていて、頭のまわりの芝が王冠のように見えた。間違いなく、完全に、ヘスは死んでいた。

その日は土曜日だった。ウルフがかつての同志を見おろしていると、公園の反対側、ケンジントンとベイズウォーターにある教会の鐘が鳴った。ウルフたちの一団をよそに人々はそれぞれの人生を謳歌しており、公園を散策し、木々と秋の色彩をめでながら涼しい空気を楽しんでいた。たくさんの人々が教会や市場に向かっている。あらゆるところでそれぞれの人生が進んでいて、アヒルたちが無関心にそれを眺め、白鳥がおだやかな水面で羽をつくろっていた。

「いったい誰がこんなことを？」ウルフは小さな声で尋ねた。

「あなたが最近この男と会っていたのは、調べがついている」モーハイムが言った。

「この男が頻繁に訪れていたクラブがあるんだ。所有していたと言ったほうがいいかな。ジェラード・ストリートにあるホーフガルテンという店だ。一部のドイツ人難民たちのあいだで人気があるのも知っている」

「たしかに……わたしもその店にいた」

「そこで喧嘩をしたそうだな」

「いいかげんにしろ！」ウルフは抗議した。「これはもはや迫害だぞ！　最初は娼婦でつぎはこれか？」

「被害者の身元を確認できるか？」

「なんのために？　おまえたちだってもう知っているじゃないか」

「こいつは誰だ？」

「ヘス、ルドルフ・ヘスだ。ビジネスマンだよ」

頑丈そうなブーツを履いた若い警官が鼻で笑い、モーハイムは彼を身振りで制した。

「あなたとこの男は知り合いだな？　ドイツにいた頃からの？」

「おまえはもう知っているはずだ」

「それどころか、刑務所にも一緒に行った仲だ。違うか、ミスター・ウルフ？」

「それとこれとは関係ないだろう！」

「何を話したのか、聞かせてくれ。最後に会ったときの話だ」モーハイムが手帳を見ながら言った。「十一月七日は？　火曜日だ」

「先週の火曜日だ」

「それで？」

「しっかり調べているようだな」ウルフは生気の抜けたヘスの顔を見つめた。「いい男だった」

「何を話した？」

ウルフは手を振って答えた。「昔の話さ」

「最近は親しかったのか？」

「ほとんど会ってもいない」

「しかし、ここ一週間で二度も会っているな？　そしてミスター・ヘスは――」モーハイムが死体を指さした。「今朝早く、死体となって発見された」

「わたしはルドルフを殺していない！」

「では、誰がやった、ミスター・ウルフ？」

「知らん」

モーハイムがうなずく。「ありがとう」

「なんだと？」

「ありがとうと言ったんだよ、ミスター・ウルフ」少し間を置いて、彼は続けた。

「もう結構だ」

「われわれも忙しいんだ。何か付け加えたいことでもあるのか？」

「もういいのか？」

「いいや」

「ではさようならだ、ミスター・ウルフ。近々また会うだろう」モーハイムがかすかに笑ったが、その笑みにあたたかさは感じられなかった。「この池でこれから何か発見されるかもしれないからな。そうだろう？」

その場に立ったまま、モーハイムをにらみつける。この男の顔に浮かぶ嘲笑を吹き飛ばしてやりたかった。しかし、相手が目をそらそうとしなかったので、結局ウルフは彼に背を向け、そのまま歩きだした。

ウルフの日記、一九三九年十一月十二日

日曜日、ロンドンはどうにか耐えられる一日だった。洗濯をし、おなじ階に住むマルタに会った。年老いて太った娼婦は共用のバスルームにやってきて入口に立って腕を組みながら、バスタブで服を洗うわたしを見て言った。「女みたいに洗濯するのね」

「今日はハトの毒殺はしないでいいのか?」

「じきに行くわ」マルタがくつくつと笑って答えた。「まだ早いもの」

わたしは、ハトを見にトラファルガー広場までやってくる家族のことを考えた。この女が子どもたちに亡くなったおばみたいなやさしげな笑みを浮かべてみせ、両親に餌の入った小さな袋を売る。子どもたちが餌を広場にばらまき、灰色のハトが飛来する。ハトはまるでユダヤ人のようだ。どれだけ殺しても、それ以上の数が代わりにやってくる。

わたしは服についた血をこすった。バスタブのなかでうず巻く水はすでにピン

ク色に染まっていた。

「トラブルに首を突っこんだようだね。違う？」マルタが言った。

「おまえには関係ない」

「グレタが刺された晩、あんたも通りにいたって聞いたわよ」

「わたしはやっていない」

「あんたがやったとは、誰も言ってないわよ」

「昨日、友人が死んだ」なぜこの女にこんな話をするのか、自分でもわからなかった。

「それは残念だったわね」

肩をすくめ、石鹼を服にこすりつける。「あの男は弱かった。弱者は死ぬものだ」

「そして、強者が生き残るってわけね」マルタの声には悲しみがこもっている気がしたが、確信はない。「あんたやわたし、ハトや娼婦たちは生き残る」

「忠実すぎたんだよ。死ぬ瞬間まであの男は忠実だった。わたしは忠誠心を重んじる」

「最近は忠誠心も世の中にありあまっているものね」マルタが皮肉で応じた。

「何者かがあの男を殺した。ハイド・パークの池でおぼれさせてな」

「すてきな話じゃない」彼女は身を震わせ、大げさにため息をついてみせた。「あんなのどかなところなのにね。わたしも一度、客と一緒に行ったわ。外でするのが好きな人だったの。フランス人よ」彼女は、説明はこれでじゅうぶんだとばかりに肩をすくめた。「死ぬにはいい場所ね」

「わたしは、そうは思わない」

「自分の死に方について考えたことがあって、ウルフ?」マルタがきいた。どんどん陰鬱な話題になっていたが、不思議と気にならなかった。このところ、わたしの心が死というものにとらわれているからだろう。

「ずっと前から、わたしは自分が使命を果たす過程で死ぬと思ってきた。祖国に尽くしてな。だが、そうはならなかった」アメリカの申し出が脳裏によみがえる。あの提案は、まだわたしの心に影をもたらしているのだろうか。あんなものにかかわったが最後、人生が困難なものになるのは疑う余地もない。ドイツに戻り……いや、それは夢だ。甘い夢であって、それ以上のものではない。それに、もしも、信じられない奇跡が起きてクーデターが成功したとして……そのあとはどうなる?

わたしが連中の操り人形になるだけだ。

「おだやかに死を迎えたいよ。胸に本を置いて、隣には女がいて、足元には犬がいる。そんな状態で眠ったまま息を引き取りたい」

「それは……楽しそうね」無礼きわまりない大きな音がした。マルタが驚いた表情をつくってみせ、直後に大声で笑いはじめた。

「くそっ、マルタ。なんてひどいにおいだ！」

「芽キャベツはほどほどにしておいたほうがよさそうね」マルタが宙をあおぎながら言った。「さて、そろそろ行くわ。お友だちの葬儀はいつなの？」

「知らないな。遺体はまだ警察が保管している」

「行くの？」

「わからない」

「じゃあね、ウルフ」

「またな、マルタ」

悪臭を残してマルタが去り、わたしはひとりになった。服についた血をこすり、バスタブの泡がピンクから赤へ、ピンクから赤へと変わるのを見つめていた。

ウルフの日記、一九三九年十一月十三日

月曜日、ＩＴＯの事務所に行ってみたが、電気が消えていた。グッドマンや老いたタイピストの気配はなく、ドアに〝休日〟という札がかかっているだけだった。

つぎに警察に匿名の電話をかけ、スレッドニードル・ストリートのアパートメントを見張った。わたしがサンドイッチを食べてレモネードを飲んでいるうちに、警察がやってきた。迅速な到着はありがたかったが、予想どおりアパートメントはもぬけの殻で、数日はその状態が続いていたらしい。あとで捨てようとサンドイッチを包んでいた紙を丸め、レモネードのボトルに入れてバッグにしまった。わたしはごみが嫌いなのだ。

あと少しだった！　あの男勝りのユダヤ娘に手が届いていたのに、むざむざ逃がしてしまった。いまや、ジュディス・ルービンシュタイン失踪の裏にいたのが、彼女のパレスチナの同志たちであるのは明らかだ。彼らがわたしの昔の関係者と話をつけたのか、あのいまわしいバルビーのところへ届く前に不法難民を強奪する手段を持っていたのかのどちらかだろう。どちらにしても、いま彼女がどこにいるのかはわからないし、彼女と、モズレーを脅しているテロリストの両方を見失ったという事実に変わりはない。

現状、わたしの捜査は一時的に行き詰まっている。こうした仕事にはつきものとはいえ、腹立たしい事態だ。あのユダヤ人テロリストたちがつかまっていることを願わずにはいられない。ビットカーを追っていた夜、偶然わたしを救った黒シャツの連中がテロリストを何人か病院送りにしていれば、どれだけいいだろう。

そう、病院だ！

わたしは事務所に戻って仕事に取りかかった。それからの一時間で近隣の病院に片っ端から電話をかけたものの、収穫はなかった。パレスチナのテロリストがどこで治療を受けたにせよ、病院ではなかったらしい。

「くそったれめ！」わたしはドイツ語で悪態をついて感情をぶちまけた。

ウルフの日記、一九三九年十一月十四日

「モズレーがいないとはどういうことだ？」わたしは言った。

「サー・オズワルドは不在です」

「サー・オズワルドか、わかっている。それで、彼はどこだ？」

「サー・オズワルドは電話には出られません。伝言があれば承ります」

「伝言などどうでもいい！　おまえは誰だ？」

「トーマス・アルダーマンです」

「アルダーマン？　何者だ？」

「わたしはサー・オズワルドのアシスタントです」気まずそうにためらってから、相手が続けた。「あなたとは一度お会いしています。サー・オズワルドのパーティーで」

「そうなのか？　まあいい。ではアルダーマン、レディ・モズレーはいるか？」

「いいえ。残念ですが、いまは誰もおりません。選挙運動が佳境に入っていますから。サー・オズワルドは今週ずっと支持者たちとの会合が続いています」

「レディ・モズレーは？」

「サー・オズワルドとご一緒です」

「どうもきみの口調は気に入らないな、アルダーマン」

「ミスター・ウルフ？」

「わたしから電話があったと伝えてくれ。連絡を待っているとな！」

「もちろんです。ミスター……ウルフ？」

「わたしが誰かくらいは知っているはずだぞ」わたしは受話器を叩きつけた。

まったく、身の程知らずなやつめ！

ウルフの日記、一九三九年十一月十五日

「もしもし？」

彼女はどこか息を殺したような、罪の予感がにじむ声で言った。聞く者をもてあそぶ声だ。これまで自分に嘘をついたことはないし、この件についても嘘をつくつもりはない。わたしは彼女を憎み、そして求めている。

「ミス・ルービンシュタイン」

「ウルフ！」受話器から流れる声が嬉々とした涼やかなものに変わった。彼女がシルクのシーツに包まれ、放尿している姿が目に浮かぶ。「妹の捜索に進展があったの？」

「最初に考えていたよりも、事態が複雑になってきた」

「どういう意味？」

テロリストの陰謀が絡んでいるということだが、口には出さなかった。それに、池での殺人もだ。わたしはいまや迷宮に入りこみ、悪意に囲まれている。純粋に思考し、行動しているのはわたしだけだ。すぐれた探偵とはどんなものかと問われれば――わたしはほかにいないほどすぐれた探偵だ――世界規模の混沌との戦

いに立ち向かう兵士のようなものだと答える。殺人とは、個人の挫折の結果として起きるだけではない。人種の挫折の結果としても起きる。[2] わたしはアメリカのマサチューセッツ州ボストンで発行される私立探偵の専門誌である〈プライベート・インヴェスティゲーターズ・ガゼット〉に、探偵活動に関する私見を寄稿してもかまわないと――もちろん、それなりの原稿料という条件つきだが――何度か申し出ていた。しかし、これまでのところ返事はない。まったく、アメリカ人とはつくづく図々しい連中だ!

殺人は技術としては――技術の範疇(はんちゅう)に入れていいならば――単純であり、それゆえに問題とすべきなのは、単純に規模だけだ。フランス人科学者のロスタンだったと思うが、彼もまた、ひとり殺せば殺人者と呼ばれ、百万人を殺せば征服者と呼ばれると書いている。わたしはかつて征服者だったのだ!

そして、生涯を通じてずっと混沌と戦ってきた!

もはやこの世界には、完全に正気な人間はわたししか残っていないのだろうか?

「ウルフ!」

「ああ」わたしはようやく、われに返って返事をした。

「あなたはどうするの?」

「きみの助けが必要だ」わたしは自己嫌悪を覚えながら言った。

「そうなの？」

「いま、関係があるかもしれない別の事件についても調べている。そのためにユダヤ人社会とのつながりが必要だ(3)」

彼女の笑い声が聞こえた。「わたしに協力してほしいの？　犯罪の捜査に？　ニックとノーラのチャールズ夫妻みたい！(4)」

「それは楽しそうだ。だが、そうじゃない」

「いいじゃない！」受話器の向こうから何かがこすれる音が聞こえてきた。彼女がシーツに腿をこすりつけている光景が脳裏に浮かび、唇をかんで気を取りなおした。「ひとりでは行き詰まってしまったのね、ウルフ？」

「これまでの試みが完全にはうまくいっていないとだけ言っておく」

「まさかの展開ね！」

「人の話を聞け、この売女め。いいか――」

「口汚く罵るあなたは好きよ。喜んで協力するわ。それだけじゃなくて、お互いに助けあえるかもしれない」

「どういう意味だ？」

「わたしと一緒にパーティーに行ってほしいの」

「なんだと？」

「今年いちばんのイベントよ！　明日の六時半に迎えに行くわ。身だしなみはちゃんとしてね、ウルフ」

「なんのパーティーだ？　ちょっと待て――」しかし、電話はすでに切れていた。

わたしは座ったまま電話を見つめ、すべてのユダヤ人に対して悪態をついた。

ウルフの日記、一九三九年十一月十六日

「すごくすてきよ」イザベラはわたしの事務所で、銀のシガレットホルダーにさした煙草を吸っていた。歩くたび、着ている白いドレスがきらきらと輝く。

「煙草を吸わずにはいられないのか？」

「煙草が嫌いなの？」彼女はにっこり笑って白い歯を見せ、わたしに近寄って股間を強くつかんだ。恥知らずな女だ。恥という概念が欠落している。その女がわたしの首筋に顔をうずめ、舌を上に向かって走らせた。歯で耳たぶをかみ、小さな声で言った。「どうしてこんなふうに悪い男に惹かれるのかしら……」

「おまえはあばずれだ」わたしは言った。「娼婦だよ」

イザベラは身を離し、わたしの頬を強く打った。「黙りなさい、ウルフ！」瞳がきらりと光る。「ひざまずくのよ」

「わたしから離れろ。売女め」

冷酷で甲高い笑い声が響いた。「そこにひざまずきなさい」彼女がいきなりわたしを蹴り、両脚をすくった。その場に倒れて痛がるわたしに向かって、女は言い放った。「それでいいのよ」

わたしはつぶやいた。「この娼婦が……」口のなかが乾いていく。女がスカートの裾をまくりあげた。下着はつけていない。イザベラはわたしの後頭部をつかむと腿の付け根に顔を押しつけた。ふたたび股間を顔にこすりつけられ、唇が熱くほてった秘部をなぞった。口から獣じみた声をもらし、女はたちまちのぼりつめていく。ところが、そこでぴたりと動きをとめてわたしから身を離すと、染みにならないよう慎重にスカートの裾をおろした。「うしろを向きなさい」彼女が言った。「うしろを向けと言ったのよ！」

それから、イザベラはわたしを蹴ってひどい言葉で罵り、強引にズボンをおろした。わたしの下半身があらわになると、尻が赤く染まるまで何度も平手打ちした。彼女がうめき声をあげ、部屋じゅうに獣たちの不協和音が響く。わたしがみずからの分身を握っていると、いきなりうしろから女の指が肛門に入ってきた。

痛みをともなった快感が体を貫いて絶頂に達し、わたしは借り物のスーツを汚さないよう手に射精した。イザベラは荒い息をしてわたしを見おろしていた。

「遅れるわよ」

わたしは慎重に立ちあがり、片手でズボンを上げた。イザベラも刺繡入りのハンカチを使い、ごく自然な仕草で体をきれいにした。彼女を残して廊下の先にあるバスルームに向かい、鏡に映る彼女の愛液で光った自分の顔を見た。手を洗い、自分の精液が流れていくのを見つめた。顔も洗ってバスルームを出ると、廊下の突き当たりにマルタの姿があった。無表情でこちらを眺めている彼女に、わたしは背を向けた。

事務所では、イザベラ・ルービンシュタインが礼儀正しく立ち、シガレットホルダーをくわえていた。彼女は煙草の煙を吐き出し、にっこり微笑んで言った。

「遅刻はしたくないわ。あなたもそうでしょう？」

イザベラのうしろから階段をおりていく途中、わたしは太った娼婦の事件に巻きこまれたとき、ごみ箱の裏にユダヤ人の身元を保証する偽造書類を隠したのを思い出した。「すまない」断ってから路地に戻ると、書類は壁の石のあいだにちゃんとあった。石には飛び散った血がこびりつき、乾いて黒い染みをつくっている。イザベラのもとに戻ると、彼女の白いクロスリー・スポーツ・サルーンがいかがわしい書店の前にとまっていて、富の象徴のように輝きを発していた。車はイザベラが運転し、わたしは助手席に座った。車内は彼女の高価な煙草のにおいと、先ほどのあわただしい性行為の残り香が充満している。

イザベラの運転は、彼女のほかのあらゆる行動とおなじく、奔放そのものだった。わたしよりもずっと若い女だが、イザベラの内面は何かが腐りはじめていて、それが彼女を衰えさせている。

窓を開けて車を走らせていると、冷たい空気が流れこんできた。ロンドンやテムズ川から漂う潮とタールのにおいと、下水道の排泄物の悪臭だ。さらに、焼き栗や排気ガス、馬車を引く馬の糞のにおいもまじっている。気がつけば大英博物館の前を走っていた。ギリシャ風の柱がそびえているのが見える。イザベラが車をとめたときには、細かい雨が降りはじめていた。ミュージアム・ストリートの四十番地にある建物の窓から、パーティーの明かりがもれている。

わたしはこぶしを握りしめた。

ここには、アレン・アンド・アンウィンやほかの出版社の建物がある。

開いたままの出版社のドアから大勢の人が外に出て、めいめい集団をつくって煙草を吸い、酒を飲みながら談笑していた。彼らは作家や画家といった芸術家とその取り巻き連中だ。「まあ、すごいわね！」イザベラがわたしと腕を絡ませ、一緒にパーティー会場へ向かった。スーツを着て帽子をかぶったわたしは、だらしない奔放な格好の芸術家たちのなかではいやおうなく目立つ。わたしもかつては貧しい芸術家であり、彼らの一員だった。ウィーンで街の建物や風景を明るい水彩画に描き、観光客にいくばくかの小銭で売る。当時は、そうして生計を立てていくのが正しいことだと思っていた。しかし、それは戦争まで、盲目になって入院するまでの話だ。そのあとで運命は変わり、わたしは違う道を歩みはじめた。人々を導き、支配する道だ。

そして、大転落が待ちかまえていた。

「ひと言でわたしたちふたりを侮辱してみせたわけだ！」何者かが言った。

「ウルフ？　聞いているの？」イザベラが尋ねた。

「ああ、もちろんだ」わたしは答えた。「あそこでセシル・フォレスターと話しているのは、イーヴリン・ウォーか？」

イザベラが肩をすくめた。「画家かしら？」

「作家だ」わたしが答えると、イザベラはわたしの腕を放し、にこやかに微笑んでうなずきながら知人のもとへ向かった。「あの中国人みたいな顔をしたのは何者だ？」わたしは尋ねた。

「あの人？　レスリー・チャータリスよ」イザベラはうっとりと吐息をもらした。「あの人が書くセイント（チャータリス作品の主人公のあだ名）は最高だと思わない？」

「チャータリス？　彼はハリウッドにいると思っていた」

「ええ、住んでいるのはハリウッドよ。映画の撮影でイギリスに来ているの。仕事で来ていても、このパーティーを逃すはずはないわ」

わたしたちは会場のなかに入った。

「ウルフ！」

わたしがさして驚きもせずに振り向くと、大柄なアメリカ人、ヴァージルが両手にワインのグラスを持ってこちらを見おろしていた。彼は尋ねもせずにこちらにワインを押しつけてきた。わたしは受け取っただけで口はつけなかった。酒は嫌いだし、好きだったこともない。男たるもの、つねに自分を律していなくてはならないというのが、わたしの信念だ。

「ヴァージル」わたしは一瞬にして、自分がカール・マイの作品に登場する殺し屋になったような気がした。最後の対決を前にした心境だ。その感情はなかなか消えなかった。

ヴァージルはわたしに向かって微笑んだ。しかし、その目にはなんの感情も浮かんでいない。「わたしの提案について、考えてくれたかね？」

「ああ」

相手が続きを待っているのは承知していたが、それ以上は何も言わず、地震でゆれる山のごとく無表情にゆっくりとうなずいた。

「あまり時間をかけるなよ」ヴァージルがおだやかな声で言う。「誰にだって代わりはいる。ウルフ、きみだって例外じゃない」

「わたしはアメリカ人が嫌いだ」わたしがそう言うと、ヴァージルが声をあげて笑った。彼はわたしがこれまで見た誰よりも冷たく厳しい目をしていた。

「乾杯だ」手にしたワイングラスをわたしのグラスにぶつけた。

「まだわたしを尾行させているのか?」

ワインを飲み、肩をすくめてヴァージルは答えた。「尾行する必要があるのか?」

「それは認めていると理解していいのか?」

ヴァージルがまたしても肩をすくめた。この男は、あらゆる動きで相手に脅威を感じさせる。「問題を抱えているようだな。娼婦たちの殺人事件絡みで」

「殺人は一件だけだ。それに、わたしは関係ない」

「あなたは人殺しじゃない」ヴァージルが哀れむように言った。「わたしとおなじ兵士だよ。ふたたび戦争になれば、みな兵士になる」

「戦争が起きると思っているのか？」

「時間の問題だよ」ヴァージルのグラスは空になっていた。わたしのワインを見て、彼は言った。「いいかね？」

「いいとも」わたしのグラスを受け取ると、ヴァージルはもう何カ月も酒を飲んでいなかったかのように、ワインをあおった。

「そうだな」グラスを早々に空にした彼は言った。「ドイツとの戦争になる。ドイツを代理としたロシアとの戦争と言うべきかな。ヨーロッパを舞台にした戦いだよ。場合によっては再度の世界大戦もあり得る」手をわたしの肩に置き、力をこめる。安物の赤ワインで酒くさくなった息がわたしの顔にかかった。「あなたにはそれをとめる力がある。ドイツが爆弾で破壊され、戦争でぼろぼろになってもかまわないのか？　世界的な共産主義の台頭はとめなくてはならないんだ、ウルフ。手遅れになる前にな」

その言葉を聞き、わたしの背筋に寒気が走った。あるいは、開いたドアから流れこんだ冷たい空気のせいかもしれない。「その代償は？　ドイツに尽くしてアメリカに股を開く娼婦になれというのか？」

ヴァージルが笑った。「誰だって娼婦にならないといけないときがあるさ。ロシアかわれわれか、どっちを相手に股を開くかというだけの話だ」

「他国の娼婦になるのなら、喉をかき切ったほうがドイツのためだ」

「聞くんだ、ウルフ」彼はわたしに身を寄せて肩に置いた手を首へとずらし、首を絞めるような体勢を取った。「あなたは断らないよ。誰もわたしにノーとは言わない。わたしはアメリカなんだ。アメリカは絶対に拒絶を許さない。そんなことをすれば、国じゅうに爆弾を落としてやる。女たちを殺して犬まで犯し、家を焼いて残り火は小便をかけて消してやるさ。わかるな？　わかったかときいているんだ！」

「よくわかったよ」わたしは狙いを定め、ヴァージルの顔につばを吐いた。狙いは的中してつばが彼の目にあたり、頬を流れ落ちる。怒りで彼の顔が真っ赤に染まり、わたしの首にかかった手に力がこもった。「答えはノーだ。ノー（ナイン）。絶対に言いなりにはならない！」

「後悔するぞ。このくそ野郎」

「薄汚い手を離せ！」

「ウルフ、この人は誰なの？」イザベラがきいた。

ヴァージルの手がわたしの首から離れた。彼はハンカチでつばをぬぐい、ふたたびわたしを見たときにはおだやかな表情に戻っていた。「古い友人ですよ。彼との時間を横取りしてしまってすみません、ミス……？」

「ルービンシュタインよ。これで失礼するわ」彼女はわたしを隅に連れていった。背中に遠ざかっていくヴァージルの侮蔑の視線が感じられる。「あのひどい人はいったい何者なの？」イザベラが尋ねた。

「あれは……わたしにもよくわからないんだ」ヴァージルについても、拒絶した結果についてもいやな予感がした。長い目で見れば、ロシア人よりもアメリカ人と組んだほうがよかったのではないか？ まだどうにかして、彼らを利用できないものだろうか？ それに、彼は娼婦の殺害について話していた。もし連中がわたしを尾行していたなら、犯人の正体に関する何かしらの情報をつかんでいるのではないか？

しかし、見覚えのある人物に気づいた瞬間、そうした考えが頭からすべて吹き飛んでしまった。「アルバート！」わたしは叫んだ。「アルバート！ ウルフだ！」

イザベラをその場に残し、わたしは駆けだした。ゆっくりと振り返る彼の表情には礼儀正しい微笑みが浮かんでいたが、わたしに気づいたとたん、その笑みが消えた。「やあ、ウルフか」彼は気まずそうに言った。

アルバート・カーティス・ブラウンは、作家としてのわたしのエージェントだ。[5]もとはアメリカでジャーナリストをしていた男で、いまはイギリスで暮らしている。七十代になっているものの、いまだに屈強そうな体格を維持していた。『わが闘争』の続編について話がしたいんだ」わたしは言った。

「少し落ち着きたまえ、ミスター・ウルフ」

一瞬、彼がいやそうな表情をつくったように見えたのは気のせいだろうか？　だが、ミスター・カーティス・ブラウンの承認などどうでもいい。わたしが気にしていたのは、自分の作家としてのキャリアだけだ。「何度も手紙を送ったんだぞ。この数カ月で何度もだ。いま取りかかっている作品について――」

「そこまでだ、ミスター・ウルフ。わたしはもうエージェントの仕事はしていない。まだ結んでいない契約に関しては息子がすべて取り仕切っているんだ。では、悪いがこれで――」

「待て！　ミスター・カーティス・ブラウン、きみの会社はわたしにもっと敬意を払うべきだ。支払われるべき印税だって受け取っていないいんだぞ！」

「ミスター・ウルフ、印税は発生していないよ」ため息をつく彼は、急に老いたように見えた。「あの原稿はドイツの出版社から引き受けたものだ。ドイツの状況に関するひとつの見方として紹介することが、現代の読者の関心を引くと判断してね」

「それで？」

「いいかね、ミスター・ウルフ。当時は国家社会主義が一九三三年の総選挙で勝利し、ナチズムが世界の注目を浴びると信じられていた。ところがそれは実現せず、あの原稿に対する関心は完全に薄れてしまったんだ。それ以上、言うべきこともないだろう。いまはスターリンか、ドイツ共産党のテールマンに関する作品に関心が移っている。あなたに支払われたギャラの分だって元が取れていないんだ、ミスター・ウルフ。それどころか、たぶん売れ残った『わが闘争』はそろそろ処分にまわされる。そのあとは絶版になるだろう」

「絶版だと！」わたしは衝撃のあまり叫んだ。

彼は悲しげにうなずいた。「残念だよ」

「そんなことは許されない！　きみがなんとかすべきじゃないか！」

「わたしにできることはないよ、ミスター・ウルフ」カーティス・ブラウンはぎこちなくわたしの肩を叩いた。「あなたが主役の時代は終わったんだ。だが、前向きに考えたまえ。あなたはまだ――五十歳かそこらだろう？　まだやりなおしのきく年齢だ。あたらしい作品を書くといい。ユダヤ人への攻撃はやめることだ。もう時代遅れだよ。ごく一部の関心事かもしれないが、大衆向けじゃない。ちゃんとした小説に挑戦してみたらどうかね、ミスター・ウルフ？」彼の思案するような視線がわたしに向けられる。「探偵小説なら、いつでも需要がある」

しかできなかった。「フィクションを書けというのか？　ミスター・カーティス・ブラウン、わたしの本は政治と人種に関する専門書だ。わたし自身はもとより、最高の情報源から得た情報をもとに書かれている。ドイツだけでどれだけ売れたか、わかっているのか？」

「探偵小説？」わたしはあまりにも驚いていたので、彼の言葉を繰り返すことし

「さっきも言ったとおり、わたしはもう会社の仕事にはかかわっていないんだ。あなたのこれからの活躍を祈っているよ、ミスター・ウルフ。ただ、ひとつ忠告しておこう。いまの仕事はまだやめないほうがいい」カーティス・ブラウンは笑みを浮かべてあわただしく去り、別の集団に入っていった。その集団のなかでわたしが知っているのは、言葉を話す熊が主人公の子ども向け作品を書いているアラン・ミルンしかいなかった。

これ以上に腹立たしいことがあるだろうか！

告白せねばなるまい。それからしばらく、わたしは呆然と会場のなかをさまよった。本のカバーにある写真で見た顔がいくつもあったが、気にもとめなかった。絶版だと？　わたしの、このわたしの本が？

信じられない！

広い部屋の反対側には積まれた本の箱の上につくられた即席のバーがあり、そ

こでイザベラが〈デイリー・メール〉の所有者であるロザミア卿と話をしていた。

わたしは新鮮な空気を吸いたかった。

振り返るとかすかに香水の香りがし、金色のきらめきが目に入った。わたしの名を何度も呼ぶ声もした。声のするほうに顔を向けると、かつて見た誰よりも女らしい女がいて、星のようなまばゆい輝きを放っていた。

「レニ？」信じられない思いで、わたしは言った。「レニ、きみなのか？」

暗闇のなか、監視人は自分以外にも監視人たちがいるのに気づいていた。夜はたくさんの目が光っている。ロンドンは監視人の街だ。互いが互いを監視している。そう考えただけで、めまいがする思いだった。

監視人は多くの秘密を知っていた。たとえば、あの探偵はユダヤ人の女と会っている。それは彼にとって、耐えがたいほどの不名誉だった。あの探偵がユダヤ女と！心にこみあげた恐怖と嫌悪感はすさまじいもので、危うく吐きそうになったほどだった。ここ数日、あの女のことを考える時間がだんだん多くなっている。あれはユダヤ女が全員そうであるように、娼婦なのだ。ポケットに忍ばせたナイフを思い、あの女の肌に触れたときに奏でる音を想像する。あのふたりは先ほど、女の白い車でどこかへ走り去ってしまった。バーウィック・ストリートの娼婦たちの警戒心は以前よりずっと強くなっている。何人かは商売の場所を完全に移してしまったが、全員がそうしたわけではなかった。女たちにしても商売は続けなくてはならない。この暗い通りは欲望をかきたてる場所であるとともに、娼婦たちを頻繁に訪れる男たちにとって絶好の隠れ場でもある。娼婦たちは邪悪な生き物、魔女であり、監視人は世界から排除することで、自分ではなく、彼女たちの痛みを癒しているつもりだった。しかし、おのれに嘘はつけない。実際は彼女たちの痛みを癒しているわけではない。利用しているのだ。気高い大義のため、探偵を目覚めさせるために利用している。彼にとって娼婦たちは、理想の結末を導くためのたんなる手段にすぎない。

その夜は人目が多く、監視人は暗い懸念を覚えていた。たとえば、アメリカ人も何人か闇にひそんでいる。彼らはすばらしく優秀だった。はじめてここに現れたときには、監視人にさえ存在をまったく気づかせなかった。反対に、向こうがこちらを見ていた可能性はあり、それが彼を不安にさせる。監視人が見られるなど、あってはならないことだ。いまも、監視人は若いが生真面目な顔をしたアメリカ人を見ている。どのように闇にまぎれているのか、どのようにして探偵の事務所を見張っているのかを注視していた。先ほど、その男は監視人よりも楽々と、それこそ幽霊のようにあっさりと事務所に忍びこんだ。そこにいると知ったいま、監視人が彼らの視線を避けるのはずっと簡単になっている。しかし、あの太った娼婦との不幸な事故と、そのあと逃げたところを見られていたのではないかという不安はぬぐえない。ソーホー・スクウェアで服を着替える前に追手をまいたという自信はあったが、楽観は禁物だ。アメリカ人たちが彼のもとに来るかもしれない。まるで関心を持たれていない可能性も、いずれ利用できると思われている可能性もある。だが、アメリカ人がそう思っているなら、それは大きな間違いだ。

探偵はユダヤ人の娼婦とどこかへ行ってしまったが、遅かれ早かれ戻ってくるはずだ。それまでに準備を終える自信はある。ただし、今夜ではない。今夜はナイフに触れながら見るだけでいい。唐突に、監視人の頭に見たこともない冬のアルプスの光景が浮かんだ。空想のなかで、彼は世界が白く純粋になるまでひたすら雪の斜面を滑り落ちていった。

時間と空間を隔てた別の世界で、ショーマーは寝台に横たわっていた。外は雪で、その存在だけで世界を黙らせることができると主張するかのように、ひたすら降りつづいている。診療所には作業やきつい労働がなく、ただ時間だけがある。そして、この時間というものが曲者だった。時間は考えをめぐらせる場になるからだ。やがて、患者を診察してまわり、小さな黒いノートにメモをつけていく医者が来て、静寂は破られた。医者は痩せた背の高い男で、顔はない。着ている革製の黒いコートは丈が長く、足首のあたりで裾がはためいていた。黒いペンを手におざなりな視線で患者をひとりずつ見ては、ノートに記された囚人番号と突きあわせていく。何度も何度も。死そのもののような外見の医者がベッドのあいだを練り歩き、ようやくショーマーのところまでやってきた。やはりおざなりな視線で彼を見て、診断を下す。どんな診断だろう？　医者はうなずいて言った。「退所していいだろう」その言葉により、またしてもショーマーは救われた。あと少しばかり生きていられることになったのだ。

「ウルフ！」彼女は自分より背の低い男のほうにかがみこみ、両方の頬にキスをした。うっとりするようなにおいが男の鼻を刺激する。「いったいいままでどこにいたの？　完全に地上から姿を消していたわけでもあるまいし！」

「レニ？　レニ・リーフェンシュタール？　驚いたな！[1]」ウルフは目を離すことができなかった。彼女はまるで星のようにまばゆく光り輝いている。「きみこそ、大転落のときにつかまったのかと思っていたよ！」

「ばかね」彼女は笑いながら言った。「〈フォトプレー〉を読んでいないの？　わたしはハリウッドで活動しているのよ！」

「レニ、そいつは信じられないよ！　よく顔を見せてくれ！」

ウルフは彼女の肩をつかみ、ゲルマン民族の魅力が詰まった表情を見つめた。彼の知る限り、もっとも完璧なアーリア人女性がそこにいた。

「あなたの一九三二年の演説をよく覚えているわ」レニは言った。「あのときのあなたは最高だった。それまで出会った誰よりも人を惹きつける力を感じたわ」

「言いすぎだよ」

「それに『わが闘争』も読んだわよ！　ものすごく印象的だったわ、ウルフ」

「きみはいつだってわたしに誠実に接してくれた。大義に対してもね。ニュルンベルクを覚えているかい？」

「もちろんよ」レニの顔が曇った。「あれは本当にひどかったわ。準備は完璧に整えたのよ、ウルフ。国家社会主義の偉大な勝利と、とめられない権力への歩みを記録する準備はできていた」一瞬、泣きそうな表情になって続ける。「あの記録映画は『信念の勝利（ジーク・デ・グラウベンス）』と名づけるつもりだったわ。でも実際に起きたのは『信念の喪失』以外の何物でもなかった。ドイツはなぜこんなことになってしまったのかしら、ウルフ？　なぜ歴史はこんなにもあるべき姿から遠ざかってしまったの？」

　ウルフは首を横に振った。「その話はやめよう、愛しい人。わたしは実現不能なことをいろいろと考えもした。だが、いまきみはここにいて、わたしもここにいる」

「ロンドンはすばらしいところよね？」

「わたしにとってはそうでもないかな」

「あなたはここで何をしているの、ウルフ？」

「探偵だよ、レニ」

　レニは、ほんのわずかなあいだ驚きの表情を浮かべ、続けて爆笑した。「探偵？　あなたが探偵をしているの？」

「わたしは法と秩序を重んじる。秩序は必要なんだよ、レニ。ものごとには収支の勘定がなくてはならない」

「それなら、あなたは会計士にもなれるわね」彼女は軽い調子で言い、それから口調を一変させた。「ウルフ！　あなたはもっとましなことをするよう運命づけられているのに。その手で未来をつくるの、粘土で像をつくるみたいにね！　残念でならないわ」

いまやレニは泣いていた。ウルフが彼女を抱きしめていると、周囲の人々がふたりにちらりと視線を送り、すぐに目をそらした。「いいんだ、気にするな。それよりきみの話を聞かせてくれ。ハリウッドの話も」

「わかったわ、ウルフ」レニは身を離すと指先で涙をすくい取り、微笑んでみせた。「ドイツからの移住ができなくなる直前にアメリカに渡ったの。わたしと仕事をしたいと言ってくれた友人の監督がいたのよ。ずっと断りつづけていたスタジオとの契約も受けることにしたわ。いまは、カリフォルニアのワーナー・ブラザースの仕事をしているの」

「ワーナー？」

「ユダヤ人よ」レニはすまなそうに肩をすくめた。「ユダヤ人が牛耳っている産業なのよ、ウルフ。これも仕事よ。誰だって生きていかなくてはならないもの」

ウルフは、部屋の反対側にいるイザベラのことを少しだけ考え、すぐに頭から締め出した。「きみを責めたりはしないよ、レニ。きみの言うとおりだ。誰だって生きていかなくてはならない」

「ああ、ウルフ」彼女の目にふたたび涙が浮かぶ。「あなたにそう言ってもらえると助かるわ。わたしにとってすごく大切なことよ」

「やめてくれ！　きみが泣くことはないんだ」ウルフは彼女の腰を抱いた。「少し外に出よう」

レニは黙って彼に従った。外はまだ雨が降りつづいていたが、ロンドンらしい細かな雨だった。詩人のスティーブン・スペンダーが大声でクリストファー・イシャーウッドと議論している。イシャーウッドが突然言葉を切り、路上に嘔吐した。スペンダーが親切に彼の頭を支えて全部吐いてしまえと励まし、集まって煙草を吸い、酒を飲んでいる人々からは大きな歓声があがった。「芸術家よね」そのひと言ですべての説明がつくかのように、レニが言った。

かつて、ふたりのあいだには強い引力みたいなものが働いていたものの、それ以上は何もなかった。その証拠に、ウルフはエヴァとの関係について話したこともない。ふたりとも強く、カリスマ性のある人物であり、一時的に互いのオーラは絡みあっていた。ふたりが閉じたドアの内側で何をしていたかは、誰に何を言われる筋合いもなかった。

「きみこそ、ロンドンで何をしているんだ？」ウルフは尋ねた。

「本当に映画雑誌を読んでいないのね！　いやだ。どうしてそんなことに驚くのか、自分でもわからないわ。読んでいなくとも不思議はないのに。きっとハリウッドのせいよ。あそこでは人がどんな仕事をするか、本人よりも先にまわりのみんなが知っているの。まさにばくち打ちの集まりよ、ウルフ。夢だけは大きなばくち打ちばかりだわ」

ウルフはわずかに微笑んだ。レニはいつだって彼のやわらかな一面を引き出す。

「わたしにもおなじことが言えるかもしれないな」

レニは笑った。「ハリウッドに集まるのは犬ばかりよ。あなたは狼（ウルフ）だわ」

彼は心を動かされた。「まだ質問に答えてもらっていないよ。ロンドンで何をしているんだ？」

「撮影よ！」レニはウルフの驚いた顔を見て、またしても笑った。「すてきな映画よ。ある意味ドイツが主役で、戦争の話なの。アメリカではみんな戦争が近いと思っているから」

「そうだな」ウルフはヴァージルを思い浮かべた。「だが、わたしはドイツが戦場になるとは考えたくない。ドイツが共産主義に汚され、虐待されているとしてもだ」

「ドイツを解放するための戦争よ。それはいいことなんじゃないかしら？　共産主義は世界に対する脅威だもの」

ウルフは頭を左右に振り、ゆっくりと言った。「わからない。だが、アメリカ人は信用できないよ」

レニが肩をすくめ、煙草に火をつけてあざのような紫煙を湿った空気に吐き出した。

「それでも、きみの映画の話は聞きたい」ウルフは続けた。「きみの……映画の話なら」

女優がみなそうであるように、彼女も本質的には浅はかで自己中心的な人間で、関心の向く範囲は子どものそれと変わらない。きらびやかなものと強い男たち、そして気楽な人生が好きな女だ。だが、映画スター特有のそうした中途半端な性質も、彼女に限っては愛らしく魅惑的なものに見える。まるで、庶民には手の届かない、銀幕の中でしか存在できない特別な人間のようだ。彼女みたいな人々には、どこか非現実的で風変わりな、森の妖精を思わせる何かがある。

「F・スコット・フィッツジェラルドという作家を知っているかしら？」レニがきいた。

「個人的には知らないよ」

彼女の顔に寛容な笑みが浮かぶ。「スコットはメトロ（M）・ゴールドウィン（G）・メイヤー（M）

と契約を結んでいたのだけれど、ジャック・ワーナーが彼を横取りしたの。でも、正直に言うと、MGMは厄介払いができたと喜んでいるんじゃないかしら。酒飲みなのよ。そのせいで健康状態もよくないわ」

「作家としては優秀だ。『グレート・ギャッツビー』の作者だろう？」

「そうね。引き抜きも『ギャッツビー』が関係しているのよ。ジャック――ミスター・ワーナーはもう何年も、続編を書けとたきつけているの」

「だが、ギャッツビーは死んだだろうに！」ウルフは驚いて大きな声を出した。

「ええ、そうよ」レニは少しばかり勢いこんで答えた。「でも、それがハリウッドだから」

「それで、ワーナーは何を望んでいるんだ？　まさか……本当に続編を？」

「ある意味ではね。ミスター・ワーナーは大金を提示して、スコットにオリジナル脚本を依頼したの。スコットは最初、『みながギャッツビーの店にやってくる』という仮題をつけていたわ。奥さんのゼルダと――かわいい女性よ――一緒にヨーロッパ旅行をしたときに、共産党政権から逃げる難民たちを見て感銘を受けたみたい。その脚本ではね、ギャッツビーは最初の本で受けた傷から生還したの。それから数年間、銃の密輸をしながら革命家として世界を旅したあと、モロッコで疲れ果てた冷笑家のバーの主人に落ち着いているのよ。やがて戦争が始まるのだけれど、決死の難民たちが自由なヨーロッパを目指す途中でモロッコにやってきても、ギャッツビーは孤独な生活を変えようとしないの。お酒を飲んで煙草を吸って、ひとりでチェス盤に向かう毎日。でも、ある日デイジー・ブキャナンが彼の店にやってきて、すべてが変わるの」

「デイジー？　ギャッツビーが狂おしいほど愛していたあのデイジーか？　だが、彼女はろくに考えもせずに彼のもとから去ったはずじゃないか！」

「女心は誰にもわからないものなのよ、ウルフ。何はともあれ、ジャックは題名が気に入らなかったの。長すぎると思ったのね。だから、題名はギャッツビーがいる街の名前をそのまま取って、『タンジェ』に決まったわ。その撮影の一部をロンドンでやっているの。わたしも出演するのよ、ウルフ。主演女優としてね！」

ウルフはあんぐりと口を開けて彼女を見つめ、それから言った。「きみがデイジー・ブキャナンなのか？」

「ギャッツビーはハンフリー・ボガートが演じるのよ」

「誰だって？」

「すばらしい俳優よ。とにかく、製作にちょっとした問題が生じて、いまはみな少しぴりぴりしているの。映画づくりではよくあることよ。たしかなことは何もない」

「政治とおなじだな」ウルフは暗い声で言った。

「そうだと思うわ。すべては政治に通じるもの。そうでしょう？　ああ、ウルフ。状況が違っていたらどれだけよかったか！」レニがウルフにすがりついた。「でもわたしたちにはニュルンベルクの思い出がある。そうよね、ウルフ？　少なくとも、あの思い出は決して消えたりしない。そうでしょう？」

「レニ」ウルフはそれまでと打って変わった口調で言った。「あの男は何者だ？」

「男って？」

「こちらに向かってくる男がいるんだ、レニ。きみに用があるらしい」

レニが男のほうに顔を向けた。その男はたしかにふたりに向かってきていたが、すぐに声をかけようとはせず、中折れ帽を斜めにかぶり、煙草をくわえて霧雨のなかで待っていた。若く、まずまずハンサムな容貌で、黒い巻き毛。ウルフはすぐその男に見覚えがあることに気づいた。だが前に見たとき、こちらの顔は見られていないはずだ。

「ああ、ロバートよ！」レニが笑って言った。「張りつめた声を出すから、何事かと思ったじゃない」

「ロバート？」

「ロバート・ビットカー、撮影クルーよ。ポーランド出身のユダヤ人だけど、ワーナーと仕事をすることが多いの。どうして？　まさか知っているの、ウルフ？」

「いや、知りたいとは思うがね」ウルフは小さな声で答えた。

「紹介してあげてもいいわよ」

「やめておこう。わかるようなら滞在先だけ教えてくれないか？」

「わたしたちと一緒に泊まっているわ。ヴィクトリア駅近くのグロヴナー・ホテルよ。どうして？　何か問題でもあるの、ウルフ？」

「なんでもないんだ、レニ。それより、彼はきみに用があるみたいだ」

「プロデューサーのハル・ウォリスが呼んでいるに違いないわ。もう行かないと。ああ、ウルフ！　また会えるわよね？」

「ああ。ぜひ会いたいものだ」

「ホテルに来てちょうだい！　あと一週間は滞在する予定だから。もう撮影に入っている予定だったのだけれど、スタジオと悶着があったから、おかげでこっちは宣伝三昧よ。パーティーばっかり」

「最近はユダヤ人とのかかわりが多いようだな」

「ウルフ！　そんなふうに言わないで。わたしだって本心はあなたとおなじなのよ。これがハリウッドの現実なの」

「そうだな。もう行ったほうがいいよ、レニ。近いうちにまた会おう」

「きっとよ」彼女はウルフの頬にキスをすると、肩をつかんで顔をのぞきこみ、驚いたように言った。「あなた、とてもタフに見えるわ。俳優になるべきだったのに！」

　ウルフは声をあげて笑った。こんなふうに笑ったのは、いつ以来だろう？　普段から軽薄な言動をするほうではない。だが、レニが相手となると話は別だ。彼女はほかの女たちとは違う。説明不要の自然な魅力が、特殊な好みを持つ彼さえも惹きつけるのだろう。それゆえ、レニはウルフともうまく付きあってきた。ウルフが頬にキスを返すと、彼女はビットカーのもとに向かった。ウルフはふたりのほうをじっと見つめていた視線に気づいたビットカーが帽子のつばに手をやって挨拶をよこし、それから背を向けた。ウルフが何者か気づいただろうか？

　それはないだろう。つまり、見失ったと思い、探していた男はずっと近くにいたわけだ！　よりによって映画の撮影クルーだったとは思いもよらなかったが、考えてみると納得できる話ではあった。ハリウッドはユダヤ人であふれている。ビットカーは大物とロンドンにいる末端のグループとの連絡役を仰せつかっているのだろう。アメリカのユダヤ人たちは、イギリスの同胞たちがファシストの指導者に対して行うテロ攻撃の支援をしているというわけだ。

　これでビットカーの居所はつかんだ。ふたたび見失いはしない。この男をきっちり押さえておきさえすれば、ジュディスのもとまでいざなってくれるはずだ。

　会場のなかに戻ると、作家や詩人といった芸術家たちと彼らの編集者やエージェント、校訂者に営業担当者などが一緒になってアレン・アンド・アンウィンの提供するワインを片っ端から飲み干し、パーティーはますます盛りあがっていた。「ウルフ？」声をかけてきたのはイザベラだ。彼女の頰は紅潮し、目はアルコールと興奮のせいでうるんでいる。「たったいま、すてきな人に会ったわ。ジョン・トールキンというオックスフォードでアングロサクソン語を教えている教授よ。アレン・アンド・アンウィンから本を出しているみたいなんだけど、聞いたことはあるかしら？」

「彼の本なら読んだよ」ウルフはその本をおおいに楽しんだにもかかわらず、渋い顔をして言った。「くだらない作品さ。子ども向けのファンタジー小説だ。もっとも、ファンタジー小説はどれも子ども向けだが」

「機嫌が悪いのね」イザベラの瞳が危険と期待の入りまじった怪しい光を放った。彼女はウルフに身を寄せ、手で局部をつかんだ。「罰してほしいの？」耳元でささやくと、ワインのにおいが広がった。

「わたしから離れろ、このあばずれめ！」

あたりがしんと静まり、人々が振り返ってふたりを見た。引き締まった体つきをした、いかにも活発そうな五十代くらいの男性がふたりに歩み寄って声をかける。「何か問題でもあったかね？」

イザベラの顔からは血の気が引いていた。「よくも……よくも言ったわね！」

「口を出すな」ウルフが男たちに告げると同時に、イザベラが手を振りあげた。怒りで顔を真っ赤にした彼は女の細い手首をつかみ、つばを飛ばしてどなった。「あばずれめ！　おまえは汚れきった娼婦だ！」

唐突に、イザベラのけたたましい笑い声が響きわたった。「その娼婦と楽しんだのは誰よ！」彼女は叫び、ウルフの顔面に投げつける。冷酷な笑みを浮かべてハンドバッグから丸めた札を出し、手を引き戻した。札が宙に舞い、彼の周囲の床にひらひらと落ちた。「いったい誰が娼婦なのかしらね、ミスター・ウルフ？」美しい彼女の顔に、醜く残忍な表情が浮かんでいた。「もっとお金がほしくなったらわたしのところに来るといいわ。場所は知っているでしょう？」

イザベラはくるりと背を向け、そのまま歩いていった。

「何を見ている？」ウルフは驚いた顔をしている身なりの整った男に向かって叫んだ。男の顔がこわばった。「残念だが、出ていってくれと言うよりほかはない」

「いったい何様のつもりだ！」

「わたしはスタンレー・アンウィンだ。この会社の社長で、パーティーのホストでもある。あなたは……招待されていないのでは？」

「おまえがスタンレー・アンウィンなのか？　おまえが？」

「会ったことはないと思うが」

「わたしの本を拒絶したな！」

アンウィンがきょとんとした表情を浮かべる。「わたしが？　アレン・アンド・アンウィンにはたくさんの作品が持ちこまれてくるんだ。すべてを出版することなどとても……」

「わたしの本だ！　『わが闘争』だぞ！　わたしはあれを刑務所で書いたんだ！　わたしがどんな苦難を乗り越えてきたか知っているのか？　ウィーンに戦争に刑務所……それをイギリス人のおまえが厚かましくも拒絶するというのか？」

「さっきも言ったとおり、すべてを――」

「わたしに対して断りもよこさなかった！[2]」

「とにかく、出ていってもらう！　すぐにこの場を立ち去るんだ」

「このユダヤびいきめ！　わたしが誰かもわからないのか？　そのくせこんな……」

ウルフは、パイプをくわえて即席のバーに立っている男を乱暴に指さした。「こんな男の本は出版するのか？　このトールキンの……ホビットの話を？　わたしは世界を変えていたかもしれないのに！　わたしの本は重要なんだ！」

「出ていけ！」

出席者のなかにいたふたりのがっしりとした作家がアンウィンのかたわらに進み出て、ウルフのほうに向かってきた。彼は怒りで顔を真っ赤にし、口からつばを垂らしたままあとずさった。「おまえは愚か者だ、アンウィン！　わたしの本を拒絶する権利は誰にもない！」

「出ていくんだ！」

　誰に引きずり出されたのかは、あとになってもよくわからなかった。そんなことをするようにも見えないが、あるいはレスリー・チャータリスとイーヴリン・ウォーだったかもしれない。とにかくふたりの男が、叫び悪態をつくウルフを外へと連れ出した。ふたりはそのままミュージアム・ストリートの端まで彼を引きずっていき、そこで地面に放り投げた。水たまりのなかに倒れこんだウルフの体は、冷たい雨でびしょ濡れになっていた。男たちは荒い息をしながら彼を見おろし、ひとりが煙草に火をつけてむせた。「忘れろよ」むせたほうの男が言う。「たかがパーティーだ」

「誰だって拒絶されることくらいある」もうひとりが言った。ウルフが立ちあがってスーツの汚れを叩いて落とし、黙って立ち去るまで、彼らは呼吸を整えながらそこに立っていた。

ウルフの日記、一九三九年十一月十六日──続き

一九一九年にパーゼヴァルクの病院に到着したとき、わたしはおびえていた。否定はしないし、嘘もつかない。わたしはたしかに恐怖していた。過去の自分の亡霊、あるいは影になってしまった気がしていたのだ。暗く、どんな光も入ってこられない世界に迷いこみ、恐ろしさで気も狂わんばかりだった。

涼しく静かな病院で、看護婦たちは忙しそうにしていたものの、不親切ではなかった。廊下を案内されながら、嗅覚や聴覚や触覚を駆使していまの状況を描写してみようと試みたことは覚えている。それは恐ろしい経験で、通りすぎる部屋から聞こえてくるのは、患者たちの叫び声やうめき声、そしてつぶやく声だった。わたしは戦場から引き離され、精神病院に放りこまれたのだ。狂ってなどいなかったのに！

それどころか、わたしは自分の知る限り、もっともまともな人間だった。

最初の日、消毒液やゆですぎたキャベツ、看護婦の制服や洗濯物のにおいがするなか、看護婦がわたしを病室まで連れていき、窓際のベッドに案内した。目が見えないから景色を楽しむこともできないにもかかわらずだ！　それから、わたしは何時間も仰向けに横たわって暗闇を見つめていた。体はきれいにしてもらった。泥もなければ、砲弾が空気を裂く音も、死んでいくわたしの人々——そう、彼らはわたしの人々だった——の悲鳴も聞こえない。それでも、ドイツは苦しんでいて、わたしも一緒に苦しんでいた。その当時、いま考えてみるとそれほど明確にではなかったものの、わたしは自分が芸術家になると信じていた。芸術家がキャンバスも見えずに、どうやって仕事をするのだろう？　わたしはひとつのものではなくなり、まだ別のものにはなっていなかった。自分自身が真っ白なキャンバスになり、光をあてられるのを待っている状態だ。

その男に出会ったのは翌日だ。看護婦がわたしを彼の診察室に連れていき、椅子に座るのに手を貸した。椅子の前にはデスクがあるらしい。わたしはその現実を自分自身に示すため、分厚い天板の端を人差し指と親指でつまんでみた。すると、彼の声が聞こえてきた。夢にまで登場し、わたしを形づくることになる声だ。

「わたしはドクター・フォースターだ」

こちらが名前と階級を伝えると、彼は質問を始め、わたしの答えを紙に記していった。医者の声はしわがれ、態度はぶっきらぼうだった。向こうが尋問でわたしを追いこもうとしているのは明らかだった。わたしを前線からの脱走者、臆病者と挑発し、わたしが義務から逃げ出したと罵ったのだ！　わたしは抗議し、前線に、祖国のための戦いに復帰したいと訴えた。時間が経つにつれ、医者の困惑がこちらに伝わってきた。そう明言されたわけではなかったが、医者がこれまで診てきた患者たちの多くが怪我や精神面の状態を偽り、塹壕と戦争から逃れようとしていたのは明らかだった。わたしは違う！　わたしの負傷は本物だった。ガスのせいで、目が見えなくなったのだ！

「わたしを助けてくれ！　できることはないのか？」相手の答えがなかったので、わたしは上ずった声でさらにまくしたてた。「なぜわたしはここに？　ここの患者たちはみな狂っている！　わたしの目が見えないのも本当じゃないと思っているのか？　わたしが嘘をついていると？　わたしを助けてくれ！　視力が必要なんだ！」

医者はそれからもずいぶんと黙りこんでいたが、しばらくしてまた話を聞いてくれると約束した。だが、わたしは彼の戸惑いに気づいていた。こちらの反応が予想外のものだったのだろう。病室に戻されてふたたび横になり、怒りながら考え、信じてもいない神や父親、イギリス人を責めて何時間も費やした。やがて責める対象は、わたしたちに勝利をもたらすことのできない指導者たちにまで広がった。

そのときのわたしは子どもでしかなかった。死や破壊といった悲惨なものを目の当たりにしてはいたものの、まだ戦争や世界を大きな構図として正しく理解できてはいなかったのだ。わたしは泣きわめき、他人を責めていた。

しかし、ドクター・フォースターはわたしを治してくれた。

翌日、わたしは彼の診察室に呼ばれた。しばらく沈黙が流れたあと、彼はようやく口を開いた。低くおだやかで、魅惑的な声だ。彼は神経心理学者で、あとで知ったところによると、地位のあるベテランの医療士官であるとともに、ドイツ人の愛国者だった。状態を偽ったり、ヒステリー症状を起こしたりしているほかの患者たちの話をし、前日に診察したわたしの目についても話した。結果は最悪で、自分で思っていたとおり、わたしの目はガスによって修復不能な傷を負った結果、失明したということだった。わたしの視力は永遠に失われたのだ！

たぶん、わたしは泣きだしたのだろう。いまとなってはよく覚えていない。語りかけてくる彼の声はおだやかで、威厳を感じさせるものだった。「きみはほかの患者とは違う、伍長。きみは特別だ。きみのなかからドイツの過去の栄光に通じる何かを感じる。ジークフリートやアッティラ、ヴォータンをな」

「わたしは盲目だ！」わたしは嘆いた。「役立たずのごみなんだ！」

医者の手がわたしの頰を打った。頰が焼けるように痛み、嘆きは怒りへと変わる。立ちあがって彼を罵り、椅子を蹴り飛ばした。暗闇のなかでつまずき、それでも悪態を吐きつづけた。

「そう、それだ！　きみは怒っている！　情熱を爆発させているんだ！　打たれた犬みたいに泣き言を吠えるのはやめろ！　まだチャンスはあるぞ、伍長。そうだ！　まだチャンスはあるんだ」

彼の言葉がもだえ苦しむ意識に入りこんできた。「チャンスがある？」わたしはつぶやいた。

「そうだ。なぜなら、きみは特別だからだ、伍長。きみは超人（ユーバーメンシュ）だ！　わたしは信じているぞ」医者が室内を動く気配がして、マッチをする音が聞こえた。「いまろうそくに火をつけた。あとはただの暗闇だ。炎が見えるかね？」

「いいや、見えない！」

「それでもわたしは、きみには見えると信じる！」彼が叫んだ。「精神力を使え、伍長！　自分が偉大な存在だと信じたまえ。この世に生を受けたほかの誰よりも偉大だと信じるんだ。精神力だけできみはなんだってできる！　多くの敵の脅威にさらされているドイツのため、祖国のためにやるんだ。できるか？」

「できない。無理だ！」

それはまさに狂気の沙汰だった！　わたしは盲目だったのだ。思考する力だけでみずからを治すなど、できるはずもない。それでも、医者はオーケストラと向きあう指揮者のように、わたしに要求しつづけた。「自分を証明しろ！　炎が見えれば、きみは偉大な人間、超越者だ。ドイツを率い、祖国を勝利に導ける！　わたしに意志の勝利を見せてみろ！」

彼の言葉に心が高揚した。わたしはいつだって自分を特別だと、他人とは違うと思ってきたし、つねに分別というものをわきまえていた。内心では、わたしは医者の言葉を信じていた。彼の言葉がわたしに真実を見せた。わたしは普通からほど遠いとき、普通になろうとして戦ったのだ！　そう考えるあいだも、医者の言葉が頭のなかを駆けめぐり、目に強い感覚が宿った。そして、わたしは鈍くゆらめく明かりを知覚しはじめた。

おそらくこちらの目の動きで気づいたのだろう。彼が叫んだ。「そうだ！」

わたしはさらに集中した。本当にみずからを治しているのだろうか？　意志の力で損傷した組織を健康なものと入れ替える？　ゆっくりと像が浮かびあがり、少しずつはっきりしたものになっていった。炎だ！　暗い部屋のなかに明るい炎が光っている。ろうそくがはっきり見えた――胴を流れ落ちる蠟から、溝や不規則な形になっている部分まで。徐々に部屋にも焦点が合っていき、本棚や大きなデスク、炎が壁に投げかける影も確認できた。そして、ドクター・フォースターがそこにいた。

医者は丸顔で黒髪は後退しつつあり、眼鏡をかけていた。張りつめた表情を浮かべ、目は情熱で――そのときの心理状態ではそう見えた――輝いている。

「やった！　見えるんだな？」

「見えるぞ、ドクター！」わたしは圧倒されていたものの、じきに落ち着きを取り戻した。突然、たくさんのことがわたしのなかで明確になったのだ。自分が何者なのかも、先に待ち受けている運命もはっきりと認識した。子どもだったわたしは死に、代わりに男——超人（ユーバーメンシュ）——となったのだった。

　雨のなかを歩いている最中に、なぜドクター・フォースターのことを思い出したのかはわからない。わたしはすさまじい怒りのなかにいた。一瞬、自分が超人となり、空を飛んで人間離れした視力で敵を探し出すところを想像した。だが、これまでに起きた出来事は、わたしが間違っていたことをはっきり示していた。大転落がわたしの夢を粉々に打ち砕いたのだ。フォースターは目を治してくれたが、それは巧妙なぺてんによるものでしかなかった。

　当時のわたしに関する資料を見ると、彼は〝ヒステリー症状〟と書いている。おなじ資料で視覚には異常がないとも書いていた。わたしは自分が失明したと思いこんだことによる神経の高ぶりに苦しめられていただけで、目にはなんの損傷も負っていなかったらしい。

　あの汚い男にだまされたのだ！[3]

　その過程で、彼はわたしを正義に仕える道具に変質させた。ドイツを率いる男にだ。わたしも大転落までは自分がそうだと信じていた。そして、大転落で信じていたものすべてを失い、ふたたびただの人間に戻った。

それをどれだけ憎んだことか。

考え事に忙しかったせいで、わたしはすれ違う黒い車に注意を払っていなかった。車の速度は不自然なほど遅かったが、それに気づいたときにはすでに手遅れだった。ドアの開く音と重い足音が聞こえたので振り返ると、ホーフガルテンのバーテンダー、エミールの顔が見えた。「すみません、ヘル・ウルフ」彼の大きな手には鉄パイプが握られていた。避けようとしたわたしの動きはのろく、鉄パイプが後頭部に直撃した。鈍い音が周囲に響いて痛みがはじけ、ありがたいことに目の前が真っ暗になった。

「マティーニはいかが？」

目の前にいる、昔と変わらないにやついた顔をしたあばずれが言った。普通の女たちが映画スターや牛乳配達人に欲情するのとおなじように、彼女は権力に欲情する。ウルフは顔をしかめた。頭がひどく痛むのだ。「結構だ、マグダ」

ふたりは客間で紅茶を飲んでいた。ウルフは、おそらくロンドンの西側のどこか、ケンジントンあたりにいると推測した。納得のいく事態のような気もする。それにしても頭の痛みがひどい。意識はここに来る途中、車の後部座席ですでに戻っていた。隣にはエミールが座っていて、反対側には知らない男がいた。誰も言葉を発さないまま車が夜の静けさのなかを進み、やがて住宅街の静かな通りの静かな邸宅の前で停止した。一瞬ウルフの脳裏に、空襲警報が鳴り響くなか低空飛行する爆撃機が爆弾を投下し、あたり一帯を吹き飛ばす光景が浮かんだ。しかし、現実の住宅街は静まり返り、平和そのものだった。エミールが車をおりる彼に手を貸した。「殴ったりしてすみませんでした、ヘル・ウルフ。命令だったんです。わかってください」

門をくぐっていくと家の明かりが点灯し、ドアが開いた。玄関口には影がひとつ立っていた。真面目そうだがネズミに似た顔の男が足を引きずりながら近寄ってきて、手を差し出した。その男は顔に、ウルフもよく覚えているしらじらしい笑みを張りつけていた。

「ヨーゼフ?」ウルフは尋ねた。「ヨーゼフ・ゲッベルスか?」

「ウルフ! ウルフ! ウルフ!」

ふたりは足をとめて向かいあった。ゲッベルスは小柄で痩せていて、脚が不自由で危険な男だ。大転落前は、政治宣伝(プロパガンダ)を担当していた。彼の笑みが心配そうな表情に変わる。「いったい何をされたんだ? おい、エミール?」

「すみません、ヘル・ゲッベルス」大柄なバーテンダーが答えた。自分よりもはるかに小柄な男を恐れているらしく、そわそわと体を動かしている。「あなたが――」

「自分が言った内容くらいわかっている！　このばか者が！　親愛なるウルフ、本当にすまない。さあ、入ってくれ！　また会えてうれしいよ！」

「ここはおまえの家なのか？」ウルフは尋ねた。

「古い家だろう？」ゲッベルスは肩をすくめ、こともなげに言った。本当になんでもないように。

「ずっとここに住んでいたのか？　イギリスに？」

「あなたを探していたんだ。でも、あなたが昔の知り合いとはかかわりたくないと言っているとヘスから聞いたので、邪魔をしたくなかった」

「おまえは共産主義者につかまったと思っていたぞ！」

ゲッベルスがふたたび肩をすくめ、ウルフを邸宅のなかへといざなった。出迎えたのは趣味の悪い壁紙だ。「わたしは生き延びた」ゲッベルスが言う。「あなたも知っているだろう、ウルフ。生き延びるために何をしなくてはならないかを」

ウルフは立ちどまった。後頭部が痛み、髪には血がこびりついている。疲れと痛みは相当のものだ。「取引をしたな」ゆっくりと彼は言った。

ゲッベルスが沈黙した。外からも何も聞こえない。鳥さえも眠っているようだ。ウルフは肝が冷えていくのを感じた。「釈放を条件に、共産主義者どもと取引をしたな。

何をした、ヨーゼフ？　やつらに何を売った？」

「もう終わったんだよ、ウルフ。われわれは負けたんだ。現実を見なくてはならない。わたしが連中に与えたのは、遅かれ早かれ連中の手に渡るはずだったものだけだ。何人かの名前といくつかの情報だけだよ。突撃隊の酔っ払いが何人かとシュトライヒャーがどうなろうと、いまさらなんの影響がある？」

「ユリウス・シュトライヒャーをやつらに売ったのか？」

「あの男の使い道はもうどこにもなかった。それにやつは豚野郎だった。本物の豚野郎だったじゃないか、ウルフ！」

「それは事実だ」ウルフは笑いだした。「ヨーゼフ、おまえは変わらないな」

「ウルフ」彼のほうを向いた脚の不自由な男の目には、本物の涙が浮かんでいた。

「あなたに会いたかった。本当に会いたかったよ」

「わたしもおまえに会えてよかったよ、ヨーゼフ。だが、それなら招待状ひとつで用は足りたはずだ」

「あなたに怪我をさせる気など毛頭なかった。本当だ！　エミール、ここへ来い」

「はい？」エミールが返事をした。

「入ってドアを閉めろ、エミール」

「はい、ヘル・ゲッベルス」

「よし」

ゲッベルスがポケットから銃を出してぞんざいに振り、ウルフに言った。「アメリカ製だ。あなたも好きだろう？」

「好きだとも。アメリカ人と話したのか？」

「たまに一緒に仕事をする間柄だよ。いけないことではないだろう？　友人はいるに越したことはない。改めて謝罪するよ、ウルフ」ゲッベルスは戸惑っているエミールに銃を向け、ためらいなく引き金を引いた。耳をつんざく音が小さな玄関ホールに響き、上の階からは女の悲鳴が聞こえてきた。頭の半分が壁の染みになってしまったエミールが床に倒れこみ、血がじゅうたんに広がっていった。ウルフは死体を見おろした。

「わたしはこの男を気に入っていたのだがな」

「わたしもだ。だが、規律は維持しなくてはならない」

「このままここに放置しておくのか？」

「フランツが片づける。行こう。マグダがあなたに会うのを楽しみにしている」

銃声による耳鳴りがおさまらない。ウルフはゲッベルスの案内で客間に入った。

「マグダ？　どこにいるんだ？」

階段をおりてきた足音が一瞬とまった。それから、エミールの死体を飛び越えたと思われるひときわ間隔の空いた足音がして、客間の前まで続いた。彼女は黒いイブニングドレスを着てヴェールと手袋をつけ、ハイヒールを履いている。「ウルフ！」彼に駆け寄って抱きつき、こっそりと臀部(でんぶ)に手をやる。「また会えてうれしいわ」手に力をこめてつぶやいた彼女の体を、ウルフはやさしく押し戻した。ウルフのそばに来ると、この女はいつも発情期のキツネみたいにふるまう。

「わたしもうれしいよ、マグダ」

「いつ以来かしら？」

「さあ、でもずいぶんと久しぶりだ」ウルフは疲労を感じ、沈んだ気分で答えた。これは社交の場ではなく、彼と夫妻とのあいだの力関係も変わっている。いまとなってはゲッベルス夫妻に命令することはできない。向こうも彼と離れて変わったはずだ。警戒しなくてはならない。

「飲み物をつくるわ。マティーニでいいかしら？」

「いいや、結構だ」ウルフは礼儀正しく断り、ゲッベルスを見た。「子どもたちは？」この夫妻は、自分たちのアーリア系の血筋だけで地球の人口増をまかなう勢いで、子どもを増やしていた。それこそウサギのように。ゲッベルスは忠実で、才能ある弁舌家であり、強烈な反ユダヤ主義者だった。そして、本人は秘密にしたがっていたが、小説家崩れでもある。

「上にいる」ゲッベルスが答えた。

「眠っているわ」マグダが付け加える。

先ほどの銃声が頭をよぎる。自宅の玄関ホールでの銃声に気づいていないのだとしたら、たいした子どもたちだ。だが、ゲッベルスの一家に限ってそれは考えにくい。

ウルフは本題に切りこんだ。「ヘスの話といえば」

「ヘスの話などしていないが？」そう言いつつ、ゲッベルスがマグダと目配せをかわしたのを、ウルフは見逃さなかった。

マグダが立ちあがってキッチンへ向かい、その途中で振り返った。「チョコレートケーキはいかが？」

「いただくよ、マグダ」ゲッベルスが答えると彼女はドアの向こうに消えていき、あとにはふたりの男たちが残された。

「ヘスが死んだ」ウルフは前置きを抜きにして告げた。「ハイド・パークの池で死んでいたのを見たんだ」

「たいそうな死にざまだ」ゲッベルスが微笑みとも嘲笑ともつかない表情を浮かべた。いずれにしろ、不快で脂ぎった、そしてネズミに似た表情なのはたしかだ。

「おまえが殺したのか、ヨーゼフ？」

「わたしが？」ゲッベルスが驚いた表情で言った。「わたしがそんなことをするはずがないじゃないか、ウルフ!」

「なら誰がやった?」

「ヘスの話をしなくてはならないのか?」

「わたしはそのためにここへ連れてこられた。違うのか?」

「傷つくな。そんなふうに思っているのか?」

「わたしはおまえを知っているからな。おまえだけじゃない。みな、わたしのものだった。放任主義で育てた子どもたちみたいなものだ。おまえたちはみな大転落がやってきて逃げ出し、何人かがこの国に渡った。そしていまは——いったい何をしている? 女のヒモか? 賭けの元締めか? おまえは何者にもなっていないよ、ヨーゼフ。ただの犯罪者だ」

「なかには、われわれが最初から犯罪者でしかなかったと言う者もいる」ゲッベルスはあいかわらずつくり笑いを顔に張りつけている。「あなたは力を失った。ウルフ、あなたは負けたんだ!」

「わたしは裏切られたんだ!」

ふたりはにらみあった。ゲッベルスの顔から笑みが消えている。「わたしはあなたを愛していたよ、ウルフ。だが、あなたはもう、わたしたちとかかわろうとしなかった。そして、フリッツ・ラングの映画から飛び出してきたおかしな探偵を演じることを選んだ。ヘスはいい男だったが、弱すぎたのさ。弱すぎたし、しゃべりすぎた。この仕事では、しゃべりすぎるとろくなことはない」

ウルフは感情を顔に出さずに相手を見据えた。危険な空気が漂うなか、沈黙が続く。しばらくして、彼は口を開いた。「へスが話した相手は、このわたしだぞ」

今度はゲッベルスが黙りこむ番だった。

「黒幕は誰だ、ヨーゼフ？」ウルフは問いただした。「難民商売に売春、そして白人奴隷。これらの裏で、誰が糸を引いている？　おまえじゃない。おまえの頭では無理だよ、ヨーゼフ。非情さも足りない。口は達者だし、さっきの哀れなエミールと銃を使った見世物には感心させられた。だが、あんなことをしても無駄だ。おまえにできないのはわかっている。では、誰なんだ？」

「ウルフ」ゲッベルスの目にあふれんばかりの悲しみが浮かんだ。

「なんだ」

「必要以上のことを尋ねるのはよくない」ゲッベルスが落ち着いた声で言った。「わかったか？」

それはウルフにもわかっていた。誰よりもわかっているはずだった。この危険なゲームのルールを決めたのは、ほかならぬ彼自身ではなかったか？　イエスと言おう、うなずこう、理解したと言おう、そう思って実行しようとした瞬間、マグダがチョコレートケーキをのせた銀のトレーを持って客間に入ってきた。ゲッベルスの目がわずかに上を向き、ウルフの背後を見る。そういえばふたり目がいた。エミールの死体を片づけることになっているフランツという男だ。ゲッベルスは彼に合図を送ったのだろう。

ウルフは口を開き、言葉を発しようとし、同時に相手の視線に気づいて振り返ろうとした。しかし、またしても手遅れだった。すでに傷ついた後頭部をもう一度痛みが貫き、その瞬間、うず巻く銀河や星間雲、太陽や惑星や月が目の前に広がった。そのすべてが輝きながらすさまじい速度で収束し、離れていった同志たちの顔に変わっていく。ヘスやシュトライヒャー、ゲーリングやゲッベルス、ヒムラー、ボルマン、シュペーアの顔だ。彼らのなかに黒幕がいる。彼らのうちの誰かが裏で糸を引いているのだ。目の前に広がった光景がものすごい速度でぐるぐるまわりはじめ、超新星の、死にゆく星のまばゆい光で視野がいっぱいになった。光はウルフをのみこみ、体内の細胞や原子を残さず焼き尽くした。そして、またしても深い宇宙の暗闇に包まれた。冷たく、時間から完全に解放された、ありがたい場所だ。

ウルフの日記、一九三九年十一月十六日——続き

夢のなかで、わたしは雪が降りしきる冷たくて明るい場所にいた。

地面は固く霜に覆われ、痩せ細った男たちがわたしを囲むように立っている。彼らは縞模様のパジャマを着て、木靴を履いていた。こんな男たちは見たことがない。彼らの姿は異様で、風刺画のようだった。わたしたちを閉じこめる柵と監視塔があり、凍った地面の上に住居棟がそこかしこに立っている。頭上に鳥が飛んでいるのが見えたものの、すぐに監視塔の狙撃手に撃ち落とされてしまった。鳥は地面に叩きつけられ、翼はねじれ、羽根が舞った。血と細かな骨が飛び散った。男がひとり駆け寄り、死骸を拾いあげてぼろぼろのコートのなかに隠そうとした。ふたたび銃声が鳴り響き、男が雪の上に倒れこんだ。彼に駆け寄る者は誰もいない。コートから鳥の死骸がこぼれ落ち、男のかたわらに放り出されていた。鳥の砕けた頭に、血が一滴だけついている。

寒いのは承知していたが、寒さは感じない。わたしは亡霊のように、男たちのあいだをさまよい歩いた。彼らはこちらに気づいておらず、こちらからはいかなる接触もできなかった。光は強烈だった。空は青く澄みきっている。上空に太陽はあるものの、とても小さく、とても遠い。冷たい明るさがあたりを支配し、影さえものみこむ荒涼とした光が広がっている。どれくらいそこにいたのかはわからない。わたしは時間の感覚を失った。太陽は永遠に沈むことがないようだった。雪も空中にとどまっていた。男たちはそれぞれの場所から動かず、骨と皮だけの指でシャベルを握り、身をかがめて穴を掘る姿勢で凍りついていた。

わたしは、ここが蠟人形の置かれたつくりものの村か何かに違いないと考えた。雪も本物ではなく、無数の紙つぶてが糸で吊りさげられたものだと。空はキャンバスに描かれていて、黄色い絵の具を垂らしたのが太陽だと。驚嘆しながら、展示物のあいだを歩いていく。これほどのものをつくり出すためには、途方もない精緻さが必要だろう。遠くのほうに黒い煙が見えた。自分がずっとその煙を吸いこんでいたことに気がついた。煙は遠くにある煙突から吐き出され、空気に溶けこんでいる。わたしの目や鼻や耳に入りこみ、肺の内側を覆い尽くしていた。不快なにおいを放ちながらも不思議と甘い黒煙はいたるところにあり、どこへも流れていかずにわたしと服にまとわりついている。口のなかで舌を動かしてみると、歯茎が痩せてひどく痛むことに気づいた。ぐらつく歯を舌先でつつくと完全に抜けてしまい、つばと一緒に吐き出した。なぜかはわからないが、いきなりすさまじい恐怖がこみあげてきた。これが悪夢にすぎないのはわかっている。かといって目を覚ますこともできない。手の甲に目をやると、まるで見覚えのない、皮がたるんだしわだらけの老人の手がそこにあった。服が重く感じられ、ものすごい疲れに襲われる。わたしを押しつぶす重たい服は、もはやサイズも合っていなかった。気づくと服が変わっていた。わたしは縞模様のパジャマを着て、足に切り傷をもたらす木靴を履いていた。楽団が大音量で軍歌を奏でるなか、鋭い笛の音が聞こえてくる。制服姿の男がこちらに駆け寄ってきて、どこに行くつもりだとわたしを問い詰めた。わたしはすべてが間違いで、自分がここにいるはずのない人間なのだと説明したが、男は笑うばかりだ。とても腹が減っている。男はわたしを黒い煙の源へ連れていこうとした。間違いだ、何かの間違いだとわたしは訴えつづけ、間違いだ、行きたくないと懇願した。いやだ、いやだ、行きたくない。わたしたちはひたすら歩き、黒い煙のなかに入っていった。間違いだ、これは何かの間違いなのだと繰り返す。あたりが真っ暗になり、わたしは必死になって明かりをつけてくれと頼みこんだ。しかし、男はすでにどこにもいなかった。

第11章

ウルフの日記、一九三九年十一月十七日

わたしは目を覚ましたとたん、はげしい吐き気に見舞われた。胃から逆流した内容物が唇と舌を焼き、口から床に流れ落ちた。窓のブラインドは引かれ、光が差しこんでいる。部屋は清潔で個人のものという感じではなく、消毒液と自分の吐瀉物のにおいがした。上のほうから女の声が聞こえてきた。「落ち着いて」

何者かの手でベッドへ押し戻された。「ひどい事故にあったのよ」ぼんやりと顔らしきものが見え、わたしはまばたきを繰り返した。金髪の女の白い顔だ。

「事故じゃない」わたしはいらついた口調で言った。「殴られたんだ」

「知っているわ」女がわたしの枕を整えた。「ひどい目にあったわね、ミスター・ウルフソン」

「ウルフソン？」

「ポケットに身分証があったの」

「ウルフソンか！　そうだ。わたしは……」いったい何がどうなっている？

「モシェ・ウルフソンだ」

「誰に殴られたかはわかる？」

「いいや」

「たぶん黒シャツの連中ね。最近、急に患者さんが増えているのよ、ミスター・ウルフソン。いまは休むといいわ」女が注射器を取ろうと腕を伸ばした。

「待ってくれ！」

「何かしら？」

「ここはどこだ？」

「ガイズ病院よ」

「ガイズ病院？」つまり、わたしは川の南側、ロンドン橋の近くにいるということだ。「わたしはどうやってここに？」

女が肩をすくめた。「休んだほうがいいわ、ミスター・ウルフソン」彼女の手にした注射器の針の先で、ほんの少量の液体が泡をつくっているのが見えた。

「待て！　わたしの名はウルフソンでは――」

針が皮膚に刺さり、おだやかな安心感に全身を包まれていく。わたしはマットレスに沈みこみ、何秒もしないうちに眠りに落ちた。

ウルフの日記、一九三九年十一月十八日

「面倒なユダヤ人どもで病院があふれ返りそうだ」男の声が聞こえてきて、パイプ煙草のにおいがした。「ずっと言っているんだよ。人が足りなくて対応できないってね。少なくとも選挙が終わるまでは、モズレーの手下どもを押さえておいてもらわないと」

目を開けると、顔じゅうに髭を生やして丸眼鏡をかけた、わたしとおなじ年頃の男が立っていた。彼は窓際にパイプを置くと、わたしに近づいてきた。「どれ、診てみるとしよう」手が後頭部に触れ、わたしは危うく悲鳴をあげそうになった。「うん、なるほど」男は言った。「こいつはひどい傷だ、ミスター……」

「ウルフソンです」昨日とは違う看護婦が言った。

「とにかく、ひどい傷だよ。ここに来たのは正解だった」医者はそう言うと、ようやく手を離した。「何日か入院してもらうことになる。連絡したい人は？」

「いない」答えてから、わたしは思いなおした。「いや、いる」

「奥さんか？　それとも友人？」

「オズワルド・モズレーに連絡してくれ」わたしが言うと、医者が笑いだした。

「オズワルドに、ウルフが連絡を待っていると伝えてくれ」わたしは繰り返した。

医者がため息をつく。「まったく、どうして彼らはこんなことをするんだか」

〝彼ら〟が誰を指すのか、わたしにはよくわからなかった。「鎮静剤を打っておこう。回復する時間が必要だ」

「待て！　聞くんだ。あなたはわかっていない！」

しかし、医者は隣のベッドに移ってしまい、わたしは看護婦を見あげた。頭は強烈に痛むままだ。「頼む、オズワルドに連絡してくれ。ウルフだと言えば通じる」

「あなたの名前はウルフソンですよね？」看護婦が注射の準備をした。

「よせ。やめろ――」

またしても冷たい針の感触がして、昨日とおなじく、あっという間に安心感が広がっていった。わたしは間の抜けた笑みを浮かべて看護婦を見る。「連絡を頼む。わたしは――」

「おやすみなさい」看護婦が言った。

ウルフの日記、一九三九年十一月十九日

「ミスター・ウルフ？」

あたりは暗く、近くのベッドにいる患者たちが眠ったまま洟をすすったり、泣いたり、放屁したりしていた。訪問者がわたしのかたわらにある椅子に座っている。平凡な灰色のスーツを着た、どこにでもいそうな若者だ。ふっくらとした顔は感じがよく、うっすらと汗が光っていた。「おまえは誰だ？」

「アルダーマンです。トーマス・アルダーマン。サー・オズワルドの家でのパーティーでお会いしました。最近も一度、電話でお話ししています」

「アルダーマン？　おまえは何者だ？　オズワルドはどうした？」

「アメリカ人たちが言うには、サー・オズワルドは選挙の遊説中です。見舞いには来られませんが、お大事にとのことでした。何か手違いがあったようですね。ウルフソンというユダヤ人の名義で入院していることになっています」

「おまえが気にする必要はない。アメリカ人とはどういうことだ？　オズワルドはやつらと接触したのか？　まさか取引を？　状況を教えろ！」

「サー・オズワルドはさまざまな方面と接触を――」

「やはりそうか！　あの虫けらは取引をしたんだな！　あの男には道義の精神と

いうものがないのか？　ナメクジの背骨ほどの気骨しかない！」

「あの……ナメクジに背骨はありませんが？」

「だからそう言っているんだ！」

若い男が痛々しげな表情を浮かべた。「こんなあなたを見るのはつらいです、ミスター・ウルフ」

「こんなわたしだと？　どんなだと言うんだ！」

「弱っているように見えます」

「弱っているだと！　よくもそんなことを！　おまえの名はなんだった？」

「アルダーマンです。トーマス・アルダーマン。サー・オズワルドの――」

「わかっている！　わたしに目がないとでも思っているのか？　わたしが狂っているとでも言いたいのか？　あの卑怯者のイギリス野郎に伝えろ！　貴様の相手をしているのはこのウルフだとな！　オズワルドはどこだ？」

「その……選挙運動中でして……」

「やつはなぜここに来ない？　おまえは何者だ？」

「看護婦を呼んだほうがよさそうですね。少し興奮なさっているようだ」

「興奮？　興奮だと？　わたしは世界を支配できたはずの男だぞ！」

「わかっています。これだけは言わせてください、ミスター・ウルフ。ぼくはあなたを尊敬しています。ぼくは……」

わたしは驚いて彼を見つめた。若者が胸ポケットから古い本を出し、わたしに差し出す。「適切なタイミングでないのは承知しています。でも……ぜひサインをしていただけませんか？」

わたしの本だ。

『わが闘争』だった。

本を受け取って両手でしっかりと握る。役立たずのハースト・アンド・ブラケットが出版したイギリス版の初版本だ。正直に言えば、唯一の版でもある。ユダヤ人のヴィクター・ゴランツの会社が出版している本と似たような、シンプルな黄色のカバーがかけられていた。[1]

「わたしは……感動した」まばたきを繰り返すうちに、視界が曇っていく。題名が書かれたページに涙がひと粒、ぽとりと落ちた。「ペンはあるかね？」

「ここに」彼がペンを差し出した。

「名前はなんだったかな？」

「アルダーマンです。トーマス・アルダーマン」

「いい名だ。きみは善良な男だな。この世界にはもっときみのような人間が必要だ」

「ありがとうございます。そう言っていただけるとうれしいです」

〝トーマス・アルダーマンへ。きみに幸あれ〟わたしは震える手で書いた。控えめな飾り文字でサインした。

「どうぞ」本を若者に返し、わたしは言った。「ありがとう」

「こちらこそありがとうございます。心から感謝します」

「これは戦争だ、アルダーマン」ベッドに横たわると、たちまち疲れが襲ってきた。「自覚のあるなしにかかわらず、われわれはみな兵士なんだ」

「はい」

「また来てくれたまえ」

「喜んで」

「オズワルド・モズレーに伝えてくれ」わたしは言いかけたが、疲労には勝てなかった。目が閉じ、なぜか泣きたい気分になる。これではまるで女だ――弱い女のようだ！　「彼に伝えてくれ……」

はるか遠くのほうから、若者が椅子をずらして立ちあがる音が聞こえた。「おやすみなさい」

「伝えてくれ……」

ウルフの日記、一九三九年十一月二十日

ウーアファールのベッドの上で、母は死に向かっていた[2]。

わたしは十八歳で、妹のパウラは十一歳。その頃はウィーンで暮らしていて、美術アカデミーへの入学を目指していたが[3]、医者からの知らせを受け取ってすぐ故郷に戻った。十月のことだ。ユダヤ人の医者、ドクター・ブロッホはわたしとパウラを座らせて言った。「お母さんの病状は絶望的だ」パウラは泣いた。わたしも泣いた。恥だとは思わない。以後あれほど泣いたのは、戦争で視力を失ったときだけだ。いちばん記憶に残っているのは、母の部屋のにおいだ。死には人の体がゆっくりと朽ちていく、特別なにおいがある。内側から腐っていく病気の体が発する粘っこくて甘い独特なにおいだ。母の部屋には、それと排泄物や洗濯物、古いじゅうたんや母が最期(さいご)につけていたいと願った香水のにおいが入りまじっていた。わたしはその部屋の隅に置いた簡易ベッドで眠った。窓は寒がりの母のために閉めきったままで、室内には息が詰まるような重々しい空気が立ちこめていた。わたしは母の裸の体を拭いてやり、抱きしめて涙をこらえた。癌は胸からの転移が進み、もう手のつけられない状態だった。母はその年のはじめの入院生活

で、百クローネという出費を強いられていた。母のもとを去ってウィーンへ行ったのは、わたしの人生でもっともつらい決断だった。戻ったときには母がゆっくりと死んでいくのをただ眺めているしかなかった。母はそれから二カ月にわたって病と戦い、体は空気のように軽くなっていった。時間の流れはとまったかのようにゆっくりで、あらゆる物質とほこりが停滞した空気のなかで動きをとめていた。わたしは母の目のなかで、過去と未来がぶつかりあっているのを見た。

母は時間という鎖から解き放たれていた。意識があるときには、たどたどしい外国語を話したりもする。母の目はわたしにとって、不思議な別世界をのぞく窓だった。片方にわたしの顔を刻んだ月が映っているかと思えば、もう片方には死体で埋め尽くされた海と岩を打つ真っ赤な血の波が映っていた。母の血は黒いイコル（ギリシャ神話の神々の体を流れる霊液）で、涙は天然の砂のなかでしか見つけられない純粋な結晶だ。夜になると支離滅裂な言葉を叫び、日ごとに体が弱っていくにつれ、少しずつ母自身も失われていった。

そして、母は十二月にこの世を去った。

母のような女性は、もう二度と現れないに違いない。

ウルフの日記、一九三九年十一月二十一日

わたしはどなった。「このろくでなしども！　こんなくそみたいな料理を出すな！　野菜を持ってこい！　野菜だ！　静かにしろとはどういうことだ。わたしを放せ！　その汚い手を離せ――よせ、その注射器はだめだ！　それに触れるなと――」

ウルフの日記、一九三九年十一月二十二日

「もうたくさんだ！」わたしは叫んだ。頭痛は治ったが、空腹はおさまらない。トイレにも行きたいし、うんざりすることにうんざりしている。「すぐに退院したい」

「あなたは深刻な怪我を負ったんですよ」看護婦が言った。また違う看護婦だ。わたしは看護婦にも注射にも、病院食にもうんざりしていた。

「それなら包帯を巻いて薬だけくれればいい」

「それに、外は危険かもしれませんよ。あまり状況がよくないんです。不良たち

がうろうろしているし、どこも緊張しています。今日は選挙ですから」

「選挙？　わたしは何日ここにいるんだ？」

「ほんの数日ですよ。ですから退院はまだ――」

「わたしの心配は不要だ、お嬢さん」いま、わたしは本当にイディッシュ語を使ったのか？　いったいわたしの身に何が起きている？「わたしには友人たちがいる。地位の高い友人たちだ」

「そうでしょうとも。それにベッドが空いたら助かるのも事実だわ。でも、先生が――」

「医者などいらない！　わたしは見えなくなった目を、意志の力で治したことだってあるんだ！」

「は……はい」

「聞いてくれ」わたしはおだやかな声で言った。看護婦の説得を試みるのは、国家社会主義をヤギに説明するようなものだ。失敗が運命づけられており、結局は双方が失望するだけに終わる。「わたしは退院する。服を返してくれ」

「通常の手順では――」

「わたしは退院する！　わたしが誰だか知らないのか？」

「わかるわけがないじゃないですか」

「よくもそんなことを！」

「ウルフソンさん、お願いです！」

わたしは立ちあがり、硬い床の上でつまずきそうになった。バランスを取って転倒を避け、あざけりをこめた笑みを浮かべて看護婦を見る。「いまは身をひそめているだけだ。じきにふたたび頂点に立ってみせる」

「ウルフソンさ――」

「そこをどけ！」

ほかの患者が歓声をあげるなか、看護婦の横を通りすぎた。きちんとたたまれた自分の服を発見し、トイレで着替える。トイレから出ると、あたらしい自分になったような気がした。本来の自分を取り戻した感覚だ。「失礼する！」わたしは帽子のつばに手をやって別れを告げ、そのまま歩み去った。

看護婦は追ってこなかった。


ウルフは十一月の冷たい空気のなかに立った。太陽は雲のうしろに隠れ、またしても霧雨が降っている。列車の高架線が川の前にそびえ、スーツ姿の男たちがサウスウォーク・ストリートを歩いていた。

その日は水曜日だった。

頭の痛みはなくなった。休養もじゅうぶん取った。ウルフはあいかわらず頑固で、誰がなんと言おうと、受けた依頼を投げ出すつもりはなかった。

行動を開始するときだ。

黒いタクシーを呼びとめ、後部座席に乗りこむ。「どちらまで？」運転手が声をかけた。

「グロヴナー・ホテルまで、急いでくれ！」

ウルフがおかしなことを言ったかのように、運転手がくすくす笑った。(4) 窓の外では、灰色の雲が地平線のあたりに集まっている。

ロンドンの景色がタクシーの窓の外を通過していく。通りを奥へ入っていくにつれて空が暗くなり、雲はまるで互いに戦う黒い旗を掲げた海賊船たちのように見えた。テムズ川の水が流れるのを見ながら、ウルフは流れの下に膨大な数の霊たちがいて、天空の争いを反映した戦いに巻きこまれているところを想像した。霊たちはあらゆる想像を超えた太古の泥でできた半透明の怪物で、決まった形を持っておらず、この世界が形づくられる前から善悪を超越してただ存在している。

こんな想像をするということは、まだ病院の薬の影響下にあるのかもしれない。

グロヴナー・ホテルは城のようにそびえていた。運転手が車をとめ、ウルフは料金を支払った。

「遅かれ早かれ」ウルフはぼうっとする意識のなかで考えた。「みなが対価を支払うことになる」

「なんです？」

「なんでもない」タクシーからおりて階段をのぼり、制服を着たドアマンが兵士のように立っているホテルのエントランスへ向かう。そのままなかに入ったウルフは、フロントのデスクまで一直線に歩いた。「レニ・リーフェンシュタールを呼んでくれ。わたしはウルフだ」

ベージュとクリーム色の制服を着たフロントの男は、いかにも生真面目そうだった。彼はかすかに不審そうな表情を浮かべて答えた。「ミス・リーフェンシュタールはもうお発ちになったようです」

ウルフはデスクから一歩下がり、困惑のあまりその場に立ち尽くして周囲を見まわした。フロントの男が言う。「具合でも悪いのですか？」

しかし、ウルフは立ちなおった。

彼はいつでも立ちなおる。

「ミス・リーフェンシュタールはどこへ行ったか、わかるかね？」

「撮影クルーのご一行は二日前に出発されました。たしかアメリカに帰ったとか。なんでも製作にかかわる問題が発生したらしく、ひとまずここも引き払わなくてはならなくなったそうです」

　男の雄弁さがウルフをいらつかせた。「彼女はここにいないんだな？」彼は短く尋ねた。

「はい。お体は本当に大丈夫ですか？」

「大丈夫だ！」デスクに背を向けて自問する。なぜこんなことになったのだろう？レニをあてにしていたというのに。彼女は、ウルフがかつて信じていたすべてを体現していた。アーリア人女性の理想そのものであり、愛情深く、わかりやすい性格で、性的にも従順で——彼のものだった！それなのに彼女は去ってしまった。むなしさと鈍い痛みとともに彼を残してハリウッドに戻ったのだ。彼の心には、虚無感がいまも広がりつづけている。はじめはあるのが気づかないほどの小さな種だった。それが何年もかけて大きくなり、体が空気よりも軽くなるまで細胞や血管、骨髄や筋肉、そして神経を侵食していった。体が宙に浮いて漂っている気がする。もはや、自分が何者なのかもわからなくなっていた。

　そのとき、ウルフの目が意外なものを見た。開いたエレベーターのなかから見覚えのある男が姿を現したのだ。彼はわけがわからず、信じられない思いで男を見つめた。映画の撮影クルーはレニと一緒にホテルを出たはずなのに、この男はここにいる。

　ユダヤ人のビットカーがそこにいた。

ビットカーに見られる前に体の向きを変え、ホテルの贅沢なエントランスにある鏡を使って彼の姿を追う。ビットカーがウルフのそばを通りすぎて外へと向かった。ウルフはどうするか決めかねてそのうしろ姿を見つめ、結局はあとを追って駆けだした。

「ヘル・ビットカー！　ヘル・ビットカー！」

ユダヤ人が振り返り、困惑した表情を浮かべた。「何か……？」

ウルフは自分の行動が信じられない思いで立ちどまった。「きみとは一度会っている」

「本当か？　どうも記憶にないな。ミスター……？」

「ウルフソンだ」猛烈に考えながら、ウルフは言った。「紹介はされていないが、アンウィンのパーティーで会った。きみはレニと一緒に仕事をしているそうだね？」

「わたしは撮影クルーの一員だ。きみとミス・リーフェンシュタールとはどこで知り合いに？」

「わたしたちは……いや、わたしは芸術家だったんだ。彼女がベルリンで撮った映画に参加した」

「なるほど。しかし、残念だな。彼女ならもうカリフォルニアに帰ってしまったよ」

「そうだったのか」

「すまないが、わたしはあなたの力にはなれそうにない」ビットカーは礼儀正しく言った。

「ヘル・ビットカー！」ウルフはせっぱつまった声で呼びかけ、ビットカーの腕をつかんだ。「待ってくれ」

「まだ何か用があるのか、ミスター・ウルフソン？」

「わたしに手伝いをさせてくれ！」

「手伝い？　映画のかね？　製作は一時中断だよ。わたしは別の仕事があるから残っているだけでね。今夜にはカリフォルニアに発つつもりだ」

「違うんだ、ヘル・ビットカー」ウルフはユダヤ人のほうに身を乗り出し、声をひそめた。「大義のための手助けがしたい」

「大義？」ビットカーがはじめて警戒する表情を浮かべた。「なんのことだ？」

「ヘル・ビットカー、頼む！　駆け引きはやめてくれ！」

「いまはそんな話をしている場合じゃ――」

「手伝いたいんだ。どんなことだってする覚悟はできている。この国はユダヤ人にとって耐えがたい場所になってしまった！」

「それについて異論はないよ。だが、わたしのことを何か勘違い――」

「やるべきことをやりたいんだ。運動に参加したい。わたしはきっと役に立つ」

「わかったよ。ついてくるといい」ビットカーはウルフの腕をつかみ、なかば引きずって人気（ひとけ）のないホテルのバーへ連れていった。「あなたは何者だ？　望みは？」

「さっき言ったとおりだ。名前はウルフソン、モシェ・ウルフソンだ」ウルフは偽造パスポートを出した。「見てくれ！」

ビットカーがパスポートを受け取って確認し、視線をウルフに戻して当惑した表情を浮かべた。「どこかで会ったことはないか？　アンウィンのパーティー以外で」

ウルフはビットカーをスレッドニードル・ストリートまで尾行し、発見されて暴行を受けたときのことを思い返した。「いいや」

突然ビットカーが笑みを浮かべ、続けて声をあげて笑いだした。ウルフにしてみればあまりにも予想外で、驚くべき反応だ。「それにしても！」ビットカーは言った。「口髭を生やしたらそっくりだな。あの――」

「やめてくれ、ヘル・ビットカー！　冗談でも聞きたくない！」

「すまない。謝るよ」そうは言いつつ、ウルフソンが消えたかつての指導者に似ているのに気づいて気楽になったのか、いくらか機嫌が直ったようだ。ビットカーはウルフの肩に手を置いて言った。「聞いてくれ、ウルフソン。ここできみがすべきことはないんだ。何も残っていない。この選挙はわれわれが望んだ結果にはならず、イギリスはユダヤ人にとって地獄と化す。アメリカは同胞たちに対して国境を閉ざそうとしているし、ヨーロッパはあいかわらず敵対的だ。そうなると残された場所はひとつだけだ」緊張した暗い目でウルフを見つめ、言葉を続ける。「パレスチナだよ、ウルフソン」

「モズレーを始末しないと」ウルフはうっかり口走った。

「モズレーについては心配いらない！　あのろくでなしはじきに退場する」

「どうやって？」ウルフの両手が興奮で震えた。

「どうやらしゃべりすぎたようだ。聞いてくれ、ウルフソン。明日の早朝、夜明け前に出る船がある。状況がまずくなったらグリニッジ埠頭に行け。船の名はエクソダス号だ。さあ行け！　こうしているのも危険なんだ」

「だが、ヘル・ビットカー！　待ってくれ！」ウルフはどうにかして引きとめようとしたものの、ビットカーは首を横に振った。

「幸運を」おだやかな声で言うと、彼はウルフの手を握り、すばやくホテルの外、灰色の空の下へと消えていった。そのうしろ姿を見送るあいだ、ウルフの脳はぐるぐるとまわっていた。ビットカーがモズレーについて言ったことは、いったい何を意味しているのだろうか？　ユダヤ人が無防備なところにつけ入り、貴重な情報を聞き出したのは間違いなかった。モズレーの身に危険が迫っているのは確実だ。しかも、すぐそこに迫っている。今夜、計画が実行されてもおかしくない。モズレーに警告しなくては。

ウルフがホテルを出ると、ビットカーがオースチン・ツアラーに乗りこむのが見えた。座席がふたつしかない醜いオープンカーだ。ハンドルを握ったビットカーの隣には、ウルフもよく知っている人物が乗っていた。彼はその顔に気づき、耐えがたいほどの嫌悪感を覚えた。

あの女の妹、ジュディス・ルービンシュタインだ。

彼女はどういうわけか、メイド服を着ている。

「待て！」ウルフは叫んだが、彼の声はふたりに届かなかった。大きな音とともにエンジンがかかり、ツアラーが通りに出る。「ジュディス！　ジュディス！」彼は繰り返した。

車を追いかけようと駆けだしたものの、通りは空いていて、すぐにツアラーは見えなくなった。ウルフの肺が焼け、脚の古傷がずきずきと痛んだ。

両手を膝に置き、どうにか息をする。

朦朧（もうろう）とした頭にふと、モズレーに警告せねばという考えが浮かんだ。灰色の雲の合間から太陽が顔をのぞかせる。ウルフは全身に太陽の光を感じ、空間と時間から切り離されたかのような感覚にとらわれた。このまま宙を漂い、雲の隙間に入っていけそうな気がする。しかし、感傷的な気分は長く続かず、ふたたび自分を取り戻して身を起こした。

赤い電話ボックスに入ってドアを閉め、小銭を用意してオペレーターに番号を告げる。呼び出し音が宙を満たし、曇った空を飛ぶ黒い鳥の群れに変わっていくような気がした。

「モズレー宅です」

「わたしはウルフだ」

「ミスター・ウルフ！　アルダーマンです」

「誰だって？」

「トーマス・アルダーマンです。病院でお会いしました」彼はとがめるように言った。

ウルフは考えた末、病室の椅子に座り、本のサインを頼んできた色白の若者のことをかろうじて思い出した。あれは現実の出来事だったのだろうか？　夢がつくりあげた虚構だと思っていた。無理もないだろう。あのときは病院でかなりの量の薬を打たれていた。

「モズレーと話したい。緊急の用件だ！」

「わかりました。ですが……」

気に入らない口調だ。「なんだ？」

「本当に申し訳ありません」

遅かったのか？　モズレーはすでに死体となり、道端かビアホールあたりで横たわっているのだろうか？　それとも、暗殺者の銃弾で負傷しているか、爆発物で腕か脚を吹き飛ばされたのか？　「何があった？」　たちまち不安がこみあげ、言葉がうまく出てこない。

「申し訳ありませんが——」若者がつばをのむ音が受話器の向こうから聞こえる。

「サー・オズワルドは、あなたへの依頼を取りさげると申しております」

「なんだと？　どういう意味だ？」

「あなたのサービスはもう必要ないということです。本当に申し訳ありません。残念です、ミスター・ウルフ」

「わたしの……サービスだと？　いったい何を——わたしを——よくもそんなことを！　ふざけるな！」ウルフは受話器に向かって絶叫した。怒りで唇が震え、つばが受話器を濡らす。「大事な知らせがあるんだ。緊急の知らせが……あの……いまいましい無能なファシストもどきにな！」

「本当に残念です」

「残念？　せいぜい残念がっていればいい！　絶対に後悔するぞ！」

若者が何か言っている。〝お会いできませんか？〟というふうに聞こえたが、本当にそう言ったなら、状況からしてこれほど奇妙な言葉もないだろう。ただし、ウルフはもはや聞いていなかった。受話器を繰り返し電話ボックスに叩きつけ、砕けて破片が飛び散るまで、郵便総局の資産を破壊するまで続ける。そこまで至ってようやく、目覚めた超人（ユバーメンシュ）のように荒い息をしながら電話ボックスを出た。

空間と時間を隔てた別世界で、ショーマーは立って腰を曲げ、作業を進めていた。診療所を出て収容所へ戻ると、すべてが取り替えられていた。木靴や囚人服、皿やスプーンなどがあたらしくなっており、顔見知りの囚人たちはすべて亡くなっていたために、別の一団が暮らす区画に送られた。そこには彼に命令を下すあたらしいカポ、寝台を分けあうふたりの囚人たちもいた。ふたりのうちひとりは背が高くて痩せたフランス出身のユダヤ人で、もうひとりは背が低くて痩せたポーランド出身のユダヤ人だった。また、この区画にはラビもいた。何人かのラビなのか、あるいはひとりのラビと何人かのイエシーヴァの生徒たち（彼らとラビを判別するのは難しい）なのかはよくわからないけれど、彼らは一日が終わる前、スープを飲んだあとのわずかな休息の時間にまとまって座り、律法について議論していた。

ラビ・アキヴァは言った。「家は建てた者の証であり、服は織った者の証である。つまり、世界は創造した者の証であり、すなわち世界は神の存在を示している」

考えさせられる言葉だと、イエンケルは陽気に言った。ショーマーはあらたな作業も与えられ、今度は墓掘りではなく、工場で働くことになった。組み立てのラインにいる男たちの吐く息は白いが、外よりはあたたかく、まるで天国から授かったみたいな仕事だった。

つくっているのは、ドアだ。

どこで使われるドアをつくっているのか、ショーマーにはわからない。とにかく毎日、数百のドアがラインを流れ、囚人たちがやすりをかけたり、つや出しをしたり、金具をつけたりし、完成したドアをトラックに運んでいた。ドアにも大きなものや小さなもの、玩具のドアや銃弾を受けとめそうな分厚いものといろいろあり、ショーマーの仕事は取っ手をつけることだった。取っ手がないとドアは開かないし、開かなくては役に立たない。そして、すべてのドアには錠がついていたが、鍵を見たことはなかった。毎日、彼はあたらしい傷で痛む足と筋肉痛に悩まされながら何時間もラインに立ち、背中を丸めてドアに取っ手をつけていった。使う釘は、一本残らず数えられている。組み立てラインでは事故や不注意で死んでいく者もいれば、何かを盗もうとして射殺される者もいて、囚人の数はつねにしっかりと記録されていた。この家を建てるため、この服を織るために、いったい何人の囚人たちが命を落とし、何人分の番号や名前が消されたのだろう？

ある日、ショーマーは上空をドイツのものでない飛行機が飛んでいくのを見た。監視塔の看守たちが発砲したものの、飛行機は無傷で飛び去った。隠し持っているラジオで敵軍が冬の大地を侵攻し、接近しつつあると言っていた。そんな噂が収容所内を飛びかった。しかし、それでも列車の到着は続き、煙突は黒い煙を吐きつづけ、数人の不運なゾンダーコマンドたちは山と積まれた死体から金歯を回収しつづけた。すべての死体は金と髪を残らず収穫され、数週間ごとにあたらしい班が組まれては、最初の任務として前任者の死体からの収穫作業を命じられた。

しかし、ショーマーは屋内で作業をしていた。なぜこのような奇跡が起きたのかはわからない。そして、イェンケルもまた、彼の隣にいた。

監視人は職場でデスクをきれいにし、紙や電話、ペンや台帳などをあるべきところに置いた。空になった部屋を見わたし、しばし幸福な気分に浸る。それから部屋を出てドアの鍵を閉め、血と殺人の誓いをつぶやきながら、夜の闇のなかへ足を踏み出した。

第12章

ウルフの日記、一九三九年十一月二十二日――続き

わたしは古いスーツとくたびれたコートを着て、すり減った靴を履き、頭の形に合わない中折れ帽をかぶっていた。髭は剃ったが、うまくは剃れなかった。何日か前にさほど間を置かず二度殴られたせいで、後頭部にニワトリの卵ほどのこぶができていた。酒や麻薬とは無縁なものの、病院でもらった薬を飲まなくてはならず、小便をするたび、両手でユダヤ人の局部に触れなくてはならない。ルービンシュタインの家がどれだけ高額かはわからないものの、かなりの価値があるはずだ。わたしはユダヤの金を要求するつもりだった(1)。

ルービンシュタインの家はスローン・スクウェアの近くの三階建ての邸宅だ。建物の正面の壁には白い漆喰(しっくい)が塗られ、黒ずくめの格好をした運転手が邸宅の前にとめた黒いロールスロイスを洗っていた。イザベラ・ルービンシュタインの白いクロスリーはないようだ。通りも近所も静かで、空気は金の力で洗浄したかの

ように、さわやかですんだにおいがした。階段をのぼって呼び鈴を鳴らすと、ぱりっとしたエプロンをしたメイドがドアを開け、わたしを見て言った。「なんでしょう？」

「ミス・ルービンシュタインに会いに来た」わたしは答えた。

「ミス・ルービンシュタインはご不在です」メイドがドアを閉じようとしたので、わたしは足を隙間に入れた。

「彼女がいるのは知っている。娼婦のにおいがここまで漂ってきているからな」メイドの顔がゆで卵みたいに真っ白になる。「執事を呼びます！」彼女は大きな声を出した。

「そうしてくれ」

「なんてひどい人！」

遠ざかるメイドのうしろ姿を見て、わたしはドアを開けてなかに入った。そこは控えの間になっていて、壁には黒いオーク材が張られ、シリー・モームが見たら心臓発作を起こしそうな装飾が施されていた。(2)

すぐに足音が聞こえてきて、ピンク色の顔をした大柄な執事が先ほどのメイドを従えて姿を現した。「おまえは何者だ？」黒い服を着た執事がニューヨーク訛りの英語で言った。盛りを過ぎたならず者といった感じの男で、スーツはサイズがふたつばかり小さいように見える。

「ウルフだ」

執事が嘲笑した。「探偵か？　よくここに顔が出せたものだ」

「イザベラはどこだ？」

「ミス・ルービンシュタインは来客を受けつけていない。さっさと帰れ」

わたしは彼を押しのけようとしたが、執事はそれを許さなかった。メイドがどこかへ駆けていく足音がして、わたしたちはそのまま長いあいだにらみあった。わたしはこれまで、執事が好きだったためしがない。

「出ていけ」執事が言った。

わたしは腕を伸ばし、彼の股間をつかんで力をこめた。執事の顔が赤く染まり、厚い唇のあいだからうめき声がもれた。口を耳に寄せてやさしい言葉をつぶやいてやると、彼は一度だけうなずいて了解の意思表示をした。てのひらを彼の胸に置いて押すという粗暴なやり方で、わたしたちは邸宅のなかを進んでいった。片方の手で執事の大事な宝石を握り、もう片方の手で彼をいざなう。車を運転するようなものだ。

大きな客間に入ると、黒い旅行鞄（りょこうかばん）やスーツケースなどが壁際に積まれていた。急いで旅支度をしたようだ。スーツケースのひとつはまだ空いたままで、化粧品や女性用の下着などが入っているのが見えた。「どこかへお出かけか？」

「その手を……離せ」

ふたたび足音が聞こえてきて、憤った顔のメイドが姿を見せた。「その人を放して！」彼女は叫び、キジのように腕をばたつかせた。メイドの力は意外なほど強く、わたしは自分の顔を守るために手を離さざるを得なかった。解放された執事が壁に寄りかかり、深呼吸を繰り返す。戦う気力は残っていないようだ。

「そこまでだ！」

一瞬、どこから声が聞こえてきたのかわからなかった。しかし、わたしはすぐに部屋の隅、天井近くの高い位置にトランペットのような形をした奇妙な機械が設置されているのに気がついた。そこから流れてきた声には聞き覚えがある。メイドがぴたりと動きをとめ、肩で息をしながらその場で姿勢を正した。

「温室に案内しろ」さっきとおなじ声が言った。

メイドがわたしをにらみつける。執事は股間を押さえて床に座りこみ、かすかなうめき声をあげていた。顔は雄鶏（おんどり）のとさかみたいに真っ赤になっている。

「ついてきていただけますか？」メイドが申し出て踵を返したので、わたしはにやりとした。背中を見せたメイドの尻をつねってやると彼女は悲鳴をあげ、上品とは言えない悪態をついた。メイドのあとについて廊下を進み、角を曲がる。彼女が開けたドアの前に立つ。暗闇のなかからあたたかく湿った空気が流れ出た。メイドは沈黙したままだった。邸内は何かを待っているかのように静まり返っている。唐突にここには入りたくないと感じた。不合理な話だが、ダンテが描写した地獄の門が頭をかすめ、手が汗ばんだ。この先はあたたかすぎるし、静かすぎる。口元に残忍な嘲笑を浮かべたメイドがあいかわらず沈黙したまま、憎しみのこもった目でこちらを見つめていた。死のにおいが漂っていた。わたしはこぶしを握りしめ、炎と死体が焼ける甘いにおいを想像した。メイドは彫刻のように、微動だにせず立っている。決断を迷ったわたしは暗い部屋を見つめ、麻痺したように立ち尽くした。

ドミニクは暗闇を見つめていた。暗いのは好きではない。彼女のもっとも強烈な記憶のうちのひとつは丁寧に覆いをかけ、胸の奥深くに慎重に隠してある。両親がまだ一緒にいた頃の夏の記憶だ。その夏、一家は象牙海岸のアビジャンにある母の古い家を訪れた。母がシャンゼリゼ通りで買ったサマードレスを、父が熱帯向けの涼しげなリネンのスーツを着ていたのを覚えている。ドミニクは幸せだった。記憶のなかで、父はドミニクの小さな手を握り、砂浜を歩いている。空気は静かで、潟の水が大きな空を反射し、鏡のようにきらきら輝いていた。

幸せなひとときだ。

やがて母が病気で亡くなり、父は怒りに身を焦がした。酒が蛇みたいに絡みついて父を締めあげ、心臓がもたなくなるまでその状態が続いた。父も亡くなると、ドミニクは何者でもなくなった。混血の少女はレバノンのどこか、父の最後の赴任地に置き去りにされたのだ。父の親戚は少女を見捨て、母の親戚は遠くアビジャンの地とさまざまな場所に散らばっていた。彼女は孤独だった。

ドミニクはついに暗闇に慣れることができなかった。パリに向かう船のなかでも、あえぎ声をあげる男の腕のなかでも、パリの路上でも。そのあと、愚かにもハンサムな軍人を追ってロンドンに来てからもおなじだ。

客とセックスをしない時期があった。専門職にはそれなりの金が流れてくるものだ。愛人としてのテクニックを学んだのはパリにいた頃だった。金でドミニクを支配しつつ、力を放棄したふりをして彼女に支配され、侮辱され、虐待されたがる男たちは少なからずいた。彼女は鞭や鎖や張型といった道具を駆使していたが、大転落のあとロンドンに大勢の女たちが流れこんできたために競争が激化し、気がつけばまたしても路上に立つようになっていた。

そしていま、ドミニクは不安をうまく隠して暗闇を見つめていた。ゲルタはまだ病院にいる。もう娼婦をすることもないだろう。ドイツから来た若いエディスは死んでしまった。どこかに悪魔がいて女を殺し、死体を傷つけているのだ。ドミニクにはそうした憎悪が理解できなかった。エディスの胸に刻まれた奇妙なシンボル、鉤十字は以前にも見たことがある。でも、なぜそれを女の肌に刻まなくてはならないのか、さっぱりわからない。あまりの寒さに、彼女は自分の体を抱いた。殺人者は今夜、現れるのだろうか？　それとも明日の夜？　寒いのもこの街も大嫌いだ。暗闇のなかから恥ずかしがっているのか、奇妙なまでにゆっくりとした足音が聞こえてきた。彼女は娼婦の顔になった。人殺しの足音だろうか？　暗闇から恐ろしいほど飢えた視線を女たちに送ってくる男はたくさんいる。ドミニクはハンドバッグに手を入れてナイフを握りしめた。街灯に男の顔が照らされ、安堵の息をつく。いかにも害のない、本当にまじめそうな顔だ。たぶん、このあたりの会社で働く事務員だろう。隠れてさんざん女たちを観察し、ついにその気になったのだろう。にっこり微笑んできれいな歯を見せる。自分の笑顔が男たちにどんな影響を及ぼすかは、じゅうぶんに承知していた。ほかの女たちが若者——それでも男だ——をはやしたてたけれど、彼の目はドミニクだけを見つめていた。

こういうタイプはわかっている。ドミニクは笑みを大きくした。以前、パトロンだった年老いたフランス系レバノン人のオレンジ貿易商から、きみの笑顔には野性的な魅力があると言われたことがある。十六歳の頃で、当時はどういう意味かよくわからなかった。要するに彼女には男をおびえさせつつも、興奮させる何かがあるということだ。そして、目の前の男――というより若者は、見るからに緊張していた！

「こんばんは」青白い顔の男が目を見開いて言った。彼はドミニクの体に視線を走らせて胸のあたりで目をとめ、無意識に舌なめずりをした。

「学校に行かなくていいの？」ドミニクが言うと、ほかの娼婦たちがいっせいに笑った。

「どこか静かなところで話さないか？」若者が問い返した。

「何を？」彼女が男に身を寄せると、ほてった体の熱が伝わってきた。耳元に口を近づけてささやく。「何を話したいのかしら、坊や？」

ドミニクは彼の下腹部に向かって腕を伸ばした。分身は張りつめ、全身が震えている。「わたしならどうしてほしいかわかるわよ。そうじゃない？」

「ああ、そうだ」

「ほかの子たちにはわからないわ」

「ああ」

「お金はあるの？」

若者がポケットに手を入れ、てのひらいっぱいの札をつかみ出した。長いあいだドミニクがお目にかかっていない金額だ。ほかの女たちに見られないよう、すばやくしわだらけの札を受け取る。ハンドバッグのなかに札を突っこむと、道具の感触が手に伝わってきた。お気に入りの張型（ゴデミシュ）を握りしめる。これを使えば、この男に情けを求める悲鳴をあげさせ、汚物のなかで果てさせることができる。彼はすぐに達するだろう。欲情した男たちはいつもそうだ。

　若者はぎこちなく両手を出した。ドミニクは押しのけ、声をあげて笑う。「ここじゃだめよ」彼はこちらの話し方を気に入ったようだ。相手の目は情欲で輝いていた。ドミニクは身を震わせた。

「どこへ行く？」

「近くにホテルがあるわ」ドミニクが言うと、若者が首を横に振った。

「いや、いい場所を知っているんだ」彼はドミニクの手をやさしく握って引っ張った。ほかの娼婦たちはもうこちらを見ていない。あたらしい誘惑の相手を見つけたのだ。近くのパブから路上に出てきた筋骨たくましい男で、おそらくは港湾の労働者だろう。

「友だちの家なんだ」若者の声は切迫していて、全身は狂気の音楽を奏でる一本の玄みたいにぶるぶると震えている。その家のドアはすぐそこだった。

「どうしようかしら」ドミニクは疑わしげに言った。若者が立って彼女を見つめている。受け取った金のことが脳裏をよぎり、彼女は若者が開けたドアのなかへ足を踏み入れた。

どのように移動したのか、どうやってドアの向こう側に進み、普通の邸宅の明るい世界から暗い温室へと入ったのか、ウルフにはあとになってもわからなかった。脚を踏み出した記憶も、体を動かした記憶すらない。ドアの前に立っていたと思ったら、つぎの瞬間にはドアが背後にあり、音もなく閉じた。じっとその場に立ち尽くし、悪臭まじりの空気を吸いこむ。とにかくとても暑く、そしてとても湿っていた。ここはかつてこのロンドンの邸宅の裏庭だった場所だ。それをガラスの屋根を設置して温室にし、熱帯の気候を再現している。照明は薄暗い赤い光だけだった。水がしたたり落ちる音や虫の羽音が絶え間なく聞こえた。花の強烈なにおいで息ができなくなりそうだ。

「ランだ」男の声がして、立ったままうとうとしかけていたウルフは驚いた。「ランの種類は数千にも及ぶ、知っていたか？　きれいなものだろう？」

「においがひどい」ウルフが言うと、声の主が笑った。

「おまえがガーデニングに夢中になっているとは思わなかったよ」前方で人の気配がして男が姿を現し、彼に近づいてきた。ジュリウス・ルービンシュタイン、銀行家と呼ばれるならず者で、愛情深い父親だ。憎しみがこみあげてきた。ウルフはまばたきをして目の汗を落とした。汗が唇に落ちる。塩と血の味がした。

「わたしの家に来るとは、たいした度胸だな」ジュリウス・ルービンシュタインが言った。口調には焦りも怒りも感じられない。こちらを観察している感じだ。無防備に両腕を体の脇にだらりとさせ、顔には困惑まじりの好奇心を浮かべている。ウルフの神経を逆なでしているのは、おそらくルービンシュタインのそうした態度だった。この男は彼を相手にしていないばかりか、割礼をして、ごみのように投げ捨てたのを覚えていないかのようだった。

尊敬したくなるほどの冷たい残酷さだ。

「おまえの娘に用がある」

「もう娘には近づくな!」ルービンシュタインの目から温和な光がかき消えた。一瞬、ウルフは気味の悪い悪魔じみた大きな影が自分のほうにのしかかってきたように感じた。つぎの瞬間、ルービンシュタインに対して抱いた感心が消え去り、彼はこの男をはっきりと理解した。もはや若くないただの男だ。白髪まじりの髪に疲れきった目をした、小さくて薄っぺらな男がそこにいた。「何が望みだ? どうすればもう二度と娘に近づかないと誓う?」

ルービンシュタインが背を向けて温室のさらに奥へと入っていく。ウルフはみずからの意思でそのあとを追った。近くにいるのに、ルービンシュタインが非常に遠く感じられる。何キロ歩いても近づきもせず、遠ざかりもしない影のようだ。影はいつもおなじ距離にあって方向も変えず、こちらが足を速めようとゆるめようと前方で彼を待ちつづけている。そして、いずれはウルフをのみこんでしまうのだ。

しかし、実際の間隔は数歩先でしかない。やがて、ウルフは自分がルービンシュタインが温室の中心につくった簡易的なオフィスにいるのに気がついた。そこには大きなオークのデスクと座り心地のよさそうな椅子、簡易バーまである。ルービンシュタインがスコッチのボトルとグラスをふたつ手にし、デスクに置いて酒をグラスについだ。「わたしは飲まない」ウルフは断った。

「飲むさ」

ルービンシュタインが差し出したグラスを受け取る。なぜこのユダヤ人が言うとおりにしてしまうのか、ウルフにはわからなかった。グラスを口に近づけると、スコッチのにおいで息苦しくなった。

「飲むんだ！」

スコッチを飲んだとたん、唇と喉が焼けそうになった。むせ返った彼を見てにやりと笑うルービンシュタインに向かって、ウルフは言った。「わたしはまだ、依頼された件の調査を続けている」

「調査だと？」ルービンシュタインが笑った。怒りとも当惑とも取れる声だ。「いったい何様のつもりだ！」彼は手を上下にばたつかせ、ウルフのくたびれた中折れ帽からすり減った靴までを示した。「なんだそのざまは！　少なくとも以前のおまえが何者かはわたしも知っていた。だが、いまのおまえはさっぱりわからん」

　ウルフの平常心があっという間にスーツケースを持ってどこかへ消え去った。「わたしは探偵だ！」彼は叫んだ。「私立探偵だ！」ルービンシュタインの顔面に指を突きつける。「もうわたしにはこれしかないんだ！」

　すべてを吸いこんでしまいそうな沈黙が訪れた。沈黙は埋めなくてはならない。ルービンシュタインがふたたび笑った。腹を抱え、全身を震わせて笑いつづける。「おまえ……おまえは……」もはや話もできない彼を、ウルフは憎しみを燃やしながらにらみつけた。彼はグラスをデスクに打ちつけて叩き割る。砕けたグラスが飛び散り、スコッチの悪臭が立ちのぼった。ランよりもひどいにおいだ。ウルフは笑いつづける彼に襲いかかった。不意打ちに成功し、ルービンシュタインが反応するよりも先に彼を地面に押し倒した。ユダヤ人の脇腹にいい蹴りを叩きこむと、えもいわれぬいい気分になった。

　しかし、ルービンシュタインは痛みにうめいただけであっさりと立ちあがり、ストリートの喧嘩屋か素手のボクサーのような軽い前傾姿勢を取った。ウルフが放ったこぶしをいとも簡単にかわし、彼の顔面に平手打ちを食らわせた。

　女か子どもに対してするような殴打だ。ウルフ自身もかつてゲリにおなじようにしなくてはならないことがあった。「こぶしを使え！」ウルフは叫び、ふたたびルービンシュタインに頬を張られた。平手打ちの音が温室の木々に吸いこまれていく。ルービンシュタインがデスクの引き出しに腕を伸ばし、銃を予想したウルフは身をこわばらせた。だが、引き出しから出てきたのはひとまとめに束ねた古い札だった。

ルービンシュタインは金をウルフの顔に投げつけた。「さあ、受け取れ。受け取れと言ったんだ！」またしてもウルフの頬を打ち、落ちた札を拾わせようと、襟をつかんで力ずくでかがませた。ふたりの顔が近づき、酒くさい息がウルフの顔にかかった。「娘はわたしのものだ。おまえになどやらん。あの子はずっとわたしのものだったんだ」静かな口調でどこか悲しげに言った。

ウルフを突き放し、その場に立って相手を見据え、ウルフが立ち去るまでずっとそうしていた。

ウルフは無言で歩いていった。一歩ごとに足が軽くなっていく。温室の外ではさっきのメイドがまだ待っていて、彼を玄関まで案内した。山と積まれた荷物の横を通りすぎたとき、大きな階段の上から誰かが見ているような気がした。顔を上げたせつな、白く美しい顔が見え、サマードレスの生地がこすれる音が聞こえた気がしたが、その感覚はすぐになくなった。あるいは気のせいだったのかもしれない。顔に浮かべた嘲笑がしだいに薄れ、やがて無表情になる。外に出るとあたりは暗く、地平線に雲が集まっていた。運転手がまだ車を洗っている。いったい何時間、車を洗っているのだろう。「旅行の準備をしていたようだが」ウルフは運転手に声をかけた。「どこかへ行くのか？」

「空港だよ」運転手が答える。

「飛行機に乗るのか？」

「そういうことだ」

「どこへ向かうか、わかるか？」

「あんたになんの関係が？」

ウルフはため息をつき、疲れた声で言った。「ないよ。関係ない」

「カリフォルニアだ」意外にも運転手が答え、地面につばを吐いた。「ユダヤ人だからな。ここじゃやつらはおしまいだ。おかげでこっちも仕事を探さなくちゃならない。まだ妻にも話せないんだ。どう言えばいいっていうんだ？　家には小さい子どもがいるっていうのに。それでも、今夜は空港まであのふたりを運ばなくてはならない。仕事だからな。そういや誰に投票した？」

「投票には行ってない」

「するべきだった」運転手が歯をむいて笑った。「おれはモズレーに投票した。正しいことをしないとな。あんたはユダヤ人じゃないよな？」

「違う」

「少しユダヤ人っぽく見えたから一応きいただけだ。悪く思わないでくれ」

ウルフは彼をにらみつけた。もうじゅうぶんだ。

「まあ、いい人生をな」運転手が言った。

「ああ……きみこそ」ウルフは歩きだした。二階の寝室のカーテンが背後でかすかにゆれた気がした。もしかすると彼女が見ているのかもしれない。だが、彼は振り返って確かめようとはしなかった。

ウルフの日記、一九三九年十一月二十二日――続き

わたしは失業し、運も尽き果てた。受けた二件の依頼は失った。どちらも最初から乗り気ではなかった。ルービンシュタインの運転手とおなじく、わたしも仕事を探す必要がある。気になることがあるのに、はっきり証明できない。たとえば、昔の同志たちが誰のために働いているのかだ。ヘスは組織の一員でしかない。ゲッベルスはそれよりも一段上にいる。しかし、それよりも上、かつてわたしがいた場所に居座る何者かがいる。わたしの入院も誰かが糸を引いていたはずだ。

誰だ？

そして、ジュディス・ルービンシュタインはどこに行った？

酒のせいで少し頭がくらくらしたものの、わたしはしっかりとおのれを律していた。はげしい怒りが胸にうず巻くのを感じながら、しばらく歩いていく。それほど雨は降っていなかった。空気は天候の回復を予感させる。ベルグレイヴィアは静かだったが、遠方からは歓声や叫び声が聞こえてきた。歩いているうちに、シャッターがまだ開いている車の修理工場を見つけた。

「車がとまってしまったんだ。ガス欠らしい」わたしはすまなそうに言った。

「心配するな」整備工が汚れた布で手をぬぐい、瓶にガソリンを入れた。ラジオからはBBCが流れ、トラファルガー広場でモズレーが数千の群衆に語りかけている場面を中継している。整備工が金を置きにその場を離れた隙に、わたしは彼が手をふいた布を盗んだ。誓ってもいいが、あとで惜しむこともなさそうな布だ。それから、マッチが半分ほど入ったスワン・ヴェスタスの箱もちょうだいした。信頼できるマッチだ。

わたしは落ち着いた心境で、来た道を戻った。両側には大きな家がそびえている。犬の散歩に人を雇うほど裕福な地区とあって、あたりは静かだった。ルービンシュタインの邸宅に明かりは見えない。車はあったものの、運転手の姿はなかった。ガソリンが入った瓶の蓋を開け、整備工の布をねじってガソリンを染みこませ、瓶の口にねじこんだ。家を見つめていると二階の部屋の明かりがつき、ふと彼女は何を着ているのだろうという疑問が頭をかすめた。マッチをすって慎重に布に火をつけた。炎が明るく輝き、ロールスロイスの窓に即席の爆弾を手にしたわたしの姿が一瞬だけ映った。

瓶が空中に弧を描く。

二階の窓に命中した瓶は、ガラスを破って邸宅へと飛びこんだ。引火したガソリンが室内に飛び散り、家具やじゅうたん、絵画や壁などに燃え移った。

割れた窓から炎が咆哮（ほうこう）をあげながら噴き出してくる。

邸宅のなかから悲鳴が響き、続けて男の悪態をつく声が聞こえてきた。炎がさらに勢いを増す。ウルフは陰に隠れ、大急ぎで開けられたドアから家の者たちが逃げ出してくるのを眺めた。メイドはよろめき、運転手は悪態をついて「やめてやる、全員地獄に落ちろ」と叫びながら早くも帰りかけていた。それからショットガンを持ったジュリウス・ルービンシュタインが姿を現し、そのうしろからようやくイザベラが逃げ出してきた。

イザベラは薄いシルクの夜着姿で、素足のままだ。今夜の彼女は若く、おびえているように見える。ウルフは、あと少しで彼女に腕を伸ばしたいと思うところだった。皮肉なことに、イザベラはどことなくゲリに似ているような気がする。ジュリウス・ルービンシュタインが空に向かってショットガンを発射し、ウルフは飛びあがった。イザベラの甲高い笑い声が夜空に響く。ウルフが見ていると父親が娘の肩をつかんで自分のほうに引き寄せ、車の助手席のドアを開けて娘を押しこんだ。ドアを閉め、みずからも運転席に乗りこむ。車のなかの様子は見えなかった。邸宅が燃えつづけて炎が車のボンネットを照らし、遠くからサイレンの音が聞こえてきた。ロールスロイスが動きだし、速度を上げて遠ざかっていく。ウルフは車を目で追った。タイヤを鳴らして角を曲がり、完全に見えなくなるまで見送った。燃えさかる邸宅の正面に残っているのは、衝撃で動けずにいるメイドだけだった。ウルフは指のあいだでスワン・ヴェスタスの箱をからからと鳴らしてから地面に捨て、炎に背を向けて歩きだした。

ヘル・ウルフ

わたしがいずれ来るのを知っていたかのように、彼女は待っていた。金額の交渉もできたはずだが、彼女を黙らせるために、あえて金を多く支払った。娼婦にやるには多すぎる額だ。わたしは彼女の手を取ってドアへといざなった――あなたのドアだ。パン屋は閉まっていたし、誰も見ていなければ、あの鍵なら暗いなかでも一瞬で開けることができる。彼女は何度もどうしようと繰り返していた。一緒に階段をのぼっていき、わたしがあなたの事務所の鍵を開けた。彼女はここなのときいた。わたしにとってはここそが魅惑の場所だ。暗闇のなかでもあなたの存在を感じることができるし、触れるものすべてに魔法を感じることもできるから。あの女にとっては荒れた、ものが腐っていく場所にしか見えないのかもしれない。でも、それは彼女にはあなたやわたしが持っているものが理解できないからだ。

ひざまずけと彼女は言った。わたしに強引に膝をつかせると、バッグから黒い鞭を出して宙を走らせた。ひれ伏しなさい！　そう言うと、続けてわたしの頰をはたいた。こうしてほしいんでしょう？　彼女はつぶやいた。こうしてほしいんでしょう？

ああ、そうだ。すべてが霧に包まれたみたいにぼんやりとしていた。シャツを脱ぎなさい。彼女が言ったので、わたしはシャツを脱いで部屋の隅に放り投げた。

むき出しになった肌に冷たい空気が触れ、体がぶるぶると震えた。おまえは悪い子よ。はい、そうです！　黒い鞭で打たれ、わたしは悲鳴をあげた。

あなたもこんなふうに感じていたのかい？

わたしは女の前にひざまずいていたが、それ以上のことを求めていた。つぎに打たれたとき、鞭をつかんで手首に巻きつけ、思いきり引っ張った。不意を突かれてよろめいた彼女の体を抱きとめ、わたしは立ちあがった。高ぶったわたしの局部が女の柔肌（やわはだ）に触れたとき、狂おしいまでの喜びを感じた。彼女の首に腕をまわすと、甘い香りが立ちのぼってきた。よく聞けよ、このあばずれ。逆らったらひどい目にあわせてやるからな。わたしは言った。

まさかあの娼婦がナイフを持っていたとは！

娼婦がわたしを刺した。

この売女！　わたしはどなった。混乱し、あまりの痛みに女を放してあとずさり、恐怖にのまれそうになりながら自分の血を見つめた。刺されたのは脇腹だ。顔を上げると、ナイフを手にした女が笑っていた。

気に入った？　そういうのが好きなんでしょう？　わたしは叫び、コートに駆け寄って隠してあったナイフを出そうとした。女が小さなナイフで切りかかってきて、狙いを外した。わたしはナイフを出そうとしたものの、両手が震えてうまくいかなかった。コートが手に絡みついたところで、女のヒールが頭の横にめりこんだ。バランスを崩して勢いよく尻もちをつくと、女がわたしを何度も蹴りつけ、ヒールで皮膚をそぎ取った。丸くなって身を守ろうとすると、体の下にあるコートの内側から冷たくて硬い感触が伝わってきた。手がナイフの柄を探りあてた瞬間、心が落ち着きを取り戻し、わたしも自分自身を取り戻した。そして、ナイフを手に立ちあがった。

第13章

ウルフは上機嫌だった。無意識のうちに流行歌を鼻歌で歌い、あとからその曲がマレーネ・ディートリッヒの『フォーリン・イン・ラヴ・アゲイン』だったことに気がついた。鼻歌を続け、中折れ帽の角度を直す。依頼は失敗に終わったとはいえ、それがなんだというのだろう？　金は受け取った。愚かなユダヤ女のジュディス・ルービンシュタインがどうなろうと、誰が気にする？　今日からあたらしい人生が始まるのだ。事務所のある通りに入ったが、まったく人影がない。娼婦たちさえも姿を消していた。遠くで人が叫ぶ声がして、テムズ川のほうの建物の上空に花火が見えた。人々はレスター・スクウェアやトラファルガー広場、ピカデリーや川沿いの道路、バーやパブに集まっている。ウルフはドアに近づき、鍵が開いているのに気がついた。開いているというより、素人仕事でこじ開けられている。上機嫌も消し飛び、彼はドアを開けて先に進んだ。

暗闇のなか、階段を一段ずつ慎重にのぼっていく。かつて威容を誇っていたものの、数世紀にわたる放置の末に荒れ果てた古代ピラミッドにのぼっているような感覚にとらわれた。金属的なにおいが漂ってくる。色あせたじゅうたんのおかげで足音はしない。あたりは静まり返っていた。自分の呼吸音しか聞こえない。動くものも何ひとつなかった。階段のいちばん上まで来たところで、いったん足をとめる。事務所のドアが少し開いていた。口のなかに、舌と歯茎に錆の味が広がった。ウルフはドアに手をかけ、開け放った。

事務所に足を踏み入れる。

ウルフの視覚は室内の部分部分をとらえていき、なかなか全体像をつかめなかった。建物の外から入ってくる光が壁や床を照らしている。太古の昔から空間を横切ってきた古い光と外の街灯が発する電気仕掛けの新しい光が室内の明暗をくっきりと映し出し、影がアーリア人の起源を証明しようとした探検家、エルンスト・シェーファーによって調査された裸族のごとく踊っている。壁にいくつもの弧を描く鮮血が、ウルフの事務所を飾っていた。血は高いところで天井まで達し、弧が互いに交差している部分は不思議な文字のように見える。死と血が織りなす言語だ。部屋の隅には丸めたレインコートが落ちていて、床のそこかしこに汚い赤い手形がついていた。

彼の目が爪先をとらえた。爪先はすらりと長く、爪は赤紫色に塗られていた。家具はひっくり返され、椅子のひとつは壊れている。壊れた椅子のかたわらに女物のハイヒールの片割れが転がっていた。もう片方は見あたらない。見覚えのあるハンドバッグが窓のそばでさかさまに落ちていて、張型や鞭、化粧道具や金、鍵や避妊具などが散らばっていた。ヘル・エデルマンがときおり売っているのと似た、紙で包んだサンドイッチまで転がっている。

床には頭を何度も打ちつけたと思われるくぼみができ、犯人の怒りの強烈さを物語っていた。花の茎くらい細い束を編みこんだ髪が、脳みそと血にまみれているのも見えた。最初の被害者は死体がきれいに整えられていたが、彼女は違っていた。抵抗し、おのれの凶暴性を犯人にぶつけたに違いない。そして、最後には自身の罪――女であること、もしくは娼婦であること、あるいは単に存在しているという罪――により、永遠に沈黙させられることになったのだ。犯人は夢中で繰り返し攻撃を加えたのだろう。女の頭はもはや原型をとどめていなかった。

かすかに精液の、濡れたマッシュルームのようなにおいがする。

殺人者は、凶行のあとにきちんと身だしなみを整え、ふたたび男のなかの男になったらしい。服をきちんと着て姿勢を正して、それから女の血に指を浸して壁に鉤十字を描き、ドミニクの頭のかたわらにウルフの玩具――ぜんまい仕掛けのブリキのドラマーを置いたのだ。

ウルフは玩具を拾い、ぜんまいのねじを巻いた。床に置いたドラマーは、小さな手をドラムの上で上下させて葬送曲を奏でながら、ドミニクの体の横を歩きつづけた。静かな部屋のなかで玩具の音だけが響く。ウルフが見守るなか、ドラマーはひたすら行進を続けた。

デスクの上にあるタイプライターに、紙が一枚セットされている。デスクをまわりこんで椅子に腰をおろすと、タイプライターのキーが血で汚れているのが見えた。ウルフはタイプライターから紙を引き抜き、書かれた文章を読んだ。

文章は〝ヘル・ウルフ〟で始まる手紙だった。

ウルフは少し顔から離した位置で紙を持ち、目を細くして黒い文字を読み進めた。手紙は一種の告白書で、最後はウルフとぜひ会いたいという懇願で締めくくられていた。

タイプライターの横に、その日にロンドン・ヒッポドロームで行われるレヴューの入場券が置かれている。ウルフはそれを手に取って表と裏を確認してから元の位置に戻し、ふと思いついてタイプライターの手紙も裏返してみた。

手紙の裏には、少し前までドミニクの体に流れていた血をインク代わりに、犯人が書いたと思われる不安定な筆跡でひと言だけ記されていた。

〝逃げろ〟

ウルフの日記、一九三九年十一月二十二日——続き

階下のドアが乱暴に開けられる音がした。唐突で恐ろしげな音にわたしは跳びあがり、驚きで心臓の鼓動がはげしくなった。

犯人が戻ってきたのだろうか？

頭に狂人という言葉が浮かんだ。わたしは狂人を相手にしているのだ。はじめてではないが、銃がほしいと切実に思った。紳士は銃弾で殺し、国家はガスで殺す。ナイフを使うのは狂人だけだ。

階段をのぼってくる足音に耳を澄ませる。窓から入ってくる光がデスクのうしろに転がる物体を照らし出した。血まみれのナイフだ。女のものに違いない。犯人に対して使った武器だろう。ナイフを拾ってふたたび椅子に腰をおろして待った。足音が階段のいちばん上まで到着して止まった。

「なんだ、おまえか」わたしは言った。

「これはこれは」キーチ巡査が応じた。「こいつはいったい、どういうことだ？」キーチは太った顔を汗まみれにしてドアのかたわらに立ち、にごった海のなかのサンゴみたいな大きな歯をむき出しにして笑った。

「殺人の通報をしたい」

キーチがうれしくてたまらないといった様子で、笑い声を響かせた。荒い息をついて次第に顔を真っ赤にし、笑い転げるのをこらえるかのように両手を膝に置いて笑いつづける。「この期に及んで通報とはな、探偵さん。いまさら通報か」

「やったのはわたしじゃない」

「もちろん、おまえじゃないだろうさ」

「わたしは犯人ではない！　わたしを信じるんだ！」

「あまりわたしをなめるなよ、ウルフ」キーチは身を起こし、真面目な顔をして死体を見た。「ひどいな。いったいこのかわいそうな女に何をした？」

「何者かがわたしを陥れようとしているんだ」

「だとしたらうまくやったものだ。なあ！　立て、おまえを逮捕する」

「黙れ、豚野郎！」わたしは混乱しはじめた。「どうしてここに来た？　なぜ事件を知っているんだ？」

キーチは肩をすくめた。「署に匿名の通報があった」

「これは罠だ！」

「行くぞ、ウルフ。話は署で聞いてやる」

「またあの警部か？　モーハイムの差し金なのか？」わたしは吐き捨てるように警部の名を口にした。「あの薄汚れたユダヤ人は最初からわたしを犯人と決めつけていた」

「モーハイム警部はもうロンドン警視庁の一員じゃない。また彼への悪態をついても、歯をへし折られて泣き言が増えるだけだぞ」キーチが警棒を出し、黒い先端をいとおしげに指でなぞった。わたしは座りつづけ、死んだ女のナイフをキーチの視界から隠していた。

「モーハイムはどうした？」わたしは心から驚いて尋ねた。

キーチが床につばを吐いて答えた。「辞職だよ。別に慕われていたわけでもないんだ。それに、おまえさんのお友だちのモズレーがどうやら首相官邸に入りそうだからな。どのみち追い出されるのは時間の問題だったろうよ。では、そろそろその椅子から腰を上げてもらえるかな？　それとも力ずくで立たせてやろうか？」

「できるものならやってみろ。この豚が」

「望むところだ！」キーチがわたしに歩み寄り、警棒を振りあげた。

「見ろ！」わたしは犯人からの手紙を掲げた。「犯人の告白だ。わたしがやっていないという証拠だ！」

「証拠？」彼は警棒を振りおろし、安物のデスクの天板を叩き割った。「証拠だと？」手紙をわたしの手からひったくり、分厚い唇を動かして読み進める。「おまえが書いたんだろう」

「違う！」

キーチが犯人の告白を丸め、部屋の隅に放り投げた。「おまえの頭はどうかしている。自分がどう呼ばれることになるか、わかるか？　切り裂きジャック以来の殺人鬼だ。おまえは間違っているよ。間違っている」つぎの瞬間、警棒がふたたび振りおろされ、タイプライターを叩き壊した。

　タイプライターのキーが飛び散り、セミコロンが目に直撃した。「何をする、キーチ！」彼がドミニクの頭を通り越してこちらに近づいてきた。警棒がまたしても振りおろされるのと同時にわたしは立ちあがり、ドミニクのナイフでキーチに切りかかった。ナイフは彼の顔を外し、胸をなでた。警棒がわたしの腕を直撃してしびれるような痛みが広がり、ほとんど息ができなくなった。ナイフを取り落とし、わたしは叫んだ。「くそっ（シャイセ）！」必死で膝を繰り出し、彼の股間を蹴りあげる。キーチが甲高い声をあげて口から空気をもらし、ゆっくりと倒れこんだ。しかし、どういうわけか警棒は放さず、倒れながらもわたしの脛（すね）を打ち据えた。わたしはあまりの痛みに悲鳴をあげ、彼と一緒に倒れた。

　わずかのあいだ、倒れたわたしたちは向きあい、愛しあったあとの恋人たちのように互いの瞳をのぞきこんだ。「わたしはやっていないんだ、キーチ。わたしは誰も殺していない！」

「貴様……殺してやるからな」キーチがあえぎながら言い、分厚い手をわたしに伸ばした。太い指が喉に食いこむ圧力はすさまじかった。彼の親指がわたしの喉笛を探りあて、さらに力が加わる。混乱したわたしは必死で落としたナイフに腕を伸ばし、爪で床をかいた。やがて痛みが想像を絶するほどになり、呼吸が限界に達した。どうにかキーチを引きはがそうとし、わたしたちは死んだ女の血にまみれて床の上で揉みあった。太った体が押しつけられ、重さで息ができない。わたしの頭を、なんという死にざまだという思いがかすめていった。そのとき、床の血をかいていた指が奇跡的にナイフの刃に触れた。指先が切れ、わたしの血が女のそれと入りまじる。ゆっくり、ゆっくりと指を動かしていき、ナイフの柄を探りあてた。体力を奪われてほとんど息もできないが、精神力で目を治したように、なんとかできるはずだった。最後の抵抗を試みる力がどこからか舞いおり、わたしはナイフをキーチの首に突き立てた。

傷口から熱い血をほとばしらせながらも、キーチはわたしの首を放そうとせず、わたしは一瞬、意識を失った。

直後に意識を取り戻したときには、首にかかる力は弱まっていて――じきに消えた。ようやく呼吸できるようになって息を吸いこむ。空気は甘美な味がした。まばたきを繰り返して涙を抑えこむ。キーチの顔に目の焦点が合った。彼は首を押さえて血をとめようとしていたものの、血は指のあいだから容赦なく流れ落ちていた。彼の目はこちらを見つめており、わたしは恐怖した。キーチから、そして血から逃げようとして床を這いまわる。室内はいたるところが血まみれだった。キーチの血、わたしの血、女の血、そして殺人者の血。血で滑って転倒すると、タイプライターのキーが肌に食いこんだ。AとHのキーだ。キーチはまだ血を流しながら、無言でただこちらを見つめている。わたしは手をついて立ちあがり、デスクに寄りかかって彼を見おろした。ナイフが床に転がっていた。キーチが笑い、「これでおまえはおしまいだ」と言った気がした。背中が壁にぶつかるまであとずさり、そこに立って荒い息をしながら、室内と死んだ娼婦、死にかけた警官に視線を走らせる。

キーチは正しい。わたしは絶望とともに気づいた。

これでわたしも追われる身だ。そして、どこにも逃げ道はない。

わたしはキーチが死んでいくのを見つめた。死にざまとしては悪くない。彼にしては上出来と言えるだろう。

デスクの上にあるレヴューの入場券を拾いあげ、最後にもう一度室内を見まわした。わたしの事務所。少しのあいだとはいえ、この場所で幸せに近づいたと思えたときもあった。

死んだ警官がひとりと、死んだ娼婦がひとりいる。わたしは老いつつあり、すべてが痛んだ。本はいずれもう読めないことを残念に思うだろう。しかし、本もまた人とおなじように、いつだって替えのきく存在だ。

ウルフは夜のなかへと出ていった。無数の照明が闇のなかで光を発している。無数の星が放つ自然の光が雲を突き抜け、街の固い表面を照らそうとしていた。人気のない入りくんだ細い路地を、敵ばかりの見知らぬ世界を行く探検家のように歩いていく。過去と現在をつないでいた見えないへその緒は引き伸ばされてちぎれ、もはや彼をつなぎとめておくことはできない。彼は重力が軽くなるのを感じ、きらびやかな色彩のアメリカのパルプ雑誌に登場する宇宙飛行士のように漂っていた。誇り高いアーリア人宇宙飛行士たちが月に立つ光景や、人々を乗せたアルミのカプセルが宇宙を進む光景、月面におり立った男が前人未到の地に鉤十字の旗を立てる光景が脳裏をよぎっていく。彼は目的のない人間として、人生の選択を誤った人間として街を歩いていた。彼を時間という大きな川の流れの真ん中にある島に取り残したまま、歴史は異なる方向へ流れ、異なる道を選択していた。ウルフはどこにもつながっておらず、自分が何者なのか、この先何者になるのかもわからなかった。

シャフツベリー・アヴェニューでは、その日最後の観客たちも去り、照明こそ輝いではいるものの、劇場はすでに閉館となっていた。舗装された道路は、祭り気分に浮かれた大勢の人々で混みあい、誰もが飲み騒ぎ、ユニオンジャックやセント・ジョージ・クロスの旗を振っている。ウルフは人の流れにのみこまれた。彼の運命はもはや彼自身のものではなかった。かつて彼が主役だった行進に参加した見物人がそうだったように、イギリスの民衆の波に運ばれていた。シャフツベリーからピカデリーにかけての通りでは、黒シャツの行進が行われている。行進は軍事作戦の様相も呈しており、奇天烈な制服を着た男たちはもはやばかげた存在ではなく、むしろ深刻で危険な存在に見えた。ヘイマーケットからペルメルへと流されていくと、そこでは警官隊が道路を封鎖し、そこかしこで統一党員と黒シャツのメンバーが見苦しい血みどろの衝突を繰り広げていた。男たちは怒りに任せて、しかし無言でレンガやパイプといった即席の武器を手にし、やみくもに殴りあっている。ウルフの目には、この衝突がスパルタ人とペルシア人が争ったような原始の戦場と重なって見えた。通りの車は互いの走行を妨害して非難の応酬をし、争いがエスカレートして運転手が逃げ出したり、窓が割られ、ガラスの破片が通りに散乱し頭蓋が砕かれ、車に火をつけられて警官が叫び声をあげる。何者かが空に向かって銃を発射し、雪崩のように倒れた多くの人が踏みつけられた。なぜかウルフは争いから抜け出すのに成功し、ふたたび人の流れにのまれてトラファルガー広場へと流されていった。

ホワイトホールを少し進んだあたりで、時刻を知らせるビッグベンが鳴り響き、あたりに沈黙が広がった。古い時計塔の鐘の音は、最初の二回ばかりはほとんど聞こえなかったが、三回目には人々の耳に入りこみ、四回目、五回目になると群衆が静かになりはじめ、七回目、八回目には静けさが広がり、九回目には完全な沈黙が訪れた。九回目と十回目の間隔は短く、古代の街に、古く新しい街に、新時代の先駆者でもある古くてあたらしい街に大きな音が鳴り響いた。まるで時がとまったようだ。ネルソン記念柱の近くに設置された演壇では、オズワルド・モズレーが待機している。もはややかつての黒い制服ではなく、威厳あるサヴィル・ロウのスリーピースのスーツを身につけて汗だくになりながら。演壇にはほかにもふたりの男が控えていて、そのうちのひとりはウルフの知っている人物だった。ただし、ウルフは通りをひとつ隔てたホワイトホールの交差点にいて、時計塔がドラムのように時刻を知らせる鐘を打ち鳴らすのを聞いていた。ビッグベンが十一回目の鐘を鳴らすと、その瞬間から時間が引き延ばされていくように感じられ、沈黙のなかでそれまでに見たこともない街の姿を目撃した。フリッツ・ラングが夢見たメトロポリスのように街がせりあがり、不潔な古いロンドンのなかから光り輝く巨大な建物が姿を現した。ロンドン橋の近くでは、ピラミッドよりも高い一枚のガラスが空を突き刺すようにそびえている。シティ・オブ・ロンドンからは金属とガラスでつくられたフェニックスの卵が立ちのぼるように現出した。巨大な輪がテムズ川の南岸で曼荼羅(まんだら)のようにぐるぐるとまわっている。未来の都市の姿はいまよりも明るく、はるかに華美で、電気の光であふれていた。やがてその都市は薄れていき、未来の可能性を示すぼんやりとした輪郭が少しずつ消えていった。ウルフが圧倒されて息をのんでいるとビッグベンが十二回目の鐘を鳴らし、一日が終わってまたあたらしい一日が始まった。

ウルフの日記、一九三九年十一月二十三日

花火がつぎつぎと打ちあげられ、夜が爆発した。連続して空中に明るい像が描き出され、それぞれの像が光ってからわずかに間を置いて破裂音が続いた。コルダイトとマグネシウム、そして硫黄のにおいが鼻を刺激し、夜空に回転する輪や王冠、菊、ヤシ、ハートなどがつぎつぎと現れるなか、楽団がギルバート・アンド・サリヴァンの『ヒー・イズ・アン・イングリッシュマン』を不ぞろいに演奏しはじめた。わたしのまわりで歓声をあげる人々の顔は赤く、歯は黄色で、肌は病的なほど白い。人々は頭上で炸裂(さくれつ)する色彩の光と影のなかに投げこまれているようだった。周囲は悪魔じみた笑顔、肌に透けて見える頭蓋骨といった悪夢のよ

うな眺め、血液の入った袋で覆われた動きまわる人骨であふれていた。わたしはあざや傷をたくさんつくり、服にべっとり血をつけた自分が人からどう見えるかは考えもしなかったが、誰も気にしていないようだった。人々を押しのけてナショナル・ギャラリーの階段へと向かう。人のあいだをかなり強引に進まなくてはならず、その間はずっと警官に見つかって笛を吹かれ、警戒が厳しくなるのではないかという思いが消えなかった。とはいえ、キーチと女の死体は少なくとも明日の朝まで見つからないはずだ。発見された場合にどうするか、自分自身でもわからなかった。

演壇に目をやり、満面の笑みを浮かべて群衆に手を振るモズレーを見る。彼は腕を伸ばし、黒シャツがナチスのまねをした敬礼の仕草をつくった。やはり、しょせんこの男は安っぽい模倣者にすぎない。

「勝利だ！」モズレーが宣言すると群衆からどっと歓声があがった。しかし、遠くのほうからブーイングが聞こえ、わたしはそちらに顔を向けた。抗議の一団が演壇を目指して進もうとしていたが、行く手をさえぎられている。

「イギリスはふたたび、イギリス人のものとなる！」モズレーの声が響きわたった。「われわれは勝利した！　あらたな夜明けのはじまりだ！　イギリスと世界の新時代が幕を開ける！」

歓声とブーイングが起こった。頭上で花火が咲き乱れ、あとから破裂音が聞こえてきた。わたしは混乱し、気分が悪くなって吐きそうになった。どれだけ食事をしていないのか、自分でもよくわからない。演壇ではモズレーが厳格で熱意ある表情を浮かべていた。彼は口調をおだやかなものに変えた。「国王陛下から組閣の命を受け、わたしはこれを引き受けた」

沈黙が流れるなか、頭上で花火が光った。

「われわれが直面している問題について話をしよう。われわれは強い政府を必要としている。安定した、分別のある政府がどうしても必要だ。ドイツで大転落が起きてから六年以上が経過し、世界的に共産主義が台頭している。狂った手法で共産主義は、世界に対して攻撃を行う力と狡猾さを手に入れつつあるのだ。彼らはわれわれを混沌の時代へ引きずりこむため、毒を使い、分裂を誘導している。この国を難民であふれさせたのも彼らだ。われわれは友情の証として国境を開放し、両腕を広げてきた。そして難民たちはやってきた。きりがないほど大量の難民たちがやってきた結果、われわれの都市ではキャベツの異臭がし、学校では外国語が話されている。難民たちがわれわれの資源を浪費し、国民の口からパンを奪っているのだ！」

歓声があがり、たくさんのこぶしが宙に突きあげられて、わたしは説明しがたい寒気を感じた。とはいえ、まるでわたし自身の言葉が、わたしを攻撃するために使われているような気がした。

「いまこの国には、大きな課題に向きあい、問題に立ち向かう政治が必要とされている。難しい決断を下し、そうした決断にもとづいて国民を先導しなくてはならない。それができてはじめて、われわれはともによりよい未来に到達できるのだ。ドイツはわれわれの敵ではない。われわれの敵は共産主義と、すべての黒幕である資本家だ。敵の本当の名前は諸君も知っているはずだ」

「ユダヤ人だ！」「ユダヤの長老どもだ！」「金貸したちだ！」

「われわれは助けを必要とするドイツに手を差し伸べなくてはならない！」モズレーが続けた。

「そうだ！」

「外国人を追い出そう！」誰かが叫び、モズレーが笑みを浮かべたが、真顔に戻って冷酷な視線でトラファルガー広場を見まわした。

「いまは試練のときだ」彼は深刻な口調で続けた。「諸君に知らせがある。これまでは伝えられなかった知らせだ。本日十九時、ドイツがロシアの支援を受けてポーランドに侵攻した」

人々が息をのみ、叫び声をあげた。衝撃が群衆のなかを伝わっていく。

「これは事実だ」モズレーは間を空け、沈黙を引き延ばした。「ポーランドとの二国間合意にもとづき、われわれは反応する。わたしの首相としての最初の義務は、諸君にイギリスが戦争に突入すると報告することだ」

人々が息をのんだが、なかには歓声をあげる者たちもいた。周囲の雰囲気が醜悪なものに変わっていった。群衆はすっかり魅了され、戦争が始まることを楽しんでいる。

「古い友人を紹介したい！」モズレーが言った。

わたしは群衆をかき分けてレスター・スクウェアに向かっていたが、立ちどまって踵を返した。

「ドイツはかつての栄光を取り戻すだろう」モズレーが言った。「約束する。われわれは共産主義者による圧制からドイツを開放する！」

この言葉に対する反応は、先ほどよりも友好的ではなかった。

「では、あたらしく発足したドイツ亡命政権の指導者を紹介しよう。国を愛し、難民をイギリスの路上からいるべき場所に戻したいと願っている男だ。先のドイツ総選挙における正当な勝者、国家社会主義ドイツ労働者党の元党員でもある」

ステージの後方で、あのアメリカ人のヴァージルが立ちあがり、クリームをたらふくたいらげた猫みたいな笑みを浮かべているのかもしれない。おなじくステージの後方で出番を待っている男こそ、すべての黒幕だ。白人奴隷や密航のビジネスを裏から操っている。その正体は、古い同志たちのなかのひとりだ。間違いない。

わたしの代わりとなる人物だ。

握ったこぶしに自然と力がこもった。いったい誰だ？　ヘスは死んだ。ゲッベルスは冷酷だが貧弱だ。

ヒムラーか？　ボルマンか？　ハイドリヒか？

「われわれはともに世界を変える！」モズレーがこぶしを宙に突きあげた。「正当なドイツの指導者に盛大な歓迎を――ミスター・アドルフ・アイヒマン！」①

「誰だ？」わたしの横にいた何者かが困惑しながら言った。

「誰だ？」わたしも叫んだ。やや背の高い、痩せた男が登場した。鷲みたいな顔をした、髪が薄くなりつつある男は、モズレー首相の手をしっかりと握った。

「アドルフ・アイヒマン？　いったい何者だ！」わたしは言った。

「ありがとう、首相。とても光栄に思う」アイヒマンが言った。

「アイヒマン？　アイヒマンなんて聞いたこともないぞ！」わたしが叫ぶと、あたりにいる何人かがこちらに顔を向けた。「誰だ……？　なぜ……？」

「諸君はわたしを知らないかもしれない」演壇に立った男が言った。「わたしは一九三二年に国家社会主義ドイツ労働者党に入党した。大転落の一年前だ。諸君のなかにはかつての指導者を覚えている者もいるかもしれない。われわれが総統と呼んだ――」

「くたばれ、アイヒマン！　おまえは偽物だ！　ぺてん師だ！」

「だが、彼は弱かった。だからわたしが彼の代わりとなる」

「わたしの代わりなど、誰にもできない。わかったか！　誰にもだ！」

さらに多くの顔がわたしのほうを向いたが、どうでもよかった。わたしはこの男を知らない！　こいつは小物だ。小物なのだ！　偉大な魔法使いがカーテンの裏に隠れた平凡な男だと知ったとき、ドロシーもこんなふうに感じたのだろうか？

「ドイツはユダヤ人に乗っ取られている！」アイヒマンが言った。「だが、わたしには解決策がある！　ユダヤ人問題を解決する決定的な策だ。首相閣下？」

「そのとおりだ」モズレーがなめらかに言った。「ミスター・アイヒマンは革新的かつ創造的な考えを持っている。これから、その考えについて話しあうことになるだろう。いまは――」言葉を切って息をつき、悲しげな表情をつくって群衆に語りかける。「残念だが、いまこのときから限定的な戒厳令を布告しなくてはならない。未登録の外国人は全員、集められて国外追放処分となる。また、すべてのユダヤ人は敵対移民に指定し、集められて国外追放か抑留施設に収容となる。われわれは、転移する前に癌細胞を切除しなくてはならないのだ。団結すれば必ずできる。一致団結して前進しよう!」

「一致団結して前進しよう!」人々がこぶしを振りあげ、モズレーに、彼の権力に敬礼した。わたしの隣の女性が小さくあえぎ、腿と腿をこすりあわせて自慰による絶頂に達した。

あそこにいるのは、わたしだったはずなのだ! 周囲の雰囲気は醜悪で、この血に飢えたイギリスの豚どものなかにいるわたしは、未登録の孤独な外国人にすぎない。ここから脱出しなくては!

わたしはふたたび人ごみのなかを進みはじめた。しかし、人々が行く手をさえぎり、演壇ではモズレーが話し、叫び、叱咤していた。楽団が演奏を再開し、オペラ『軍艦ピナフォア』に出てくるくだらない曲(前出の『ヒー・イズ・アン・イングリッシュマン』のこと)が流れはじめた。さらに、花火の第二幕が始まり、上空へとつぎつぎに打ちあげられた。

混乱しながらも、わたしは脱出へ向けた行動を開始した。群衆をかき分けて進み、どうにかチャリング・クロス・ロードに出た。酔った男たちの集団が即席の探索班を結成し、袋叩きにするための外国人狩りを始めた。共産主義者や活動家たちが彼らに挑み、乱闘が始まった。警官たちはキノコのように無力で、事態は大暴動に発展しそうな様相を呈している。そのとき、わたしの目にその建物が飛びこんできた。

ヒッポドロームだ。

そのナイトクラブはレスター・スクウェアの角にあった。あの不快な男、チャーリー・チャップリンも出演していたクラブだ。かつて巡回動物園の本拠地だった壮大な建物で、名前はその動物園から取っている。その後、音楽ホールから劇場へと変わり、いまに至った。そういえば、ポケットにここの入場券が入っている。ただし、もちろんクラブはもう閉まっている時刻だった。雑踏から逃げようとする人の波に押され、わたしは建物に近づいた。正面のドアは鍵がかかっていたので、建物の側面、レスター・スクウェアのほうへと押し出されていく。レスター・スクウェアでは黒シャツと好戦的な連中の一団——酔ったオーストリア人だ——の衝突が始まっていた。わたしのものだった人々が戦っていると思うと、泣きたい気分になった。

わたしは建物の裏手にたどり着き、ヒッポドロームの関係者用出入口を発見した。

ドアにかかっているはずの鎖は、何者かによってすでに切られていた。

ヒッポドロームの内部は暗く、静かだった。外からの雑音もウルフがドアを閉めたとたんに聞こえなくなった。暗闇のなか、金属の表面が光っている。鍋やフライパンが整然と並んでいた。聞こえてくる音といえば、シンクで水滴が落ちるぽたぽたという音だけだ。ウルフは人の気配を探ってみたものの、何も感じられなかった。建物のなかはまったくの無人のようだ。忍び足でキッチンに入っていく。気配はないが、この建物のどこかに殺人犯が待ちかまえている。ウルフにはその確信があった。

ウルフの腕の長さほどもあるキッチンの引き出しに、ナイフがひとそろい入っていた。彼はそのうちの一本を選び、武器にすることにした。引き出しを引いたときの音やナイフどうしがぶつかる音がやけに大きく聞こえ、ウルフは先を急いだ。関係者用のドアを通り、劇場のなかに入っていく。

いまは忘れられたかのように無人だが、劇場はすばらしかった。ステージに演者の姿はない。芸を披露する手品師も、下品な冗談を言うコメディアンも、腿をちらりと見せる踊り子も、不可能としか思えない技で客を驚かせる曲芸師もいない。もちろん、演目に応じてさまざまな反応を見せる客もいなかった。ただ圧倒的な静けさだけが劇場を支配していた。広いステージの赤いビロードの幕は、いまは上げられている。ステージ前の床には明日のディナーのためのテーブルが並んでいた。ヴェルヴェットと黒い木材を使ったきらびやかな客席は四階まであり、両端に急な階段が設置されている。客がいないいまはすべての席が空いている。

慎重に、静かに通路を進んでいく。立ちどまって耳を澄ませたりもしたが、音は聞こえてこない。殺人者はどこかにひそみ、彼を見ているのだろうか？　暗闇のなかで足を椅子に引っかけてしまい、転びそうになった。椅子が倒れて大きな音をたてる。ウルフは小声で悪態をついた。

ずっと上のほうで物音がした。顔を上げるといきなり白い光が目を直撃し、視界を奪われた。ウルフはあわてて顔をそむけた。スポットライトの光がはるか上、天空から劇場にただひとりいるウルフを照らしている。彼が動くと、ライトもそれに合わせて動く。そして、この世界の彼方から、誰かが笑う声が降りそそいだ。

「姿を見せろ！」ウルフは叫んだ。

「長いあいだ、このときを待っていたよ、ミスター・ウルフ」

どこかで聞いたことがある気がしたが、機械越しで声が割れていたので、確信はない。ウルフはステージに上がり、片手を目の上にかざして空っぽの室内を見わたした。ようやく相手の動きをとらえることができたものの、黒い人影としか判別できなかった。

「何が望みだ？」

ウルフが移動すると、ライトがそのあとを追う。ステージを歩きまわるうち、彼の忍耐が限界に近づいてきた。ろくな夜ではなかったし、ろくな月でもない。十一月は丸ごと失敗と言ってもいいくらい、ひどい目にあいつづけてきた。

「あなたに見てほしいんだ」

彼の声はどこか悲しげだった。まるで、失望しているようだ。

「何をだ？」ウルフはステージの端に行き、そのままステージからおりた。ライトは追いかけてきたが、幕にさえぎられて彼を見失った。

「どこへ行った？」影が尋ねた。

ウルフは舞台装置のうしろに身を隠して移動した。手品師が女をふたつに切断するときに使う箱や、フックからぶらさがったピエロの赤い鼻、厚紙製の気立てのよさそうな牛たちが配置された田舎の光景の書き割りの前を通りすぎていく。

「気に入らないな、ミスター・ウルフ。隠れたって何も変わらないよ。あなたを傷つけるつもりはない。ぼくはあなたの友人だ」

小道具の銃にヴェネチアの舞踏会で使いそうな仮面。あった！　ステージの裏の隠し階段が曲がりくねって上に向かっている。見あげると、最上部には寄せ集めの材料でつくられた不安定で壊れそうなせまい通路が天井から吊られ、そこからいくつもの砂袋がぶらさがっていた。とにかく、階段はじゅうぶん頑丈そうだ。

「わからないのか？　いまのあなたはあなたじゃないんだ！　はじめてあなたを見た

とき、ぼくは畏敬の念に打たれた。こんなのは本当にあなただとは信じられなかったくらいだ。それからはずっとあなたを観察していた。ぼくは暗闇の監視人だ――」

暗闇の監視人？　ばかげている！　ウルフは慎重に、静かに階段をのぼった。このスタッフ用の階段は、まるで合わせ鏡のように、客用の階段と平行なつくりになっていた。あの男――監視人――はずっと上のどこかにいる。おそらく、照明技術者が作業をするボックスだろう。スポットライトはまだステージを照らしてウルフを探していた。男はひたすら話しつづけている。ウルフは男が黙るよう祈っていた。

「堕落だ」監視人は言った。「安売りだ、卑下だ！　世界でもっとも偉大なあなたが、最下層の人間のふりをしている。探偵だって？　信じられないよ。怒りがおさまらない。あなたには使命があるのに！」

おまえに使命の何がわかる。ウルフは叫びたかった。愚かな小物が本当の痛みなど知っているはずもない。

「あなたはあきらめてしまった！　でも、あなたは病人みたいなものだと気づいたんだ。分別を見失った、衝撃から立ちなおれない男だ。ぼくが目を覚まさせなくてはならない。あなたに見てもらわなくてはならないんだ。ふたたび自分と向きあってほしい。そうすれば、あなたは本来あるべき姿に戻れる」

いる。男の声がすぐ近くからした。スポットライトも、そのうしろでライトを動かす男の姿も見える。ウルフはナイフを握りしめた。手早くすませよう。秩序を重んじる男として、しっかり落とし前をつけなくてはならない。

「だから殺したんだ」監視人が告白した。彼の言葉は、無人の客席と何ものっていないテーブル、そしてピエロも手品師もいないステージに向かってふわふわと落ちていく。監視人の客はひとりしかいない。なのに、彼はその客を退屈させるのに熱中しているらしい。

そしてウルフにとって、退屈は憎悪の対象だった。

「あの女たちは娼婦だ。どうでもいい存在さ」監視人は言った。「病気持ちの娼婦だよ。あなたの本に書いてある。あの本は何度も読んだ。ぼくの人生を変えてくれた本だ。いったいどうしたらあんな考えに至れるんだい?」

ウルフは身を低くして、さらに鉄の階段をのぼった。男はボックスの木の仕切り板のすぐ向こう側にいる。〝いったいどうしたらあんな考えに至れるんだい?〟本気で尋ねているのだろうか? いままできかれたなかでいちばん愚かな質問だ。

「あなたに見てもらいたいんだ。目を覚ましてもらいたい!」男の口調が必死さを増した。「わからないのか?」

男がぴたりと話すのをやめた。ウルフはナイフを振りあげようとしたものの、すでに遅かった。古ぼけたスーツを着た若い男が仕切り板の向こう側に立ち、銃でウルフを狙っている。男の銃はドイツのパラベラムM17だった。最初に製造された年を覚えている。大戦が終わった年だ。

「ナイフを捨ててくれ」

ウルフはナイフを落とした。ふたりは空中高くに吊りさげられた状態で向かいあっている。足の下には人気のないナイトクラブが数階分にわたって広がり、客を待っている。劇場内は静かだった。とても静かだ。

「父が戦利品として持ち帰ってきたんだ。銃の話だよ。父はドイツ兵を尊敬していた。ドイツ軍は世界最強なのに、政治に足を引っ張られていると言っていた。また会えてうれしいよ、ミスター・ウルフ。元気そうで何よりだ」

「ああ、おまえか」ウルフは言った。

かすかな笑みが若者の顔に浮かんだ。「そうだよ」

「すまないな。名前が思い出せない」

若者の笑みが消える。彼は銃を振って言った。「アルダーマンだ、トーマス・アルダーマン！　電話でも話したし、サー・オズワルドのパーティーでも会った」

「そうだ、モズレーの部下だったな！　どこかで見た顔だと思っていたんだ」

若者は顔面を蒼白にして、血走った目を見開いた。服は血だらけで、傷つきでもしたかのように自分の体を抱いている。

「病院へ見舞いにも行ったんだ!」若者――アルダーマンが言った。

「あれが現実かどうかよくわからなかったんだ」ウルフはやさしく言った。「あのときは奇妙な出来事に思えてね。看護婦にオズワルドに連絡するよう頼んだのが伝わったわけだ」

本心から戸惑った表情で、若者が言った。「なんの話だ?」

「どうやってわたしが病院にいると知ったんだ?」

「方々を探しまわったんだよ! 事務所に戻ってこないから心配になったんだ。あなたをずっと見ていたからね。それがぼくの使命なんだ。見て聞いて、でも相手には見えない。誰にも疑われない。誰もぼくを見つけられないんだ!」

「アルダーマン」

「ああ!」

「何が望みだ、アルダーマン?」ウルフは疲れ果てた心境できいた。

「あなたに見てもらいたいんだ」

「見ているよ。とにかく銃をおろせ、アルダーマン。まさかわたしを撃つつもりじゃないだろう?」

銃口がゆれる。「わからない……撃つか撃たないか、わからないよ。ぼくに指図しないでくれ! わからないのか?」若者は懇願するように言った。「みんなあなたのためなんだ。ぼくは女たちを殺した。ぼくがやったんだ。あなたがあるべき姿に戻るほかないようにね。好きでやったわけじゃない——そりゃ少しは……」アルダーマンの顔に狡猾な笑みとしかめっ面が交互に浮かぶ。「結果的には成功した。そうだろう？　警察は女たちの殺人容疑であなたを追う。あのでぶの警官が——彼はどうした？」

「殺したよ」

「そうか！」若者が勝ち誇って叫んだ。「もう逃げ道はない！　自分自身を認めるんだ！　さあ、あなたは何者か言え！」

すべてがウルフの神経を逆なでした。「自分が何者かは自分でよくわかっているよ、アルダーマン。そんなものはずっとわかっていた。さあ、銃をよこせ！」

「言え！」アルダーマンが絶叫した。「自分の名前を言うんだ！」

「ウルフだ」

「違う！　ぼくに撃たせないでくれ。ぼくは——」

ウルフは低い仕切り板に体当たりした。板がボックスの内側に開いてアルダーマンの膝に直撃し、彼をうしろに下がらせた。バランスを崩した若者が銃を落とし、ふらふらとボックスの縁へ近づいていく。その下には真っ暗な奈落が広がっている。彼の白い顔は汗が噴き出し、醜くゆがんでいた。

「助けて！」ナチスの敬礼のように、アルダーマンが腕を伸ばす。同情か、本人にもわからない別の感情のせいか、ウルフは手を差し出した。指先が触れた瞬間、若者の目がうるんだ。「アドルフ……」彼はささやき、続けて言う。「ハイル・ヒトラー！」ウルフの目には一瞬、彼が笑ったように見えた。そして、アルダーマンは完全にバランスを失い、裂け目に吸いこまれていった。

ウルフは若者が落ちていくのを目で追った。アルダーマンがブランコ乗りのように落下し、地上では得られなかった神の愛を得て宙を飛んだ。その直後に下の階の柵に激突し、湿った音とともに体が回転した。頭が下になった彼はさらに落下して真っ逆さまにフロアのテーブルに突っこみ、明日のディナーのための銀食器を吹き飛ばすと、最後にヒッポドロームの床に落ちてぐったりとした死体となった。

「ウルフ、アドルフ、どっちもたかが名前だ。ばかが」ウルフはつぶやき、用ずみになったスポットライトを消した。ライトはずっと点灯していて、まったく関係のないところを照らしつづけていたのだ。ライトが消えると、暗いながらもよりはっきり見えるような気がした。ただし、ウルフの心のなかは、何ひとつはっきりしていない。

ボックスに落ちていた銃を拾い、ズボンのウエストの背中側にはさんだ。ボックスから出て、階段をゆっくりとおりていく。

フロアに戻ったウルフは、若者の死体を見つめた。しばらくのあいだ死体を見おろしていくうちに、すったばかりのマッチのように、熱い憎悪がはげしく燃えさかった。「わたしはヒトラーだ！」彼は叫んだ。アルダーマンの死体を続けて何度も蹴り飛ばす。ぐったりとした死体の肉に、靴が何度もめりこむ。「わたしはヒトラーだ！　わたしはヒトラーだ！　わたしはヒトラーだ！」

死体のもう見えない目がウルフを見つめた。ウルフ自身の声はか細く、ひ弱に聞こえ、ヒッポドロームの高い天井に吸いこまれていった。彼は何者でもなかった。彼はくずだった。

「わたしは……」ウルフは言った。劇場は静まりかえっていた。客席は空っぽで、沈黙に包まれていた。彼を見ている者も、声を聞いている者も、答える者も、知っている者も皆無だった。彼は何者でもない、まるで取るに足りない存在だった。

「わたしはユダヤ人だ」ウルフはつぶやくと声をあげて笑った。しかし、彼自身とおなじく、その笑い声にもなんの意味もなかった。

第14章

時間と空間を隔てた別の世界で、ショーマーはドアをつくっていた。組み立てラインには無数のドアが流れてくる。小さなドア、大きなドア、住宅のドア、刑務所のドア、人形の家のドア、艦用のドア、そして、彼にも設計図が想像できない奇妙な形のドア。ラインには骸骨のような囚人たちが並んで作業をしており、骸骨たちは工場の冷たい空気のなかで身をかがめ、スープボウルとスプーンを脚のあいだにはさみ、盗まれるまいとしていた。その行為により、彼らが生きて存在していることが漠然とながら証明されるとばかりに。人間は煙のごとく死んでいく。時間は解けかけの汚い雪みたいに固まったりぬかるんだりし、太陽はのぼって沈み、昼間は夜になり、列車は到着し、人は死んでいく。広大な収容所では、子どもたちが人形を抱いたまま水ではなくガスが出てくるシャワー室に連れていかれる。その子たちは、ぐったりして目の光が消えた状態となって荷車で運び出され、両親の手で荷車からおろされたあと、遺体から金歯など価値のあるものを回収するのが仕事のゾンダーコマンドが体内に隠した貴重品がないか遺体を調べ、髪を刈り、裸にする。

山のような金歯や靴、指輪など回収したものを調べるのは、カナダコマンド——カナダは豊かな国とされていたためこの名がついた――の仕事だ。これは囚人のなかでは憧れの仕事で、多くの富が集まり、死者も多かったが、もしうまく何かを持ち出すことができれば、金を差し出すことでパンと交換できたり、スープ容器の底から肉やイモのかたまりをすくってもらえたりといった〝役得〟があった。もっとも、どれだけいいものを食べても結局は体から出ていく。シャイサコマンドはトイレ掃除の担当で、毎日大量に発生する海のように際限のない液状の便の中を歩き、途方もなく大きな便のたまりのなかで回収作業を行う。だが、収容所内にはそれよりもひどい仕事もあった。

収容所にはさまざまな慰安施設があり、ラーガーボーデルあるいは収容所売春宿と呼ばれるこうした施設では、胸に〝Feld-Hure〟(売春婦)の入れ墨を彫られた女性たちが看守や特別待遇の囚人たちに対して、相手が満足するまで休みなくサービスをする。彼女たちは、いかなる場合も失敗すれば即刻解雇され、それはすなわち焼却炉行きを意味していた。もちろん、焼却炉の前にはシャワー室で毒ガスを浴びせられる。

女性たちは空気のように死んでいった。酸素のごとく消費された。呼吸のごとくつかの間の存在だ。そして、かつて平野だった土地には男たちが、いずれ自分たちも入るであろう墓を掘りつづけていた。

そんななか、ショーマーはドアをつくりつづけ、イエンケルが煙のように実体を消してそのかたわらに立ち、彼を見守りつづけた。月がのぼっては沈み、地平線から地平線へと空を横切っていく。列車は到着し、ヨーロッパのユダヤ人はゆっくりと数を減らしていった。

ショーマーはドアをつくりつづけた。やがて目の前をひたすら流れていくドアという長方形だけが自分のすべてになり、「入って」と呼びかけられても開けることはできなかった。しばらくして、つけたばかりの取っ手を思いきって引いてみた。

ドアが開き、ショーマーは向こう側へと足を踏み出した。

そこは静かな家のなかだった。ショーマーが入っていくと、落ち着いた安息日の平穏に包まれた。ぱりっとした白いシャツを着たアヴロムと、きちんとしたドレスを着たビナがろうそくを灯したテーブル越しに彼を見あげる。オーブンのかたわらで身をかがめていたファニヤが、パンを手に身を起こして微笑みながら「あら？」と言った。彼は微睡(まどろ)みながら――すでに別の空間と時間の記憶は薄れはじめている――家族のなかに腰を落ち着け、夢のなかにいるかのようにワインに感謝した。

ショーマーはシンクへ行き、カップいっぱいに水を入れ、左手に持って右手に三回かけた。続けて逆の手でおなじことをし、手がきれいになるまで繰り返した。テーブルに戻り、アヴロムの黒い髪をなでてビナの陶器のような頬にキスをし、そっと妻の手の甲にも触れた。「主なる神（バルーク・アター・アドナイ）」彼は祈りを唱えた。「大地よりパンをもたらした世界の王たる神に祝福を」祈りが終わると、蜘蛛（くも）の巣が取れたかのように心が晴れた。パンをちぎり、塩をつけてひと口かじる。おなじようにパンをちぎって塩をつけ、子どもたちと妻に手渡した。

彼らは食べた。

ショーマーの心に平穏が訪れ、彼をすっぽりと包みこんだ。もう一度タイプライターのキーの感触を指で確かめたい。テーブルを離れ、聖域である小さな仕事部屋に向かいたくなったが、どうにか気持ちを抑えた。

子どもたちがおしゃべりを続け、ファニヤがオーブンからチキンとポテトを取り出した。とてもおいしそうなにおいに、ショーマーの食欲が刺激される。彼がチキンを切り分け、ファニヤが子どもたちにポテトを盛りつけた。「腿がいい！」ビナが文句を言うと、アヴロムが言い返した。「だめだよ。腿はぼくのだ！」ファニヤが静かにするようたしなめる。ショーマーは書こうとしている小説に思いを馳せた。斬新（ざんしん）で、光にあふれた物語にするつもりだ。食事が終わり、椅子の背に寄りかかる。ろうそくの炎がゆらめき、壁に影をつくった。影のひとつが、不安になるほどドアによく似ている。「見て、パパ！」ビナが影を指さし、許しを求めずに椅子をずらした。小さな顔が興奮で輝いている。「だめだよ」未知の恐怖がショーマーの体を震わせた。「だめだ、ビナ――」

だが、ビナは言うことを聞かない。壁にあるドアの影がいっそう濃くなった。ショーマーは勢いよく立ちあがり、その拍子に椅子がうしろに倒れた。ファニヤとアヴロムはテーブルについたまま影と化している。「よせ、やめなさ――」

しかし、彼の小さな娘は取っ手を握り、引っ張る――。

ドアが開き、ショーマーは娘に飛びついて影から遠ざけた。一瞬、部屋のなかがオーブンみたいに熱くなった気がした。ふらついてバランスを崩すと、影のドアが目の前に迫ってきた。向こう側は完全な闇が広がっている。

ショーマーは闇のなかに倒れこんだ。


……。


そして、静かな街の通りに出た。イギリスの都市、たぶんロンドンで、時間帯は深夜だろう。左手には川があった。地面には万国旗やビール瓶、煙草の吸殻、国旗、花火の残骸、古い新聞紙が古い油にまみれ、チップスの食べ残しなどが落ちている。

新聞を拾って見てみると、一九三九年十一月二十二日の〈デイリー・メール〉で、〝モズレーが選挙で勝利へ〟という見出しだった。ショーマーはいぶかりながら見出しを見つめ、地面に落とした。冷たい風のなか、川沿いを歩いていく。違う。ここでもない。彼は前方にあるドアを見つけ、開いてみた。

……。

なんの印もないドアが並ぶ広い廊下に出た。ひとつを開けてみると、また別の廊下に出た。もうひとつドアを開けてみると、やはり廊下だった。別のドアを開けると、別の廊下、また別の廊下、また別の廊下。ショーマーはドアの開閉を何度も繰り返した。

「違う。ここじゃない。これも違う」

この時間、この場所のショーマーは出口を探しつづけた。

ウルフは夜明けにグリニッジ埠頭に到着した。どうやって来たのかはよく覚えていない。行き先も決めず、ビッグベンが時を刻むなか、何時間も夜通し歩いた。鐘の音は徐々に小さくなってやがて完全に消え、それとともに街の輪郭も消えた。気がつけば、ぼんやりとした空間——船体や小さな造船所、シャッターの閉まったパブや人のいない通りなどがある黄昏（たそがれ）どきの世界——にいたというわけだ。川は渡るまで右に見えていた。たぶん渡ったのはタワーブリッジだが、実のところ、この北岸から南岸への移動については、ほとんど何も覚えていない。覚えていることといえば、カラスの鳴き声と、橋を形づくる古びた石、それに首都が吐き出したごみをのせ、幅広い航跡の中の幽霊たちを引き連れた幽霊船みたいに静かに進んでいく平底の荷船くらいのものだ。

テムズ川を左に、人気（ひとけ）の失せたロンドンを背にして進み、ウルフはより人口が少ない地区に入っていった。空っぽの牧場や夜明け前の静かな工場、警告のように空に伸びる煙突がある地区だ。川は大きく曲がり、その中心にアイル・オブ・ドッグスがある。カモメの鳴き声が響き、タールのすえたにおいが漂う霧のなかを、小型船の一団が進んでいた。

歩くうち、ウルフはひとりではなくなっていた。夜から夜明けにかけて人々が静かに姿を現し、おなじ方向へ歩きはじめた。やつれた顔や引きつった表情の人々のなかには、大きな荷物や赤ん坊を運んでいる者もいる。大急ぎで人生の残骸をかき集め、持てない分は置き去りにして出てきたのだろう。人々は陰気で殺伐とした雰囲気のなか、川岸をグリニッジに、子午線が始まる場所に向けて足を動かしていた。ウルフの周囲には人々が集まり、彼らの前方ではモーセの奇跡よろしく霧が割れていた。ウルフはいまや彼らの一員だった。彼らの一員——いいや、われわれの一員なのだろう。

われわれの一員だ。

人々はようやくグリニッジにたどり着いた。その様子はさながら、眠っている街を襲った津波のようだ。いったん細い路地に流れこんだ人々が、ひしめきあいながら川岸へ戻っていく。そこには空を背景に、いくつかの船の黒いシルエットが浮かびあがっていた。

いちばん大きな船はエクソダス（モーセが虐げられたユダヤ人を率いてエジプトから脱出する物語が描かれている『出エジプト記』の英語表記）号は定期蒸気船で、全長は百メートルほどあった。名前は急遽変えたばかりで、プレジデント・ウォーフィールド号という旧名は、まだ塗装の下に残っている。そのほかには小さな船があと二隻あった。ブルガリア国旗を掲げたサルヴァドール号と、ギリシャ国旗を掲げたトーラス号だ。エクソダス号は青と白のホンジュラス国旗を掲げている。波止場近くでは制服姿の男女が、到着した人々を可能な限りたくさん乗船させようと奮闘していた。荷物と人生を抱えた家族たちは、保証のない希望とともにこの島を脱出しようと、冷たい空気のなか無言で乗船を待っていた。役人たちのなかに、ウルフの知った顔があった。ＩＴＯのエリック・グッドマンだ。それから、人々は列をつくって並んだ――きちんとした整列にはほど遠かったが。ウルフのそばでは、移民局や港湾の役人たち、そして水兵たちが煙草を吸いながら、同情や嫌悪感や無関心のこもったまなざしで難民を眺めている。

周囲の人々を見て、ウルフは自分たちが難民になったのだと実感した。彼もその一員、従順な羊のなかの狼（ウルフ）というわけだ。それぞれの船の前にはブースがひとつずつ設置され、クリップボードとペンを持った男女が配置されている。そこに向かって列はのろのろと進んでいた。

夜明けがやってきて、太陽がゆっくりとのぼった。蜘蛛の巣のような霧が朝の空気に溶けていく。蒸気船の汽笛が朝の空気を震わせる。カモメが鳴き、近くで赤ん坊がぐずったが、すぐに静かになった。

ウルフは、ほかの人々と一緒にじりじりと進んだ。やがてユダヤ人らしいやつれて飢えた顔をした少年が彼の横にやってきて、袖を引いた。ウルフが下を向くと、オーバーオールを着てくしゃくしゃの赤褐色の髪をした少年が言った。「おじさん、おじさん。ぼくたちはパレスチナに行くの？」

「失せろ、がき」

少年がにやりとして、出っ歯を見せた。「おじさんこそ、くずのくせに。糞ほどの価値もないんだろ」

ウルフは少年を小突こうとしたが、彼はひらりとかわし、楽しそうに笑いながら列に戻った。

列が少しずつ進み、ようやくウルフも即席のブースにたどり着いた。「身分証明書は？」女が言った。ずんぐりした体型で、長い茶色の髪を後頭部で丸くまとめている。必要な書類を出し、ウルフはむなしい気持ちで言った。「ウルフソンだ。モシェ・ウルフソン」

女は彼の名前を慎重にリストに書きこんだ。きちんとした小さな字で日付と出生国を書き、つくり笑いを浮かべる。それからようやく、チケットを差し出した。一枚の汚い紙で、かすれた印が押してある。「幸運を」彼女はおだやかな声で告げた。

ウルフはうなずき、ほかのユダヤ人たちのあとに続いてタラップをのぼり、エクソダス号に乗りこんだ。

船内日記、一九三九年十一月二十三日

船は満潮の十時二十五分に出航した。エクソダス号が小さな船二隻を先導する格好だ。湿った不快な風が吹くなか、ロンドンから離れていく。あのいまいましい街を恋しく思うことはないだろう。

船内は何千という人で混みあっている。トイレの数は足りていない。四方を水に囲まれ、川岸ははるか遠くの異国に見えた。危険でいっぱいの未開の地といった感じだ。

船の進みは遅かった。航行を妨害されているわけではなく、とにかく川に船が多いせいだ。ラジオは、モズレーが首相官邸に入ったというニュースを告げていた。あの野郎には腹立たしさしか感じない。

あまりにも人が多いので、息苦しい。甲板に座り、イギリスが離れていくのを見る。雨が降りはじめたが、じきにやんだ。何人かの友好的な男たちとトランプをした。この船にはさまざまな人が乗っている。まるでユダヤ人だけのバベルの塔だ。黒装束のユダヤ教徒がイースト・エンドのごろつきや、ドイツ系の難民たちとまじり、上品なイギリス系のユダヤ人が唐突な変化に戸惑っていた。トランプは三シリング勝った。みな金は肌身離さず持ち歩いている。子どもたちはこの事態を休日の旅行だとでも思っているのか、はしゃいでいる。

航行日記、一九三九年十一月二十四日

金曜日。興味深いことがあった。日が暮れると男たちが集まり、女たちも別のところで集まって即興の礼拝集会をした。安息日――イディッシュ語でシャボスという――を前にした祈りと感謝を捧げ、委員会が配ったパンを食べた。この委員会の男女がすべてを仕切っている。なかなか優秀な組織で、ずっと以前から準備を進めていたに違いない。メンバーはほかの人々と区別するため、青いシャツを着用している。ヘブライ語の授業を聞いた。「シャローム」〝こんにちは〟とか〝ようこそ〟とか〝平和〟という意味だ。

昨日、船はテムズ川の河口を出て北海に入った。沿岸に沿ってマーゲイトからドーヴァーまで進み、それから海峡を渡ってフランスへと向かった。いまもフランスの陸地を左に見ながら、まだ沿岸部を進んでいる。前方に広がっているのはケルト海だ。

新品ではないものの、きれいな服をもらった。血で汚れた服は洗うことにした。あの夜に流血沙汰になったのはわたしだけではなく、誰に事情を尋ねられることもない。夜は冷えたので、甲板の下で眠った。

航海日記、一九三九年十一月二十五日

ビスケー湾。やはりユダヤ人を乗せたサルヴァドール号とトーラス号は後方からついてきている。自分の本が懐かしい。アルダーマンと、あの男の熱狂ぶりを思い出した。とても遠い出来事のように感じる。トランプをしたが、今日は二シリング負けた。

今日のヘブライ語「タプーズ」。意味は〝オレンジ〟で、これから向かう先にはたくさんあるらしい。

医者の検診を受けたところ、これだけあざをつくってよく生きていられたものだと感心された。今月はついていないと説明すると、医者は同情するようにうなずいて肩を叩き、つぎの患者に移っていった。いい兆候だと受け取ることにしよう。

今日は安息日で、奇妙なほど静かだ。なかには本を持ちこんだ者もいたらしく、即席の図書室がつくられた。やったぞ！　アガサ・クリスティの『ナイル殺人事件』を借りられた。

航行日記、一九三九年十一月二十六日

「まさかジャクリーンが犯人だったなんて！」わたしは、自分のあとに借りに来た男に言った。「まるで予想外だったよ」

男はわたしをにらみつつ、本をひったくった。「このくそ野郎」

なんと失礼な男だ！

この船は快適だ。フランスの沿岸を離れ、ポルトガルの領海に入った。船から脱出する方法はない――どこにも寄港しないからだ。

昨晩、女が男の子を産んだ。分娩室などないので、出産はきわめて開放的な環境で行われた。犬が懐かしい。食事は上等ではないものの、じゅうぶんではある。二週間分の備蓄があるという話だ。空気も澄んでいる。この船旅はどこか安らぐ。これほどおだやかな気分になったのは何年かぶりだ。

昨日の夜、イザベラ・ルービンシュタインのことを考えて自慰をした。

航行日記、一九三九年十一月二十七日

ジブラルタルに近づき、空気があたたかくなった。左にはスペイン、右にはモロッコが見えた。モロッコでレニを思い出した。彼女の映画――『タンジェ』だったか――は完成したのだろうか。それもずいぶん遠い出来事に思える。奇妙な一日だ。やけに落ち着いた雰囲気だった。

昼食前に甲板を散歩した。太いロープが巻いて置かれているのを避けたとき、見知った顔を見かけた気がした。人の多い甲板上で一瞬のことだったので、見間違いかもしれない。

どちらのためにも、見間違いであることを祈る！

航行日記、一九三九年十一月二十八日

「おまえだと思ったよ」男が言った。

地中海。空気はますますあたたかく、快適になっている。真夜中にはジブラルタル海峡を通過した。わたしは船尾の甲板にいた。よく晴れた夜で、青っぽい夜空に無数の星がまたたいていた。

ひたひたと足音がした。頭のどこかで予期していたわたしは、笑顔で振り返った。「モーハイム」怒りをこめて言う。

「ウルフ」

わたしたちは向かいあって立ち、無言で見つめあった。甲板は静かで周囲に人はおらず、すぐ近くに下で眠る人々のにおいを吐き出す導管があった。

「それで？」わたしは切り出した。

「どうやってこの船にもぐりこんだのかはきかないよ」モーハイムが言った。

「なぜ乗ったのかもな！」

「おまえはなぜここにいる？」わたしが尋ねると、彼は苦々しげに笑った。

「ほかにどこへ行けというんだ？　わたしの国はハゲタカどもの餌食になってしまった」

わたしは肩をすくめた。「誰だって問題を抱えているんだよ、モーハイム」

「ろくでなしめ。ひとつ教えろ、ウルフ。おまえは殺したのか？」

「誰を？」

「女たちをだ」

「わたしが犯人じゃないのは、知っているだろう！」

「おまえはこれまで何人殺した？」モーハイムがおだやかな声できく。「選挙に勝っていたら、いま頃何人殺していた？」

「仮定の話がしたいのか？　おまえたちユダヤ人は、妄想に時間を費やしすぎるようだな」

モーハイムが笑った。「わたしたちユダヤ人か」気に入らない口調だ。裏に秘めた意味も気に入らない。

「それで？」わたしはもう一度尋ねた。「おまえは何がしたいんだ、警部？」

「誰が犯人か、知っているのか？」

肩をすくめて答える。「どこかの小僧だよ」

「その男はどうなった？」

わたしが答えずにいると、モーハイムはまたしても笑った。心から笑っているわけではないのだろう。笑い方を忘れてしまったかのようだ。そこには挫折して疲れ果てた、年老いたユダヤ人がいた。もうこの男にはなんの力もない。

「よせ」わたしは言った。

モーハイムが銃を手に、わたしを狙っていた。澄みきった夜空の下、一瞬だけあたりが静まり返った。頭上を、一羽のカモメが放物線を描いて飛んでいった。

「わたしに撃たない理由をひとつくれ」

わたしは手をゆっくりと背中にまわして言った。「ふたつやろう」

航海日記、一九三九年十一月二十九日

すばらしい天気だ！　サルディニアを通過。今日のヘブライ語は「ソフ」、意味は〝終わり〟。もうひとつ「アリーヤ」、意味は〝ユダヤ人によるパレスチナへの移住〟。トランプをしたが、今日も二シリングの負け。体がにおいはじめている――みなそうだ。トイレで誰がユダヤ人かという論争が起こった。船にユダヤ人以外がまぎれているという噂があるようだ。「見分けるのは簡単さ」わたしは言った。それから一列に並んで小便をし、みなで笑った。用を足しながら、手にしたユダヤ人の証を見ていると、いとおしさに近い感情が湧いた。

コンラッドの『密偵』を読む。よくも悪くもなし。

航海日記、一九三九年十一月三十日

午後にラジオでＢＢＣの国際放送を聞いていると、おだやかでないニュースが流れてきた。首相官邸に仕掛けられた爆弾が爆発したそうだ。オズワルド・モズレー首相に対する暗殺の試みは三回目で、首相の生死は不明らしい。わたし個人としてはそれほど気にならないものの、船のなかではイギリスに残ったユダヤ人を心配する声が多かった。船に乗れたのは、幸運なごく少数にすぎなかったというわけだ。

トーラス号は順調だが、サルヴァドール号が遅れはじめた。シチリア島を通過し、ギリシャに近づく。天気は良好だ。今日のヘブライ語は「レイダ」、意味は〝誕生〟。

航海日記、一九三九年十二月一日

ギリシャ。眺めていると楽しい小さな島がたくさんある。船はキプロス島に向かっている。ラジオによると、モズレーは病院で危篤状態にあり、爆破事件との関連でパレスチナのテロリストを捜査中らしい。ニュースを聞いて甲板上で歓声があがった。ITOのグッドマンがわたしの知っている顔の女と真剣に話しこんでいるのを見た。

「爆破事件との関連で、首相官邸でメイドとして働いていたユダヤ人女性を捜索中です。女性は身元を偽って官邸で働いており、警察は……」

わたしはグッドマンと女のそばを通りすぎた。女は、生真面目な顔に父親の残酷さをにじませていた。すれ違いざま、わたしは礼儀正しく帽子を取って頭を下げ、終わりを実感しながら彼女の名を口にした。「ジュディス」

「どこかで会ったかしら？」

「いいや」短く答え、わたしはその場を去った。

今日のヘブライ語は「マカネ」、意味は〝キャンプ〟。

航海日記、一九三九年十二月二日

キプロス島を通過。パレスチナに向かって前進。

……。


ドアの開閉を繰り返し、ショーマーは出来損ないの世界をめぐっていた。「違う」いくつものドアを通りすぎ、無数の廊下を歩いていく。「違う、ここでもない」ここには時間も空間も存在しないので、自分がどれだけこうしているのかもわからない。

しかし――。

そのドアを開けると、砂浜が広がっていた。砂は黄色くて粗い。空一面に砂塵(さじん)が舞っている。空気は湿ってあたたかく、果物の木とジャスミンのにおいがした。地平線のすぐ上に、最初の星が現れた。金星、ヘブライ語では〝光〟を意味する「ノガ」と呼ばれる星だ。

夜は静かで、おだやかだった。ショーマーが上を見ると、暗くなっていく空にたくさんの星がまたたきはじめていた。一瞬、上空に妻とふたりの子どもたちが漂っているような気がした。光に縁取られた家族は、彼に向かって手を振っている。だが、はっきりと見えたわけではないし、いずれにしてもすぐに消えてしまった。

海はおだやかで、遠くのほうには街の明かりが見えた。その場にたたずみ、すばらしい空気を吸いこむ。「ここに違いない」ショーマーはイェンケルに語りかけたが、イェンケルはもういなかった。

過去の世界の海岸に立ち、海をじっと見つめる。太陽が沈んでいくあいだ、ショーマーは一隻の船が安全な港に入っていくのを眺めていた。

彼はまるで取り残されたように、その場に立っていた。あるいは、解き放たれたように。

……。

エクソダス号は太陽が沈む頃、ヤッファに入港した。人々は役人がやってくるまで船内で待ちつづけ、やがて議論が始まった。岸には人が集まり、到着した人々を待っている。最終的に何かが決まったらしく、いくつもの小さなボートが船に近寄ってきた。ヘブライ語、イディッシュ語、ポーランド語、ドイツ語、そして英語が飛びかい、あわただしい下船が始まった。埠頭には〝ヤッファ〟の判が押された袋が並び、輸出されるのを待っている。袋にはたくさんのオレンジが詰まっていた。

岸におりると、人々はふたたび列に並ばされ、役人による手続きを待った。その男はおとなしく並んで順番を待ち、自分の番がやってくると持っていた身分証明書を役人に手渡した。慎重な確認が終わって書類に判が押されると、彼はにっこりと笑って礼を告げた。

「パレスチナにようこそ」役人が言った。

……。

時間と空間を隔てた別の世界で、収容所は労働と死が待ち受けるあらたな一日を始めようとしていた。おそらく、壁の外では戦争が続いている。赤軍が解放をうたって収容所に向かっているという噂が流れていたが、それが今日なのか明日なのか、それとも一時間後なのか、一年後なのかは誰にもわからない。収容所はそれまでの毎日とおなじように起床時間を迎えるところで、すべての区画で目を覚ました囚人たちが点呼を待っていた。囚人たちで目を覚ましていないのは、夜のうちに息絶えた者たちだけだ。痩せ細った囚人たちは、ゆっくりと歩きはじめた。カ・ツェトニックはアウシュヴィッツについて〝別の星だった〟と書いた。しかし、のちになってこうも振返っている。〝アウシュヴィッツは悪魔によってつくられたのではない。人間によって、わたしやあなたとおなじ人間によってつくられたのだ〟(1)

……。

朝、彼らはショーマーを迎えに来たが、ショーマーはもうそこにはいなかった。

歴史注釈

一八八八年、当時先頭を走っていたイディッシュ語作家のショーレム・アレイヘムは、ショーマーというシンプルな筆名のシュンド作家に対する激烈な攻撃を行った。『ショーマー批評（ショーマーズ・ミシュペット）』という題名のこの驚くべき文書は、ショーマーの作品を〝でたらめな構成に稚拙な文体、あまりにもくどく、道徳的に破綻している〟と酷評した。なぜショーレム・アレイヘム——当時の第一人者——ともあろう者が、一介のシュンド（あるいはパルプ・フィクション）作家に対してこれほどのはげしい批判を浴びせなければならなかったのかは、まったくの謎と言っていいだろう。その理由はともかく、当時、百を超える小説や戯曲を世に出していたショーマーは、今日その名を知られることもなく、一方でショーレム・アレイヘムの名は文学史上、確固たる地位を築いている。

ショーマーは一九〇五年、ニューヨークで平穏のうちに人生の幕を閉じた。幸運にも、それから三十年ほどのちに起こるホロコーストを目にすることはなかったのだ。

人はホロコーストをどう表現すればいいのか？　第8章ではふたりの囚人がこの問題を議論している。囚人番号一七四五一七は、言うまでもなくプリーモ・レーヴィで、彼の『これが人間か』(一九四七年)は現在でもホロコースト文学における重要作品とされている。もうひとりの囚人番号一三五六三三は、カ・ツェトニック(強制収容所の囚人の意)の筆名で活動し、著作にはナチスの慰安施設、女性を性奴隷とした強制収容所の売春宿を描いたはじめての作品である『ダニエラの日記』などがある。レーヴィが冷静かつ格調高い文章でホロコーストを描いた一方、カ・ツェトニックはシュンド作家に見られる明敏な狂気がはっきり感じられる作風だ。雑誌「タブレット」のデイヴィッド・ミキックスは、カ・ツェトニックの作品が〝多くはぞっとするような回顧形式の小説で、拷問(ごうもん)や意に沿わぬ性行為、人肉食といったグロテスクなシーンで読者に衝撃を与える〟と評価し、〝『ダニエラの日記』はホロコーストを題材にしたポルノ作品だ〟と付け加えている。

一九二〇年代、アドルフ・ヒトラーは〝ウルフ〟という偽名を使っていた(〝アドルフ〟は文字どおり〝高貴な狼〟という意味だ)。彼について書いた本は無数にあるが、噂や誤った情報、宣伝などに覆い隠され、実像ははっきりしない。ただし、少年期に虐待を受けていたこと、第一次世界大戦の戦場での経験が、精神家医のエドモンド・フォースターによって失明状態から回復するという特異な場面(第10章に登場)につながったということ、タフな女性に惹(ひ)かれ、そうした女性たちと複雑な関係を築いていたことは事実のように思われる。

カーショーは二巻に及ぶ長大なヒトラーの伝記のなかで、驚くほどヒトラーの性については触れていない。ヒトラーの友人であるアウグスト・〝グストル〟・クビツェクが明かした経験（一九五一年の『アドルフ・ヒトラー　わが青春の友』で言及）を議論した際、カーショーは〝ヒトラーの性的志向に関する噂は、いずれも疑わしい証拠にもとづいている。性的抑圧がのちに常習的なサドマゾヒズムにつながるとの憶測――実際、多くささやかれてきた憶測だ――があるうえ、噂や伝聞、推測や暗示の産物でしかない疑惑がどうあれ、それらは多くの場合、ヒトラーの政敵によって誇張、脚色されている〟と主張した。

実際、きわめて娯楽的で下品なまでにゴシップに満ちたイアン・セイヤーとダグラス・ボッティングの『*Hitler and Women*（ヒトラーと女性たち）』にも、〝アドルフ・ヒトラーのプライベートと性的志向を調査するのは、エリザベス朝に造られた泥地の上の迷路を歩くようなものだ〟と書かれている。それでも、両著者はこの作品でヒトラーの〝性的活動〟について、かなりの量の――疑わしいものも多いが――詳細な検証を行った。

この作品には、かつてのナチスのメンバーも数多く登場する。ヨーゼフ・クラマー（第2章）は強制収容所の冷酷な看守で、のちにアウシュヴィッツのガス室の責任者となり、その後はベルゲン＝ベルゼン強制収容所の所長となった。戦後は絞首刑に処されている。

　イルゼ・コッホ（第2章）は〝ブーヘンヴァルトの魔女〟と呼ばれ、囚人に対する暴力とサディスト的な行為で悪名高い。自身の行為の犠牲者から遺体の一部を採取したと非難されており、皮膚でランプシェードをつくったりしたと言われている。一九六七年に刑務所で自殺した。また、ナチスを題材にした低予算映画の〝古典〟『イルザ☒ナチ女収容所　悪魔の生体実験』のモデルともなった。

　クラウス・バルビー（第6章）はリヨンのゲシュタポの責任者で、〝リヨンの虐殺者〟と呼ばれた。電気ショックや性的虐待など過酷な拷問で知られ、なかには生きたまま皮をはがれた犠牲者もいたという。そのほかにも、一万四千人のユダヤ人を収容所送りにするなどした。戦後はアメリカの情報機関の工作員となり、共産主義との戦いに協力した。南米に渡り、滞在中にはチェ・ゲバラの捕縛と殺害にかかわっていたという噂もある。一九八三年にフランスに引き渡され、一九八七年に戦争犯罪で有罪宣告を受けた。刑務所で病死。

　ナチスの高官クラスとしては——ヘスは長年、ヒトラーの側近だった。ゲーリングはゲシュタポの創始者で、空軍の総司令官を務めた（彼自身、第一次世界大戦でパイロットとして受勲している）。そして、ゲッベルスはヒトラーの宣伝大臣を務めた人物だ。この作品ではウルフに知られていないアドルフ・アイヒマンは、一九三二年に親衛隊に入隊し、ユダヤ人課で働いて出世の階段を駆けのぼった。ユダヤ人問題の最終解決について話しあったヴァンゼー会議には記録係として出席した。その後、ユダヤ人虐殺の責任者のひとりとなって効率向上に貢献。戦後は南米に逃亡したが、一九六〇年にイスラエルのモサドの工作員にとらえられた。エルサレムで裁判後、一九六二年に処刑された。裁判には作家のカ・ツェトニック（この裁判で本名のイェヒエル・デ＝ヌールを公表）が証人として出廷したものの、短い証言のあと失神し、その後は証言できなかった（巻末注釈の第8章を参照）。

アイヒマン裁判の予想外の副産物に、イスラエルで短期間、流行した〝スタラグ〟（ドイツの捕虜収容所）小説がある。スタラグ小説の最初の作品は、悪名高いマイク・バーデンの『*Stalag 13*』だ。表紙には体の線を強調する革のスーツを着たふたりの女性看守が描かれ、胸の谷間を露出した彼女たちが男性囚人をひざまずかせて拷問を加えている。一九六〇年代には、けばけばしい表紙を特徴としたこうした作品が、パルプのペーパーバック版で続々と出版された。このジャンルの特徴は、サディスティックなアーリア人の〝淫乱女〟が戦争捕虜を性的に支配し、拷問するというもので、販売はこっそりと行われた。売れ行きは前例のない部数に及び、おそらくは、それまでタブー視されていたホロコーストについて、多くのイスラエル人が開放的に語りあう契機となった。パルプ・フィクション自体はカ・ツェトニックの一九五五年の小説『ダニエラの日記』の影響を受けた可能性が高い。『ダニエラの日記』は権威ある作品と認められ、イスラエルのハイスクールのカリキュラムにも採用されている。理由はどうあれ、欲望と支配との関係はタブーの力と相まって、現在まで魅力を発しつづけている。

歴史の主流から外れたところには、注目に値するが世には知られていない人物がそのときどきで登場する。ロバート(ボリス)・ビットカー(第8章)はハリウッドの映画産業で働いていたポーランド系の移民で、好戦的なシオニストとして中国とパレスチナで戦い、一九四五年にサンフランシスコで死亡した。対照的に、レニ・リーフェンシュタールはナチス映画の人気者として知られていた。アドルフ・ヒトラーの親しい友人でもあり、壮大なニュルンベルクのナチス党大会を記録した『意志の勝利』(一九三五年)や、ナチス支配下のベルリンで開催された一九三六年のオリンピックを記録した『オリンピア』を監督した。彼女は戦争犯罪で有罪になったことはなく、二〇〇三年に百一歳で亡くなった。

ヒトラーの信奉者であるオズワルド・モズレーは、一九三二年にイギリス・ファシスト同盟を設立した。彼の準軍事組織である黒シャツが着ていたジャンプスーツは彼自身のデザインによる。黒シャツ関連で現在もっともよく知られているのは、一九三六年のケーブル・ストリートの戦いだろう。ユダヤ人が多く住むロンドンのイースト・エンドを行進しようとして、阻止された事件だ。イギリス・ファシスト同盟は一九四〇年までに非合法化され、モズレーは妻とともに戦争の時期のほとんどをロンドンのホロウェイ刑務所で過ごした。モズレーの二番目の妻がダイアナ・ミットフォードで、ふたりは一九三六年にヨーゼフ・ゲッベルスの家で結婚した。式にはアドルフ・ヒトラーも出席している。ダイアナの妹のユニティはヒトラーの熱烈な支持者で、ヒトラーの愛人のエヴァ・ブラウンと彼の愛情をめぐって競ったこともある。戦争が始まるまでの五年間はドイツに滞在し、ヒトラーにもっとも近い人々のひとりだった。一九三九年には自殺未遂事件を起こしてイギリスに戻り、一九四八年に頭部に残った銃弾が影響した合併症が原因で亡くなった。三十三歳の若さだった。

エクソダス号とサルヴァドール号、トーラス号は、ヨーロッパからパレスチナにユダヤ人の不法難民を輸送するため、非合法移民機関が使用した船だ。サルヴァドール号は一九四〇年にマルマラ海で難破し、三百人の犠牲者を出した。トーラス号は戦時中最後の難民船として知られる。一九四三年に九百人の難民を乗せてルーマニアを出航し、無事イスタンブールに到着、難民たちはそこから列車でパレスチナを目指した。エクソダス号は一九四七年にハイファ港でイギリス軍に阻止され、約五千人のホロコースト生存者がドイツの収容所に戻された。わたしの母親は、二歳のときに似たような船に乗り、パレスチナに到着した。母は戦後、ミュンヘン近くの難民キャンプで生まれた。母の両親はどちらもアウシュヴィッツの生存者だった。わたしの両親のどちらの家族も大半が収容所で亡くなった。

アドルフ・ヒトラーは一九四五年四月二十九日、総統官邸の地下壕で簡素な式を挙げ、長らく愛人関係にあったエヴァ・ブラウンと結婚した。ふたりはつぎの日に自殺し、遺体は官邸の庭にできた砲弾の穴に置かれ、ガソリンをかけて燃やされた。

巻末注釈

第1章

（1）その女性は、いかにも知的なユダヤ女という顔つきをしていた。

ウルフはおそらく、小説家レイモンド・チャンドラー（一八八八－一九五九年）を意識した表現を用いている。ウルフ自身の巨大な書庫の蔵書のごく一部にすぎなかっただろうが、彼が大衆小説、犯罪小説を好んで読んでいたのはよく知られている。『大いなる眠り』（一九三九年）参照。

（2）ユダヤ人は戦争で儲けて生きていく金の亡者以外の何者でもない。

『わが闘争』参照。

（3）ひどく寒いし、凍てつく冬が本番を迎えるのはこれからだ。

ウルフの認識は正しい。一九三九年から一九四〇年にかけての冬は四十五年ぶりの寒さで、記録的な低温が続いていた。ロンドンでは霜と霧がめずらしくもなく、一月までに大寒波がイギリスを襲い、テムズ川はテディントンからサンベリーまで約十三キロにわたって凍りついた。

（4）壁にはフランスの村を背景にした教会の塔の絵がかかっている。

この絵は『プルー＝オー＝ボワの教会』の可能性がある。第一次世界大戦の前、ウルフがウィーンに滞在していた頃に描かれた大きな水彩画だ。

（5）本棚には著者であるエルンスト・ユンガーのサインが入った、第一次世界大戦の回顧録『火と血』……。

『火と血』の国家主義的思想は、萌芽期の国家社会主義運動に影響を与えた。一九二五年、ドイツで最初に出版された。

（6）暗くなった窓を数えていれば商売の風向きがわかる。

ウルフの友人アウグスト・〝グストル〟・クビツェクの回顧録『アドルフ・ヒトラー　我が青春の友』に同様の描写がある。

（7）わたしは娼婦（しょうふ）を憎悪する！　あの女たちの肉体は、売春のせいで梅毒やそのほかの病気で満ちている。体に症状が現れる病気ばかりではない。愛さえも売り払って心を病むのだ。

ウルフは『わが闘争』でも似たような見解を示している。

第2章

（1）ときに彼は自分が文字におぼれてしまうのではないかと思うこともあった。

「本、いつだってもっと本をと欲していた」ウルフの少年期からの友人、グストルは言っている。

「本こそが彼の世界だった」

（2）やつらは寄生虫みたいなもので、人類のなかでもっとも誠実な人々を食らって生きている。

『わが闘争』参照。

（3）愛らしく純真な女性が彼の好みで、ミュンヘンで贅沢な暮らしをしていたときも、やさしくてかわいらしく、愚かな娘たちが好きだった。

ウルフの友人グストルも、回顧録で同様の感想を述べている。

第3章

（1）わたしは父に敬意を払ってはいたものの、愛していたのは母だった。

ウルフは『わが闘争』でも似た描写をしている。ただし、同書では少年時代や父親の死に関して、深く掘りさげてはいない。アロイスは暴力的な酒乱であり、若いウルフが父の死で解放されたと感じたであろうことは、ほぼ疑う余地がないと思われる。

第4章

（1）さらに不運は重なり、マリアヒルファー通りとノイバウ小路の交差点の角を歩いていたわたしたちは、年上の男に声をかけられた。

この出来事は、グストルの回顧録にもある。

（2）そういえば、グストルは重度の自慰中毒だった。ベッドのなかや風呂のなか、ピアノのうしろ、ときには講義の席でも彼の手はポケットに入れられていた。彼はわたしが拒絶した方法で、みずからを解放していたのだ。

このウルフの見解は厳しすぎると思われる。たしかにグストルは健康な若い男性として、正常な性衝動を有していた。彼は回顧録で、ウルフがこうした方法での肉体的快楽を求めていなかったと書いている。おそらく、ウルフにとってはあらゆる自慰衝動が〝行きすぎ〟だったのだろう。

（3）ユダヤ人は悪魔の化身であり、すべての悪の象徴はユダヤ人という形を装う。

ウルフは『わが闘争』でも似た描写をしている。

（4）「マルクス主義は打倒しなくてはならないんだ」モズレーが応じた。「有毒なユダヤ人のイデオロギーだからね」

おそらく無意識に、モズレーはウルフの言葉を繰り返している。（『わが闘争』参照）

第5章

（1）一九一七年、バルフォア卿はロスチャイルド男爵に手紙を送り、イギリスがパレスチナにおけるユダヤ人国家の設立を支援すると明言した。

〝国王陛下の政府は、パレスチナにユダヤ民族の郷土を設けることにつき好意をもって見ることとし、その目的達成のために最大限の努力を払う。パレスチナの非ユダヤ人社会の市民権と宗教的権利、及びほかのあらゆる国のユダヤ人が享受する権利と政治的地位を損なういかなる行為も行われないことが明白に理解されるものとする〟

（2）（当時はまだオスマン帝国領で、じきにイギリス軍の手に落ちた）

パレスチナは、一九一八年までにエドモンド・アレンビー将軍が率いるイギリス軍の手に落ちた。

（3）「きみはいつだって彼らを憎んでいたな、ヴァルキリー」

ウルフはこのとき、ユニティが〈シュテルマー〉に送った手紙を思い出していたのかもしれない。その内容はこうだ。〝イギリス人はユダヤ人の危険性をわかっていません。イギリス国内にいるユダヤ人のなかでも最悪の人々は、つねに裏でものごとを操っているのです。「イギリス人のためのイギリスを！　ユダヤ人は不要だ！」わたしたちは、そう言える日のことを喜びとともに想像していきます。追伸、どうかわたしの実名にて掲載してください。わたしがユダヤ人を憎悪していることをすべての人々に知ってほしいのです〟

（4）アルコールがマックス・シュメリングのアッパーカットのように、わたしを直撃した。

シュメリングはドイツ人ボクサーで、一九三〇年から一九三二年にかけてヘビー級の王者だった。

第6章

（1）ある日、通りを歩いていた彼は、ハシドの黒装束に身を包んだ男を見かけて、これがユダヤ人だろうかという単純な関心を抱いた。

これと同様の出来事がまたもや『わが闘争』で言及されている。

（2）「ボグスカルに十ポンド賭けておいてくれ。頼んだぞ」

賭けとしては悪くない。ボグスカルは翌年のグランド・ナショナルで勝つ競走馬だ。ただし、予想外の勝利であり、オッズは二十五倍だった。この長身の男性は賭け屋すら知らない何かを知っていたのかもしれない。

（3）すっかり感傷的な気分になっていた。建築物のせいだ。

ウルフは画家を目指したが美術アカデミーの受験に二度失敗し、その際に建築を学ぶことをすすめられた。しかし、必要な学歴条件を満たしていなかった。また、金銭面でも苦労しており、メルデマン通り二十七番地の寮に落ち着く前はしばらくホームレスのシェルターで暮らしていた。

第7章

（1）彼の語る宇宙氷説は魅力的で見識に富んでいた。

氷宇宙論とも呼ばれる。この説はオーストリア人エンジニアのハンス・ヘルヴィガーが夢に着想を得て一八九四年に提唱した。宇宙が主に氷からなると主張しており、相対性理論のような〝ユダヤ人の科学〟への対応策として国家社会主義と結びついた。

（2）わたしは英語版の出版社であるハースト・アンド・ブラケットから三百五十ポンドの支払いを受けたが……。

ロンドンのハースト・アンド・ブラケットは一九三三年に『わが闘争』を出版した。規模が小さかった同社は、一九三九年までに大手のハッチンソンの傘下になった。

（3）ルービンシュタインという名の人物に局部をつかまれるのは、この一週間で二度目だ。

ウルフは睾丸（こうがん）がひとつしかなかったとする説は長年にわたって主張されており、その数も多い。しかし、決定的な証拠はなく、結論は出ていない。

第8章

（1）でぶでまぬけのギル・チェスタートンは……。

Ｇ・Ｋ・チェスタートン（一八七四－一九三六年）は実際に大柄な男性で、身長は百八十センチ以上、体重はおよそ百三十キロあった。ブラウン神父を主人公とした探偵小説で知られ、後年はカトリックに改宗した。

（2）「シオニスト会議はイギリス領東アフリカに遠征隊を送りこみ――」

詳細は、『ユダヤ人のイギリス領東アフリカへの定住を目的に、イギリス政府からシオニスト組織に提案された土地の検証のために派遣された委員会の作業報告書』（一九〇五年、ロンドン：ヴェルテメール、リー・アンド・コー）を参照。

（3）われわれには名前もなければ、親も子もいない。

一九六一年のアイヒマン裁判におけるカ・ツェトニックの証言は、わずか二分五十秒で終わった。失神した彼は、証言を続けられなかった。彼の証言は以下のとおり。

これは筆名ではなかった。わたしは自分を作家であるとも、文芸作品の作者であるとも考えていない。これはアウシュヴィッツという星の年代記だ。わたしはそこに二年いた。あそこの時間はこの地球上の時間とは違う。時間の流れ方がまるで違うのだ。その星の住人には名前がなく、伴侶(はんりょ)も子どももいない。服の着方もここととは違う。あそこで生まれた者はいなかったし、子を産んだ者もいなかった。異なる自然の法則にもとづいて呼吸していた。生死すらもこの世界の法則と違う。彼らは生きた屍(しかばね)だった。名前は番号、〝カ・ツェトニック〟だ。

第9章

(1) フライスラーは長く陰気な顔をした、弁護士らしい物腰の男だ。ローラント・フライスラー(一八九三―一九四五年)はナチスの弁護士で、判事も務めた。第一次世界大戦に士官として参加し、一九二五年にナチスに入党。ウルフが書いているように、党のメンバーの弁護も担当した。

(2) 殺人とは、個人の挫折の結果として起きるだけではない。人種の挫折の結果としても起きる。ウルフは、ここでも――おそらく無意識に――レイモンド・チャンドラーと似た見解を示している。それを示すチャンドラーの『簡単な殺人法』は、この場面のあとで書かれたエッセイである。

(3)「いま、関係があるかもしれない別の事件についても調べている。そのためにユダヤ人社会とのつながりが必要だ」

このあとの出来事を考えると、ウルフが何をするつもりだったのかは、はっきりしない。イザベラ・ルービンシュタインの富と影響力を利用してパレスチナのネットワークへのアクセスを確保し、その後モズレーの依頼に取りかかるつもりだったのかもしれない。しかし残念ながら、彼は自身の計画について記録していない。

（4）「わたしに協力してほしいの？　犯罪の捜査に？　ニックとノーラのチャールズ夫妻みたい！」

ニックとノーラのチャールズ夫妻は、ダシール・ハメットが一九三四年に発表した『影なき男』に登場し、謎を解く夫婦。この小説は映画化され、続編もつくられた。

（5）アルバート・カーティス・ブラウンは、作家としてのわたしのエージェントだ。

アルバート・カーティス・ブラウン（一八六六－一九四五年）は実際にイギリスにおけるエージェントで、英語圏市場での『わが闘争』の権利をドイツの出版社から買った。一八九九年にカーティス・ブラウン社を設立してスタインベックやフォークナー、メイラーなど多数の代理人を務め、同社をイギリスの大手に育てあげた。

第10章

（1）「レニ？　レニ・リーフェンシュタール？　驚いたな！」

レニ・リーフェンシュタール（一九〇二－二〇〇三年）はドイツ人の女優、映画監督で、国家社会主義の支持者だった。ウルフは彼女のファンであり、互いに好意を抱いていた。

（2）「わたしに対して断りもよこさなかった！」

スタンレー・アンウィンは、一九二六年頃にウルフの本を受け取り、却下した。ウルフは明らかに恨（うら）みを抱いている。

（3）あの汚い男にだまされたのだ！

エドモンド・ロバート・フォースター博士（一八七八－一九三三年）は、ほぼウルフがここで描写したとおりの人物だ。ベルリンの神経科医で、衛生兵としても勲章を受けている。パーゼヴァルクの病院において、前線でヒステリー症と診断された――おそらく現在でいうところの心的外傷後ストレス障害（ＰＴＳＤ）――兵士の治療の責任者だった。だいたいにおいて兵士たちには厳しく、義務にひるんだ者と見なしていた。こうしたヒステリー症の患者たちに対する治療として、電気ショックや完全隔離といった措置が講じられたこともあった。彼は患者たちに厳しい、ほとんどいじめに近い態度で接し、しばしば成功した。ウルフの治療は一九一八年の十月から十一月にかけて行われ、ウルフが書いたとおりの方法――伝統的ではないとも言える方法――で、彼の視力を回復させた。

第11章

（1）ユダヤ人のヴィクター・ゴランツの会社が出版している本と似たような、シンプルな黄色のカバーがかけられていた。

ヴィクター・ゴランツ（一八九三－一九六七年）はイギリス人の出版者で、社会主義者としても有名だった。北ロンドンにあるユダヤ教正統派の家で生まれ、一九二七年にヴィクター・ゴランツ社を設立し、ジョージ・オーウェルの作品などを出版した。黄色のカバーはブランドを目立たせるためのもので、長く続いた。ウルフの出版社がこれをまねた可能性は高い。ゴランツのブランドは現在も残っているが、主にSFやファンタジーなどの大衆向けのフィクションを出版している。

（2）ウーアファールのベッドの上で、母は死に向かっていた。

ウーアファールはオーストリアの都市リンツに近い小さな村で、現在はリンツの郊外にあたる。

（3）その頃はウィーンで暮らしていて、美術アカデミーへの入校を目指していた……。

前にも指摘したとおり、ウルフは受験に失敗した。

（4）「グロウナー・ホテルまで、急いでくれ」

ウルフがおかしなことを言ったかのように、運転手がくすくす笑った。

ウルフの英語は、彼が読んだ本から拝借したスラング――ときには不適切なものも――を織りまぜている傾向があるようだ。ここでの「急いでくれ！」（Step on it!）という表現は、運転手に自動車のアクセルを踏めという意で、この時点よりも二十年ほど前におそらくアメリカで登場したものだと思われる。

第12章

（1）わたしは古いスーツとくたびれたコートを着て、すり減った靴を履き、頭の形に合わない中折れ帽をかぶっていた。（中略）ルービンシュタインの家がどれだけ高額かはわからないものの、かなりの価値があるはずだ。わたしはユダヤの金を要求するつもりだった。

ウルフはまたしても、おそらく無意識にレイモンド・チャンドラーと似た表現を用いている。この部分はチャンドラーのデビュー作、『大いなる眠り』の冒頭の影響がはっきりと表れている。同作はイギリスでも一九三九年三月にハミッシュ・ハミルトンから出版されており、ウルフが読んでいた可能性もある。

（2）シリー・モームが見たら心臓発作を起こしそうな装飾が施されていた。

シリー・モーム（一八七九－一九五五年）は、イギリスでトップのインテリア・デザイナーだった。白を基調とした優雅な部屋が彼女の好みだったので、ウルフが書いたように、派手な装飾（華麗な彫刻を施した羽目板）を認めない可能性はある。

第13章

（1）「誰だ？」わたしの横にいた何者かが困惑しながら言った。

アドルフ・アイヒマンが親衛隊に入隊したのは一九三二年なので、ウルフが彼を知らない可能性はある。

第14章

（1）〝アウシュヴィッツは悪魔によってつくられたのではない。人間によって、わたしやあなたとおなじ人間によってつくられたのだ〟

カ・ツェトニックの『Shivitti: A Vision』（一九八七年）参照。

謝辞

編集者のアン・ペリーに、不可能なはずの作品を実現させてくれてありがとう。

オリヴァー・ジョンソン、エリー・シーレ、フルール・クラーク、シャラン・マザルー、ナオミ・バーウィン、そしてホッダーのみなさんの協力と支援に。

原稿を読み、意見を出し、わたしの不満を聞いてくれた友人たちに。そして、順不同でシモン・アダフ、ニール・ヤニフ、レベッカ・レヴィーン、ベンジャヌン・スリドゥンカウ、コンラッド・ヴァレフスキ、ターデ・トンプソン、ニコラ・シンクレアに。あなたたちのおかげで、本作品はよりよいものになった。

友人でエージェントのジョン・バーラインの理解に。

そして、妻の忍耐に。

訳者あとがき

本書をお手に取っていただき、ありがとうございます。この作品は、イスラエル生まれの作家ラヴィ・ティドハーの長編小説で、歴史上でも悪名高いドイツのアウシュヴィッツ＝ビルケナウ強制収容所とイギリスの首都ロンドンを舞台にしたミステリー調の奇想小説です。

第二次世界大戦中、アウシュヴィッツにショーマーという男がとらわれていました。収容所の過酷な生活が続くなか、戦争前には通俗小説を書く作家だった彼は厳しい現実から逃れるため、夜ごとに見る夢の世界を広げていきます。その世界では、かつてドイツを手中にした男が私立探偵に身をやつし、ロンドンの片隅でもがきながら生きていました。ウルフと名乗る探偵は、憎悪するユダヤ人の女性からの依頼を受けたことをきっかけに、殺人や人身売買などが日常的に繰り広げられる闇の社会へと足を踏み入れていきます。過去を忘れたいと思う一方で、かつての同志たちや親しかった女たちとの再会を余儀なくされ、そこに国際政治の思惑や娼婦の殺人事件などが重なってウルフはむき出しの自分と向きあうことになるのでした。

ウルフとは言うまでもなく、ドイツの独裁者アドルフ・ヒトラーです。凋落して国を追われた彼がどのような人生を歩むのか、そのほかにも実在した人々を多数登場させ、緊迫感のある物語が展開していきます。なお作中、ウルフの没落の契機となった〝大転落〟について幾度となく言及されていますが、これは一九三三年にヒトラーが首相となってはじめて行われたドイツの総選挙でナチス（国家社会主義ドイツ労働者党）が惨敗し、権力の座を奪われたことを指しています。現実にはこの選挙でナチスは勝利し、ヒトラーの政権強化につながりました。その後、ドイツは戦争に突入し、強制収容所では囚人の大量虐殺が実行された歴史の流れを考えると、ショーマーがここを夢と現実の分岐点に選んだのもわかる気がします。

また、ショーマーが書いていた〝シュンド〟（Shund）とは、格調を重んじ、厳格な内容の作品が多かったイディッシュ語文学において、通俗的な内容を積極的に取り入れた画期的な作品群とされ、アメリカを中心として広まった〝パルプ・フィクション〟に通じるとされています。本作も暴力や売春、ＳＭといった要素が盛りこまれており、シュンド文学を強く意識していると言えるでしょう。

作者のラヴィ・ティドハーはイスラエルに生まれ、イギリスや南アフリカ、ラオス、バヌアツなどをめぐったあと、現在は妻とロンドンで暮らしています。単独名義の著作には〈ブックマン〉シリーズ三部作のほか、これまで本作を含む長編小説を四作発表しており、二〇一一年に刊行した *Osama* でファンタジーを対象にしたアメリカの文学賞、世界幻想小説大賞（二〇一二年の長編部門）を、本作でもイングランド芸術評議会が選ぶジャーウッド・フィクション・アンカヴァード賞を二〇一五年に受賞するなど、世界各地で高い評価を得ています。ＳＦやファンタジー、ミステリーやアクションなどジャンルを横断した作品世界が特徴で、今後も活躍が期待される気鋭の作家です。

本作は難民問題も重要な要素となっており、現代の国際社会を反映しているかのような印象も受けます。ショーマーが心で紡ぐ歴史に思いを馳（は）せつつ、ミステリーにハラハラする。非常に読み応えのある作品です。読者の皆様にティドハーの独特な世界をご堪能いただければ幸いです。

二〇一八年十二月

押野慎吾

黒き微睡(まどろ)みの囚人

2019年2月7日　初版第一刷発行

著　者　　　ラヴィ・ティドハー
訳　者　　　押野慎吾
デザイン　　坂野公一（welle design）
カバーイラスト　KAKUTO
発行人　　　後藤明信
発行所　　　株式会社 竹書房
〒102-0072
東京都千代田区飯田橋2-7-3
電話03-3264-1576（代表）
03-3234-6383（編集）
http://www.takeshobo.co.jp
印刷所　　　凸版印刷株式会社

定価はカバーに表示してあります。
乱丁・落丁の場合には竹書房までお問い合わせください。

ISBN978-4-8019-1749-1　C0197
Printed in Japan